女帝
卷三

第一章　捨己護兄

白卿言快馬先到晉國五千精銳駐紮之地，巡視一圈見虎鷹營沈良玉還未回來白錦稚也不在，她猜白錦稚大約是知道小九活著的消息，一起去救人了。

她垂眸思索片刻，調轉馬頭朝太子馬車停駐的方向跑去，

坐在馬車內的太子，閉眼不斷回想剛才白卿言對西涼炎王說晉國臣忠主不疑的話，他心底隱隱自得，白卿言大約是真的以為他不曾疑她，才能有底氣說出臣忠主不疑這樣的話吧！到底還是將白卿言給收服了！

坐在馬車外的全漁突然看到原本在前頭帶隊的白卿言騎馬而來，雙眸一亮：「白將軍！」

剛才全漁一直伺候在太子身旁，自然看到了那議和大帳之內白卿言是何等的意氣風發，尤其是白卿言說要殺得西涼十年之內再無膽敢犯大晉邊境，殺得西涼聽到大晉之名便瑟瑟發抖那番話，全漁只覺自己熱血沸騰，恨不能跟著白卿言一同舉劍殺賊，太長晉國志氣了！

白卿言對全漁抱拳，一邊隨馬車往前走，一邊道：「勞煩您向太子通報一聲，言有事請見太子！」太子聞聲不等全漁通報，便挑開馬車簾子，面帶喜氣：「白將軍既有事要說，先上馬車，讓全漁為白將軍烹茶！」

白卿言稱是下馬，踏上太子奢華的馬車，垂眸跪下，將手中兵符高舉過頭頂：「今日與西涼盟約已簽訂，言已能安心，特將兵符歸還太子殿下！」

太子微怔，原本太子和方老還在擔心白卿言不願歸還兵符，後悔自己當初給白卿言兵符給的

太痛快，兩人合計著簽訂了盟約之後，得設法逼白卿言交回兵符，誰料白卿言竟然自己將兵符交回來了，倒顯得他小人之心了。

太子手指輕輕收緊，道：「孤剛才明言……信白將軍如信孤自己，兵符放於白將軍之處並無不妥，白將軍為何如此著急？」

「本在大局已定西涼求和之時便應將兵符歸還太子，可當時盟約未曾簽訂，言……怕求和乃是西涼緩兵之計，故而未曾將兵符奉還！今日既然盟約已定，自然是要將兵符歸還的。」

太子看著白卿言心中越發舒坦，點了點頭將兵符接了過來道：「全漁，扶起白將軍！」

「白將軍，快請起！」全漁忙虛扶著白卿言坐下，跪坐在一旁為白卿言烹茶。

「全漁公公不必麻煩，茶就不喝了！言前來見太子殿下，有三件事，除了歸還兵符，第二件事，是關於所剩的這一萬白家軍……」

聽白卿言說到白家軍，太子調整了坐姿，手指輕微摩挲著，做出一副洗耳恭聽的模樣。

太子和方老商議後的意思，是讓白家軍去接手此次議和西涼割讓的城池，當然……越靠近西涼離白卿言和白家越遠越好，如此白卿言才能無依仗全心全意跟隨自己。

「我的意思，就讓剩餘白家軍鎮守銅古山吧！」

聽到白卿言的話，正在腹中打腹稿怎麼同白卿言說讓白家軍鎮守銅古山的太子，一時愣住。

「此次議和之後，銅古山以北已經盡是晉國國土，只有白家軍鎮守銅古山方能威懾西涼。」白卿言徐徐道來，所言所慮彷彿只為晉國與太子考慮，「衛兆年、谷文昌、沈昆陽、程遠志四位將軍各有所長，衛兆年將軍與谷文昌將軍皆是練兵的一把好手，可調衛兆年將軍去守白龍城，谷文昌將軍可守中山城，只要晉國能好好休養生息幾年……兩位將軍定能為晉國為太子再訓練出一批驍勇銳士！兩位將軍分別去白龍城和中山城之後，太子可派嫡系將領一同隨兩位將軍鎮守此二城，衛兆年將軍與谷文昌將軍負責練兵，太子殿下嫡系將軍掌兵！如此……將來這批精銳，便會為太子殿下所用！等將來時機成熟太子欲取天下，劍鋒所指……銳士便會前赴後繼！」

太子聽白卿言這麼說，心臟陡然撲通撲通劇烈跳動起來。馬車內燭火搖曳，太子望著神色沉靜有條不紊安排白家軍諸將領的白卿言，心頭翻湧起一種說不清道不明的情緒。他對白卿言百般防備，可白卿言……所思所慮皆是在為他考慮，還想為他練兵！

她看著太子眸色變化，不動聲色低聲說：「沈昆陽將軍和程遠志將軍帶領白家軍一同鎮守銅古山，便可防備西涼反撲。有這兩位最善戰的將軍在，銅古山必定無恙！若太子覺得可行，言便派人快馬回鳳城請沈昆陽、程遠志、衛兆年、谷文昌四位將軍前來，也好給西涼施壓……儘早讓白家軍與西涼軍交接，派我軍前去駐防，畢竟城池拿到手裡才算踏實。」

她建議太子讓沈昆陽程遠志率白家軍鎮守山高皇帝遠的銅古山，讓衛兆年與谷文昌兩人分別守中山城與白龍城，看似將白家軍幾位將軍分化，實則為的……是將這三地連起的這片區域變為白家的養兵、練兵之地。

太子聽著白卿言的分析不住點頭：「白將軍所言甚是，那便即刻派人去請四位將軍。」

說完，太子又抬頭望著白卿言，低聲道：「可你親掌白家軍也不是不可啊，孤說了……信你如信孤！」太子最後一句話說的略顯心虛。白卿言垂下幽靜的眸子，語氣鄭重：「殿下，言的身體殿下是知道的！殿下志在天下，言……只能盡我所能為殿下安排一二罷了！等回歸大都，言便要回朔陽了，白家軍還是交於殿下手中，方能為殿下大志所用！當然……言還是那句話，只要殿下需要……百姓需要，言赴湯蹈火萬死不辭！」

臣子對他這樣一片忠心，不要說太子，就是一旁的全漁都已感動的雙眸泛紅。

「白將軍，一片赤膽忠心！孤銘感於內！」太子真心誠意朝白卿言一拜。

「本分而已，萬萬不敢當太子一拜！」白卿言忙還禮。

見時機已成，她這才又道：「這第三件事，言……是來向太子請罪的！」

「白將軍這話何意啊？」太子坐直了身子。

「今日在議和帳中，西涼炎王李之節先是要送西涼公主回秋山關，眼看不成，又說要明日再議和，太子殿下沒有准許，他又在議和途中攀誣殿下安排婢女混入議和大帳殺了他們西涼兵……意圖改日再談議和之事！正如太子殿下所言……今日約見的時間是西涼炎王定下的！可西涼卻這樣反覆，不得不防！所以言便派四妹白錦稚帶了幾個虎鷹營銳士，去秋山關探西涼動向了！」

太子眉心一緊，想起這件事也覺得蹊蹺的很，想到白卿言的忠心，太子不疑有他：「白將軍是為了孤安危著想，孤不會怪白將軍的！只是……畢竟盟約剛剛簽訂，白四姑娘去探秋山關若是被西涼抓住把柄口實，對我們晉國不利啊！」

她皺眉做出一副自責的樣子，道：「太子所言極是！只是……不日西涼公主與炎王就要同殿下一起回大都城。這一路同行，為太子安危還是探查清楚了，言才能安心！」

太子一聽白卿言是為了他的安危，心裡感動又舒坦。

「此事是言關心則亂……莽撞了。為彌補，望太子允准我帶一小隊人馬悄悄前往秋山關接應喚回四妹，以免被西涼拿住把柄！」

太子沉吟片刻，還是應了下來：「好，白將軍速去速回！路上不可耽擱！能探得消息最好，打探不到也不要緊！務必做到全身而退。」

「殿下放心，我帶十幾個虎鷹營精銳前去，悄無聲息進，找到四妹後便悄無聲息出，絕不會給太子添亂。」白卿言道。

得到太子首肯，白卿言退出馬車，騎馬飛奔至隊伍最前端，勒馬對張端睿將軍道：「太子有令，速傳沈昆陽、程遠志、衛兆年、谷文昌四位將軍即刻前來幽華道！張將軍……我另有他命在身先行一步，有勞張將軍護送太子先回幽華道！」

張端睿抱拳稱是，立刻命傳令兵快馬飛騎趕往鳳城。

白卿言先行一步到虎鷹營，點了六十個虎鷹營猛士和骨哨傳令兵，隨她快馬前往秋山關接應沈青竹他們。

臨行前，白卿言看了眼地圖，吩咐肖若江：「你派兩個死士，去鳳城接洪大夫火速趕往銅古山旁邊的少陽郡接應九公子！」

「小的已經派人去請洪大夫了，但……沒有說去少陽郡，不過要去少陽郡還得路過幽華道，我會命人在幽華道傳令。」肖若江低聲道。

她點頭收了地圖，卷好交給肖若江一躍上馬，聲音冷靜又堅韌：「帶上所有死士，出發！」

「是！」肖若江在內不到百人飛速策馬追隨白卿言而去。

白卿言騎快馬沿山路而行，心中從來沒有這麼急切過。她不知道小九的情況如何，心急如焚。她耳邊全是風聲和她的心跳聲，那一路她沒有點燃火把，借著皎皎月色一路疾馳秋山關。

「駕！」她加快速度，恨不能插翅。

刺殺西涼皇帝的刺客，她不用想便知小九會遭遇怎樣的酷刑凌辱……怎樣的折磨踐踏。

白家九子，白卿雲是白家諸子中最像紈褲的一個，心高氣傲又死鴨子嘴硬，那些年祠堂沒有少跪，藤條沒有少挨，卻從不改那副強脾氣。曾經白卿雲對白家庶護嫡之說嗤之以鼻，可真當身逢大難他卻毅然決然護住了他的兄長白家四房嫡出的第七子白卿玦，以身引開追兵，且深入西涼雲京完成刺殺任務。她知道，當大難突逢那一刻，她的九弟白卿雲面對骨肉親情幾乎是本能的做出決定，捨己護兄，捨己護……白家嫡出正統得以延續。這世道總說什麼嫡庶尊卑，可對她來說這嫡庶尊卑大不過骨肉親情，大不過她希望小九能平安活著。

酸澀就卡在她的嗓子眼兒裡，又被她拼盡全力咽了回去，她死死握住韁繩，幽暗深邃的目光堅定沉著，必須救回小九，不論付出什麼樣的代價。

肖若江見山下寬道上正緩緩而行回秋山關的西涼議和隊伍，壓低了聲音喚白卿言一句：「大姑娘！你看！」山下，舉著火把的西涼軍隊伍蜿蜒如長龍，那些西涼兵是西涼炎王李之節帶去議和的，此時他們正往秋山關走。

白卿言凝視山下的西涼軍，咬緊了牙關：「肖若江在前帶路，抄近道前往秋山關，務必在李之節大隊回秋山關之前，救出小九！」

「是！」隊形變換，肖若江單人快馬衝到最前，一行人迅速交替插入排成一隊，隨肖若江在最滑最窄卻最近最快的山路中，騎馬前行。

夜黑風高，萬籟俱靜，幽森深林中，黑影幢幢，道險路難，駿馬矯健，蹄踏飛揚。

狂風樹枝迎面刮過，白卿言恍若不知疼，沒見到小九她不能安心，她熱血翻湧，心神難安，只想快一點再快一點兒！

秋山關坐落於秋山峽谷之中，兩側峭壁林立，秋山關乃是西涼第一道天險，欲從幽華道去往銅古山，或欲從銅古山前往幽華道，怎麼都繞不開秋山關。

秋山關天險，秋山銅古山方向的截面峭壁下便是寬廣的天神湖，除非長了翅膀才能不過秋山關城池來往幽華道與銅古山，否則便只能費時費力的繞整座秋山與川嶺。

秋山關城池內，一家客棧前院突然竄起大火，街面兒上敲鑼打鼓，遠遠望去紅彤彤一片被夾裹在黑煙之中，火勢洶洶，連客棧隔壁酒樓都被熏得黑漆漆的面目全非。街上還穿著中衣的百姓拎著水桶水盆一個勁兒的往火裡潑水，可火苗剛被壓下去，又突然「轟」的竄起，比剛才更猛烈，火光帶著股要燒穿九霄的狠勁兒，火舌順著水流亂竄，逼得人節節後退。

秋山關百姓大驚失色，「火油！是火油！水撲不滅！有人縱火！」

「快去官府敲鼓！有人縱火！」沖天大火到底是驚動了秋山關守城軍，守城將軍派兵前去救火。

客棧內，刀光劍影，虎鷹營銳士與董家死士殊死與李之節的人搏殺。

沈良玉心裡清楚，客棧一起火便需要迅速撤出去，否則引來秋山關守城兵，他們怕是都不能活著出去了！他著實沒有想到，西涼炎王豢養的死士裡竟然有這樣的智者，竟然知道放火引起秋山關西涼守軍注意。沈良玉見西涼死士拼死要將他們困在這裡，咬緊了牙，目眥欲裂喊道：「迅速突圍！」

身上帶傷的肖若海目光沉著，一手長劍一手短刀，背上背著已經暈過去全身鮮血淋漓的白卿雲，用繩子將他與白卿雲死死綁在一起，沈青竹、沈良玉、白錦稚三人將肖若海背上的白卿雲護在中間，而死士與虎鷹營銳士則圍在最外圍成一保護圈，全數人員皆被困在此處寸步難行。

白錦稚紅著眼，在白卿雲背後手持銀槍，咬緊了牙環視四周，以防背後被襲。

突聽箭矢破風而來，白錦稚睜大眼推開左側沈青竹：「小心！」

泛著寒光的箭矢穿透白錦稚還未來得及收回的手臂，白錦稚死死咬著牙悶哼一聲。

「四姑娘！」沈青竹用手中長劍將朝他們飛來的羽箭打落。

「東南角！」白錦稚捂著胳膊喊道。

虎鷹營銳士聞聲，精準找到屋頂箭駑手的位置，三人一躍而上，手起頭落……一片血霧在月色噴起又隨虎鷹營三人翻身而下消散。近身肉搏，皇室貴族豢養的死士，往往不如虎鷹營這種真正無數次在戰場上拿命搏的鐵血戰士來的更加驍悍，招招狠戾，步步奪命，險象環生。

殺紅了眼的沈良玉，猛然抬眼朝客棧前院火海方向看去，他聽到了馬蹄重甲的聲音，嘶吼道：「不要戀戰！撤！快撤！殺出一條血路！快！」

董家死士與虎鷹營得令，紛紛聚攏至沈良玉一行人身側，前赴後繼不要命搏殺出路。

白錦稚頭一次置身於這樣的生死一瞬，看著虎鷹營銳士在她身旁倒下，看著董家死士以胸擋刀只為多殺幾人讓他們一行人向前推進幾步，白錦稚只覺鼻息間全都是滾燙的血腥味，頭皮發緊，想也不想掰斷箭尾護在白卿雲身後四面警戒。

鮮血順著白錦稚手臂不斷向下淌，她整個手臂疼到發麻全然沒有知覺一個勁兒的抖，手卻還死死握著銀槍以防萬一，畢竟……沒有什麼比護著白卿雲活著離開這裡更重要！

「將軍！」虎鷹營銳士殺了把守客棧小側門的最後一個死士，對沈良玉高呼一聲已先一步出去探路。

「轉！」沈良玉突然帶頭，調轉方向往客棧側門退，箭矢刀光中，且退且戰。

李之節死士帶頭之人喊道：「讓守城兵攔住他們！」

客棧側門打開，沈良玉斷後，肖若海、白錦稚、沈青竹才剛從客棧退出來，便被高舉火把的守城西涼軍團團圍住，弓弩手齊齊對準了沈良玉、肖若海一行人。

白錦稚喉頭翻滾，下意識一手護在白卿雲脊背之上，一手緊緊攥著銀槍，雙眼竟被那搖曳燭火晃的生疼。

「晉人?!」騎在高馬之上的西涼守城將軍用彎刀指著沈良玉，咬牙切齒如同與晉軍有著血海深仇，「你們是晉軍?!殺了我們西涼十幾萬將士的晉軍?!」

白錦稚死死咬著牙，瞪向那坐於高馬之上的西涼守城將軍，已做好殊死相搏的準備。

沈良玉啐了一口帶血的唾液，負於背後的手做了一個圍護白卿雲的手勢，心中帶著必死的決心要為白卿雲和白錦稚殺出一條血路，冷聲道：「老子白家軍虎鷹營……沈良玉！」

虎鷹營猛士毫無畏懼，舉刀上前。董家死士皆退至白卿雲與白錦稚身旁，用血肉之軀將他們護住。

那西涼守城將軍雙眸通紅，怒目嘶吼道：「殺了這群敢踏足我西涼國土的晉國狗賊！為我西涼將士報仇雪恨！」

「殺！」沈良玉一聲令下，作戰經驗極為豐富的虎鷹營猛士在西涼軍箭矢飛射出來的同時……

二十人行動如一轍般飛奔上前，翻身一躍，劍刃泛著寒光的長劍一過，率先割斷了西涼弓箭手的喉嚨，殺入敵軍之中。

沈青竹、白錦稚貼身護在肖若海身旁，握緊兵器。

董家死士與西涼兵軍刀鏗鏘碰撞之聲激烈，長刀入肉，鮮血噴濺就在眼前，白錦稚熱血沸騰想要衝進鏖戰之中殺盡這些西涼兵，可她得護著重傷在身的白卿雲。

董家死士與虎鷹營銳士在沈良玉帶領下，用血肉之軀抵擋住西涼兵，給背著白卿雲的肖若海、沈青竹和白錦稚拖延出撤退時間。

「一會退到山坡，你護四小姐和九公子騎馬先走！小心羽箭！我替你們拖延時間！」沈青竹臉色沉著開口，護著肖若海與白錦稚一邊急速往後退一邊道。

「圍住他們！一個都不能放跑了！」西涼騎於馬上的將軍高聲喊道，他鷹隼般的目光凝視著肖若海背在背上鮮血淋漓昏死未醒的白卿雲，瞬間便明白這些白家軍不要命的拼戰都是為了救那個人！那西涼將軍扯住韁繩，一夾馬肚，戰馬嘶鳴，帶著身後銳士直直朝著肖若海他們的方向衝了過去，他手中高舉的彎刀殺意逼人。

「肖若海！護姑娘公子先走！」沈青竹咬緊了牙，持劍迎面朝著那位將軍衝去。

她踩住牆面一躍而起長劍直朝馬上戰將而去，那西涼戰將忙舉彎刀擋住，誰知沈青竹左手竟急速從背後抽出短刀，與肖若海一般一手長劍一手短刀，刀刃寒光逼向西涼戰將喉嚨。

西涼將軍瞳仁睜大，身體後仰躲過沈青竹的襲擊，卻沒有同沈青竹糾纏，烈馬一躍而起直直朝轉身欲跑的肖若海縱身而去，馬上西涼將軍彎刀高高舉起……只要落下就能砍掉肖若海或白卿雲的頭顱。

肖若海長劍撐住身體，猛然轉身握緊短刀意圖擋住那來勢如風雷的敵刃。

白錦稚睜大了眼嘶吼著的抄起銀槍，朝那躍起戰馬的頸脖刺去。

電光石火間，不知從哪兒卷風破空而來的嗡鳴箭矢……帶著濃烈寒氣射穿西涼將軍喉嚨，直直紮入對面酒樓屋簷之中，箭羽顫抖不止。

被白錦稚刺穿了頸脖的戰馬抬蹄淒厲嘶鳴。

那西涼將軍高高舉起的彎刀沒有來得及落下，他睜圓了眼望著明月高懸的險峭坡頂，一人一馬搭箭拉弓居高臨下，戎裝甲冑寒光逼人，紅色披風獵獵，周身是如同地獄羅剎般凌厲而濃烈的森然殺意。可不等西涼將軍高呼出聲，鮮血便從頸脖上的窟窿往外噴射，他連張嘴預警的餘地都沒有，噴出一口鮮血隨被刺死的戰馬一同跌落，血霧飛灑。

白卿言心中怒血奔騰，再晚一步……後果不堪設想！被月光映照冰冷如霜的陡滑石坡之上，她眸底寒芒駭人，高舉射日弓，咬牙切齒喊得聲嘶力竭：「給我殺！」

聞聲望去的西涼兵見喊殺之聲震人心魄的白卿言身後……竟不知從哪兒冒出來了近百戰馬。馬嘶揚蹄，聲破雲霄，近百騎兵無所畏懼，以雷霆萬鈞之勢從險峻高處俯衝而下，彪悍到讓人脊背發涼，汗毛倒立！

白錦稚看到冰涼如霜的月光之下，帶頭衝下來的便是白卿言，她熱血奔湧，克制不住眼淚，高聲哭喊：「長姐！」她以為……今日她要同九哥一起死在這裡了！

虛活十幾載，白錦稚在大都城難逢敵手，甕山激戰也有長姐在旁……有浴血同戰的同袍相護，她從未如同今日這樣覺得孤立無援，從未覺得死亡離她如此之近。驚魂未定之時看到長姐，她如同看到了主心骨一般，激動的熱淚無法忍住。長姐都來了，她還有什麼好怕的?!

險峻棱石陡坡之上喊殺聲，震撼四野。

白錦稚如飲牛血頓時熱血翻湧，她咬緊了牙，用衣袖抹去眼淚，一腳踩著馬頭拔出自己的銀槍，咬牙切齒提槍衝上前與圍了他們的西涼兵廝殺：「來啊！西涼的雜種們！」

肖若海護著背在身後的白卿雲，雙手緊握戒備。

近百戰馬衝入包圍圈，手起刀落收割了一大片西涼軍頭顱，將包圍肖若海的西涼兵隊形沖散，西涼軍見如此悍兵心生懼意，手握長刀緩慢向後退。

西涼地盤救人，如同虎口奪食，凶險可想而知。

西涼兵士前赴後繼接連不斷，沈良玉所帶虎鷹營雖然驍勇善戰可雙拳難敵四手，二十位虎鷹營銳士已經戰死一半，董家死士更是多數戰死，就連沈良玉也中了一刀，若非這一刀偏了怕是要當場斃命。

沈青竹一手長劍一手短刀，刀鋒所到之處必取人性命，可太多了……西涼兵真的太多了！沈青竹再勇……獨自一人已然有些吃力，胳膊變得沉重，劇烈粗重的喘息間眼前全都是白霧模糊視線，血霧噴濺於臉上凝結成冰懸掛於眼睫之上，她憑藉本能如燕身形不停歇穿梭於西涼兵之間，隱隱聽到高處戰馬嘶鳴，她趁喘息之機抬頭，就見騎馬而來的蕭颯身影……人未到，殺氣已臨。

自白卿言受傷以來，她這樣的身影在沈青竹夢中出現過無數次，沈青竹也無數次自責當初為何沒有保護好大姑娘，讓白家軍丟了那個算無遺漏驍勇無敵的小白帥！

可如今，她又回來了！沈青竹熱淚盈睫，沖化了懸於眼睫的血冰，嘶吼著握緊了雙刀，彷彿有無限勇氣與力量從腳底湧出，能殺他千百西涼賊。

骨哨聲不斷從高處傳來，肖若海背著白卿雲耳朵動了動。

【肖若海、沈青竹速帶九少撤往少陽郡！】骨哨不斷吹響命令著，他聽到了聽得非常清楚。

黑色駿馬之上的肖若江看到滿身是血的肖若海，喊了一聲哥，猛夾馬肚朝肖若海的方向衝去對肖若海伸出手，肖若海俐落收劍一把抓住肖若江的手，他被拽上馬的同時肖若江翻身下馬穩穩落地。肖若江眸色沉著冷漠，一刀穿透西涼兵的胸口，寒刃拔出那一刻鮮血飛濺，他朝著肖若海嘶喊道：「走！」

肖若海一手扯住韁繩，一手執刀，看了眼背後的白卿雲，回頭就見凜然騎於馬背之上的白卿言眸色幽黑，以風雷之速拉弓放箭，殺氣讓人心膽俱寒。

箭矢從白卿雲耳邊裹風呼嘯而過，一箭穿透向肖若江舉刀的西涼兵的頸脖。

白卿雲被鮮血黏住的墨髮被箭矢之風帶起，他無力垂落在肖若海身側血肉模糊的手指動了動。

白卿言雙眸泛紅，快馬上前，終於看到被肖若海死死用布條纏在身上的白卿雲，他身披肖若海外衣，除了那張臉之外……裸露出來的皮膚沒有一塊完好，一瞬她目眥欲裂。

白卿雲到底受過怎麼樣的酷刑凌辱，肉眼一見便能分辨，她心中怒火沖天，抽出羽箭，恨不能殺盡對白卿雲動手的西涼狗賊。她喊道：「速帶小九離開！」

肖若海點頭，咬著牙夾緊馬肚：「駕！」

馬背顛簸中，綿軟靠在肖若海脊背上的白卿雲眼瞼極為艱難地張開一條細縫，竟模模糊糊看到了騎馬與他擦肩而過的白卿言。

長姐？是夢嗎……長姐怎麼會在這裡？

「長姐……」白卿雲張了張嘴，極為虛弱的聲音被湮滅在震天的喊殺聲之中。他能感覺到長姐眸中殺氣鋒芒內斂而凌厲，紅色披風翻卷如雄鷹展翅，手持射日弓，一如當年般驍勇無敵。

「長姐……」他手指動了動，想要抓住長姐翻飛而起的披風，卻抓了個空……全身無法動彈，只有黑色的眼眸轉動想跟隨白卿言，可卻在顛簸中越行越遠，意識又逐漸快被黑暗吞噬。

是長姐來救他了嗎？可長姐病弱之軀又怎能拉得動射日弓？他應該要死了，所以在做夢吧……這夢可真好啊！死前能夢到長姐來救他，能夢到長姐並未因為他是庶子就放棄他，此生無憾了。他知道，長姐若真在……定會救他！就如同以前每一次他被罰跪祠堂，總是長姐救他一般！好希望人真有來生。來生，他還做白家子！來生，他還做白家軍！

只願七哥還能活著，嫡子活著……白家傳承就有希望！他平生最嗤之以鼻的庶護嫡，可在生死千鈞一髮之際，他終還是明白白家家規庶護嫡是為什麼！不是祖父偏心，而是世道視嫡為正統傳承！白家嫡子，不能死！白卿雲只覺秋山關城內那片明亮的光點離他越來越遠，以為自己死期已到，卻遺憾死前還是不知道七哥有沒有能活下來。

秋山關內，白卿言帶近百人騎馬而來，飛馬踏敵寇，長刀斬敵頭，紛紛接應自家將士、死士，把人拉上馬背便撤往高山之地，再舉起弓弩掩護正在登山的虎鷹營銳士與董家死士。

被白錦稚長槍捅死的西涼士兵睜大眼雙手死死拽著白錦稚手中銀槍，白錦稚咬緊了牙沒有能拔出來，眼見四面皆有西涼戰士舉刀，寒光朝她而來，白錦稚屏住呼吸腦子一片空白，嘶吼著想要拔出自己銀槍。

「小四！撿刀！」白卿言聲嘶力竭，快馬直衝向白錦稚，抽出箭筒裡最後三支箭，搭弓射出……

肖若江聞聲回頭，動作比腦子快……三步並作兩步，飛身而起一刀宰了一個西涼兵，抬手按住已經懵了的白錦稚的腦袋，將她護在懷中以脊背抵擋西涼利刃。

三支羽箭，一箭穿透西涼兵胸膛，一箭穿過西涼兵頸脖，一箭射空……

寒光砍落在肖若江肩膀上，幾乎要削掉肖若江的整條手臂，他怒吼著轉身揮劍，將那西涼兵頭顱斬下！

「小四！」白卿言伸出手。

肖若江咬牙將白錦稚抱起遞向白卿言，直到白錦稚結結實實抱住白卿言的鎧甲，這才回過神來：「長姐……」

白卿言抬眼望著遠處虎鷹營快馬衝進西涼軍中的驍勇戰士已經將沈良玉他們拉上馬，在箭雨中狂奔而來，高喊道：「撤！」

沈青竹盯住一匹無主的受驚之馬，收起短刀，一把抓住馬鞍一躍而上，高呼傳令：「撤！」

「撤！」虎鷹營、董家死士，聞訊紛紛抓住臨近戰友的手上馬，快馬朝陡坡之上攀爬。

白卿言俯身從石坡死屍身上抽出羽箭，拉弓朝西涼兵射去，朝狂奔而來的沈青竹喊道：「先走！快！」

沈青竹咬緊了牙關頷首，馳馬朝陡坡之上衝。

坐於駿馬之上的白卿言，視線望著背駝虎鷹營與董家死士的烈馬紛紛往山上急奔，扯緊韁繩如定海神針般立於山坡中下方的位置。

高坡之上，百箭齊發，從白卿言身後飛往前方，所到之處……西涼兵慘叫倒下一片。

李之節一行人還未到秋山關，便聽到城內喊殺聲震天，似有火光沖天。

前頭帶隊的西涼將軍立刻命令隊伍停止前進，快馬跑至李之節馬車之前，喊道：「王爺……城內似乎有情況！請王爺稍候末將帶人去探明情況！」

隊伍沒有進城突然停止前行，陸天卓察覺到了不對勁兒，看了眼已經哭累睡著的李天馥掀開馬車車簾，騎馬朝李之節馬車方向狂奔而來：「王爺！可是出事了?!」

李之節聽聞城內出事已經下了馬車，正要與西涼監軍同行去查看情況，見陸天卓騎馬過來，他翻身上馬道：「一起去看看！」

城門一開，李之節一直被困在城內無法出去的死士忙上前：「王爺，有人劫人！」

李之節握著韁繩的手一緊：「誰?!」

「白家軍，虎鷹營！」

「人呢?!被截走了嗎?!」李之節睜大了眼，握著韁繩的手青筋高高凸起。

此次李之節沒有將那個白家子用在和談之中，為的就是以此白家子為誘餌殺白卿言，可若這個白家子被救走了或是死了，那便失去他大老遠將那白家子帶來的意義。

「屬下不知！」李之節手下的死士垂頭道，「是嚴達大人讓屬下去給王爺報信，可是……秋山城門不開，屬下……沒能出去！」

陸天卓呼吸粗重，顧不上等待李之節的命令，一夾馬肚快馬朝關押白家子的客棧狂奔而去。

李之節咬了咬牙，帶兵急速朝客棧方向而去。還未靠近就見沖天火光，濃烈的血腥味迎面撲來，西涼兵弓弩手蹲跪在山腳下，不斷交替朝高坡方向射箭。

李之節衝至山下，一把拉住韁繩，胯下烈馬激昂揚蹄止步，來回踢踏著馬蹄似意欲衝上那高坡，與騎馬立於頂端居高臨下之人決一死戰。

他死死拽著韁繩，制住他身下烈馬，瀲灩深邃的桃花眸望著山上的方向瞪得極大，竟然是白卿言！她怎麼知道白家子在這裡?!她怎麼會親自來救人！且來的這麼快！剛才分別之時，他親眼看著白卿言隨晉國太子離開，她怎會先他一步來到秋山關?!

李之節突然想到了那個叫千舟的婢女，難不成那婢女還真是大晉安排在西涼的暗樁?!

不……不對！即便那婢女真是暗樁，又怎麼會知曉他藏了白家子？藏在哪兒?!晉國太子又怎麼會讓白卿言來救白家子？不讓人暗中殺了此子都是好的！

李之節心臟突突直跳，他似乎都感覺到了白卿言眼神正看向他，冷漠嗜殺。

想到小九身上的傷，白卿言就恨不能將李之節碎屍萬段，將李之節給小九帶來的屈辱折磨以百倍還給他。

皎皎圓月之下，風骨清雋傲岸的白卿言用射日弓指向李之節的方向，雖無箭……但如地獄修羅般的殺氣如破風而至，李之節坐騎靈敏感應到冷肅殺意，生生退了兩步。

白錦稚坐在白卿言身後，雙手死死抱著白卿言的腰身，看著山下徒勞放箭的西涼兵，還有已馳馬到山腳下的西涼炎王李之節，她說：「長姐，我們走吧！」

聽到小四的聲音，想到小四身上的傷，她收回射日弓，用力一扯韁繩……

李之節胸口起伏劇烈，只能眼睜睜看著白卿言坐騎怒馬嘶鳴，揚蹄而去。

陸天卓死死咬著牙，調轉馬頭：「王爺！派我一百兵力，我去追！」

李之節閉了閉眼，再睜眼時桃花眸中平靜幽沉：「就算你追上了也殺不了白卿言的，不過是多送些人頭給白卿言罷了！阿卓……你要沉住氣，要知道本王如今比你更想殺了這個白卿言，留下此女……將來兩國開戰，便是西涼的大禍患！」

陸天卓心臟撲通撲通直跳，回頭朝高坡之上看了眼：「可……」

「追殺不行！得用別的方法！」李之節臉色鐵青，看著倒了一地的屍體，其中還有晉國普通死士亦有虎鷹營的人，他瞇了瞇眼道，「我就不相信，白卿言來救白家子的事情敢同晉國太子說！她必然是偷偷帶人前來的！將這些晉國死士和虎鷹營的屍體都裝起來！現在……本王就帶著這些屍體，前去向晉國太子討一個說法。」

說罷，李之節彎腰俯身從一西涼兵屍體上拔出虎鷹營所用短刀，用力插向自己的肩膀。

「王爺！」「王爺！」西涼兵將士大驚失色。

李之節死死咬著牙拔出利刃交給陸天卓，抬手捂著傷口，鮮血簌簌從指縫往外冒，疼得他額頭青筋暴起。

「傳軍醫！大夫！」

李之節咬著牙對陸天卓冷聲道：「抬起這些晉兵的屍體，隨我前往幽華道！問一問白卿言同白家軍虎鷹營在和談盟約簽訂之後來刺殺本王意欲何為！」

他扣押私藏了白家子的事情，既然和談時沒有說，一會兒便也不能說！所以白卿言來秋山關不是救人是幹什麼來了？只能是來刺殺他……西涼炎王李之節！

兩國和談剛剛簽訂盟約，晉國白家軍虎鷹營的人便偷偷夜襲秋山關，刺殺西涼炎王，晉國太子知道了後會怎麼想?!晉國君臣之間的信任本就危如累卵搖搖欲墜，晉國皇室對白家一向是且用且防，難道不會覺得，是白卿言怕被收繳兵符，喪失兵權，所以意圖再挑起兩國戰事？

即便是今日晉國太子不處置白卿言，他也要在晉國皇室的心裡埋下一根刺，讓晉國皇室知道，今日她白卿言只剩一萬白家軍，就敢背著晉國太子……在其眼皮子底下調動白家軍刺殺已與大晉簽訂議和盟約的西涼親王！明日白家軍壯大，她白卿言就敢做出讓晉國皇室最害怕的事情來。

白卿言足智多謀，李之節不想給她過多喘息準備的機會，打鐵要趁熱，他這就帶著還熱呼的屍體去向晉國太子討說法！他倒要看看……晉國是否真如白卿言說的那般，臣忠主不疑！

白卿言命董家餘下死士全部跟隨沈青竹前往少陽郡，她帶著餘下虎鷹營回幽華道。

路上，她詳細交代了所有虎鷹營銳士，一會兒回幽華道後，對外就稱白錦稚與沈良玉是她派去暗中巡查秋山關是否有異的，結果白錦稚沈良玉他們見秋山關城內一家客棧有身著晉服之人進進出出，心生疑竇便去查探。

誰知被那些人發現，雙方便交起手來，那些人肆無忌憚火燒客棧引起秋山關守城西涼兵的注意，西涼兵與那些人一同絞殺他們，幸而白卿言去的及時帶人將他們救了出來。

關於董家死士與白卿雲，還有肖若海、沈青竹，一個字都不要提。

此次，白卿言等人未能來得及打掃戰場，董家死士的屍身與虎鷹營銳士的屍身來不及奪回，即是如此……那便將事情半真半假回稟太子，將董家死士算成西涼李之節的人，如此才能防止李之節用董家死士與虎鷹營銳士屍身做文章。

天即將放亮之時，幽華道守營將士見白卿言帶著受傷的虎鷹營銳士回來大驚，連忙將大門打開，放他們進來。

為護白錦稚使背後被砍了一刀的肖若江面色慘白，強撐著一路騎馬回來，戰馬一入軍營，他再無力支撐從馬背上跌落。

「傳！軍醫！快！」晉軍高呼道。

「肖若江！」白卿言翻身下馬，命人背著肖若江即刻去軍醫帳中救治。她看著肖若江鮮血淋漓的背影，咬牙，又對白錦稚和虎鷹營的將士們道：「你們先去處理傷口，我去見太子殿下！」

白錦稚點頭，她擔心肖若江，立刻跟了上去。

身上帶傷的沈良玉，上前一步道：「末將身上的傷暫時不要緊，與小白帥同去見太子！是末將等先到秋山關的，只有末將才能同太子殿下說清楚秋山關之事。」

白卿言猶豫片刻頷首，帶沈良玉朝太子大帳方向走去。

太子已經睡下，全漁見一身鎧甲染血的白卿言與滿身是傷的虎鷹營沈良玉帶風而來，忙迎了出來：「白將軍，您這是……」

「我有急事見太子殿下！秋山關內有情況！」白卿言對全漁抱拳道。

全漁一驚，連忙轉身回了大帳喚醒太子。

太子迷迷糊糊被叫醒，聽全漁說白卿言與沈良玉鎧甲染血而歸，稱秋山關有異，頓時清醒過來。太子披了件大氅讓人亮燈，命人喚白卿言與沈良玉進來。

白卿言與沈良玉帶著一身寒氣入帳，銀甲染血嚇了太子一跳。

「殿下！秋山關有異！」白卿言單膝跪下。

「全漁扶起白將軍！喚張端睿幾位將軍前來！」太子對於戰事不懂，既然秋山關有異他必得將幾位將軍一同叫來聽聽，想了想太子又補充道，「將方老、任世傑還有秦尚志請來！」這三位是太子的謀士。

在事情鬧開之前，白卿言所言會讓人先入為主，這對白卿言有好處她沒有攔著。

很快，張端睿幾位將軍火速趕來，聽沈良玉敘述秋山關之事。

「今日我奉小白帥之命，與白四姑娘帶了二十人前去秋山關城內探情況，誰知竟在秋山關城內看到一群身穿晉服的練家子在一家客棧進進出出。我與四姑娘察覺有異，便帶人悄悄潛了進去，想弄清楚那群人要做什麼。沒成想……我們剛進去就被發現，那些人身手奇高，警覺性極強！我等本欲抓活口審問，誰知那些人竟然一點兒都不怕驚動秋山關守兵，竟然在客棧內放火引起注意！而那些秋山關西涼守兵來了之後，竟然同那些身著晉服的高手一同絞殺我等，二十多人死傷大半，我與四姑娘險些也命喪秋山關！若非殿下派小白帥及時馳援，我等怕有去無回！」

沈良玉稱太子派白卿言馳援，這說法非常巧妙，隱隱給了在坐諸位將軍錯覺……認為虎鷹營秋山關之行也是奉了太子之命的緣故。

白卿言見鮮血順著沈良玉衣衫往下滴答，便道：「沈將軍速速包紮傷口，剩下的我與殿下和諸位將軍說！」

「去吧！」太子對沈良玉頷首。

沈良玉這才抱拳離開太子大帳之中。

白卿言望著太子道：「議和之時，西涼炎王李之節便諸多說詞，甚至扯出殿下安排了一個什麼女婢混入議和帳中……想要推託他日再談議和！秋山關城池之中，又有身著晉服的高手與西涼秋山關守軍一同絞殺前去查探情況的虎鷹營，這其中必有問題！」

張端睿想起議和帳中李之節的確三番兩次推託，說要改日議和，再想到秋山關城內之事……心中頓時警鈴大作。

「他娘的！我看這西涼狗是沒有挨夠打！還想打！我們還怕他們不成！打他狗日的！」甄則平憤怒罵了一句。

「西涼如今內政不穩，我倒是覺得他們若想打……也不必前來求和了！」白卿言裝作垂眸細細思索之後道，「就怕，西涼是有什麼陰謀！可我一時卻想不透他們安排了一群身著晉服的高手在秋山關內，到底是想做什麼！」

坐在一旁的方老摸了摸山羊鬚開口：「既然是穿了晉服，自然是和我們晉國有關！」

張端睿咬了咬牙：「可西涼安排這些人想幹什麼？」

白卿言搖頭：「沈將軍他們本想抓個活口，可西涼守軍來的太快，他們自顧不暇……到底還沒有弄明白。」

「總不至於，是讓那些人來刺殺太子吧?!」石攀山抬眉說了一句，「西涼敢嗎?!」

太子腦子裡已經是一團漿糊。

秦尚志亦是沒有弄明白，如今西涼內亂頻生，議和於他們有利啊！為何又要來這麼一齣？

「既然摸不清楚他們的意圖，我們倒不如主動出擊！」秦尚志緩緩開口。

白卿言聽完秦尚志的話頷首，對太子抱拳道：「那麼，便請太子派人要回我虎鷹營銳士遺體，看看西涼作何解釋吧！」

「不可！」方老摸鬍鬚的手一頓，急忙看向太子，「不論如何，現在秋山關還是西涼的，晉國派人去探已屬不妥當，此事我們晉國掩蓋都來不及……怎能前去要遺體？那不是向西涼承認我們派人去探秋山關了嗎？太子三思啊！」

秦尚志一聽方老開口與他唱反調，眉頭緊皺，立時就不願意再說話了，反正只要方老一開口，太子必定聽從方老的，他多說無益。

白卿言餘光掃過那位故作沉穩的方老，垂眸應聲：「方老顧慮也對，原本殿下也交代了要悄無聲息回來，是我等無用……辜負了殿下！」

太子見白卿言十分自責單膝跪下，示意全漁扶起白卿言，徐徐道：「白將軍無需自責！原本就是因為李之節在議和大帳中推三阻四，不惜攀誣孤安排什麼女婢……非要改日議和，我晉國去探他秋山關也屬謹慎行事，且不探又怎麼知道……秋山關裡竟然還藏著一批身著晉服的練家子能與西涼守城兵聯手！」

白卿言被全漁扶起來，看向方老，姿態十分恭敬：「不知方老有何良策？」

方老看著白卿言恭恭敬敬的模樣，心中頗有些自得，越發拿起架子來，他故作深沉摸著鬍鬚，側頭看向太子：「依老朽拙見，倒不如以靜制動！我等加強防備保護好太子安危，且看西涼炎王李之節想要作何打算！」

太子想了想點頭：「諸位覺得呢？」

「眼下不清楚西涼意圖，這樣也好！不過……總不能讓我晉國虎鷹營銳士的遺體不能歸國吧？」張端睿是個軍人，怎麼說虎鷹營諸位兄弟都是隨他們一起上戰場浴血拼殺過的戰友，他們的遺體怎能丟下不管？這會寒了晉軍將士的心啊！

方老抬眉一副居高臨下姿態望著張端睿，高聲質問道：「難不成幾具遺體，要比我晉國盛譽更重要？」

方老這個問法，讓帳中幾位將軍皆朝他側目，眼神不滿又漠然。

「你們這些文人酸儒懂個什麼?!」甄則平激動站起身咬牙道，「國之英雄，為國捨命！難不成他們的命就賤如草芥?!難不成他們的遺體不值一文?!他們就不是娘生爹養的不成……」

「對啊，誰不是娘生爹養的！可是為了大晉的盛譽，哪怕是將我這把老骨頭挫骨揚灰我也甘之如飴，作為軍人……難道這覺悟還不如我一個老頭子！生為晉民……當為晉國！區區一副骸骨算什麼?!」方老站在道德的至高點，中氣十足。

甄則平睜大了眼：「放你娘的屁！」

「你！士可殺不可辱！你個粗野之徒這樣羞辱老夫……太子殿下，您就這樣看著?!」方老被氣得險些暈過去，一張臉漲紅。

「好了好了！此事讓孤再想想！」太子本就是睡夢中被叫起來，腦子一團漿糊，甄則平粗聲粗氣一嚷嚷太子不免頭疼，「白將軍受傷了吧！先回去包紮傷口，稍作休息！」

「是！」白卿言恭敬行禮後，才從太子大帳之中退出去。

傷兵營內，白卿言看了眼此次隨她前去救人受了傷的虎鷹營諸位銳士都安好，又在已經服了藥睡著的肖若江床前站了良久，身側拳頭微微收緊，轉頭對軍醫說：「好好照顧他。」

軍醫看著白卿言身上和鎧甲上的傷口，道：「將軍，您的傷口怕是也要處理一下！這位是自薦而來的女醫官，醫術確是不錯，讓她給您看看吧！」

戴著面紗的女醫官上前給白卿言行禮，抬眼望著白卿言：「將軍！」

「有勞了！」白卿言對女醫官頷首。

拉上簾子，女醫官小心翼翼替白卿言脫下戰甲與衣衫，瞳仁輕顫……她從未見過哪個女子，身上有白卿言這樣多的傷口，目光所及，傷口橫七豎八……到處都是！有陳舊的，還有新鮮沒有癒合，還有前幾天受傷已經結痂又裂開的。

女醫官抬頭看了眼坐於櫈子上，面色平靜眼睛也不眨的白卿言，想起為護豐縣百姓而亡的白家軍疾勇將軍白卿明，眼眶忍不住發紅。

她是個被西涼軍玷汙毀容的殘花敗柳，本要舉刀自盡，是疾勇將軍白卿明一躍下馬用他的披風將她殘軀裹住，一雙眸子灼灼似火望著她說：「白家軍將士前線浴血廝殺！為的難道是讓我們以命所護之百姓得救之後舉刀自盡的嗎?!活著！活著比什麼都重要！你活著才不愧對白家軍數萬將士捨命之德！」所以，她咬牙苟且活了下來。女醫官動作輕柔用細棉布沾了熱水清理傷口邊緣，忍不住低聲開口：「將軍，我父親是豐縣草安堂的大夫，豐縣百姓有幸得白家少年將軍白卿明捨命相護，得以活命！小女替豐縣百姓謝白家少年將軍！謝白家軍！」這就是她為何要冒險前來幽華道的原因！

白家諸位將軍為護他們這些命如草芥的百姓而亡，當她聽說早些年身受重傷武功全失的白家嫡長女……白家軍小白帥，在白家諸位將軍戰死之後，從大都奔赴邊疆領軍殺敵，保境護民，她一腔熱血頓時沸騰不已。她想著，小白帥為女子，她受傷之後軍醫多無法細觀診治，她是女子又有一身醫術，定能幫上小白帥，所以她給父親留信，偷偷來了幽華道。

白卿言看著眼前雙眸通紅，低垂眼睫帶淚的少女，陡然想起了自己的姑姑，她的姑姑白素秋……師從洪大夫，洪大夫曾說過姑姑青出於藍勝於藍，醫術早已遠超於他又比他多了一腔報國熱血。她不免對面前的小姑娘心生好感，低聲問道：「多大了？叫什麼？」

「十六了，姓紀，名喚琅華。」紀琅華手下動作輕柔又利索，努力睜大眼不讓自己淚掉下來，「我的命……是白家軍和白卿明將軍給的。」

「西涼大軍圍困豐縣之時，我就在城牆上幫忙給白家軍傷患包紮傷口，我是……親眼看著西涼主帥將白家十歲小將軍斬首刨腹……」紀琅華哽咽難言說不下去，用衣袖擦了把眼淚，接著道：「我也是親耳聽到疾勇將軍高呼白家軍不戰至最後一人，誓死不退！白家軍上至白帥……下至普通將士，皆為護民戰死！我這等命如草芥之民，也想……為諸位將士出一分力。」

聽到豐縣二字，白卿言難免想起白卿明與小十七，心頭酸澀難當，哽咽之聲如同歎息：「豐縣啊……」

「是！豐縣……」紀琅華喉嚨脹痛。

白卿言似乎能透過紀琅華的面紗知曉她臉上猙獰的刀口傷疤，悲傷的聲音染上了一層沙啞：「如此，你可得好好活著，別辜負了……死去的白家軍啊！」

紀琅華聽到白卿言這話與白卿明如出一轍，含淚稱是。她替白卿言包紮好傷口，小心翼翼替白卿言穿戴好還未來得及擦去血跡的戰甲，福身行禮送白卿言離開。

已經包紮完傷口的沈良玉還未休息，拎著一個酒罈正要去白錦稚帳中，見白卿言從治療傷兵的大帳中出來，忙上前幾步：「小白帥！」

「怎麼還不去休息？」白卿言視線落在沈良玉剛包紮好的傷口上。

「想到今日四姑娘受了傷，給四姑娘送這個……」沈良玉笑著將手中酒罈舉了起來。

大約是救出了白卿雲，沈良玉心情愉快，整個人看起來絲毫不見疲憊。

「蜜酒！」白卿言伸手接過，「我以前也喝過！聽說這可是你們家祖傳秘方啊！我給小四送去，你快去休息吧！」

「是！」沈良玉頷首，看著白卿言鎧甲上的血跡又問，「小白帥也受傷了？要緊嗎？」

她搖了搖頭：「都是西涼軍的血！」

沈良玉鬆了一口氣，點頭抱拳告辭，回去休息。激戰了一夜，沈良玉也的確是乏了。

此時太子已經睡意全無，他聽著方老徐徐之聲裹了裹大氅。

「不論西涼藏了什麼禍心，此次虎鷹營的人潛入秋山關發現了這些晉裝高手且大戰一場，西涼炎王心裡想必也是怕的，他們要不然就會裝作什麼都沒有發生，對這件事絕口不提！要麼必然有所動作意圖先發制人！」

秦尚志抬眸看向坐於燈下的方老，略微頷首點頭表示贊同。

方老摸著山羊鬚，半闔著眸子：「只要他們有動作……我們便能知道西涼的意圖！這就是為何老朽同太子殿下說要靜觀其變！他們不動我們也不動，都當做這件事沒有發生過！否則我們就得先解釋為何要派虎鷹營進入秋山關城池，對晉國在列國的聲譽不利！」

秦尚志聽到方老後面這番話睜大了眼，險些又被氣了一個仰倒，方老前一番話還有道理，後面說的這些……秦尚志絕不能苟同。

「殿下！方老前面所言秦某贊同，可此次虎鷹營奔赴秋山關城池探查……主要是因為此次議和時間分明是西涼安排的，可西涼炎王在議和大帳之中，百般藉口推諉磨蹭想改日議和，我晉國焉能不防?!萬一西涼有所圖謀呢？反倒是他們在秋山關內藏著一批身著晉服的高手是想做什麼？我晉國是戰勝國……他西涼必要給我們一個交代！」秦尚志氣憤道。

「秦先生年輕氣盛啊！上次甕山之戰白將軍焚殺西涼十萬降俘，列國已經視我晉國為殘暴虎狼之國！如今兩國議和盟約剛剛簽訂……我晉國卻在西涼還未同我國移交城池之時，仗著自己是戰勝之國派兵夜探秋山關，晉國名聲還要不要?!列國會如何想我晉國？」方老看也不看秦尚志，對太子抱拳，「太子殿下，三思啊！」

秦尚志眼見太子點了點頭，一口氣堵到嗓子眼兒差點兒氣吐血，乾脆緊緊抿著唇不吭聲。

太子從黑色大氅中伸出手烤了烤火，道：「此事就暫時依方老所言，以靜制動！秦先生同任先生先去休息，孤與方老還有事要說。」

秦尚志心中憋悶，起身拱了拱手便轉身離開，倒是任世傑恭恭敬敬對太子與方老行禮之後才退出大帳。

方老睨視秦尚志氣沖沖的背影，冷哼一聲，轉而看著太子態度溫和又恭敬：「太子殿下遇到難事了？」

太子搖了搖頭，將手中兵符攤開給方老看。

方老略顯驚訝：「兵符?!」

「剛才回來，孤實在太過疲乏，便沒有喚方老前來！這兵符是白卿言在議和結束之後主動交於孤的！她說之前之所以沒有上交兵符，是因為議和盟約未曾簽訂，擔心西涼反覆！如今議和盟約已經簽訂，她便將兵符歸還！不僅如此……」太子看著火盆裡忽明忽暗的炭火，語氣裡帶著感懷，「白卿言還奏請孤，讓白家軍鎮守銅古山，白家軍幾位將軍一個派往中山城，一個派往白龍城，守城的同時為孤練兵！」

方老微怔，他想了想銅古山、白龍城還有中山城的位置，眉頭緊皺：「讓白家軍的將軍守城同時為殿下練兵？意思……就是要讓白家軍的將軍帶領晉兵了？殿下不得不防啊！」

「方老……你過分謹慎了！」太子笑了笑道，「白卿言還說，讓孤派嫡系將軍與白家軍的兩位將軍一同鎮守白龍城和中山城，白家軍的將軍負責練兵，孤的嫡系掌兵！如此……將來晉國的精銳戰士皆為孤所用！劍鋒所指……前赴後繼！畢竟她身體不好，只能將白家軍交於孤手中。」

方老看著太子的表情，便知道太子對白卿言已經深信不疑了：「殿下，那虎鷹營呢？虎鷹營白卿言是如何安排的？」

太子一愣，瞇眼道：「白卿言……倒沒有說！但想必只要孤做出安排，白卿言必不會違逆！」

方老想到剛才大帳之中，白卿言對他尊敬的態度，他摸了摸山羊鬍點頭：「太子溫厚仁德，就連白卿言這樣的驍勇之將也對太子殿下臣服！恭喜殿下……從此手握白家軍！」

太子見方老都這麼說，徹底打消了對白卿言的最後一絲疑慮。

他緊緊握住手中兵符，思索片刻道：「她投我以桃，我報之以李！等這次回大都……我會奏請父皇，封白卿言為公主，算是給白家和白家軍加恩！」

「太子殿下對白家與白卿言恩深義重，想必白卿言必會同老朽一般，對殿下忠心不二！」方老笑呵呵道。

太子點了點頭，又問方老：「那……依方老所見，虎鷹營應該帶回大都嗎？」

「老朽以為，殿下對沈良玉可按之前與陛下所商議之策略，許以沈良玉將軍高位，給他金銀珠寶，安頓他的親人家眷錦衣玉食！讓他再為陛下與殿下訓練出一批如虎鷹營銳士，僅為陛下和殿下效命！殿下不如就如白卿言對白家軍其他將軍安排一般，派一個殿下信得過的將領掌兵，沈良玉只負責練兵！」

「方老所言甚是！」太子頷首。

「如此白家軍之事大定！太子殿下也該好好想一想……三月二十八陛下壽辰，殿下要送什麼禮，才能讓陛下開懷，贏得陛下歡心啊！」方老出言提醒太子。

「方老提醒的是，想必太子府已經開始準備，回去後……方老還要幫我參詳參詳！」

「殿下……您沒有明白老朽的意思！」方老摸著鬍鬚笑了笑道，「有什麼禮，比太子殿下大勝班師途中遇到天降祥瑞，更能讓陛下高興啊？殿下若是覺得可行，此事可交由任世傑去做，此人雖沉默寡言，但做事極為穩妥。」

太子雙眸一亮，笑而頷首：「孤身邊，多虧有方老時時提醒。」

白錦稚大帳內，她已經包紮完手臂上的傷口，換下了血衣，正坐在火盆前看著自己那杆銀槍出神，仔細回想剛才生死一瞬……

長姐聲嘶力竭喊著讓她撿刀，可她卻像是丟了魂兒一樣只顧著拼命拔自己的銀槍。如果不是長姐和肖若江，此時的她大概已經去見閻王了吧！白錦稚瞳仁顫抖著，激戰之時她未曾覺得怕，可事後回想那種與死亡擦肩而過的感覺，卻不由讓她脊背發寒。

白卿言拎著一個酒罈進帳，便見白錦稚對著那杆銀槍出神，她抬手揉了揉白錦稚的髮頂。

白錦稚這才回神，抬眼朝白卿言看去，聲音嘶啞：「長姐……」

「怕了？」她笑著問白錦稚。

白錦稚點了點頭又搖了搖頭，一雙充滿紅血絲但晶瑩明亮的眸子望著她，擱在腿上微微顫抖的手指收緊：「剛開始是怕的！我看到董家死士和虎鷹營的銳士倒在我面前，滾燙的鮮血噴濺在我的臉上和嘴裡，血的味道……帶一點鹹，我真的以為要和九哥一起死在秋山關了！只想著……就算是死也要多殺幾個西涼狗！可是……我看到長姐來了！」

白錦稚乾裂的唇角對白卿言露出一抹笑意，眼眶發紅：「看到長姐我就不怕了！就感覺渾身充滿了力量，還能再殺他成百上千個西涼狗賊！」

見幼妹雙眸發亮的樣子，她抬手揉了揉白錦稚的腦袋，含淚將白錦稚擁在懷中。她知道白錦稚這種感覺，就像曾經她陷入困戰之中，只要看到白家軍的黑帆白蟒旗由遠而來就什麼都不怕了，因為她知道……白家人帶著白家軍來馳援她了！這就是為什麼，白卿言永遠衝在第一個，因為白家諸人與白家軍就站在她的後方，是她最堅實的後盾，能讓她全無後顧之憂！

身為長姐，她本應擔負為幼弟幼妹遮風擋雨的責任，她本應該就是他們身後最堅實的後盾！可她這些年任由自己嬌著病著養著，她若能早一點讓自己堅強起來強大起來！如今的白家諸子……何以會是這樣的結局?!

「小四比長姐當初要厲害！長姐第一次上戰場，身邊有一支護衛隊相護，小四如今隻身一人殺得西涼軍片甲不留！」她輕輕撫著白錦稚的脊背，「長姐相信，假以時日，我家小四一定會成為戰場上最耀目的白家軍紅妝將軍！」

白錦稚用衣袖擦去眼淚，直起身望著白卿言，堅定道：「長姐信我！我就一定能做到！」

「這是沈良玉將軍讓我給你帶來的蜜酒……說裡面加了他們家祖傳的秘藥，喝幾口睡著了就不疼了！」她將酒罈遞給白錦稚，「我以前也喝過，管用！」

「嗯！」白錦稚接過酒罈，就聽外面守帳的白家軍兵士來報沈昆陽、衛兆年、谷文昌和程遠志四位將軍已從鳳城趕到了幽華道，此時已去了沈良玉將軍的帳中。

「你好好睡一覺！」白卿言說著起身拍了拍白錦稚的腦袋。

白錦稚原本想開口勸長姐休息，可是看著長姐挺拔如松的背影……又將勸長姐的話咽了回去。勸了又有何用，長姐為護白家為護白家軍只能夙興夜寐，誰讓她一點兒忙都幫不上，誰讓她還不夠強大，沒有辦法替長姐分擔！白錦稚抬手按住自己手臂的傷口，至少……她要快快好起來，不要讓長姐擔心，給長姐幫不上忙，也絕不能成為長姐的拖累讓長姐擔心！她拿過就酒罈，拔塞，忍著那火辣辣的灼燒之感咕嘟咕嘟喝了兩口。

衛兆年、程遠志、谷文昌與沈昆陽白家軍四位將軍一來，便去拜見太子，可太子身邊那個叫全漁的小太監說，太子同幕僚剛議完事躺下。他們四人沒有見成太子，便去了沈良玉的帳中。

本已經歇下的沈良玉聽說衛兆年、程遠志、谷文昌與沈昆陽白家軍四位將軍來了，匆匆起身屏退左右，將白家九子白卿雲被救出的消息低聲傳遞給他們。

程遠志激動的差點兒嚷嚷出聲，幸虧衛兆年一把按住了他的傷口處，讓程遠志到了嘴邊的大笑變成了嗷嗷直叫。

「獨眼老衛你往哪兒按！」程遠志疼得呲牙咧嘴。

衛兆年餘光不動聲色朝外看了眼，用銅鉗撥了撥火盆裡的炭火，壓低聲音道：「太子在這裡，我們還是小心些！」

谷文昌與沈昆陽點了點頭贊同。「老衛說的有理，我們還是小聲些！」

沈良玉眼尖，看到帳外疾步而來的白卿言，起身喚了聲：「小白帥！」

程遠志看到從帳外進來的白卿言，忙站起身來。

衛兆年抬頭看到白卿言亦起身喚道：「小白帥！」

「小白帥！」程遠志表情藏不住的高興，「聽說……」

程遠志剛想說聽說白卿雲救出來了，可一想到衛兆年剛才的話，硬是將話吞了回去。

谷文昌拿起拐杖就要起身，卻被已進帳的白卿言按住肩膀，她輕輕拍了拍谷文昌的肩，便在其身旁坐下：「谷叔坐著吧！沈叔……程將軍，衛將軍都坐吧！」

「小白帥，急調我等前來，是不是有要事安排？」程遠志沉不住氣問。

白卿言頷首：「想必你們已經知道，小九還活著，且已經被救出來了！」

幾個人神情激動點頭。

「還有一件事你們不知道……」她坐在炭火燒得極旺的火盆前，伸手烤了烤火，聲音沉著平穩，「小七阿玦也活著，也已獲救，如今人在南燕。」

火盆中發出極為輕微的炭火燃爆聲，白家軍如今僅存的五位將領看向眸色內斂深沉的白卿言，忍住心中的激動澎湃緊緊握著拳頭，靜待白卿言的吩咐。

她抬眼，精緻清豔五官被火光映成暖橘色，眸底暗芒翻湧。

「我已經奏請太子，讓程將軍與沈叔帶所餘白家軍鎮守銅古山！谷叔守中山城，衛兆年將軍守白龍城！」她聲音極低，「我會派人送信給阿玦和阿雲，讓他們在銅古山、中山城、白龍城這三地連起的這片區域，養兵、練兵！屆時有諸位在……必不會讓人發覺！」

衛兆年受傷的眼睛發燙，他最先反應過來，難掩震驚的雙眼……看著眸色波瀾不驚的白卿言，心中已經是驚濤駭浪！白卿言要養兵、練兵，是要為反做準備嗎?!

衛兆年凝神屏息，低聲問：「小白帥這是要養私兵？」

「不錯。」白卿言承認的痛快，「白家軍欲存，白家欲存，便必須有除了白家軍之外無人能戰勝的敵人！我留下雲破行的命，許他三年苟活，為的就是存白家！存白家軍！可若不到三年雲破行就死了，或者他不敢來晉國下戰書，又或者三年後再戰他戰死了呢？狡兔死走狗烹，白家軍這樣的結局我不願意再看到！白家人……與白家銳士，數代奮鬥不止，為信仰灰軀糜骨，欲還百姓盛世太平的志向，白卿言至死銘記，不敢相忘！」

「所以，沒有足以威懾當今晉國皇帝的敵人，我們便為他培養讓他懼怕的敵人，至少需要讓如今的晉國皇帝以為……外有強敵，不得不依靠白家軍，不得不依靠白家！如此白家才能存，白家軍才能存，且壯大白家軍！」

「若將來白家軍遇明君，欲為萬民安身立命，平定天下，白家軍便是明君手中利刃！若遇賢君，只欲富國強民，白家軍銳士便保境安民，至少護我大晉百姓一個太平山河！若遇昏君，使晉國百姓民不聊生，白家軍亦不忘建立之初衷乃是為民……平定內亂外戰！護民安民這四個字……

是白家軍建立的初衷亦是軍魂！每一位白家軍將士都該刻骨銘記，永不能忘！」

白卿言這話簡直就是直白告知在坐的這五位將軍，若來日晉國遇昏君誤國害民，白家軍便要造反護民了。如今坐在他們面前的這位小白帥，依舊一身銀甲，可卻不是以前那個初生牛犢……鮮衣怒馬的熱血少年，她此時表情沉靜坐在他們這些死忠於白家軍的將軍面前，內斂、沉穩，目光堅毅深沉，哪怕白家軍如今只剩一萬餘殘兵，她亦不忘白家軍建立之初衷，數代浴血平定天下的信仰，深謀遠慮為將來做打算。

衛兆年雖然是白家軍，可在他心裡他與其他幾位將軍不同，他雖決定誓死追隨白卿言，卻怕白卿言會對他有保留……如沈昆陽……自小白帥入伍便在沈昆陽麾下，谷文昌亦是被小白帥稱作谷叔，沈良玉不必說虎鷹營乃是鎮國王第五子白岐景的嫡系，程遠志是悍將曾與小白帥同戰浴血，且死忠白家軍無人不知！

只有他衛兆年，雖然是鎮國王第四子白岐川麾下嫡系，但那些年隨白岐川鎮守大晉東部，並無與小白帥一同征戰浴血過的經歷。剛才他冒失之下，問白卿言是否要養私兵，話出口心頭惴惴，沒想到小白帥毫不避諱對他直言若遇昏君則反。

此時衛兆年才覺自己自詡聰明卻小人之心，小白帥心底從未拿任何一位白家軍將士當外人看。遇挫折，不氣餒。身處困頓，依舊不忘大志！氣吞山河！白家風骨，當是如此！從此，衛兆年再無顧慮，誓死追隨小白帥。

「誓死追隨小白帥！」衛兆年咬緊了牙關，頭一個抱拳單膝跪地，鄭重望著白卿言，「誓死不忘白家軍之志！」

「我程遠志是個粗人，我只認白家人！只認小白帥！」程遠志單膝跪地道，「小白帥讓我做什麼！我便做什麼！絕無二話！」

沈昆陽、谷文昌與沈良玉皆抱拳跪地，發誓至死不忘白家軍軍魂，至死追隨小白帥。

「小白帥，那我怎麼安排？」沈良玉沒聽到白卿言對他的安排，忍不住問道。

「白家軍讓列國懼怕，其中虎鷹營更是讓列國聞風喪膽！所以……今上與太子必定會對虎鷹營有所安排！此次……今上與太子不論對虎鷹營做出任何安排，你聽從就是！虎鷹營的訓練方法太子並不知曉，必定還需倚重於你！」

白卿言深眸望著沈良玉，慢條斯理：「你大可直言相告太子，天險秋山關與川嶺山地，還有甕山，皆是訓練虎鷹營的好地方！不論太子讓你帶兵在哪裡練兵，你都遵從便是，只一點同太子講清楚，你練兵有自己的章程，不喜他人插手過問，希望太子海涵！」

不過白卿言料想，太子不會讓沈良玉在甕山練兵，白卿言在那裡焚殺西涼降卒……太子怕是想起甕山心裡都會不舒服！不論太子是選了川嶺山地還是秋山關都沒什麼區別，帶虎鷹營去哪裡練……練十天半個月甚至是一個月，只要無人插手，便是沈良玉說了算。

「末將明白！」沈良玉抱拳，心中透亮，「末將會時時與銅古山、白龍城、中山城方向通信！」

「幾位將軍見過太子之後，定會被留在幽華道……」白卿言雙眸濕紅，抱拳鄭重望著他們，道，「如此，白家軍……與白卿玦、白卿雲，便託付諸位！此番一別，三年後再見！」

第二章 來者不善

朝陽躍出翻湧雲海，金光穿透晨霧，勾勒出雄渾壯闊的山脈，湍急奔湧的河流、冰川。風吹雲散，終露出巍峨奇美直入蒼穹的山頂，千年不曾消融的積雪被初晨最耀眼的萬丈光芒……映照得金碧輝煌。耀目曙光從山川那頭緩緩而來，照亮這廣袤遼闊的天地曠野，驅散籠罩在晉軍帳篷之上的雲霧與黑暗。

「長姐！長姐！」白錦稚人未到聲先聞。她喘著粗氣衝進沈良玉帳中，略顯慌張道：「那個西涼炎王李之節，帶著虎鷹營銳士和董家死士的遺體，說要來找太子……問個說法！」

竟來的如此之快！

程遠志一聽就火了，蹭地站起來喊道：「問他娘個腿！」

「他還敢來！」沈良玉咬緊了牙，轉身去拿自己的佩刀。

他一想到衝進那個陰森的地窖裡，看到白卿雲全身是傷，不論是腳趾還是手指指甲蓋裡都紮著針……雙腿已經被夾斷，全身血流不止，他就恨不得活劈了那個西涼炎王李之節。

白錦稚心口起伏劇烈：「我剛去看了眼，那個炎王渾身是血被人從馬車中抬出來！長姐……我們走的時候那個炎王還好好的，他帶著這一身血來，怕是有目的！」

白卿言眸底暗芒冷肅。李之節渾身是血?!

她定了定心神，想起李之節那雙瀲灩含笑的桃花眼，知道那人並非旁人看到的那般……是個瀟灑不羈的風流種子。他抬著虎鷹營與董家死士的遺體，又渾身是血，看來是有備而來。

「西涼炎王他們人呢？」她問。

「就在我們軍營門口！」

「先去太子那裡看看！」白卿言說完，率先出帳，朝太子大帳的方向走去。

「我們也去看看！」衛兆年忍不住擔心，抬腳跟上白卿言。

白卿言單手握緊腰間佩劍，踏著晨光從沈良玉帳中而出，側目朝大營外的方向看去……

李之節被陸天卓扶著立在晉國營地門口，他肩膀位置纏著被血沁紅的細棉布，身上還是昨日那一身淺紫色長衫，染透他半個身子的鮮血已經乾痂，看起來觸目驚心，面色慘白如雪，一副虛弱至極的模樣。

似乎感受到白卿言帶著寒意的目光，立在晉軍大營門口的李之節抬眼，凝望還沒有來得及換下帶血戎裝的白卿言，薄唇緊抿。

白卿言竟然如此大膽！回到晉軍營中還不趕緊毀滅消除秋山關一戰廝殺的痕跡，居然就穿著那身帶血的鎧甲在軍營中行走。

那女子手握佩劍，身姿挺拔，步伐鏗鏘有力，身後跟著白家軍五位身經百戰將軍，全然一副主帥派頭，聲勢威嚴沉穩，周身盡是駭人的誅伐氣魄，望著他的眼神竟毫不斂藏殺意，鋒芒逼人。

李之節眼瞼重重跳了兩下。

「王爺，白卿言看起來應該已經有所準備，否則不會這麼大膽，身著帶血戎裝在軍營中走動。」陸天卓垂眸壓低了聲音在李之節耳邊道。

他們已經來了晉軍軍營，既然走到了這一步已經容不得他們多想，李之節視線緊緊跟隨白卿言……「事已至此，本王也沒有打算利用這件事真將白卿言怎麼樣，只要能在晉國太子心中埋下一顆懷疑的種子，本王這一刀就算沒有白挨。」李之節道。

太子剛睡下沒有多久又被吵醒，已經憋了一肚子的火，聽說是李之節帶著虎鷹營銳士的遺體……還有二十多個晉裝男子的屍身前來，頓時清醒一大半。

他一邊讓全漁給他更衣，一邊吩咐人將方老、秦尚志還有任世傑請來。

方老等人穿戴妥當拎著直裰下擺匆匆趕來時，張端睿、白卿言與其他幾位將軍都已經到了，正在太子大帳門口候著。

張端睿急得直跺腳，卻只能看著太子帶來的宮婢與小太監端著銅盆、熱水、帕子，魚貫似的進進出出。

「這西涼炎王來者不善啊！」張端睿朝著大營外的方向看了眼，壓低聲音問白卿言，「白將軍，昨日一戰，難道虎鷹營的兄弟傷了這西涼炎王了？」

方老聽到這話，也轉頭看向白卿言。

不等白卿言搖頭，白錦稚就先沉不住氣道：「絕對沒有！昨日大戰……我同長姐是看著所有活著的虎鷹營兄弟全部撤上山，最後才撤的！等我和長姐已經撤上山之後，那西涼炎王才騎馬出現，我們連他一根寒毛都沒有碰！」

方老瞇著眼摸了摸自己的山羊鬚。

此事，白卿言在太子大帳之內說過了，碰到炎王之事也說過了……當時確實沒有說傷了炎王。

「想來，這炎王怕是擔心晉國追究他們秋山城內藏了一批晉裝高手的事情，想利用此事率先發難！畢竟西涼人手中攥著我們晉軍虎鷹營銳士的遺體，自然是這個西涼炎王想怎麼說就怎麼說了！」秦尚志眉頭緊皺。

方老眼瞼跳了跳：「在他們定下的議和時間去議和，隨後西涼炎王百般推諉想要改日議和，秋山關內的晉裝高手，再到今日炎王受傷而來，拋開我們虎鷹營銳士這個變數，怕這就是西涼炎王安排那些晉裝高手在秋山關候命的原因啊！」

秦尚志猛地抬眼看向方老，瞬間就明白了方老的意思：「方老是說，倘若昨日太子應允改日再議和，西涼會假意安排這些晉裝高手刺殺西涼炎王……」

方老點了點頭，語氣篤定：「如此，西涼便可向列國告知，我們晉國胃口太大，在議和之時兩國沒有談攏，便派死士殺他們西涼議和使臣炎王洩憤，如此西涼就有藉口求援各國，再來征伐我晉國！」

「方老所言，也不無可能……」張端睿點頭。

「可如今議和盟約已簽訂，西涼鬧這一齣又是為了什麼？總不能是為了給我們晉國安一個議和盟約簽訂之後，又覺得沒占大便宜，氣不過才去刺殺那什麼炎王的吧？」甄則平想不通。「我們晉國是戰勝國，要覺得盟約不合適，接著打就是了，誰信戰勝國還要弄這麼多彎彎繞繞！」

「那便應該是打算以他受傷為藉口，想平息此次之事了！」方老徐徐開口。

幾個人在太子大帳之外討論的熱火朝天，可白卿言與白家軍諸位將軍心裡都明白到底是怎麼回事兒，皆抿唇不語。

秦尚志、方老和張端睿將軍他們討論不休，白卿言靜靜立在一旁，細細琢磨李之節此來的目的。

她想……李之節必是不敢告訴太子虎鷹營與那些死士之所以前往秋山關，是為了救出他手中捏著的白卿雲。即便李之節今日說出這件事兒也來不及了，昨日議和他不曾明說白家子在他手裡，偏偏在今日才說這件事，以太子多疑的個性會怎麼想?!自然會以為是西涼在撇清與那些晉裝死士的關係，順便挑撥晉國的君臣關係。

「我等在這裡多猜無意，還是隨太子一起去見過西涼炎王，才知他到底唱的哪一齣！」張端睿身側拳頭緊了緊。

「張將軍說的對，在這裡猜沒有任何意義，西涼炎王既然已經到軍營門口了，一見便知他來意，何苦在這裡猜！」

穿戴整齊披了一件披風的太子從大帳內出來，眾人忙參拜行禮。

「不必虛禮了，還是先去看看這西涼炎王到底想幹什麼吧！」太子皺眉率先朝營外走去，這架勢看起來是不打算請西涼炎王李之節進來了。

白卿言跟在太子身後，半垂著眸子隨太子朝大營門口走去。

此時，太子對李之節已經全無好感，誰家戰敗之國的使臣……敢在議和之時出這麼多么蛾子?一個安生覺都不讓人睡。

晉軍大營的門緩緩打開，披著黑色披風的李之節抬眼，被陸天卓扶著走至營前，在太子還未出來，便已經恭敬行禮，將姿態放得極低。

李之節的態度讓太子怒氣少了一些，太子負在背後的手收緊，皺眉道：「炎王這一身的血來我晉軍大營，意欲何為啊？」

李之節被陸天卓扶著直起身來，沒有答太子的話，視線落在白卿言的身上，將目光中的清冽藏於瞳孔漆黑的桃花眼之後，做出一副惱火的模樣。

「白將軍，本王同白將軍可有什麼深仇大恨，需要白將軍在兩國議和條約簽訂之後……帶著讓列國聞風喪膽的虎鷹營將士，與這些死士高手來刺殺本王？」

李之節指著馬車上那些屍體單刀直入，以為會打白卿言一個措手不及。

程遠志心提到了嗓子眼兒，咬緊牙已經握住了自己腰間佩刀。

反倒是白卿言自己，聽到李之節這麼說一顆心陡然放下。

她低笑了一聲：「原來……炎王弄出這麼大的陣仗，是對著我來的。」

太子冷肅的眸子瞇了瞇，視線掃過虎鷹營的將士與那些晉裝死士的遺體，側頭與磊落含笑的白卿言對視。

她淺笑對太子頷首，似乎在示意太子不要惱火先聽聽李之節說什麼。

太子負在背後的手輕微摩挲著，只覺隱隱猜透了李之節想要做什麼，他收回視線：「炎王的意思，白將軍帶虎鷹營的銳士……與這些晉裝死士，刺殺你了？」

李之節見白卿言與太子的互動，心裡沒底，只能硬著頭皮道：「大約是有人不願意看到兩國簽訂盟約，怕雙方止刀兵之後，就會被收回兵符喪失兵權，所以這才要帶晉國虎鷹營銳士和這些死士做出刺殺本王未遂的樣子！否則以白將軍手中的射日弓，本王怎能在白將軍手下活命！是這樣吧……白將軍？」

白卿言只笑不語，李之節言外之意是說她怕丟了兵權不願停戰，故意帶虎鷹營演了這一場刺殺未遂？看來，李之節的目的在於挑撥她與太子之間的君臣關係，讓太子以為她為掌控兵權不顧晉國利益，甚至已經有了不臣之心，欲在征伐之中損晉國而壯大白家軍。

可巧不巧，在她帶著虎鷹營的人去秋山關之前，為表全然歸順太子……她未曾拖延及時將兵符交還，沒想到李之節卻偏偏提起兵符。這大概也算是歪打正著，倒是將西涼炎王李之節有意挑撥太子疑心晉國大敗西涼的戰將，以此令晉主疑臣的目的給亮了出來。

「炎王這話，有挑撥我晉國君臣之意啊！」張端睿一雙灼灼眸子望著炎王，冷冷開口道。

眼下不論是太子，或是方老、秦尚志這些謀士，還是張端睿這些將軍，都弄明白李之節帶著虎鷹營與這些死士的遺體來晉軍大營，是意圖做什麼了。

若說之前李之節在議和大帳中……三番兩次意圖改日再談，是謀劃了一場假刺殺栽贓晉國在議和失敗後欲殺西涼議和使臣，求援他國來攻晉。

那麼此時，便是……西涼炎王的奸計被奉太子之命帶虎鷹營去探秋山關的白卿言撞破之後，李之節的順水推舟，率先帶傷登門興師問罪，想以此事來挑撥晉國君臣關係。

白卿言是此次晉國戰勝西涼的最大功臣，西涼懼怕晉國有如此將帥之才，挑撥理所應當。

可人算不如天算，太子心裡最清楚……兵符白卿言在盟約簽訂後就及時上交於他不說，白卿言更是對他陳情……她身體不好無法帶領白家軍，將白家軍全都交給了他，還為他日後有能用之兵……費心安排。

這樣的人，又怎麼會是李之節說的那種……為抓牢手中兵權損母國利益的卑鄙小人？

「所以呢？炎王想要如何啊？」太子因李之節三番兩次滋事，已然有了怒火，連聲音裡都帶上了幾分冷意。

李之節見晉國太子眸色沉沉，呼吸略急促起來，顯然心中已亂。

陸天卓輕輕扯了扯炎王的衣袖，恭敬對晉國太子行禮後開口道：「太子殿下息怒，炎王並非有意挑撥晉國君臣，只是事發突然……白將軍突然帶虎鷹營銳士與這些死士殺到秋山關，炎王一心求和卻遭到這樣的對待，心中惶恐不安又憤懣難忍，這才前來找白將軍對峙！還望太子殿下念在炎王受驚的分兒上，不要在言語間同炎王計較。」

白卿言黝黑深沉的眸子，朝低眉順眼的陸天卓看去，這身著常服的小太監……倒是機警，發現炎王無法挑撥她與太子，就要在話裡話外坐實她去刺殺西涼炎王之事。

甄則平被氣得冷笑連連，只覺西涼好不要臉，開口：「既然我們白將軍害怕被收繳兵權，假意刺殺你們西涼炎王，帶著虎鷹營的銳士前去也就夠了，為何……還要多此一舉帶這些身著晉服的死士？」

李之節桃花眸望向白卿言，一副虛弱的樣子：「這就要問白將軍了！」

白卿言淡然立在那裡，身姿欣長挺拔，握著腰間佩劍，眉目清明，鎮定從容，彷彿一點都不擔心會被太子殿下疑心。

太子餘光看了眼平靜沉著並未著急對他解釋的白卿言，心底隱隱生出欣喜來，之前他還擔心白卿言若是抵擋不住西涼炎王這等風流人物的示好，與李之節兩個人生了情愫……現在看來李之節怕是因為白卿言發現了他在秋山關藏著一群晉服死士之事，與白卿言對上了！想要將這群晉服死士也栽贓在白卿言身上。

李之節越是這樣著急往白卿言身上潑髒水，他就越是要護著白卿言，這樣才會讓白卿言覺得不負她對他的一片赤膽忠心。

白錦稚雙眸泛紅，想起九哥滿身都是傷的樣子心裡火大的……恨不得將李之節撕了，忍不住學著程遠志的粗話罵了一句：「問你娘個腿！」

一向風流不羈深受女子愛慕的炎王李之節，還是頭一次被一個姑娘家用粗話罵了，不由一怔，視線落在氣鼓鼓的白錦稚身上。

小姑娘家被氣得雙頰泛紅，眼睛充滿憤恨瞪著他。

白卿言抬手將白錦稚扯到自己身後。

衛兆年與沈昆陽、谷文昌一聽白錦稚的粗口，皆側頭瞪著程遠志。

程遠志回神見那三人都瞪著自己，一臉茫然：「你們三個看我幹什麼?!」

沈昆陽皺著眉壓低聲音訓斥程遠志：「讓你一天到晚在四姑娘面前嘴沒把門！你看把四姑娘教成什麼了！」

程遠志：「……」

太子因為白錦稚對李之節那一罵，心情竟然有了幾分舒暢，他唇角勾起淺笑道：「孤也想問問炎王，昨日議和的時辰是炎王所定，結果炎王卻推託說時辰太晚，又扯出一個什麼婢女，接二連三意圖改日議和！今日又鬧出這麼一齣大戲！炎王是覺得孤的脾氣好，可以隨你折騰?!」

說到此，太子的面色已經沉了下來：「虎鷹營夜探秋山關，是孤的意思！你西涼包藏了什麼禍心，孤不是個傻子心裡清楚得很！議和盟約已經簽訂，孤本不欲太過計較，可你卻再三尋釁生事試探孤的底線！現在還想挾持虎鷹營銳士的遺體先發制人，是也不是?」

李之節看著一身鎧甲染血的白卿言，右眼跳了跳，心裡頓時明白了，原來是太子派白卿言去的秋山關，難怪白卿言絲毫不收斂……敢穿著這身帶血戎裝在大營中走動。

「殿下，西涼炎王身上的傷也並非我帶去的任何一人所傷！對此白卿言敢在此立誓……若炎王身上的傷，是我白卿言帶去秋山關任何一個人所為，我白家九族死無葬身之地！」白卿言望著李之節，「炎王既然說，是我帶人刺殺，可敢在這裡向西涼天神起毒誓？」

聽到天神二字，跟隨李之節前來的西涼兵士，紛紛低頭以示敬意。

西涼信奉天神，天神對西涼而言萬分神聖。

見李之節臉色大變，白卿言似笑非笑問：「怎麼，炎王不敢？」

發誓李之節敢，可對天神發誓……李之節自問不能。

見李之節緊抿唇不語，太子拿出了十足十的戰勝之國儲君氣場：「此次本就是你西涼夥同南燕先犯我晉國，如今議和盟約已經簽訂，若西涼還想生事，孤也不介意將西涼在秋山關藏了什麼……又有什麼目的，全部公諸於天下，邀列國與我晉國一同征伐分割西涼，屆時白將軍必帶我晉國銳士踏平你西涼雲京！」

白卿言垂眸恭敬對太子抱拳頷首：「末將必不負太子所望！」

太子因為到現在還沒有弄清楚西涼意圖……故作高深含糊不清的話，落在李之節和陸天卓的耳朵裡，完全變了一個味道。

太子所言在秋山關藏了什麼，是指那些晉裝死士。可李之節與陸天卓卻下意識認為，太子知道秋山關裡藏著白家子，所以派了白卿言前去救人。

李之節陡然懷疑南燕消息的可靠性，晉國皇室真的已經疑心功高蓋主的白家了嗎？真的對白家人且用且防嗎？可若晉國皇室真的如此對白家，太子為何會派白卿言領虎鷹營去救白家子？

李之節穩住心神，此次扣押白家子卻在議和時沒有說出來，是他們西涼理虧，晉國太子說的對……若晉國將此事昭告列國，覬覦他們西涼沃土的戎狄難道不會來分一杯羹?!

想到此，李之節身體微微發麻，靠近胸口的傷口突突直跳，又沁出鮮血來。

太子雙手負在背後，眸色沉著：「炎王若是還想息事寧人，那便留下我虎鷹營銳士遺體，即刻離去！孤倒是可以念在西涼百姓無辜的分兒上，當做什麼都沒有發生過！但若是再敢生事，孤怕得讓西涼遠在雲京的皇室貴族見識見識……我晉國銳士的刀刃有多硬了！」

李之節目光在太子和白卿言之間來回移動，只見那兩人幾乎並肩而立，望著他的眼神幾乎如出一轍，倒像是同仇敵愾！算錯了晉國太子對白卿言的信任，輸了……他認栽。

白卿言握著佩劍，轉過身避開李之節的視線，側頭低聲對太子道：「殿下，那些晉裝高手的屍身若可以留下，虎鷹營有些手段，倒是可以從那些人屍身上找找線索，說不定能弄清楚西涼最準確的意圖，也好有所防範！」

見立在太子背後的方老朝她看來，白卿言又對方老抱拳：「方老以為呢？」

方老見白卿言如此恭敬，心中不免喜悅，抬手摸了摸山羊鬍頷首，上前一步壓低了聲音在太子背後道：「殿下，白將軍所說極是，如今西涼的種種目的，皆是我們的猜測之語！剛才殿下那一番話顯然是已經震懾住了西涼炎王，想必他們也不敢再生事了。」

太子點了點頭。

秦尚志眉心跳了跳，不免朝著白卿言看去……

白卿言姿態如此低想要那些晉裝死士的屍體，真的只是弄清楚西涼的目的？

秦尚志覺得不像，他甚至有種感覺，那些晉裝死士怕是同白卿言脫不開關係。

秦尚志太陽穴突然突突跳了兩下，陡然如被醍醐灌頂般腦中霎時通透，睜大了眼看向白卿言……正正好與白卿言四目相接。

望著白卿言眼底的澄明幽沉，秦尚志身側的手收緊，喉頭輕微翻滾了一下。

秋山關之事，他們皆是從白卿言與沈良玉口中聽說的，並非他們親眼所見，若白卿言與沈良玉他們說一半藏一半，甚至半真半假呢?!

白卿言乃是重情重義之人，若那些晉裝死士是她的人，她必不忍心看著那些死士遺體被人作賤糟蹋。可白卿言為何要帶人去夜襲秋山關？

「炎王可還有事？若無事……留下這些遺體，便可以走了！」太子道。

程遠志、沈昆陽、沈良玉、谷文昌四人已經按住腰間佩刀，那架勢……好似若李之節不將遺體留下來，今日就走不了了。

事已至此，李之節只能暫時忍下這分屈辱，來日方長，還有去晉國那一路，他總有辦法的。

「多謝……太子寬宏！」李之節咬著牙折節屈膝低頭對太子道。

「希望炎王對得起孤這分寬宏才是。」太子聲音徐徐。

李之節行禮之後，被陸天卓扶上馬車，鎩羽而歸。

「王爺莫要太過生氣，來日方長！今日之辱他日定要晉國百倍償還！」陸天卓安撫李之節。

李之節瞇著桃花眼，蒼白無血色的唇角勾起一抹笑意：「是啊！來日方長……本王不急。」

「沈良玉，讓人將我虎鷹營兄弟遺體抬回去好生安葬！這些死士的遺體便交給虎鷹營，你們務必要查出東西來，不要辜負太子殿下的信任！」白卿言轉頭吩咐沈良玉。

沈良玉咬緊了牙頜首：「小白帥放心！」

「殿下一夜辛苦，快快回帳好生歇息，餘下的交給張將軍與我來處理。」白卿言抱拳道。

太子看著白卿言蒼白憔悴的面色，點了點頭叮嚀道：「白將軍也一夜未睡吧！你身體本就不好，還是要好好休息，事情都交給張端睿將軍做吧！」

張端睿抱拳稱是，他心中感懷不已，白家就連一個身體病弱的女兒郎都能這般為國盡心不辭勞苦，實在是讓人敬佩！

「白將軍昨日激戰之後，又去探望傷兵，一夜未休息，還是去睡一會兒吧！」張端睿道。

「謝殿下掛懷，言能在軍中的時間不多了，總想能多為殿下做一些便多做一些，等回朔陽之後便沒有這樣的機會了。」白卿言對太子做了一個請的姿勢，「言送殿下回帳，還有事同殿下說！」

太子點了點頭隨白卿言一同往大帳方向走。

「剛才沈昆陽將軍他們來的時候知道殿下辛勞一夜剛睡下，就沒有去打擾，不過言已經見過他們，同他們說過了殿下心中大志，他們也都起誓日後一切聽從太子殿下安排！」白卿言慢條斯理道，「程將軍是個粗人，有時候說話難免有些不妥當，屆時還請殿下海涵！不過殿下放心……程將軍對大晉的忠心天地可鑒！」

「孤明白！白家軍諸人各個都是忠君愛國的好將士！」太子同白卿言踏著晨光往回走，聽著白卿言如同安排後事的叮嚀和請求，心中竟生出一抹惆悵來。

若白卿言不是女子，若她身體康健，或許……等他登上九鼎之位後，可以讓她繼續領白家軍，畢竟能對他這樣忠心又能征善戰的戰將不可多得！

「還有沈良玉，虎鷹營在白家軍中地位超群，又是我五叔親率的嫡系，沈良玉雖然忠心不用質疑，但難免心高氣傲，練兵之事怕是容不得他人指手畫腳！可五叔去後……除了沈良玉怕是無人能再訓練出虎鷹營那強悍之兵，殿下在練兵之事上盡可聽他所言，可其他事情上還需讓殿下嫡系將軍壓他一頭，否則會助長沈良玉傲氣，將來戰場恐不聽帥令，擅自行動。」

太子側頭看著正輕聲慢語的白卿言，心底越發熨帖……白卿言果然是事事都為他打算。

秦尚志的話果然不假，白家人心懷大志，只有讓白卿言知道他亦是一位心懷天下的主子，白卿言才會效忠於他。

太子回到大帳中，已經全無睡意，倒是同方老喝起了茶。

「老朽觀白將軍對虎鷹營沈良玉的安排，的確是全心全意為殿下考慮！殿下疑人不用用人不疑，倒是老朽處處小心防備小人之心了！」方老笑呵呵將所有錯都歸咎在自己身上給太子戴高帽。

太子心情愉悅笑了笑道：「方老也是為了孤，孤心裡清楚！孤臨行前……父皇本交代讓人探到虎鷹營訓練方法，便將虎鷹營……」太子做了一個殺的手勢。

「殿下……」方老突然想到了什麼，放下茶杯對太子道，「殿下！雖然接下來的話大逆不道，可老朽身為殿下的謀士，有些話卻不得不說，若冒犯了還請殿下見諒！」

「方老一心為孤，孤如何能不知！方老對孤無不可言……」太子道。

「雖說，如今陛下已經立了殿下為太子，可當今陛下多疑又善變，殿下為子、為臣，忠於陛下沒有錯！可殿下也是儲君……將來大晉的皇帝，所以不能愚忠，忠於陛下的同時要給自己留一手！如今白將軍將白家軍盡數交給了殿下，只要殿下將白家軍攥在手裡……日後哪怕陛下對儲位起了別的心思，陛下也得權衡權衡！」方老壓低了聲音對太子道。

這話可謂是大逆不道了，可從太子深信不疑的方老嘴裡說出來，太子卻沒有絲毫責怪的意思。是個人都有私心，太子自問做不到白家人那般，只心存家國……將風骨二字刻於祖訓家規之中。尤其是面對那至尊大位，身為皇子誰不想要？

方老的話正好說在了太子的心坎兒上，在太子沒有坐上那個位置之前，他的儲君之位便還有變數，尤其是父皇現在正值壯年，說不定還會再有皇子不說……其他皇子雖然都年幼，可難保父皇不會撐到幼子長大，再起了立其他皇子的心思，他……還是要給自己留有餘地才是！

太子點了點頭：「如今看來，虎鷹營倒是大可不必如父皇說的那般，盡數斬殺！」唾手可得且現在就能用的驍勇悍將不要，非要再費心費力培養出一批，這不是傻嘛！

「正是！」方老頷首，「不過此事殿下心中有數就好，若是讓陛下知道了，陛下難免會覺得殿下有不臣之心，反而對殿下不利！」

見太子點頭，方老不再說這件事，順勢轉了話題：「如今大事已定，殿下派任世傑先行一步去準備天降祥瑞之事。」

當日，太子寫了為白卿言請功的奏摺讓人快馬送回大都，他想等白卿言回到大都得知他這位太子早早便為她上奏請功，必定感恩戴德從此對他俯首貼耳。

心情愉悅的太子用了點簡單的雞湯小米粥便蒙頭大睡，直至太陽快要西沉才轉醒。聽沈良玉回稟並未從那些晉裝死士的身上查出什麼異樣，看起來都是晉人，可為何會同西涼在一起便不得而知。太子沉默良久，讓沈良玉將屍體處理了，便不再多說。

沈良玉領命告退。

董家死士雖然不是虎鷹營銳士，可對沈良玉來說，同浴血同生死過……便是兄弟！

白卿言帶著白錦稚與白家軍諸位將軍，將虎鷹營銳士與董家死士的遺體葬在荊河旁。

夕陽餘暉映照著遼闊壯麗的大地山河，雄渾翻湧的茫茫雲海盡是瑰麗霞色。白卿言帶著白錦稚跪地三叩首，以酒祭英烈豪傑，謝他們奮不顧身，捨生忘死，救小九出虎口。

「沈良玉，放一把火，燒些枯柴樹枝，回去後就稟告太子……將那些晉裝死士燒了。」

「是！」沈良玉起身帶人去撿枯樹枝。

都是從軍的人，行動敏捷麻利，幾個人搭把手不一會兒枯樹枝就堆得和小山似的。

沈良玉專門挑揀了些濕嗒嗒的樹枝，這樣的樹枝燒起來煙大，最好能讓幽華道那邊兒看到，也就可以交了差。

點了火，白卿言牽馬立在火堆旁，看著隨風高低亂竄的火苗和黑煙，對身旁沈良玉開口：「今日我對太子說，你心高氣傲，練兵之事上定然不許旁人指手畫腳……讓太子盡可聽你所言，可其他事情上讓他的嫡系壓你一頭，如此才能拿捏住你。」

沈良玉一聽就知道白卿言是什麼意思，白卿言只有如此說才會讓太子覺得她是真心為太子打算，太子才會聽從白卿言所言，不讓他人對練兵之事指手畫腳。

沈良玉頷首：「末將明白，有捨才有得！讓太子的嫡系在其他事情上壓著，練兵之事太子的人才插不進去手。」

白卿言回眸看向沈良玉，眸底含笑：「那可要委屈你做好桀驁不馴的樣子，別被拆穿了……」

「末將明白！」沈良玉頷首。

如今白家軍局面困頓，一萬殘餘白家軍，是白家軍的火種！所以白卿言已盡她所能做出最好的安排，他們這些白家軍的老傢伙們得給小白帥幫忙，不能添亂。所以，今日小白帥說他桀驁不馴，他哪怕是個膽怯懦弱的人……都得裝出一副桀驁不馴的樣子來給太子看。

篝火燃盡之時，夜色已臨，明月皎皎懸掛荊河那頭。

白卿言翻身上馬。明日，白卿言就要隨太子回大都城了，諸事皆已安排妥當，白卿言也沒有什麼再放心不下的了。

「白大姑娘！白大姑娘！」

已經上馬的白卿言回頭，朝聲源處望去……

月色之中，蕭容衍的護衛騎著匹駿馬飛奔而來。

那護衛快要靠近之時白卿言才看清楚，蕭容衍護衛手裡還牽著一匹通體黝黑的寶馬。

蕭容衍的侍衛勒馬一躍而下，對白卿言抱拳行禮：「白大姑娘，奉我家主子之命，來給白大姑娘送信、送馬！」說罷，月拾從胸前摸出一封信，雙手舉過頭頂恭敬遞給白卿言。

在月拾奉命來送馬送信之時，謝荀所率領的大燕軍隊已經要拿下南燕都城了。

主子說，是白大姑娘那番話，讓他明白民心所向之浩瀚，也是因為白大姑娘那番話……此次他們大燕才能以如此快的速度收復南燕，且他們打著恢復大燕正統之治的旗號，盡得民心，列國也不好擅動，只能眼睜睜看著大燕收復故土。

月拾對白大姑娘感佩之至無以言表，便越發恭敬。

白卿言看著月拾遞來的信半晌未動，白錦稚輕輕夾了下馬肚上前，扯了扯白卿言的衣袖：「長姐！蕭先生的信！」

白卿言接過信，拆開……

信中倒沒有什麼特別的內容，就是告訴白卿言這匹寶馬是昆天城馬倌獻給他的，他覺得這匹馬雖然不如之前那一匹性子剛烈，卻也是不可多得的良駒，特來送與白卿言，希望這匹馬能在戰場上助她，望她笑納。

蕭容衍竟然已經到了昆天城，那離南燕都城很近了，估摸著蕭容衍這個護衛送信來的這段時間蕭容衍應該已經拿下南燕都城了吧。

白卿言看完，就著沈良玉手中的火把將信紙點燃。

看著火苗將信紙吞噬後，她對月拾道：「這匹寶馬你帶回去吧，晉國與西涼已止刀兵簽訂了盟約，回晉國之後我便再也用不上這樣的寶馬了！」

月拾一怔，抬頭朝馬背上堅毅又沉穩的女子望去，見白卿言眉目平和，看樣子不像是客氣，倒像是真不打算收。

蕭容衍上一世曾對她有恩，雖然她最後沒有能逃出大都城去，可蕭容衍贈她玉蟬讓她逃命之恩她卻未忘。大都城宮宴上出手提點相幫，對他的身分三緘其口，本以為能還了蕭容衍，可他後來出手相助白家，相救四嬸，讓白卿言又覺欠他良多。

上一次，她提點蕭容衍收回南燕最便捷……最不傷百姓之法，她自覺已能還了上一世蕭容衍的恩德。後來蕭容衍又救了她的七弟，但七弟執拗有恩必報，稱報恩之後才會離開，所以今日她便不能再收蕭容衍的馬，否則長此以往兩人之間還算得清楚嗎？

她只願從今往後，各不相欠。說罷，白卿言一夾馬肚，快馬衝了出去。

原本高高興興領命來給白卿言送馬的月拾愣在那裡，他看著白卿言馳馬而去披風翻飛的背影，抬手摸了摸腦袋，難不成是他們家主子信裡寫了什麼惹白家大姑娘不高興了？

幽華道軍營中，任世傑領了命，要先行一步去為此次三月二十八陛下壽辰準備祥瑞賀禮。

任世傑臨走之前，來送任世傑的方老悄悄將他喚至一旁叮嚀：「你此去除了為陛下準備壽禮之外，還要盡你所能，將白卿言此次焚殺西涼降俘的暴行宣揚出去，讓晉國百姓知道白卿言有多陰毒殘暴！」

「方老……您不是已經不懷疑白卿言對殿下的忠心了嗎？為何還要如此做？」

「自然是為了讓白卿言只能依附於殿下！這樣能征善戰又智謀無雙的人……只能為殿下所用！人言可畏，眾口鑠金啊！你想想看若晉國萬民都懼怕白卿言殘酷暴虐，屆時殿下站出來為她說幾句公道話，她難道不會更對殿下感激涕零，更忠心於殿下嗎？」方老徐徐道。

任世傑抿了抿唇，似乎不忍心，又道：「可是……我們來時，那些百姓紛紛跪地請求小白帥為他們收復家園，他們……會認為白將軍殘暴嗎？」

「百姓愚昧，端看你怎麼引導！」方老說完幽幽歎了口氣，「此戰，白卿言功績太過耀目，已經蓋過太子！此戰乃是太子領兵之戰，我們作為太子謀士，絕不能讓百姓視白卿言為英雄，助長她的氣焰！她要時時居太子之下才行！」

方老話音剛落，就見遠處白卿言一行人快馬回營。

他止住話音，對任世傑道：「記住我的話！去吧……」

任世傑對方老長揖到地，回頭朝正策馬回營的白卿言看了眼，上了馬車。

白錦稚快馬跟在白卿言身側，壓低了聲音對白卿言說：「長姐，那像是太子身邊那個不愛說話的謀士啊！明天不就要回去了嗎？他怎麼反而要趁天黑了離開？這其中肯定有鬼……要不要派個人跟上？」

白錦稚話出口才想起，剩餘的董家死士長姐全部讓沈青竹姐姐帶走去護九哥了，白家軍的將士又不能動：「長姐，不如我先行一步，偷偷跟上那個謀士去看看？」

白卿言握著轡繩，放慢了速度，視線落在朝她看過來的方老身上，對沈良玉道：「派個擅長跟蹤的跟上去，只要探明太子那個謀士往哪個方向去即可，天亮前必須回來。」

「是！」沈良玉抱拳。

「長姐萬一太子知道了……」

「放心吧！太子高高在上貴人事忙，哪有時間掌握白家軍每一個士兵的去向。」白卿言回頭看著白錦稚，抬手摸了摸白錦稚的腦袋，欣慰一向衝動的白錦稚居然也知道謹慎了。

白卿言一行人回營之時，方老還在營門口候著，他視線掃過跟隨在白卿言身後的幾人，笑盈盈上前長揖一禮：「剛才殿下派人去傳白家軍幾位將軍，不成想將軍們不在。」

她下馬對方老還禮，道：「幾位將軍隨我去送秋山關犧牲的虎鷹營銳士了！抱歉讓殿下久等……」說完，她轉頭看著沈昆陽幾個人：「你們隨方老去見太子殿下，莫讓太子殿下久等！」

方老很滿意白卿言的態度，抬手摸著自己的山羊鬚。

白錦稚牽著的平安突然踢踏著馬蹄朝方老走近了兩步，白錦稚來不及扯回轡繩，就見平安濕漉漉的鼻子湊著方老的臉嗅了嗅，方老被嚇了一跳忙彎腰躲開，用手驅趕平安。

「平安！」白錦稚忙扯回平安的轡繩。

平安不悅的轉身，用馬尾狠狠在方老臉上抽了一下，方老當即就變了臉色。

白卿言忙致歉：「對不住方老！這畜生野性難馴，可沒傷著方老吧？白錦稚……還不對方老致歉！」

「啊？」白錦稚摸著平安的鬃毛，看到長姐的眼神，忙作揖致歉，「對不住方老，可曾傷著了您，都是我不好！」

白卿言姿態擺的低，方老也不能下了白卿言的面子，他拍了拍自己被馬毛甩了一身的泥土，道：「罷了罷了！這也非白四姑娘的錯，老朽這把年紀了還能跟一個小畜生計較嗎？還是去見殿下要緊，幾位將軍請……」

目送幾位將軍隨方老離開，白錦稚牽著平安上前低聲問白卿言：「長姐你對那個謀士這麼客氣幹什麼？那老頭子我看和那個柳如士一般，只會擺臭架子！」

「那個謀士在太子面前說一句話，比得上旁人說百句千句。」白卿言將手中韁繩遞給白錦稚，「這個世上聰明人多，能在太子身邊占有一席之地……能在朝中占一席之地的人，不僅聰明而且有能！所以對別人客氣一點，就是給自己留餘地。」

她對小四儘量將話說的淺顯易懂。

白錦稚點頭：「小四明白了！以後見到太子身邊的人，都儘量客氣一點！」

「你速去虎鷹營，確認是否已安排人去探太子那個謀士的去向。」她說完又叮囑白錦稚，「明天一早就要動身了，你早點兒休息。」

「長姐！」白錦稚攥緊了手中的韁繩喚了白卿言一聲，「長姐才是最需要好好休息的！我們白家和白家軍，都還要靠長姐！長姐千萬不能倒下了！」

白錦稚眼眶發紅，自從祖父和叔伯兄弟他們的死訊傳來之後，白錦稚就從未見長姐睡一個囫圇覺。出征之後，長姐為了撿起射日弓，更是沒日沒夜的練，白錦稚怕這樣下去長姐的身體會撐不住。

「長姐心裡有數，去吧！辦完事早點睡，正是長身體的時候小心長不高。」

白錦稚立在原地看著長姐的背影，咬了咬牙只想快點兒長大，能幫一幫長姐。

傷兵大帳外，幾個輕傷的晉兵圍著背著小包袱要離開的紀琅華，抖開了紀琅華的包袱，裡面除了掉出一些瓶瓶罐罐的藥瓶和裝著盤纏的荷包之外，還有一件被洗得乾乾淨淨的暗紅色披風。

「哎呦，這小娘子的包袱裡還藏著一件披風啊！」一個腦袋上纏著細棉布的晉兵抖一抖那件披風，往自己身上一披，「小娘子這是看上我們哪位將軍了？爺我是百夫長……此次我晉國大勝，爺我甕山峽谷中斬了西涼兩個將軍的腦袋，回去之後定會得到封賞，到時候也是個將軍，要不小娘子你摘了面紗給我瞅瞅，要是長得漂亮，爺勉強收了你做婆娘！」

圍著紀琅華的幾個傷兵起哄大笑。還有圍在大帳口看熱鬧的，也忍不住跟著笑出了聲。

這一個多月來，晉軍厲兵秣馬枕戈待旦，將士們生死一線神經都緊緊繃著。如今議和盟約已經簽訂，明日他們將班師回大都，等著他們的將是豐厚的賞賜，他們難免得意忘形。

紀琅華咬緊了牙關，雙眸漲紅，不去撿地上的藥瓶和盤纏，卻像不要命似的衝去搶奪那件披風：「還給我！」

披著披風的百夫長笑盈盈側身一閃，反倒一把抓住了紀琅華的胳膊：「小娘子，聽你口音當是豐縣人吧！我等拿命為你等小民奪回豐縣，你連看都不讓我們看一眼，是不是太忘恩負義了！」

「就是就是！小娘子雙眼生得這樣漂亮，識趣一點兒，讓我等看看唄！又少不了一塊肉！」

軍營中許久不見女子的兵士言語輕佻，無理至極。

紀琅華咬緊了牙：「把披風還給我！」

百夫長見紀琅華如此不識趣，笑著環視周圍看熱鬧的兵士問：「兄弟們，你們說要不要將這小娘子的面紗摘下來，咱們也瞧瞧看是不是個天仙？」

立在傷兵營門口的白家軍看著這樣的狀況，勸了兩句，可沒人聽便轉身回了營帳中。

「看了你可要負責娶人家啊！」有士兵笑著起哄。

百夫長哈哈直笑：「爺看過，要是漂亮，爺我自然是負責的！」

「可就怕人家心儀哪位將軍就沒你什麼事兒了，哈哈哈哈……」

百夫長扯下紀琅華的面紗，一張刀口縱橫交錯的臉陡然出現在眾人眼中，嚇得那百夫長一愣。

紀琅華激烈掙扎一巴掌揮在那百夫長的臉上，像個瘋子似的扯著那百夫長的領口：「把披風還給我你這個混蛋！」

百夫長陡然被一個女人打了一巴掌，臉上被指甲刮出兩道抓痕，火辣辣的。那百夫長眸子冷了下來，攥著紀琅華胳膊的手收緊，幾乎要將紀琅華的手臂捏斷，可紀琅華卻絲毫不怵，睜著一雙通紅的眸子咬牙切齒看著那百夫長，帶著不惜與那百夫長同歸於盡的決絕狠戾。

片刻的鴉雀無聲之後，圍觀的兵士勾肩搭背笑了起來。

「怪不得拿面紗蒙著，原來是個醜八怪啊！」

「哎喲！老杜你不行啊，讓個娘們兒給打了一巴掌！哈哈哈哈……」

「老杜你可把我們晉軍老爺們兒的臉給丟盡了！要是個天仙也就罷了，你居然被個醜八怪給打了，哈哈哈哈！」

耳邊的嘲笑聲就像火辣辣的巴掌摑在那姓杜的百夫長臉上，他咬緊了牙關，惱羞成怒揚手：「他媽的！我看你是活膩了！」

可不等那百夫長的巴掌落在紀琅華臉上，就見帶風而來的白卿言拉過紀琅華，抬腳直直踹進那百夫長的心窩子裡。

那百夫長被踹得狼狽向後倒了幾步，險些跌倒之際被人扶住，正準備叫罵……一看是白卿言，臉色一變喉頭翻滾著站直身子，抱拳行禮：「白將軍！」

笑呵呵圍在這裡看熱鬧的晉兵，見來的是白卿言，連忙收斂笑意立正站好，紛紛抱拳行禮。

「白將軍！」

「白將軍！」

白卿言此次一戰大勝，在軍中威望極高，雖是女子，可晉軍上下無人不敬佩嘆服。有眼明心亮的晉軍知道自家百夫長闖了禍，連忙偷偷跑去求援。

紀琅華用衣袖抹了把眼淚，顧不上撿地上的面紗，飛快朝百夫長衝去奪回披風，忍著恨意用力將披風抱在懷裡，哽咽對白卿言俯身行禮：「多謝小白帥！」

已回到傷兵營帳裡的白家軍聽到小白帥來了，又都從帳內出來，誰知竟見白卿言滿眼的怒火。

她面沉如水，視線凝著彎腰不敢抬頭的百夫長：「百夫長好大的威風啊！」

那百夫長額頭冒出細汗來，真是倒了八輩子的楣了，他不過是見這小娘子一雙眼睛生得漂亮卻戴著面紗，想要摘了面紗看一看真面目，誰成想竟然讓白將軍給撞上了，白將軍是個女子，定然要維護女子，只能是他倒楣了。

「末將不敢！末將只是與這位姑娘玩笑，做的有些過火了，還請白將軍恕罪。」

聽到玩笑二字，她越發火大，三步並作兩步上前又是一腳踹在那百夫長的腹部，圍觀看熱鬧的將士匆忙讓開，生怕累及自身。

「好笑嗎？」白卿言眉梢抬高，怒氣已然快要壓不住。她的祖父、父親、叔叔和弟弟們，還有白家軍數十萬將士用命護著的百姓，難道是給他們羞辱玩笑的嗎?!

那百夫長被踹得連連後退，站定後又抱拳躬身不敢抬頭，拳頭死死握著，骨節泛白。

白卿言又是一腳，聲音拔高：「欺辱女流之輩好笑嗎?!」

百夫長還未站定，隨之而來又是一腳，直接將人踹翻在地。

「恃強凌弱好笑嗎?!」

百夫長再次站定，抱拳躬身，咬著牙不吭聲。

聞訊而來的王喜平人還未到，便聽到白卿言怒火中燒的高昂聲音，忙喊道：「白將軍……白將軍！」王喜平從人群中擠過來，朝他手下的百夫長瞪了眼，這才抱拳對白卿言行禮，道：「白將軍息怒，事情我已經聽說了！是這個杜三保的錯！只是呢……這個杜三保在甕山大戰連斬西涼兩個將軍的腦袋，算是立了大功，所以難免得意忘形，好在只是調戲民女，也沒有鑄成大錯，白將軍就饒他這一次吧！」

見白卿言臉色越發難看，王喜平忙道：「白將軍放心，末將一定讓這個杜三保給這位姑娘好好賠禮道歉！杜三保，愣著幹什麼?!」

百夫長杜三保上前，朝紀琅華方向一拜：「對不住！」

「白將軍，您看……要不就算了。」王喜平一向護短。

白卿言緊握腰間佩劍，壓著心口翻湧的怒火，冷著臉視線落在眼底露出喜意的杜三保身上，滿目的肅殺之氣，威嚴逼人：「照王將軍所言，在晉軍中……將士可以以功覆過，亦可以以功贖罪，那我今日便將這百夫長斬殺於此，王將軍說……以我南疆取勝之功，殺不殺得了他?」

杜三保一聽這話，腦門生汗跪了下來，白卿言可是連降卒都敢殺的殺神，他對著王喜平道：

「王將軍，末將知錯了！王將軍救我，我是您的兵啊！」

「你吃的是大晉百姓交納的糧食！領的是大晉百姓交納的稅賦！你摸著良心捫心自問你是誰的兵?!」白卿言語聲鏗鏘，「國之所以有軍，是為護國安民！為軍者……奮勇殺敵那是本分！論功行賞……封將封爵，難道是為了讓你們持功凌辱自家百姓的?!」

王喜平張了張嘴……

「白家軍何在！」白卿言咬牙高呼。

湊在門口看熱鬧的白家軍傷兵立刻上前，抱拳行禮。

「見有人辱我晉國百姓，你等身為白家軍銳士，竟袖手旁觀？」白卿言問。

白家軍傷兵張口欲解釋，可一想到他們的確是袖手旁觀了，又辯無可辯。

「我們數十萬白家軍弟兄是為什麼而死……你們都忘了嗎？」她緊緊握住佩劍，如炬目光掃過白家軍傷兵，「就在數月前，鳳城被圍，副帥所率白家軍兄弟為拖住敵軍……助鳳城百姓逃命，戰死鳳城無一人退縮！疾風將軍白卿瑜率一千五百白家軍銳士應戰，給百姓拼殺出活命之機，與西涼死戰屍骨無存！疾勇將軍白卿明所率之軍死守豐縣！這些白家軍兄弟全部戰死，無一人存活！為何?!」

軍營內，一片肅然無聲。

火盆內火苗隨風高低亂竄，將白卿言陰沉至極的面色映得忽明忽暗。

白卿言聲音含怒高昂，有氣蓋山河之勢：「四個字……護國，護民！」

紀琅華緊緊抱著懷中的披風，痛哭出聲。

她又想起白卿明一躍下馬，用這件披風將她裹住時，對她說的那番話……

如果可以，紀琅華願以下十八層地獄，換回白卿明將軍。

白卿言緊緊咬著牙：「今日，我白家軍上至元帥將軍下至同袍兄弟捨命所護之民就在你等眼前！你等……卻看著我晉民受辱！對得起死去的白家軍兄弟，配與他們共稱白家軍嗎？！」

「這位紀姑娘，是豐縣坐館大夫的女兒，因感激白家軍救命之恩，知道我等在前方保民激戰，特從豐縣趕來……只為以一身醫術多救幾個護民護國的傷兵，為此戰盡綿薄之力！一弱質女流尚且知道捨命報恩！可你們呢？！怎麼對為你們包紮救治的恩人？」

「屬下知錯！」白家軍一受傷伍夫長眼含熱淚，單膝跪下，「願領責罰！」

「屬下知錯，願領責罰！」

「屬下知錯，願領責罰！」

白家軍傷兵悉數認錯，自願領罰。

「但凡知錯的，自去領五十鞭！不知錯的……此次傷癒便可自行離開！不護民者，不配為兵！數十萬白家軍兄弟與晉軍兄弟，用血與命守護的百姓，永遠比我們命重要，容不得任何人輕視糟蹋！」

「是！」白家軍傷兵，齊聲道。

「至於你……」白卿言回頭撿起地上紀琅華的面紗，對跪在那裡不敢抬頭的杜三保說，「要麼脫了這身衣裳回家種地，要麼自去領八十軍棍，此次軍功全無，從最普通的兵士做起！我記得你的名字……杜三保！王喜平將軍我白卿言眼裡揉不下沙子，此人之名……我會告訴張端睿將軍，你若要保，但願你承擔得起後果。」

王喜平一腦門子的汗，連忙抱拳稱是。他抬頭看著白卿言扶起紀琅華抬腳入帳的背影，心中似有百味。是他高看自己了，王喜平不是沒有聽說過白家軍軍紀嚴明，可他以為同白卿言一同打過仗，也算在白卿言這裡排得上名號，就前來求情，希望能讓白卿言賣他一個面子！

王喜平不是不明事理之人，雖然剛才白卿言算是下了他的面子，雖然剛才白卿言一番話是說給白家軍的，可他此時也難免心潮澎湃。誰人當初入伍之時，沒有一腔報國護民的熱血啊？可這些年，征戰在外的總是白家軍，他們這些晉軍養尊處優，在外排場烜赫，風氣一向如此，入伍時間久了……王喜平這些晉軍戰將和晉軍兵士便漸漸忘了初心。

王喜平背在背後的手微微收緊，餘光突然見杜三保咬牙切齒站起身來，他皺眉問：「怎麼，你還不服?!」

「服！」杜三保此時已是心潮翻湧，他轉身看向大帳的方向長揖到地，抬頭喊道，「白將軍！紀姑娘！杜三保知錯了！這就去領罰！從今日起杜三保從普通兵士做起，定找回初心！」

白卿言一番話，讓杜三保想起當初入伍……是因為蜀國殺晉國邊民，辱晉國女子，他身為晉國熱血男兒，聽說邊民遭遇怒不可遏欲捨身殺賊，這才從軍。

四個字……護國，護民！

這四字，曾是杜三保入伍的初衷。可後來他升至伍夫長，十夫長……直至今天的百夫長，軍職越來越高，初心越來越少。今日白將軍一番話，發聾振聵。這罰，他杜三保認了！

白卿言回頭朝帳外看了眼，見紀琅華垂眸擦拭眼淚懷裡死死抱著的那件披風，輕聲開口：「這披風……」

紀琅華咬了咬唇，十分不捨的摸了摸披風，含淚捧起遞給白卿言，哽咽開口：「這是白卿明將軍的，我被西涼玷汙，是將軍救了我，這披風我原本是想留個念想的，如今還是……還給小白帥吧！」

她抬手輕輕摸了摸紀琅華捧起的披風，這披風已經清洗乾淨，就連破了的地方也已經小心縫補妥當，她眼眶濕了那麼一瞬，原來是阿明的，難怪……這麼眼熟。

她望著紀琅華道：「即是想要留個念想，那你就留著吧，好好活著！」

熱淚盈於睫，紀琅華死死咬著唇，用力抱住這件披風，望著白卿言道謝：「多謝……小白帥！我一定好好活著，一定不愧對白卿明將軍和白家軍將士捨命相護之恩。」

白卿言點了點頭，看著紀琅華問：「你這是要走？」

紀琅華點了點頭：「兩國盟約已經簽訂，這仗既然不打了，我也該回去了。」

「夜裡走不安全，萬一遇上狼群你如何應對？先好好休息，明日隨班師大軍一起走，到天門關後我派人送你回去。」白卿言見紀琅華要推拒，便道，「這幾天我傷口換藥，還得託付於你。」

紀琅華望著白卿言精緻分明的五官，抱緊懷裡的披風無比感激地點頭。

肖若江已經醒來，正坐在窗邊讓軍醫給換藥，見白卿言進來，忙扯過衣衫胡亂往身上套，動作幅度牽扯到傷口疼得眉頭緊皺，潦草繫好衣衫，他對白卿言拱手行禮：「大姑娘！」

「今日可好些了？」

肖若江頷首：「好多了！」

「明日就要隨太子回大都了，舟車勞頓，你身上有傷怕是經不起折騰，不如留下養傷……等傷好之後你再回大都。」

肖若江抬頭看向白卿言，見白卿言眸色幽邃清明，他朝四周看了看，湊近白卿言：「大姑娘吩咐！」

「回大都前，小九傷勢若撐得住，我想見一見小九。」如今白卿玦在蕭容衍身邊，此次她怕是見不到了，可小九就在少陽郡或可一見，但這件事需要人來安排，沒有比肖若江更合適的人了。

肖若江點了點頭。

「你是我的乳兄，若是留在這裡養傷，太子必然會派人盯著，行事務必小心，哪怕此次無法相見……也必須要做到穩妥！」

「大姑娘放心！」

「此次一路回去，我會稟告太子要沿途去祖父、父親、叔父和兄弟們去世的地方祭拜，若能見……骨哨傳信！」

「全漁公公，您怎麼到這裡來了？」

白卿言話還沒有說完，帳外就傳來白錦稚的聲音。

快要走到大帳門口的全漁回頭，見英姿颯颯的白錦稚雙手負於背後朝大帳方向走來，他笑著對白錦稚行禮後道：「太子殿下有事傳白將軍，所以奴親自過來請……」

白錦稚步伐輕快走過來，壓低了聲音問道：「難不成是太子殿下也知道我長姐在這裡發了脾氣？太子殿下不會怪我長姐吧？」

全漁笑了笑：「四姑娘多慮了，怎麼會？」

「真知道了啊？」白錦稚做出一臉擔心的樣子。

全漁抬眼便見白卿言出來，他忙行禮：「白將軍，殿下召見白將軍和一直跟在白將軍身邊的白家忠僕。」

她握著佩劍的手一緊，白家忠僕說的是肖若江吧。

「跟在我身邊的白家忠僕？」她裝作不知，「說的可是我的乳兄？」

「正是！」全漁姿態很恭敬，抬腳上前了兩步，壓低聲音對白卿言道，「殿下見過白家軍幾位將軍之後就有些不悅，白將軍還是快些，不要耽擱！」全漁提點白卿言。

她對全漁頷首致謝：「多謝提醒！」

「小四，你去告訴肖若江……殿下要見他，讓他速速換了衣裳過去，我先隨全漁公公過去。」白卿言對全漁做了一個請的手勢，全漁忙頷首在前帶路。

白錦稚看著長姐朝她看來的目光，輕輕頷首。見白卿言隨全漁離開，白錦稚匆匆進入大帳之中。

那一路，白卿言隨全漁而行，腳下步子不停，腦子也沒有停。全漁說，太子見過白家軍諸位將軍之後有些不悅，是因為白家軍要見她和她身邊的人，還是因為別的？若是事關白家軍，傳她身邊的肖若江要做什麼？

是秋山關之事？還有話要問？

又或者，太子發現之前伺候在她身邊的肖若海變成了肖若江，關心起她身邊之人的調度？難道張端睿他們沒有早早將此事稟報太子？太子怎會此時才想起來盤問這事？

很快，白卿言便到了太子大帳內。

「參見太子殿下！」白卿言恭敬行禮，見方老坐在太子身邊，已是笑著對方老揖了揖手。

太子正坐在棋盤前，看不出有什麼不悅，只盯著棋盤對白卿言道：「你身邊那個下人呢？」

「殿下，那是言的乳兄，並非白家下人。」白卿言不卑不亢道。

立在一旁的全漁抬頭看了眼太子又看了眼白卿言，心裡替白卿言捏了把汗，他來之前還提醒過白卿言太子有些不悅，怎麼白大姑娘還這麼耿直和殿下說話，不會繞著彎兒哄著點兒啊！

太子將手中的那把棋子全都丟進了棋盒裡，轉頭看向白卿言。

「白卿言孤把你當成自己人，所以和你說話就不繞彎子了！梁王偽造鎮國王與南燕郡王通敵的書信，雖然此案已經審明，可你是不是得避避嫌，離南燕遠一點？為何要派你的乳兄去南燕？又或者……是你的乳兄私自去了南燕你也不知？」

白卿言恍然。「殿下是懷疑我？」白卿言不急不惱語氣平和。

太子一副怒其不爭的樣子，提高了音量：「孤要是懷疑你，你此刻還能站在這裡同孤說話？回頭父皇這麼問，難道你也要這樣答？你還要瞞著孤?!」

一個小太監邁著小碎步進帳，行禮後道：「殿下，白將軍的乳兄來了……」

「叫他進來！」

肖若江聽到太子傳白卿言與他，怕是有事要問，白卿言是為了避嫌所以沒有等他先行一步，他卻得加快步子趕過來，省得到時候太子問了什麼他和白卿言答的不一樣，他幾乎是一邊穿衣服一邊跑過來的。

肖若江氣息粗重，低眉順眼疾步進來，跪地叩拜，裝出惶惶姿態，細聲細氣道：「草民，參……參見太子殿下！」

見跪地叩拜的肖若江似乎被他的太子之威震懾，抖得說個話都畏畏縮縮，太子略略放心了些，就怕來個骨頭硬的，他還真就什麼都問不出來了。太子拿出十足的氣場，睨著跪地縮成一團的肖若江：「孤問你，你前些日子去了南燕是做什麼去了?奉了誰的命?」

肖若江被太子最後提高音量的話嚇得一抖，抬頭朝白卿言的方向看去。

「孤在問你話，你看白將軍幹什麼?!」太子惱火道。

肖若江立刻以頭碰地，不敢再抬起視線半分：「草民……草民……」

白卿言歎了口氣：「殿下，我乳兄膽子小，又是頭一次見殿下，失禮之處還望殿下海涵，既然殿下想知道……」她聲音頓了頓，抱拳對太子行禮：「事關言的名節，還請殿下屏退左右。」

以頭叩首的肖若江盯著自己膝蓋，明白了白卿言話裡的意思，關乎名節……就是要拿大姑娘的名節說事。

太子聽到這話眉頭一挑，抬手示意方老和全漁他們出去。

很快，大殿內只剩下白卿言、太子和肖若江。

「乳兄，你別怕……太子殿下是護著我的，否則此時你同我不會在太子這裡陳情，怕是要被押回大都了！」白卿言低聲安撫肖若江。

太子聽到白卿言這話，心情莫名舒暢，也說了一句：「你盡可照實說來！」

「回太子殿下，小的去南燕的確是奉了我們家大姑娘之命，小的是去找富商蕭容衍的！」肖若江聲音裡帶著懼怕，著急忙慌抬頭解釋，「可是殿下，我家大姑娘同那個蕭容衍絕對沒有私情！還望殿下明鑒啊！都是那個蕭容衍纏著我們家大姑娘！」

肖若江著急忙慌說完，又忙低下頭叩首，似乎很害怕的樣子。

太子眉頭挑了挑，蕭容衍?!自從在宛平城與蕭容衍分別，他去平陽城之後便再無他的消息了，蕭容衍居然去了南燕！蕭容衍……心悅白卿言？纏著白卿言？

太子朝著立於燈下的白卿言望去，眉目舒展開來……也難怪，白卿言長相的確是極為驚豔奪目，自古英雄愛美人，可……蕭兄喜歡的這個美人兒是不是也太彪悍了些！動輒焚殺西涼十幾萬人的美人兒，誰消受得起啊。

「那個蕭容衍簡直是登徒浪子！先是給我們大姑娘送馬……就是那匹平安，因為四姑娘喜歡，我們大姑娘就留下了那匹馬給了四姑娘，他還給我們大姑娘送信，寫的……寫的盡是些淫詞豔句！」肖若江說到此處，似乎是惱火極了，聲音都大了不少，「大姑娘都當著送信人的面把信燒了！可蕭容衍的手下竟然還送！大姑娘不堪被蕭容衍騷擾，這才命我去南燕找蕭容衍，與他說清楚，我們大姑娘是立誓終身不嫁的！就算是嫁……也絕不會嫁他這樣的登徒子！還是個商人的低賤身分！」

原來，是一樁風流事啊！

「殿下，言……原是想著蕭先生與殿下交好，所以不想將事情弄得太難看，所以才派乳兄去了一趟！沒想到居然出了這樣的誤會！不瞞殿下說……我這位乳兄因為膽子小的緣故，做事極為謹慎，若是真去南燕做通敵叛國之事，絕無一人能發現他的行蹤！」

白卿言望著肖若江，又補充了一句：「就如同此次出征南疆，便是我這位乳兄先一步出發來南疆，單槍匹馬摸清楚了西涼糧倉在哪裡，西涼人卻無法發現。」

太子眼睛一亮，看向低眉順眼跪在地上的肖若江，白卿言話沒說錯，越是膽小的人就越是謹慎！此次白卿言同他出征南疆，身邊只帶了個乳兄，他還以為白卿言身邊沒有死士……是因為白家十七子上戰場時白家死士都去保護十七子了！原來，白卿言的乳兄竟然還有這般本事。

「言還有一位乳兄，出征之時殿下應該見過，荊河一戰便是他摸清楚了西涼軍軍營布防，此時他人應該已經在銅古山，以防西涼趁與我晉國駐防軍交接前在銅古山安插暗樁。」與其將來被太子追問，她還不如現在就給太子一個說法。

「白家果然能人眾多啊！」太子忍不住感慨。

「如今白家也就兩位乳兄當用了，太子殿下知人善任，身邊盤龍臥虎……」白卿言垂眸掩住眼底笑意，「不論是方老還是秦先生，又或是那位任先生，哪位不是人中之龍，智謀無雙。」

這話要是旁人說出來難免有恭維的嫌疑，可從風骨峻峭的白卿言口中說出來，太子覺得非常受用。只是這白卿言有點兒不識趣啊！他都稱讚的人……她難道不該順勢將她這兩位乳兄送與他用？罷了罷了，白家人硬骨，的確不是這樣趨炎附勢之人，且就算白卿言真的敢將這兩人送於他，他怕也不敢真的派這兩個人做什麼要緊的事情。

「其實蕭先生算是個人物，為人風光霽月……孤還是王爺時便同蕭先生交好。此人雖然是商人身分，可身無銅臭，盡是讀書人儒雅氣度！白家如今無男丁，倘若蕭先生對白將軍真的有心，願意入贅的話……除了身分低了些，孤其實倒以為是個良配！」太子幽幽開口。

若能讓蕭容衍因為白卿言入贅，對他來說未必不是一件好事。如此他便不擔心白卿言外嫁，蕭容衍又與他交好，學識氣度皆屬一流，若能留在晉國，那便是晉國第一富商……

太子想起蕭容衍在大都城內每每一擲千金的闊綽手筆，瞇了瞇眼。

白家已經依附於他，蕭容衍若入贅白家，必也會希望他順利登上至尊之位……搏一個從龍之功，定然會成為他的錢袋子，他若有事需要打點可就方便多了。

白卿言皺著眉頭，似乎將最難以啟齒之事說與太子聽，面子上也掛不住：「殿下，蕭先生再好，與言也是無緣，畢竟……言子嗣艱難。」

「緣分這種事情，難說……」太子還是沒有打消心中盤算笑著同白卿言說，後又對肖若江道，「以後做事謹慎些，這件事是撞到了孤的手裡，要是上達天聽你可知道……要給你們家大姑娘惹大麻煩？」

肖若江連忙叩首：「太子殿下教訓的是，草民以後一定謹遵太子殿下教誨，做任何事都謹慎，不給大姑娘惹麻煩！」

「去吧！」太子對肖若江道。

肖若江連忙叩首退了出去。

太子看向立在一旁的白卿言：「這次之事並非孤不信你……」

「言明白，若非太子將言當成自己人，又怎會喚言同乳兄過來，又怎麼替言訓斥乳兄！太子的情誼……言心中明白！」

太子點了點頭，眉目間都是笑意：「白將軍也去休息吧，明日要帶著西涼炎王李之節與西涼公主一同回大都，這一路還需要打起精神，不要讓包藏禍心的西涼有機可乘。」

「是！」白卿言從大帳中出來，對方老揖手告辭，回頭就見白錦稚與肖若江還在門口等著。

回營帳的路上，肖若江壓低了聲音道：「大姑娘此次拿蕭先生做擋箭牌，以那位蕭先生與太子殿下的關係，七少的事情怕是……」

「放心吧，蕭容衍不會說的。」蕭容衍派人來送馬送信也沒有遮掩行蹤，想必也是不怕太子知道。

她防備晉國皇室的事情蕭容衍心裡清楚，蕭容衍身分特殊她也清楚，兩人都有秘密被對方盡知，自然都要替對方掩飾一二。

第三章 大軍回朝

南燕都城，匡平。南燕皇帝慕容沛懷中抱著玉璽，見象徵著大燕正統的玄鳥青雀旗由遠及近，大燕明德皇帝十六匹黝黑駿馬的車駕，於耀目晨光之中，聲勢浩大而來。

慕容沛捧著玉璽的手顫抖著，帶南燕皇族群臣跪於宮門前，將玉璽高舉過頭。

當年姬后一死，大燕內亂，慕容沛趁機偷拿玉璽逃回大燕舊都匡平，推翻姬后新政，恢復舊治，得到了大燕老世族擁護，自此與大燕以天曲河為界自稱南燕立國。

此次大燕悍將謝荀殺入匡平，斬盡當年擁護慕容沛自立為王的老世族，百姓無不拍手稱快。謝荀單槍匹馬叩開皇宮正門，帶來大燕九王爺慕容衍密令，稱不日大燕皇帝將抵達匡平，若慕容沛不想皇族之血染紅匡平城，便手捧玉璽親自出宮門跪迎，如此……可保慕容沛全族平安。

慕容沛自知大勢已去，如何能讓還年幼的孩子們陪他一同葬身匡平？且回到大燕舊都自立為王恢復舊治以來，老世族倒是高興了，可弄得民怨沸騰，百姓哪個不在背地裡罵他昏君？

罷了！罷了！他本就是肅王庶子，做了這麼多年的皇帝，享盡十數年人間富貴，又做了十數年世族傀儡，只要能保住他的幼子們性命，丟臉就丟臉吧！畢竟，自己的確不是正統。

大燕明德十三年三月初三，南燕惠文皇帝慕容沛於大燕舊都匡平皇宮外，跪獻玉璽，舉表稱降，結束大燕長達十九年的分裂。

同日，南燕丞相林崇義自縊殉國，慕容沛封明都王，舉家遷往邊境明都。

匡平皇宮內。大燕明德帝在蕭容衍與老太監馮耀陪伴下，沿著兒時熟悉無比的宮牆走廊，在朝陽之下緩慢朝母親曾在匡平的寢宮攬鳳閣走去。

馮耀是早年一直伺候在姬后身邊的老人了，在明德帝慕容彧和蕭容衍來之前，馮耀派人按照以前他對攬鳳閣的記憶布置，重新收拾過攬鳳閣了。

清瘦修長的明德帝慕容彧剛走到攬鳳閣宮門口，就見幾片被風吹至門檻上的海棠花瓣，他俯身去撿，卻嚇了馮耀一跳：「陛下！您要做什麼吩咐老奴就是了！」

「朕無礙，老叔莫慌。」慕容彧從披風中伸出棱骨分明的細長手指，撿了片海棠花瓣，緩緩直起身，笑著看向院中那棵被金色朝陽照得發亮的海棠樹。

「二十多年了，那棵阿娘親手種下的海棠，已經長成參天大樹了。」慕容彧與蕭容衍如出一轍的幽深眸子，帶著暖融融的笑意注視著那棵海棠樹。

明德帝慕容彧明明不過才三十七，正直壯年，卻病態羸弱。

慕容彧是聞名遐邇的美男子，眉目五官與姬后如出一轍，比女子還要驚豔耀目，讓人不敢逼視。若非骨架高大修長，又是一身沉穩厚重的帝王氣場，定會被人當做女扮男裝的羸弱美人兒。

蕭容衍立於慕容彧身側，瞳孔漆黑深幽，袖中手指摩挲著那枚玉蟬，慢條斯理開口：「我不大記得了……」當年姬后遷都大都城之時，蕭容衍才兩歲，自然是不記得舊都皇城的事情。

蕭容衍此時腦子裡，都是為慕容彧尋良醫之事。此次為減少大燕損失，蕭容衍才出了讓兄長長途跋涉秘赴匡平的主意，此次百姓得知大燕明德帝親自前來，也的確如蕭容衍所料那般夾道歡呼，紛紛高呼，盼大燕正統明德帝可以恢復姬后新政。

可他實在沒想到，兄長的身體竟然已經糟糕到了這個地步，一路車馬吐血兩次，暈厥六次。

蕭容衍心煩意亂，眉頭緊皺，兄長的身體，已經耽誤不得了。他想到了白家那位姓洪的大夫，聽說那位洪大夫是晉國太醫院院判黃太醫的師兄，醫術高明……

慕容彧笑著握住蕭容衍的手，牽著他走近攬鳳閣的宮門，在攬鳳閣廊廡的柱子上找他們幼時比身量高低時所刻畫的痕跡。

「還在……」慕容彧彎腰手指摸著那些刻畫痕跡，腦海中似是回想起曾經他們兄弟四人圍在母親身邊嬉鬧的畫面，那時阿衍還是個流口水的小娃娃，總跟三弟鬧成一團，可如今……四個兄弟，就只剩下他們兩個人了。

「陛下，您進去歇歇吧！」馮耀在一旁小聲提醒，「雖已經三月，可這風還涼著呢。」

慕容彧緊緊握著弟弟的手，直起身來，視線望著院中那棵海棠樹，喉頭輕微翻滾，道：「阿衍……哥哥想阿娘了。」

馮耀突然聽慕容彧說起姬后，眼眶一紅，垂著眸子不再吭聲。

慕容彧病態白皙的臉上帶著淺笑：「老叔，給朕和阿衍泡壺茶，一會兒……朕和阿衍就坐在海棠樹下喝茶。」這攬鳳閣雖然還是原來那個攬鳳閣，但留有阿娘氣息的，便只有那棵海棠樹了。

「好！」馮耀用衣袖沾了沾眼淚，「老奴給陛下和小主子拿個軟墊墊在石凳上。」

見馮耀已墊好了墊子，蕭容衍本想扶慕容彧過去坐下，卻被慕容彧拉著手立於原地不動。

等馮耀離開，慕容彧才望著蕭容衍道：「阿娘要是能看到你已經長大，且這麼出色，阿娘一定會很欣慰。」慕容彧不想再當著老叔馮耀的面提起母親，提起母親老叔總是會很傷懷。

「看到兄長身體好起來，阿娘會更高興！」蕭容衍說。

慕容彧望著如今已經成熟，氣度威嚴不凡的弟弟，笑著擺了擺手：「哥哥這身子，只是能拖一天是一天罷了！倒是你……如今已快而立之年，南燕失地已經收回，成家之事不能再耽擱下去！

不孝有三無後為大……此次哥哥來是想問問你，孟尚書之女孟昭容才貌俱佳，你可有意？」

「你我兄弟二人，曾經向阿娘靈位起誓，要收復大燕故土，完成阿娘天下一統的心願。如今才剛剛收回南燕，大都城並未拿回來，晉國依舊虎視眈眈……」蕭容衍眸色愈深，「大業未成，何敢言成家？」

「大廈之材，非一丘之木；太平之功，非一人之略。」慕容彧腳下步子一頓，含笑的眸子凝望幼弟，低聲道，「阿娘的宏願是一條極為漫長，且艱難的路！或許需要幾代人戮力同心才能達成！如今列國爭雄，盤踞鼎立，哥哥同你這輩子……可能都見不到一統的那天，所以我們才要成家，留下子孫……留下後人，讓他們去完成這樣的偉業。阿衍……這條路關乎太多生民，得穩穩地走，急是不行的。」

「這條路是艱難且險阻，我等因為難……便將此事留給後人去做，若是後代亦都如此想，何時才能真正的天下太平啊……兄長？」蕭容衍溫潤醇厚的嗓音徐徐，「曾有一女子對阿衍說，唯有天下一統，方能還百姓萬世太平，阿衍深以為然。」

慕容彧瞳孔微微一動，女子？女子竟有這樣的見識？

「如今，亂世風起雲湧，列國只欲逐鹿爭雄王霸一方！為各自利益，起戰端引戰火，百姓十不存一！」蕭容衍望著兄長，俯身一拜，「阿衍有幸得母親和兄長庇護教誨，生逢亂世，衣食無憂，讀書立志，欲……為天地立心，為生民立命，為往聖繼絕學，為萬世開太平，至死不渝！」

慕容彧望著態度堅決的幼弟，只覺阿衍的志向抱負，阿衍的心胸格局，還有這性子……與阿娘太像。可他是長兄，長兄如父，如今阿娘走了……他得擔起責任，照顧好幼弟！不能讓他為了大業奔波而捨終身之事。

慕容彧扶起蕭容衍，握了握他的手：「哥哥總得看你成了家，日後去見阿娘才好同阿娘交代啊！否則……阿娘會怪哥哥為大燕耽誤你的終身之事，怕是要拿藤條抽哥哥了！你若是不滿意孟昭容，便換一個！阿衍心中，可是有人了？」

比如，那個對阿衍說，唯有天下一統，方能還百姓萬世太平的女子。

不知為何，蕭容衍腦中竟浮現出，那個從容淡然，目光堅韌深沉的女子，她驚鴻之貌明豔奪目，明明單薄病弱，削瘦的身姿卻挺如松柏，凌霜傲雪，一身的浩然正氣。

慕容彧眉目有了笑意：「果真是有了心儀的姑娘？說來給哥哥聽聽，是哪國哪族的閨閣千金？」能說出唯有天下一統，方能還百姓萬世太平的姑娘，學識氣度，非名門望族不能養成。

蕭容衍波瀾不驚的幽沉雙眸裡似有淺淺笑意，棱角鮮明的五官輪廓也顯得柔和起來：「兄長，阿衍心中有數，若有朝一日阿衍有幸能得她芳心……再告知兄長不晚。」

慕容彧點了點頭：「不要讓哥哥等太久。」

蕭容衍握著玉蟬的手收緊，想起那日白卿言的抗拒，垂眸笑了笑。

「三月二十八，是晉國皇帝的壽辰。」慕容彧望著院中的海棠樹，「此次大燕趁著晉國與西涼糾纏在一起，以迅雷之速收復南燕，晉國皇帝心中想必很不痛快。如今西涼與晉國議和盟約已經簽訂，就怕晉國和西涼會騰出手腳來對付大燕。」

「我倒覺未必。」蕭容衍陪慕容彧緩緩步行，「南疆一戰，西涼十幾萬銳士折損，西涼女帝登基……西涼各方勢力蠢蠢欲動，他們沒有這個精力再來對付大燕。晉國亦是元氣大傷，晉國皇帝心眼兒不算大，南燕與西涼進犯晉國的仇他不會忘！且大燕昭示滅南燕……只為恢復大燕正統之治，百姓歡欣鼓舞，列國即便欲對大燕動兵，也師出無名。」

「如今南部豐饒之地已經收回手中，依靠阿娘新政，只需三兩年南部的沃土糧倉便足可富民，民富才能兵強，兵強才能國強！國強才能圖大業！」蕭容衍深深望著慕容彧，「為穩妥之計，若兄長覺得可行，便質子於晉，誠意給足了晉國，至少可以換大燕三兩年的安穩。」

質子……慕容彧眉頭緊皺，思慮片刻點了點頭：「阿衍說得對，大燕國弱民貧，行事的確更需謹慎穩妥。」慕容彧話音剛落，一陣眩暈感襲來，整個人只覺天旋地轉。

「兄長！」蕭容衍一把扶住慕容彧，高呼，「來人！快來人！」

「無事，別驚動旁人。」慕容彧用力握住蕭容衍的手，強撐著扶住廊廡間的柱子，「阿衍扶哥哥去坐一會兒便好。」

蕭容衍全身緊繃，小心翼翼扶著慕容彧在石凳上坐下，死死咬著牙雙眸泛紅。

聞訊而來的馮耀，忙從衣袖裡拿出藥瓶，給慕容彧餵下一顆藥。

慕容彧緩了緩開口：「三月二十八是晉國皇帝的壽辰，此次……便由朕親自帶次子前去為晉國皇帝祝壽，將次子質於晉國。」

「陛下！不可啊！陛下千金之軀，若是前往晉國遇險！」

「朕這殘軀，哪有大燕重要啊！」慕容彧望著蕭容衍，「若朕遇險，這大燕……朕便交給阿衍了！」

蕭容衍垂眸若有所思，西涼晉國兩國盟約簽訂，太子必然會在晉國皇帝壽誕之前班師，那此次隨白卿言去南疆的洪大夫定然也會回大都吧！他抬眼看向病容憔悴溫潤含笑的兄長，頷首：「如今南疆已定，我先行一步前往大都，為兄長打點安排，以防不測！另外大都有一位大夫十分了得，可以請他為兄長看看，若此次能夠治好兄長的弱症，那便是大燕之福！」

蕭容衍說完又看向馮耀：「老叔放心，我就是捨命也會護兄長周全。」

當日，蕭容衍帶商隊出發，沿途購買南燕特產皮貨、胭脂等物，運往晉國。

大燕明德帝慕容彧密旨送回都城，命人帶二皇子前往臨川與他匯合，同去大都城為晉國皇帝賀壽。

月拾風塵僕僕趕到匡平，知道蕭容衍已經先行帶商隊出發，本欲去追，卻被馮耀帶到了陛下面前。望著蒼白而削瘦的慕容彧，月拾學著那些文人儒士文謅謅的模樣鄭重叩拜：「月拾恭請陛下聖安！陛下寢可安否？餐食幾何？」月拾是陛下與主子撿回來的，因為是在月圓之夜撿到的，主子便給他取名月拾。

「好，朕寢甚安！食尚可！」慕容彧看著已經長成大人的月拾，滿目欣慰，「今日喚你來，是想問問你，你可知道……你們家主子心儀的姑娘是哪國哪家的千金？」

馮耀看著呆愣愣抬頭的月拾，戳了下月拾的腦袋：「陛下這是關心小主子的終身大事，你日日跟在小主子身邊，難道也不知道？」

月拾想到白家四姑娘……不禁皺了皺眉頭，白家四姑娘和瘋丫頭一樣，感覺和他們家主子不太配，可主子喜歡又有什麼辦法？

「是哪家的千金啊？」慕容彧笑著問。

「是……晉國鎮國公府，白家四姑娘。」月拾老老實實道。

慕容彧一怔，鎮國公府啊……

慕容彧想起年少時隨舅舅一同出征，曾遙遙見過偉岸威嚴鎮國公白威霆，四國逼境而不迫，一戰連斬六將，挫四國銳氣，一身鮮血騎馬立於黑帆白蟒旗之下，當真是傲骨嶙嶙。晉國鎮國公白威霆名震四海，心懷家國天下，鐵骨錚錚，堪稱大晉國脊梁，白家軍更是堪稱不敗神兵。

列國曾有傳聞……晉國百年將門鎮國公府從不出廢物，白家十七兒郎各個頂天立地。此次南疆一戰，白家十歲兒郎被雲破行斬首之前，高唱白家軍軍歌，無懼生死，更是讓慕容彧敬佩不已。那樣門風清明，風骨傲然的家族，難怪能教出那樣有見地的姑娘家。

慕容彧勾唇笑了笑，既然阿衍喜歡，那麼此次他親去晉國，便向晉國皇帝替阿衍求娶白家四姑娘。若將來有一日他真的不在了，一位志同道合的妻子，對阿衍未來所圖之大業想必定有所助益。

三月初四，晉國班師大軍在如血殘陽中，穿過滿目瘡痍，正在重建的鳳城。

西涼公主李天馥挑開香車簾幔往外看，一路車馬……她看到官道兩側都是因為火燒留下黑漆漆的殘垣斷壁，話本子上所記載的繁華鳳城，此刻也只有零星的幾家店鋪開張。

鳳城百姓無論老幼，都盡己所能搬石挑土重建家園，有身體健壯的晉國男子，在這樣還未完全暖和起來的天氣中赤裸著上半身「一二走」的呼喊著，抬舉碩大的木材。

騎馬護在李天馥馬車後的陸天卓一夾馬肚快了幾步上前，壓低了聲音對李天馥道：「公主別看了，汙了您的眼！」

白錦稚剛買完祭祀用品，正準備快馬去城外找祭拜完大伯的長姐去駱峰峽谷道祭拜，與前行隊伍擦肩時聽到陸天卓的話眉頭一抬，勒馬道：「汙了眼？呵……是啊！看看你們西涼造的孽多汙眼！若你們還有一點兒羞恥心，就該日日悔罪！」

說完，白錦稚一夾馬肚揚蹄而去，李天馥氣得甩了簾子，悶在馬車內：「什麼阿貓阿狗都敢在本殿下面前叫囂了！」

話雖然這麼說，李天馥也知道戰敗之國無尊嚴的事實。正如那個白卿言所說，她是戰敗國送來的和親公主，晉國給面子她是公主，不給面子她什麼都不是。

李天馥眼眶一酸，咬了咬牙，等西涼緩過來她一定要報今日之辱。

深夜，終到天門關。大約是因為西涼大軍曾經在天門關駐紮，故而天門關並沒有鳳城和豐縣那麼淒慘。晉廷新派來的天門關守將帶領幾位將領，親自在天門關外相迎。

車馬隊伍緩緩停在驛館前，大軍已經隨石攀山將軍回軍營休整，只留下幾隊人馬護衛太子和西涼炎王公主。

太子剛下馬車就見祭拜完父親的白卿言與白錦稚歸隊，遙遙對白卿言頷首後，便笑著請西涼炎王、公主入驛站。

白卿言與白錦稚將馬交給驛站馬倌，正要進驛站，就見柳如士與張端睿行禮之後仰著頭往驛站裡走，白卿言抬手攔住白錦稚讓了柳如士一步。柳如士見狀不但不言謝，反倒冷哼一聲，甩袖負手進了驛館，又是那副不願意與白卿言為伍的架勢。

張端睿一愣，原本以為議和大帳中，柳如士與白卿言一唱一和，柳如士定然已經放下了心中成見，沒想到還是那股子酸儒之氣。

白錦稚被柳如士氣得不輕：「你……」

不等白錦稚說完，白卿言已經按下白錦稚指著柳如士的手，示意白錦稚看驛館內……

驛館內，受傷的李之節就站在樓上，笑盈盈望著門口的方向，桃花眸瀲灩看不出情緒。

晉國內裡就算不合，也不能讓西涼外人看了笑話，白錦稚自然知道這個道理。

「白將軍！四姑娘！」張端睿上前笑著拱手，「柳大人在大都城之時便是出了名的臭脾氣，文人書生大多都是那個樣子二位海涵啊！」

「不過是一個酸儒，有什麼好擺架子的！要不是長姐與諸位將軍打勝仗，輪得到他在這裡耀武揚威，真是不識好歹！」白錦稚對著柳如士的背影壓低了聲音對張端睿抱怨。白錦稚雖然不高興，可一想到明天可以在豐縣見到九哥，暫且就將這股怒氣壓下去。

趁著太子還未曾休息，白卿言去同太子說了明日一早想去豐縣祭拜白卿明之事，太子點了點頭準了，叮囑白卿言祭拜完早日追上隊伍：「有你在，孤才安心。」

她從太子房中退出來，卻見秦尚志立在不遠處，正負手而立望著她。

上次她向李之節討要董家死士之事，雖然太子和方老都沒有發現什麼，可白卿言知道……以秦尚志的才智，怕是已經發現了端倪。

雖然秦尚志曾給她送過信，可他到底是太子的謀士，焉能不為太子只為她？

白卿言與秦尚志兩人立在驛站後面的山坡之上，秦尚志側頭望著白卿言：「我小心派人去探了荊河邊的火堆，裡面根本就沒有燒碎的骸骨，所以白大姑娘……西涼炎王李之節帶來的那些死士，根本就是白大姑娘的人，是也不是？」

秦尚志雖然與白卿言相識時間不久，卻知道白卿言此人智謀無雙，且重情重義。

見白卿言不答話，秦尚志道：「某，曾受白大姑娘救命之恩，故此次只為借力護白大姑娘一命！但……某為太子殿下謀士，斷不可看白大姑娘將殿下愚弄於鼓掌之中！」

說罷，秦尚志對白卿言長揖到地，轉身離去，要去找太子將此事道明。

「秦先生……」白卿言不緊不慢喚住秦尚志，「那些死士，的確是我的人。」

秦尚志轉過頭望著白卿言，滿目怒火：「為何?!不惜捨死士和虎鷹營銳士性命刺殺西涼炎王，就是為了破壞此次西涼大晉議和？為了以戰養兵?!某以為白大姑娘是一個心懷天下與鎮國王一般忠貞不二之人，難不成你真要天下百姓陷於戰火，來爭權奪利！」

「我九弟在秋山關。」白卿言聲音徐徐。

秦尚志滿腔的憤怒之火像是觸碰了冰塊，猛地縮回去，愣了一瞬之後氣焰低沉下來：「九弟？白家兒郎？」

繁星耀目之下，夜風吹動白卿言束髮的紅色布帶。

她聲音壓得極低：「我九弟便是刺殺了西涼皇帝的刺客，他被李之節活捉一路秘密帶到了秋山關！我一直在等著李之節議和之時以我九弟當做籌碼，可西涼割地、賠款，不論晉國開出什麼樣匪夷所思的條件都不曾將我九弟之事擺在議和桌面上來談，秦先生……我難道要眼看著我自家弟弟在西涼人手裡受折磨嗎？」

白家竟然還有一子尚存，秦尚志低聲問：「那……九公子，還活著嗎？」

她輕輕頷首點頭。

秦尚志身側拳頭一緊：「可此事不能讓陛下知道，陛下之所以能讓白家留存，不過是因為白大姑娘你再厲害也是女子，若讓陛下知道白家尚有一子存活，可繼承白家爵位，怕是……」

「秦先生都明白的道理，言自然也明白。」她望著秦尚志，「所以，還請秦先生念在往日白家相救之恩，對此事三緘其口。」

「我是太子的……謀士。」秦尚志最後兩個字說的極輕，「且，就算是我不說，太子身邊的方老和任世傑都不是簡單的人物，雖然他們暫時沒有想透，明白過來也是遲早的事情，尤其是任世傑……我聽說他在前去為陛下準備賀禮的途中，經過荊河停留過。」

「言只是讓先生瞞住九弟存活一事，先生如今是太子的謀士，自當為太子謀劃，言心中明白！先生現在便可去告訴太子，那些黑衣死士是我的人，也可告訴殿下黑衣死士被我葬在荊河邊並沒有燒毀！」她長揖到地對秦尚志一拜，「言，謝過先生送信之恩，謝先生容我九弟活命之德。」

她不是沒有想過開口讓秦尚志同自己攜手並肩，只是如今她還未曾在那廟堂之高占據一席之地，怎敢貿然相邀？

秦尚志腦中有什麼一閃而過，他望著白卿言：「你讓我去告訴殿下，又意欲為何？」

以白卿言的心智，敢讓他去告知太子殿下，定然有恃無恐……甚至是有什麼在後面等著。

「為得太子的信任！」白卿言坦蕩直言。

「既然要太子的信任，為何不直接去告訴太子？」秦尚志話剛說出口，又抿住唇，若是告訴太子白家第九子在秋山關還活著，那麼陛下也就會知道了此事。

他跟隨太子這些日子以來，也算是看出來，這位太子……對當今聖上怕得緊，算是個好兒子吧。但除了太子，他還能輔佐誰？

「今上諸子中，梁王陰毒，信王暴戾，只有太子……雖無大才可還算溫和，但太子也像極了今上……生性多疑！所以……若要輔佐太子，最先便要取得太子信任！如同方老……太子信任方老，所以事事聽從！太子並未完全相信秦先生，故而秦先生所獻計謀，太子一概要思量。」

白卿言的話正中秦尚志之心，提起這個秦尚志也是鬱悶得很。

「可太子一開始對我便是且用且防備，若要得到太子的信任，就必須……在一次次的誤會，又一次次解開誤會中，加深太子的信任。」白卿言見秦尚志皺眉，笑道，「秦先生是君子，自然不屑用此法，可白卿言是女子，且……白家現在危如累卵，既想保全白家，又想完成祖父遺志，只能如此行事，還望先生見諒。」

白家的情況秦尚志自然知道，白家在白卿言手中能保全至今日這樣的狀況，秦尚志內心是佩服的。秦尚志默了默，不可否認的，若白卿言想要輔佐太子，那麼她比他更需要得到太子的信任，因為她是白家人。

他陡然想起這女子曾經邀他攜手同肩匡翼大晉的言語，此女子的胸心抱負如同已逝的鎮國公一般偉岸。罷了……心機也好手段也罷！她都是為了輔佐將來的大晉國君，只要不傷及晉國利益，又有何不可？秦尚志也不想再看到，白卿言這樣的大才在為殿下出謀劃策之時，屢屢被方老掣肘。若大晉將來的王，能夠倚重白卿言，那大晉將會是怎樣一番崢嶸景象。

秦尚志不由想到，將來某一日，白卿言為晉國皇帝統帥晉國兵馬，他為晉國皇帝內政出謀的景象，他想那個時候……大晉必然會成為能有實力吞併五國，一統天下。

白卿言回來時，紀琅華正揉著眼睛，手拎藥箱立在她房門口等著給她上藥，見白卿言回來，忙福身行禮：「小白帥……」

「這麼晚了，你可以先休息，明日換藥也是一樣的。」對於這個白卿明曾經救過的女子，白卿言待她總歸是有些不一樣。

「今日事今日畢！給您換了藥我才能睡踏實。」紀琅華謙卑又恭敬，隨白卿言進屋關上門，淨了手給她換藥。

剛幫白卿言纏好細白棉布，就聽白卿言五臟廟一聲輕響。

剛回來白卿言便去找太子，還來不及用膳。

紀琅華淨了手帶上藥箱告辭，不到兩盞茶的時間，紀琅華又敲響了白卿言的房門。

她端著的黑漆托盤裡放著兩碗麵，立在門外對白卿言行禮：「草民借用驛館廚房下了兩碗素湯麵，給小白帥和四姑娘。」

今日白卿言與白錦稚去祭奠白家軍副帥的事情，紀琅華知道。如今白卿言和白錦稚都在守孝，所以紀琅華下了兩碗素湯麵。素湯麵臥了個雞蛋，紀琅華將泡椒和泡菜切成如髮細絲撒在湯麵之上，灑了些芝麻油，聞著酸辣撲鼻，倒是讓人很開胃。

「多謝！早些歇息吧！」白卿言剛接過黑漆托盤，就見拎了兩包點心的白錦稚過來找她。

姐妹倆吃完了素湯麵，從胃暖到了腳趾，白錦稚連湯都喝光了，讚了一句好吃，白錦稚便問：「我們幾時出發？」

「天不亮就走。」白卿言摸了摸白錦稚的髮頂，見白錦稚跟著她出征這段日子，原本嬌俏小臉黑了不少，也瘦了不少，心中難免心疼。

「明天就要見到九哥了，長姐我高興！」白錦稚雙手還捧著麵碗，眼眶發紅，卻是發自內心的高興，「希望九哥，沒事……」

白卿言想到白卿雲那雙骨骼變形血肉模糊的腿，眸色沉了沉道：「睡吧！」希望洪大夫能有辦法治好小九的腿……小九那麼驕傲的少年郎，若是沒了腿，她怕小九從此會一蹶不振，這才是她想要在離開之前冒險見小九一面的原因。

第二日，天還未亮，天際繁星閃爍，明月未沉。

臂彎裡挎著小包袱正要上馬車的紀琅華，見白卿言和白錦稚一躍上馬，她望著白卿言挺拔的背影突然就想起白卿明將軍來，知道她們這是要去豐縣祭奠白卿明，她眼眶一紅行禮上了馬車。

秦尚志立在窗邊，見白卿言與白錦稚已經出發，轉過身望著正在用早膳的太子道：「殿下……白大姑娘和白四姑娘已經出發了。」

太子用帕子擦了擦嘴，眸色冰冷：「讓張端睿親自帶人跟著，多帶點人！若她只是去祭拜親人，回來後讓她來見孤！若並非去豐縣……或是去做除了祭奠之外的事情，更甚者……與什麼人會面，直接抓了，就說是奉我命，若是反抗……殺！秦先生細心，此事做的很好，以後諸事還有勞秦先生多費心！」

秦尚志眉心跳了跳，想起昨夜談話結束臨走時，白卿言說……他不找她，她出發去豐縣前也會找他！如今只希望白卿言有所準備諸事皆安排好了。

雖然白卿言沒有明說，可是她昨夜讓他不要隱瞞直接告訴太子，必然是清楚太子會有所行動，今天她要脫離大軍隊伍去豐縣祭奠白卿明，太子讓人跟著她必然在情理之中。擔心之後，秦尚志咬了咬牙，不知道自己這是怎麼了……明明是太子的謀士，為什麼要替白卿言白白擔心。

太子此生最恨的就是被人愚弄在鼓掌之中，若是那些死士都是白卿言的家奴，若西涼炎王李之節真的是被白卿言的人所傷……太子太陽穴一個勁兒的跳，可白卿言圖什麼？

他沒臉叫方老過來商議，他在方老面前信誓旦旦已經收服了白卿言……

方老也是個糊塗蛋，竟然覺得白卿言已經全然折服在他的太子威儀之下！

「若是這些死士都是白卿言的，你說她是為了什麼鬧這麼一齣？若是真的為了以戰養白家軍，又為何上交兵符……」太子話音陡然一頓，抬起眸子來，目光帶著冷意。

太子惱火至極，冷笑一聲，聲音也跟著拔高：「孤忘了……調令白家軍她要什麼兵符？她一聲令下白家軍無不從命！」

很快全漁戰戰兢兢的聲音從門外傳來：「殿下，昨夜快馬派去幽華道的人回來了！」

「讓他進來！」太子繃著臉立在那裡。

很快兩個便裝侍衛回來，對太子行禮後道：「殿下，屬下昨夜奉命前往幽華道，還未到荊河便碰到了回來給殿下送信的信使……」

信使跪下叩首後開口：「殿下，魯大人讓屬下回稟太子，在幽華道養傷的肖若江不見了！」

太子臉色更加難看，那種被愚弄的感覺越發強烈：「好！好得很！」

他居然還給父皇上表力保白卿言，稱他能拿的住白卿言，還給白卿言請功封她為公主加恩！

他這個臉都丟到父皇面前了，要是讓父皇知道，父皇不罵死他才怪！

太子一把掃落了桌上的碗盤，精緻的瓷器劈里啪啦碎了一地，嚇得門外的太監都跪了下來。

「太子，莫讓西涼炎王聽到了！且此事還是等白將軍回來之後，殿下親自問她，讓她給殿下一個交代吧！若是交代不出來，殿下治罪生氣也不晚！畢竟這些都是我們的猜測，或許……白將軍沒有燒了那些晉裝死士，是因為可憐他們是晉人呢？」

「一個連十萬降卒都活活燒死的人，你跟孤説她有憐人之心？」太子站起身來將帕子摔在狼籍的黑漆桌上。

秦尚志一怔：「殿下，甕山之戰敵眾我寡，若不殺那些降卒，放了出來……西涼反撲，怎有我大晉這般大勝的景象？殿下……您此次領兵征戰南疆，當比任何人都清楚當時情況之危急，說這樣的話會冷了白將軍的心啊！」

「一個心中無孤的將軍，孤還怕冷了她的心！」太子像是聽到了什麼天大的笑話，大約是被氣得狠了，他攥了攥拳頭眼底除了憤怒還有不甘心，沉默片刻，他突然開口，「去叫張端睿過來！孤……要親自跟上白卿言，看她到底要幹什麼！」

秦尚志略有些不可置信：「殿下您的意思是大軍今日要停留天門關嗎？」

「大軍正常行進，讓張端睿多帶些人！」太子道。

「可是殿下，如此怕是不安全啊！」秦尚志不敢讓太子冒險。

「在晉國的國土上，誰還能將孤怎麼了不成？」太子一錘定音。

秦尚志看著太子眉目間怒氣，知道太子尚在氣頭上不便再勸，頗為擔憂地朝窗外望去。

同樣遭受過戰火洗禮的豐縣，比鳳城的狀況好不到哪裡去，不過好在豐縣百姓心氣兒都在，就連孩童都加入到重建豐縣的隊伍中，幹不了重活，便幫忙給大人們端茶送水。

白卿言與白錦稚為了方便，都脱下了鎧甲，換了普通男子的衣裳。可兩人騎馬入城還是吸引了不少人的注意。

守城的將軍知道來者是白家軍的小白帥，特來豐縣祭奠兄弟的，忙喚來了守城將軍。守城將軍姓周，對白卿言和白錦稚的態度極為客氣，原本想陪這兩人一起去祭奠，聽說兩人已經在城外燒了紙，周將軍又請兩人去府上用飯。

白卿言推辭周將軍後，突然回頭看向正在下馬車的紀琅華道：「那位紀姑娘，此次奔赴前線為傷患包紮，十分辛苦！日後豐縣內……還望周將軍多多照顧！」

周將軍是個識趣的人，連忙打包票。

白卿言見已經下車的紀琅華對她行禮，頷首點頭後，已經注意到一路便裝跟他們入城的人，對周將軍抱拳：「我還要在豐縣看看，周將軍軍務繁忙，不必相陪！」

周將軍連連點頭：「是是是！」

白卿言與白錦稚進了一家生意冷清的酒樓，跟著小二進了二樓雅間，白錦稚隨手丟了塊碎銀子給小二打賞，讓小二上他們店裡最好的飯菜，還特意叮囑快點兒，她們吃完還要趕路。

關上雅間的門，白錦稚心跳速度極快，她快步走到窗前，視線從外面的茅草搭起的茶棚挪向城門入口的方向：「長姐……的確有人跟上我們了！那些人是比我們先一步到達豐縣的！剛才就在下面坐著，我們進了這家酒樓他們也進來了！後面還有人……」

白卿言給白錦稚倒了一杯茶：「小四，過來喝茶。」

緊張到手心都冒汗的白錦稚這才回到白卿言身邊：「長姐，太子派人跟著的情況下，真的能見九哥嗎？九哥的腿……萬一被發現了怎麼辦？」

白錦稚擔心白卿雲不方便移動，要是被太子的人抓了一個正著，九哥怕是活不成了。

「別怕！」她望著神容緊張的白錦稚笑容從容溫和，抬手將白錦稚鬢邊碎髮攏在耳後，「不會有危險的，你相信長姐……長姐不會將你們置於險地！」鳳城祭奠父親的時候，和肖若海短暫的一面，讓白卿言大膽做了一個冒險……但絕對有把握的決定。

秦尚志按捺了這些日子沒有找她，大概是因為沒有想透她帶著那些死士和虎鷹營去秋山關到底做什麼，聰明人都自負，他大約是想要想明白了再來找她談。可已經幾天過去了，秦尚志應該已經按捺不住，且就算他能按捺住細細琢磨，她亦是可以在出發來豐縣之前去找他。

重生回來到如今，哪怕白卿言暫時護住了白家，大勝西涼雲破行，她都從未因此而鬆一口氣，她一直都讓自己保持緊迫和清醒。

仇恨是胸腔裡不滅的熊熊烈火，祖父遺志是心中滾燙沸騰的熱油，時刻提醒著她……要珍惜這重來一次的機會，不能愧對上蒼讓她回來的這分憐憫，她要謹慎，要穩妥，不可涉險，不可冒進。

她不能將她必須用命去守護的家人們，陷入到危險之中。

她捏了捏白錦稚被曬黑的清瘦小臉：「一會兒好好吃飯！」

大約是長姐溫潤平和的聲音太讓人安心，原本手心冒汗的白錦稚情緒竟也緩緩平靜下來。

「可是怎麼見九哥啊？」白錦稚還是忍不住追問。鳳城外面見面的時間非常短暫，白錦稚負責放風……所以不知道肖若海同長姐到底是怎麼商議的。

「不用著急……」白卿言話音剛落，就聽到小二又帶了一撥人上樓，語氣熟稔：「公子放心，您訂的雅間今兒早上收拾妥當後就都沒讓任何人進去過，今兒個怎麼就您一個人，怎麼不見王公子來？求到紀神醫幫忙看腿了嗎？」

「沒有！」熟悉的聲音歎了一口氣，「紀夫人禁不住我們哀求，告知我們紀神醫去幽華道找女兒了，所以……我們大概撲了一個空！」

白卿言倒水的手一頓，一顆心頓時沉了下來。

不多時，小二給白卿言白錦稚上了菜，就退了出去……雅間內的紅木軟榻處突然傳來聲響，白錦稚下意識按住自己腰間的小匕首，睜大了眼看向白卿言。

「別怕……」白卿言安撫白錦稚，「好好吃飯！」

說完，白卿言起身走到紅檀木軟榻旁邊，屏息將軟榻推開……

正在吃飯的白錦稚睜大了眼，她清清楚楚看到那軟榻背後竟然有一個能通過一人大小的洞，正連著隔壁的雅間。一身綢緞衣衫的肖若海就蹲在那洞口，隨著白卿言推開軟榻便從那頭鑽了過來。

「大姑娘，四姑娘……」肖若海聲音壓得很低。

白錦稚放下碗筷，急急走過去往洞那頭看，卻空無一人，不見九哥，她回頭正要問，就聽長姐的聲音傳來。

「不是說小九已經在豐縣了嗎？」

「大姑娘，今天一早我去九少房間，發現九少和沈姑娘離開了……」肖若海咬了咬牙道，「是肖若江幫著他們走的。」

白卿言身側的手收緊：「留信了嗎？」

「口信。」肖若海抿了抿唇，「九少說，他不想讓大姑娘看到他那麼狼狽的樣子，他要去盤羅山……找七少的師傅顧一劍！」

她身側的手緩緩收緊。

白錦稚亦是睜大了眼：「為什麼要去盤羅山?!那裡有多危險九哥不知道嗎?!」

曾經白卿玦的師傅顧一劍見過白卿雲，意圖收他為關門弟子，可白卿雲桀驁不馴並未答應。

白卿言身側緊握的手緩緩鬆開來，眉目間有了笑意：「我知道了……」

道足以忘物之得喪，志足以一氣之盛衰。不願以雙腿殘疾的面目見她，更不願意被她庇護，所以要重新開始找出路。她的九弟，還是那個驕傲又不服輸的白卿雲，他沒有被突如其來的挫折擊垮。

這一次想見小九，無非是因為擔心那個傲骨少年會被擊垮！她準備了一肚子的話想和小九說，看來……是不需要的！

白家人可身死，但……精氣不能滅，硬骨不能折，銳氣不能沉！祖父的教誨仍在耳邊，她濕紅著眼眶，卻比任何時候都要高興。是她弱看了她的弟弟，白家的好兒郎，沒有一個是能被挫折和困苦壓垮脊梁骨的。她期待著將來回來的九弟白卿雲，他必當脫胎換骨，重獲新生。

「長姐……」白錦稚看到白卿言紅了眼眶的樣子，拽了拽白卿言的衣袖，「長姐你別難過，我去把九哥追回來！」

「不用，我只是高興……他沒有消沉，阿雲是我白家的好兒郎！」白卿言看向肖若海笑道，「乳兄，這場戲做完，勞煩二位乳兄去追小九，替我……照顧他！讓他不必有後顧之憂，盡可做他想做！白家我們姐妹在，告訴他白家所有人都等他回來！」

「是！」肖若海紅著眼抱拳。

「去吧！可以讓人上來了……」

「是！」肖若海鎮定自若道。

可白錦稚就肉眼可見的緊張了起來。

「別怕一場戲而已，沒有危險！」白卿言撫了撫白錦稚的腦袋，「去吃飯！」

白錦稚點了點頭，看著肖若海從那個洞鑽過去之後，幫著白卿言將軟榻推回去後便坐回桌前乖乖吃東西。

此時，已經更換便裝同張端睿在豐縣城外等候的太子，臉色已經非常難看了。

馬車外，太子派去監視白卿言的人正在馬車外同太子回稟：「白將軍同白四姑娘進了雅間之後吃完飯，要了茶，暫時還沒有要走的意思！但是……我們的人在城內發現了一群人，其中一個……就是白將軍那位受傷留在幽華道養傷的乳兄。」

在馬車內伺候太子的全漁聽到這話，臉色都嚇白了。

太子眸底殺氣翻湧，直接砸了手中的茶杯。

瓷片熱水飛濺，全漁嚇得忙跪了下來，心底著實為白將軍捏了一把冷汗。

全漁在心底暗暗祈禱，希望白將軍千萬不要背叛殿下，否則殿下恐怕會直接要了白將軍的命。她白卿言真的把他當成一個傻子啊！他這段時間……竟然深信白卿言已經被他收服！

他想到那個肖若江曾說去南燕是為了見蕭容衍，呵……恐怕那個肖若江去見了蕭容衍不假，在見蕭容衍的時候還趁機幹了點兒別的什麼見不得人的勾當吧！

就如同這一次，白卿言明著說是來祭奠她的弟弟，其實呢？包藏禍心！

說乳兄要留在幽華道養傷，現在又出現在這豐縣城內，這不是來和白卿言接頭是做什麼?!

「去那家酒樓！」太子緩緩開口，「孤倒要看看她想要做什麼！」

騎在馬上的張端睿舔了舔唇瓣，心裡也忍不住煩躁。

雖然說如今張端睿也算是在太子的麾下應該為太子著想，可此次南疆一戰，張端睿對白卿言是佩服的五體投地，不論是白卿言的毅力還是白卿言的智謀。

太子殿下對收服白卿言可是勢在必得，若此次真的讓太子發現白卿言背著太子在做什麼，怕是白卿言小命不保，可當著太子的面兒他又不能讓人提醒白卿言什麼，著實是心煩。

只能希望白卿言沒有什麼反心，做的也並非是背叛太子之事……哪怕只是對白家諸子之死心存疑慮派人去尋找，這太子應該也能理解，畢竟白家那麼多人的遺體並未被帶回大都城。

張端睿扯著韁繩的手緊了緊，一夾馬肚帶著隊伍浩浩蕩蕩進了豐縣城。

剛到酒樓門口，派去酒樓監視的人就連忙過來抱拳行禮：「屬下沒有能將兩側雅間都包下，白將軍所在西側雅間裡有人了，那雅間裡的僕人說他們家主子不缺銀子，所以不願意拿銀子走人，屬下怕鬧大了驚動白將軍，便只能包下一間。」

「有人去和白將軍相會嗎？」張端睿問。

那人點了點頭：「剛進去了幾個人。」

太子陰沉著一張臉，咬緊了牙，負在身後的手攥成拳頭，抬腳就跨入了那並不大的酒樓。

小二剛要上前相迎，就被殺氣凜然的護衛推的一個趔趄差點兒摔倒，只能怯生生望著被一群人護衛著上樓的太子。酒樓裡的夥計和客人，紛紛猜測那是哪家的貴人竟這麼大的排場，怕是朝廷一品大員也趕不上這派頭。

「公子，這邊請！」張端睿對太子做了一個請的姿勢。

太子卻立在雅間門口，朝白卿言所在的雅間看了眼，抬眉看向一直跟著白卿言的人，似乎是在問他……白卿言此時是不是就在隔壁。

見那人點頭，太子抬腳進了雅間，在背對著隔壁雅間的軟榻上坐下，拳頭攥的死死的。

幾個人進來，將門關上動作整齊地拿起桌上的寬口茶杯扣在牆壁上，聽隔壁的動靜。

這家酒樓隔音並不怎麼好，只要這邊雅間裡足夠安靜，那邊聲音稍微大一點，就算不以這樣的方式偷聽，也隱約能聽到。太子閉上眼，屏息聽著對面的談話和動靜。

「地點就定在鈺青山怎麼樣？這裡雖是山路，可地勢開闊……在這裡將它放出來容易被發現，容易動手拿下，就算太子不行，晉軍也定然不會讓它跑的那麼容易，尤其是咱們大姑娘的箭術箭無虛發，也就是一箭的事情！」隱約聽到「太子」二字，太子沉不住氣站起身推開一個用杯子貼牆聽隔壁動靜的下屬，親自上陣細聽對面在說些什麼。

「我們的目的，是讓它在眾目睽睽之下……去找太子，臣服於太子，讓太子親手抓住它獻給陛下，並非殺了它！要是真的死了……我們費這麼大勁做的一切都沒有意義。」

太子聽出這似乎就是白卿言那個乳兄的聲音。

「大姑娘，您真的不打算告訴太子？」

「不用告訴太子，太子畏懼陛下甚深，告訴太子……反而會壞事。」白卿言聲音頓了頓又補充道，「這幾天勞煩乳兄一定要照顧好它，讓它知道到時該去找誰。」

太子眉頭緊皺，這言語間似乎並沒有打算傷他的意思，只是想要他在鈺青山親手抓住什麼人而已。太子滿腹疑惑，可她手上到底攥著什麼人……竟要設局讓他來抓？

想到白卿言那句「太子畏懼陛下甚深」，太子心頭冒火，什麼叫告訴他反而會壞事？在白卿言的眼裡他只配是她隨意擺弄的一枚棋子嗎？

「殿下，要過去抓人嗎？」張端睿低聲問。

太子攥著杯子的手緊了緊，隨手丟在桌上，太陽穴突突直跳，他壓下心頭怒火想了想開口：

「暫時先不抓！孤倒要看看，她想要在鈺青山……讓孤抓什麼人。」

如今大晉能夠威懾敵國的大將也就是白卿言了，非必要太子的確是想殺白卿言，尤其是在剛和西涼簽訂議和盟約，晉國還沒有完全將西涼割讓的城池土地……與賠償的銀錢拿到手。

太子想了想看向張端睿：「張將軍，此事務必讓你的人閉緊嘴巴！不可對白卿言透露一絲一毫，否則……白卿言若真是因為白家男兒之死記恨了大晉，做的是什麼坑害大晉之事，你張端睿……就是大晉的罪人！」

突然被扣了這麼大一個帽子，張端睿連忙抱拳：「是！」

剛說完，臨街窗外突然傳來吵吵嚷嚷聲。

太子既然已經知道白卿言的目的，便沒有興致，留在這裡，出雅間下樓……

臨上馬車之前，太子朝著那喧囂之地看了眼。

「兩軍交戰，你見過誰家是斬殺降俘的？我看這白家軍小白帥就是羅刹托生的！還護民？等她殺光了西涼人，就要回來殺你們了！」

「可不是！十萬西涼兵啊！雖然是敵國，可是他們已經投降了啊！他們也有妻兒有父母，她這一把火下去，甕山峽谷半月大火不滅，燒毀了多少人家破人亡！可見這個小白帥沒有仁心！」

「這……焚殺降俘是有點過了！」有百姓跟著點頭。

「你放屁！」

太子親眼看著那個一直跟隨著白卿言戴著面紗的女醫從人群中走出來，站在臺階上高呼：「各位鄉親千萬不要被這幾個人挑撥了！那些西涼兵哪一次撞開我們的城門，不是屠殺我們的親人，凌辱你們的妻女？是白家軍一次又一次的捨命相救，我們才能活命！可今日幾個不知道從哪兒冒出來的外鄉人說小白帥殘忍焚殺降卒，你們竟然也跟著點頭說小白帥嗜殺，這難道不算是忘恩負義嗎？我們豐縣百姓哪一個不是被白家軍將士捨命救下的？別人都可以指責白家軍小白帥，可我們豐縣百姓絕不能！」

太子深深朝著那個醫女看了眼，咬牙上了馬車。

白家軍，小白帥……此次大戰，是他領兵出征，可百姓記得的卻只有白家軍小白帥！難道晉軍沒有死戰嗎?!白家軍死了……難道晉軍沒有死嗎?!

「小白帥率五萬晉軍對十幾萬西涼悍兵，不殺降卒……難不成要等著那些降卒殺了我們晉軍銳士，然後再來屠殺我們這些手無寸鐵的晉國子民嗎?!」紀琅華雙眸通紅，死死咬著牙，「小白帥曾為護百姓，武功盡失，可此次白家男兒全部戰死，小白帥為護民還是來了邊疆！我為小白帥療傷時，從未見過哪一個將軍身上有比小白帥更多的傷！新的舊的……那些都是小白帥護國護民的印記！若連她拼命護下的百姓都要指責她，她該多難過?!」

紀琅華情緒激動，指著那幾個散播白卿言好戰嗜殺的外鄉人：「你們為晉國百姓上過戰場嗎?!你們以五萬兵力對十幾萬兵力，敢留下十萬降卒嗎?!你們要是說敢！我今日就帶你前去追太子車駕，讓你陳述你以五萬對十幾萬能勝……且能保留十萬降卒還能獲勝的良策！你們若說敢！我紀琅華以死向你們謝罪！你們敢是不敢?!」

被任世傑派來散布白卿言好戰嗜殺的人慌了神，想向後退，可被紀琅華手指著，被豐縣怒目橫眉的百姓攔著，他們想遁走也走不掉。

「什麼殺十萬降卒為白家報仇……那是屁話！那十萬降卒是小白帥為我們邊疆晉民殺的！西涼人生性好戰，這些年哪一次不是西涼屢屢犯晉兩國才開戰的？留著那十萬西涼降卒……等小白帥一退，他們必定會卷土重來，那時晉國沒有可抵禦西涼之兵，死的難道不是我們這些窮苦百姓！辱的難道不是你們的妻子女兒?!殺神怎麼了?!殺神就是我晉國邊民的守護神！小白帥就是我們晉國邊民的守護神！」

「我紀琅華今日將話放在這裡，凡是說小白帥殘暴的，我草安堂從即日起絕不再為其診治開藥，絕不會為此等狼心狗肺之人浪費一兩藥材！」

有人深受紀琅華一番話所感，情緒澎湃激動，喊道：「就是！別人怎麼說是別人的事情，我們豐縣的百姓都是白家將軍和白家軍捨命救的！我們只相信我們的救命恩人！」

「如果沒有小白帥焚殺那十萬降卒，我們此刻怕還回不了家園！」有漢子擼起袖子，揪住一個散播謠言的人，喊道，「這群殺千刀的定然是敵國細作，大夥兒抓了他們去見官，讓官府好好查查他們的底細！」

「你們幹什麼！你們這些邊疆野民！我們只是路過商旅，隨口說一句罷了！你們這是幹什麼?!放開……放開！這還有沒有王法了！」

白錦稚立在樓上窗前看著紀琅華，和揪著那幾個生事之人要去見官的百姓，眼眶發紅，她側頭看著自家目光平靜如水的長姐，哽咽道：「長姐……」

「嗯！」白卿言點了點頭，明白白錦稚是心裡感動。

邊疆百姓，身受西涼之苦，自然不容易被派來散布流言的人迷惑。

可身處盛世太平的百姓或許不會這麼想，既然都有人會來豐縣散布流言……想必這一路回去，會有更多的人知道她殺降俘的事情。

南疆一戰破西涼南燕聯軍，太子也好，皇帝也罷，或是西涼，他們都想借焚殺降俘之事，讓列國與百姓以為她嗜殺成性，為白家仁德之名抹黑。

殺神……真是好大的名頭。在列國宣揚了不夠，還要在晉國宣揚。

她大約也能猜到太子的用心，抹黑白家的同時……大約是想要在她聲名狼藉被所有人嫌棄之時，開口為她正名，然後將她徹底收服。畢竟在絕望中有人對自己伸出手，給予自己最大的善意，會令人無比感激和感恩。

這一世太子對她的處置手法，與上一世梁王對她的處置手法異曲同工。

其實從南疆戰局大定西涼求和之後，她便一直在想……祖父那樣忠心皇室都容不下，那麼他們到底想要什麼樣的臣子？

她想，他們想要的是能替他們征戰沙場守護國土的能臣，而且這能臣還要對他們無比順從……忠心如走狗，不能忤逆，不貪權力，不要名譽，更不要什麼志向和風骨，從頭髮到腳趾都全部裝著他們的利益，以能為他們捨命當墊腳石為榮，滿心滿骨子裡只能裝著對他們一腔忠心。

忠心到……他們要這能臣殺兒，這能臣就連女兒的頭也一同奉上，他們要他弒父，他就一定會將父母的頭顱一起放在他們面前，像隻搖尾乞憐的狗只求他們能看他一眼，知道他的忠誠。

呵……所以白家人的死，在皇帝的眼裡，是白家人自作孽！在信王眼裡是白家人不識好歹！

因為他們有自己的傲骨，沒有如同朝中佞臣那樣曲意逢迎。

因為他們心中存著的是家國百姓，而不是他那位皇帝。

因為他們的盛名超過了皇帝，竟敢不自己引頸就戮。

白家的人應該怪他們自己，皇家是這樣想的吧。

生在晉國，遇到這樣的皇室，她如今還沒有反抗的餘地和能力，可她也放不下氣節、志向還有尊嚴，去做一條狗。所以她只能算計太子的心，讓他看到一個對他忠心到骨子裡，卻因為尊嚴總被他誤會的忠臣！如此，太子才能為她所用。

「走吧，該去追趕隊伍了！」白卿言轉身離開窗口。

白錦稚回頭看了眼，見紀琅華已經從臺階上下來，要隨百姓扭送那幾個散布流言的人去見官，忙追上自家長姐。

從酒樓出來，長街上還因為那幾個散布流言的「商人」吵鬧不休，紛紛嚷著要去府衙告這幾個人，查這幾個誣衊小白帥之人是不是敵國細作。

白錦稚見自家長姐故若罔聞，一躍上馬，她也忙跟著上了馬背，跟在長姐身後。

正在城牆下幫忙給抬木漢子跑腿的十歲稚童，抱著一摞空碗往供給茶水的茶棚走時，正好和騎著高馬而過的白卿言打了一個照面，那滿頭大汗的孩子步子一頓，仰著脖子，一雙純淨如雨水洗刷過的漆黑眸子緊緊追隨騎馬而過的白卿言。

突然，那孩子一路小跑回茶棚，將空碗往桌上重重一放，忙扯著正在煮茶老者的衣裳：「爺爺！」老者回頭，見稚子指向城門方向，混濁的視線看了過去。

「小白帥！恩人！」孩子激動喊道。老者看著那馬背之上挺拔清瘦的背影，瞳仁一顫。

白錦稚隨白卿言出了城，想到此次沒有能見到九哥白卿雲心裡難免遺憾：「九哥此次去盤羅山，不知道顧一劍還會不會收九哥當徒弟，萬一要是顧一劍不收的話，那九哥怎麼辦？畢竟……」畢竟白卿雲的腿已經廢了。

「各人有各人的緣法，若是不能拜顧一劍為師，只要你九哥心氣還在，就什麼都不怕！」白卿言眉目間帶著清淺的笑意，「長姐相信，將來你九哥會讓所有人刮目相看。」

古之立大事者，不惟有超世之才，亦必有堅忍不拔之志。白卿言相信，白卿雲是二者兼具於一身。

「小白帥！」

「小白帥！」

聞聲，白錦稚與白卿言轉頭。遠遠望去，只見豐縣城門口，竟是成群結隊而來的豐縣百姓。領頭的是個牽著稚童的老者，那老者便是豐縣唯一的教書先生。豐縣百姓見那騎馬遠去的兩人聞聲回頭，更加肯定那其中一位便是小白帥。老者牽著自己的孫子顫巍巍跪了下來，含淚朝著白卿言的方向叩首。

豐縣百姓紛紛跟著老者跪下，謝小白帥不負眾望為他們奪回家園，免他們顛沛流離之苦，更謝小白帥殺西涼賊寇，護他們命如草芥的邊疆生民。只有白家的將軍，只有白家軍把他們邊民當成人看，而不是隨時可以拋棄的牲口。

白卿言下馬，對著豐縣百姓的方向長揖到地還禮後一躍上馬，帶著白錦稚離開。

老者被孫子扶起身目送著白卿言與白錦稚的背影消失在視線中，愛憐撫著孫子的腦袋道：「春兒，你要記住，白家軍和白家的諸位將軍都是我們豐縣百姓的恩人。」

「爺爺的教誨春兒都記得！所以春兒一下就認出恩人了！」幼童語氣極為清明，他望向白卿言消失的方向，無比堅定回答道，「春兒長大了，也要去白家軍，也要成為同小白帥那樣護國護民的將軍！要是能再見到小白帥，春兒定會好好給小白帥叩首，謝小白帥幾次救命之恩。」

「好孩子！有志氣，知恩圖報，是我們徐家的子孫！」老者笑著頷首。

第四章　贏得信任

入夜，隊伍終於到了甕城。

白卿言進驛館時，聽說李天馥正在發火嫌行軍隊伍太快，又不是趕著去投胎。

白錦稚聽了冷笑一聲：「西涼公主殿下要趕著去投胎，吱一聲，白錦稚樂意效勞。」

屋內的李天馥聽到了正要出來找白錦稚算帳，卻被陸天卓按了回去，搖頭示意她不要同白錦稚起衝突。

戰敗國和親的公主，她怎麼就這麼倒楣？

李天馥揪著帕子，忍著眼淚偏過頭去連陸天卓都不理了。

晚膳時分，太子專程喚白卿言過去陪他下棋，試探問白卿言今天去豐縣有沒有遇到什麼有意思的事情。

白卿言專心落子，垂眸斂著眼底笑意：「沒有。」

全漁望著白卿言欲言又止，低頭給白卿言上了茶。

太子咬了咬牙，他已經給過白卿言機會了，是她不願意對他坦白的。

太方老說的對，不論這一次白卿言想藉他的手抓誰，只要抓到了便知道白卿言的目的，堂堂太子難不成還能被白卿言給利用了?!

太子沉住氣落子，到時候他反倒可以利用白卿言想讓他抓之人，握住白卿言的把柄，比起單純的用利誘和虛無縹緲的志向收服白卿言，利誘加威逼太子才覺得最實在。

回去不比來時是急行軍，從甕山出發到鈺青山太子慢吞吞走了整整八天。

原本坐在馬車內被顛簸得沒了精神的太子，一聽要過鈺青山立時打起精神來，他坐直了身子挑開馬車簾子朝外看了眼，還真是……地勢開闊啊！

「去，叫白將軍和張端睿將軍過來！」太子對全漁道。

全漁立刻應聲出馬車，讓護衛馬車行進的兵士去傳令。

擒賊先擒王！不管白卿言要做什麼，把白卿言放在他的身邊，張端睿也在，一旦有什麼變化可以搶先制住白卿言。

很快，白卿言與張端睿騎馬而來，上了太子車駕。

太子視線掃過面色如常的白卿言，將放在面前几案上的竹簡推至白卿言和張端睿的方向：「戎狄亂了，戎狄王狩獵途中重傷，前往雪宮修養，於半月前過世，留下遺詔讓王弟阿夫木繼位！戎狄太子稱……阿夫木在戎狄王受傷後將戎狄王幽禁雪宮，逼迫其留下這道旨意，又將戎狄王殺害！如今阿夫木手持皇帝遺詔，在雪宮自立為王，立國……稱南戎。」

「這是要學當年的南燕了！」張端睿眉心跳了跳。

白卿言仔細看完竹簡後，問太子：「戎狄派使臣來晉國求援了嗎？」

太子心臟突突跳了兩下，沒想到白卿言一下就能問到點子上，他調整了下坐姿頷首：「戎狄派來了使臣，帶了錢財珠寶，請求晉國援助，聽說最先是去了大樑，誰知道那阿夫木送去了比他們多三倍的金銀財寶，請求大樑不要插手他們戎狄內政！」

「所以此次阿夫木也給晉國送來了三倍的財寶？」張端睿問。

太子頷首：「除此之外，阿夫木了還帶來了數萬匹馬！」

「那我們不妨和大樑一樣，財寶駿馬收下！看熱鬧就是了！」張端睿認真道。

太子看向若有所思的白卿言：「白將軍以為如何？」

「若是……白家軍還是在南疆一戰之前那般強盛，此次我們倒可以以戎狄太子相邀之名，直入戎狄，光明正大在戎狄派兵駐防！為吞下戎狄做準備。可此次南疆一戰……晉國雖勝，卻是慘勝！西涼割讓之地沒有交接清楚，白家軍不能動！」白卿言抬手將竹簡往張端睿的方向推了推，「密報上還說，大樑調兵逼近與我晉國交界方向，意圖不明！」

太子瞇著眼：「當初滅蜀一戰，我晉國衝在前頭，他們大樑躲在後面撿便宜，大樑皇帝可是個愛占便宜的！大樑調兵逼近與我晉國交界，萬一等的就是晉國出兵助戎狄之時，打晉國一個措手不及呢？當年分蜀之時，平關天險被我晉國攥在手心裡，大樑可一直都在惦記著。」

白卿言垂眸想了想之後，又道：「不過，若殿下和陛下敢冒險，言以為此次可以一試！吞下戎狄我晉國就有了最大的馬場，戰馬……一直是晉國軍隊最大的短板，深受戎狄和西涼掣肘。」

西涼之所以成為強國，並非因其國策體制強，也並非因其綜合國力強盛，而是因為西涼騎兵強悍，騎兵強則軍強，軍強則國強！

西涼與戎狄接壤，有大片土地處在高寒地區，高寒地區利於養良馬，晉國便沒有這樣的便利。

在晉國養馬的代價極其昂貴，養一匹馬比養活三十人所費糧食還要多，這些年晉國一直都是和戎狄還有西涼貿易交換，但弊端……便是晉國軍隊的戰鬥力會受他國牽制。

白卿言十分理智同太子分析：「且，若殿下有一統之心，那麼將來戎狄與大晉必有一場事關生死存亡之戰，與其等到將來戎狄緩過神來有能力與我晉國一戰，不如現在趁戎狄內亂之時，將戎狄一舉拿下。」

「可此次西涼割讓賠付的土地，已有適合養馬的高寒之地……」太子想了想，「孤認為，父皇應該會收下珠寶、馬匹！畢竟西涼割讓的高寒之地，與南戎接連，晉國想在這裡養馬，自然就要和南戎處理好關係。」

「殿下以為呢？」她問。

「孤也以為……收下珠寶、馬匹，看熱鬧上佳！」太子手指在几案上點了點，「此次南疆一戰，我晉國損失實在是慘重，需要時間休養生息！更何況大樑意圖不明，若我晉國軍隊皆陷於戎狄，大樑屆時攻晉，我晉國危矣。」

她抿唇不再勸。拿下戎狄為將來天下一統做準備，本來就是一場豪賭，大樑的國君不敢賭，晉國的國君和儲君同樣不敢賭。

突然，太子馬車突然一顛，木案上的茶杯灑了一案，全漁和車夫立刻勒馬。

外面突然亂糟糟的喊聲。

「白鹿！」

「神鹿！真的是神鹿！快看！」

「天吶！真的是傳説中的白色神鹿！」

「白色神鹿！好漂亮的白色神鹿！」

太子聽到這話，忙掀開馬車簾子朝外看去。一隻身形矯健駿碩的純白巨鹿，頂著如樹般岔枝而立的扇形巨角，宛如王者，優雅尊貴地抬起線條漂亮的頸脖，朝行軍隊伍的方向看來，一身白色乾淨的毛髮，在夕陽餘暉照耀下泛著一層聖潔的金光。

晉國以白鹿為象徵！太子白鹿見過不少，可如此漂亮且巨大的白鹿卻是第一次見到！他忍不住下馬車，朝高坡的方向望去。

張端睿也被如此漂亮的巨鹿震撼到。

突然，那白鹿不知道受了什麼刺激，猛地揚蹄朝行進大隊的方向狂奔而來，四條纖細而漂亮的腿，看起來力量和爆發力驚人。

張端睿忙將太子護在身後，拔劍高呼：「保護殿下！快！保護殿下！殿下快上馬車！」

將士們拔刀立盾，抽箭拉弓紛紛護在太子車駕之前，若那白鹿敢衝過來必定會立時斃命。

太子被嚇得臉色發白正要躲回馬車之上，手臂就被白卿言一把扣住：「殿下，別怕，它會臣服於殿下的！相信我！」

太子猛地回頭看著面色沉著冷靜的白卿言，她對太子輕輕頷首語氣堅定，往太子手中塞了個東西：「殿下，信我！」

眼見那巨鹿從高坡衝下來的速度已經越來越快，越來越不受控制，哪怕太子車駕前有重重疊疊的將士護著，張端睿的心依舊提到了嗓子眼兒，拔出劍高呼道：「殿下！快上馬車！」

太子眉心直跳，白卿言這哪裡是想藉他抓到什麼人，這簡直是想藉著白鹿之事殺了他！

從馬車上下來的方老，急速朝太子方向奔去，一張臉慘白，高呼道：「殿下！快上馬車！」

「白鹿是晉國神獸，若神獸臣服於殿下……那殿下便是天命所歸！將其獻給陛下做壽禮便是祥瑞！」

看著方老急切的表情，太子回頭看著試圖拉著他衝出護衛圈的白卿言，心裡亂成一團。

【地點就定在鈺青山怎麼樣？這裡雖是山路，可地勢開闊……在這裡將它放出來容易發現也容易動手。】

【我們的目的，是讓它在眾目睽睽之下……去找太子，臣服於太子，讓太子親手抓住它獻給陛下，並非殺了它！要是真的死了……我們費這麼大勁做的一切都沒有意義。】

太子的心劇烈跳動，死死望著拽著他推開張端睿往保護圈外走的白卿言，所以……白卿言他們說的是這隻白鹿？她想讓這隻白鹿在眾目睽睽之下，臣服於他，親手抓住獻給父皇！

「閃！」白卿言緊緊拽著太子的手腕高呼道。

張端睿望著太子等待命令：「殿下?!」

白錦稚騎馬而來，將手中射日弓拋了出去：「長姐！射日弓！」

白卿言一手接過射日弓，一手抓過弓箭手的羽箭筒，深沉的黑眸灼灼：「殿下，時不我待！」

太子視線落在白卿言手中的射日弓，心跳劇烈，白卿言射日弓箭無虛發，有她在應該不會讓自己出事！可……太子打從心底裡怕白卿言，並非是那麼相信白卿言的。

即便是那天他在酒樓隔壁聽到了白卿言的那些話，似乎一切已經明瞭，可那有著巨型犄角的白鹿氣勢洶湧朝山下衝來，若是白卿言故意射偏，他命休矣。

太子看著還在向下衝越來越近的龐然大物，生為凡人他還是心有恐懼，他已經是太子了，還用得著以這樣搏命的方式穩固自己的地位嗎？

就在太子遲疑間，白卿言已迅速抽出羽箭，折斷箭頭撕下一片衣襟將箭端纏繞包裹住，搭箭拉弓朝那只巨鹿瞄準。

太子手心一緊，察覺剛才白卿言塞入他手中的香囊，用力握住，抬頭喊道：「閃！」

張端睿朝著衝刺速度越來越快的巨鹿，抬手喊道：「閃！」

太子喉頭翻滾，在白卿言護衛下，抬腳朝著直直朝下方隊伍衝來的巨鹿走去。太子全身緊繃，手心裡全都是汗，眼看著那巨鹿沖過來的速度絲毫沒有減慢的意思，心已然提到了嗓子眼兒。

秦尚志屏息看著立在盾牌陣最前端的太子和白卿言，心中已然明白白卿言要做什麼。

巨鹿越來越近！

二十丈……「殿下！」方老瞬大了眼躲在護衛之後，聲嘶力竭喊道，「殿下快回來啊！白卿言會害死殿下的！」

太子咬緊了牙關，身子一個勁兒的抖。

白卿言不動如松柏挺立，目光沉著，被布包裹的箭頭，始終指向巨鹿的眉心。

十五丈……「殿下！」方老嚇得腿都發軟，心急如焚，「殿下快跑啊！白卿言你要害死殿下啊！」

太子額頭冒汗，那巨鹿光腿便有一人那麼高，那巨大的犄角讓人看著就膽戰心驚。

十丈……

五丈……

四丈……

太子終於承受不住迎面而來的巨大壓迫感，下意識抬腳向後退。

白卿言拉弓的手一鬆，一把抓住太子的手腕將人扯了回來：「殿下！」

「你鬆開孤！」太子睜大了眼目光死死盯著已經馬上要衝到跟前的巨鹿，「白卿言你要害死孤嗎?!」

「長姐！」白錦稚驚叫出聲。

就在千鈞一髮之際，白卿言眸色一沉，抓住太子攥著香囊的手，幾乎是拖著太子向前走了兩步，舉起太子的手。

「白卿言！你這是想要謀害太子！這是滅九族的大罪！」方老喊的嗓子都破了。

「太子信我！」白卿言死死咬著牙，她信她的乳兄肖若江，肖若江說能夠訓成！就一定能！

「白卿言！」太子暴怒喊了一聲，眼看著巨鹿還有一丈就到眼前，他掙脫不開白卿言的手絕望閉上眼。

誰知，那巨鹿聞到了太子手中香囊的味道，突然猛地向左繞開了白卿言和太子，巨鹿轉彎太急蹄子打滑摔倒在地，直直朝著晉兵立著盾牌的方向翻滾過去。

舉著盾牌的晉兵臉色大變，紛紛向後退。

那巨鹿翻滾了幾圈停住，前蹄撐起身子站起，鼻息噴出濃重的白霧，它抖了抖身上的毛髮，嚇得晉兵驚呼著向後退，有晉兵已經嚇得跌倒在地，仰頭看著這突然出現的龐然大物，心生懼意。

白鹿在晉國是神鹿，在晉國是絕不能殺的，更別說眼前這龐然大物是他們平生都從未見過的巨大，誰知道是不是鹿神。

那巨鹿起身似乎也沒有傷人的意思，它抖乾淨身上的毛，竟然轉身邁著高傲的步子朝太子和白卿言的方向走去。

太子面色慘白，幾乎是依靠著白卿言才能勉力站穩。

「殿下……」白卿言扶著太子，「沒事吧？」

太子緊緊咬著牙，全身抖得厲害，他被白卿言扶著朝前走了兩步。

見那巨鹿緩緩走到他們面前，太子仰著脖子……對上巨鹿那雙黑亮透澈的眸子。

巨鹿嗅了嗅味道，低下頭來，太子匆忙向後退了兩步。

「殿下！」白卿言攥著太子的手腕兒將太子拉了回來，舉起他攥著香囊的手……

太子抗拒著還想要向後退，卻被白卿言用力按住：「殿下，你的將士們都在看著你！」

太子喉頭翻滾，朝著如長龍般的隊伍看去，見將士全都看向這個方向，緊緊咬牙克制顫抖。

那巨鹿鼻子嗅了嗅太子手中的香囊，並沒有做出什麼令人害怕的事情來。

白卿言見狀，鬆開手準備向後退，誰知她剛一鬆手……太子亦忙收回手和白卿言一起退了兩步，定定望著眼前巨大無比的白鹿。

心差點兒從嗓子眼兒跳出來的方老率先反應過來，忙跪地高呼：「神鹿天降！亦臣服我晉國太子！我大晉國祚興盛永世不衰！大晉萬年！」

張端睿亦是忙跟著跪下：「大晉萬年！」

晉軍將士們紛紛放下手中武器盾牌，跪地叩拜。

「大晉萬年！」

「大晉萬年！」

「大晉萬年！」

坐在香車內的李天馥挑簾，看向山脈雄渾開闊高坡之上……天際被紅日染成一片壯觀綺麗的霞色，夕陽璀璨的金色餘暉映著豪氣萬丈的群山，亦是用神聖耀目的金光勾勒著巨大白鹿，將立於白鹿面前的白卿言與太子的身形輪廓……染上了壯麗宏偉的攝人氣魄。

受傷坐在馬車之中的李之節亦是挑著簾子，那雙瀲灩狹長的桃花眸死死盯著披風獵獵翻飛的白卿言，見她眉目沉著清明身姿挺拔，完全不同於晉國太子那般滿頭大汗面色蒼白，李之節唇角勾起……晉國神鹿？呵……有意思！

只是，不知道馴服這神鹿……到底是算太子，還是算白卿言啊！

「神鹿天降，殿下若能將神鹿在陛下壽辰之日獻予陛下，陛下必會很高興。」

白卿言沉著的聲音傳來，驚魂未定的太子這才回神。

清風拂面而來，一身冷汗的太子突如其來打了個寒戰。他緊緊握著手中香囊，自知在豐縣是他誤會白卿言了，他還以為白卿言是想藉他的手抓住什麼人，原來……是想要讓晉國神鹿對他做出臣服之姿，來穩固他的太子地位。

可白卿言為什麼不告訴他？

【太子畏懼陛下甚深，告訴太子……反而會壞事。】

太子手心收緊。當時太子聽這話只覺得惱火不已，以為白卿言將他當成棋子。

可，現在靜下心來細想，白卿言話雖然不好聽，可卻沒有說錯……哪怕他不願意承認，他也的確是懼怕父皇甚深，他不是嫡子，從小便是父皇的一個眼神就能嚇得他魂飛魄散。

如果白卿言提前告訴了自己，那麼在父皇的追問下，自己一定會露餡告訴父皇這所謂祥瑞是他提前安排的。這樣父皇就算是高興，喜悅之情也會七折八扣。

既然是為了讓父皇高興，自然是真的天降祥瑞才能讓父皇高興，也能讓父皇覺得就連晉國神鹿都臣服他這個儲君，他才是將來繼承皇位的不二人選，即便是將來父皇有另立他人之心，想起今日神鹿之事，怕也要好好想想。

尤其是，若晉國百姓都知道神鹿臣服於他的事，自然也會同神鹿一般認同他的太子之位。

白卿言用心良苦，他卻誤會白卿言，著實不該。

太子轉頭望著神容平靜如常的白卿言，心頭滋味複雜：「白將軍，多謝……」

白卿言抱拳對太子俯首：「護衛太子，是言應盡的職責，太子太客氣了。」

太子心中感激之情越發濃郁，白卿言一點兒都不貪功，他致謝是為了她費心安排神鹿之事，可她卻裝作不知。太子緊緊握著手中香囊，既然白卿言這麼費心為他，這分情他領了，將來必然會加倍奉還她……「只是這神鹿該怎麼帶回大都城？」太子犯難。

「此事殿下可交給張端睿將軍，殿下受驚了，上馬車休息便是！」白卿言道。

太子頷首，喚來張端睿處理神鹿之事，深深看了眼翻身上馬疾馳而去的白卿言，英姿颯爽，他唇角勾起一抹笑意。

「殿下！」方老上前對太子長揖到地，白著一張臉，壓著聲音問，「殿下可傷到了哪裡？」

太子搖了搖頭：「方老不用憂心，孤沒有傷到。」

「白卿言實在是太大膽了！這要是殿下出了什麼事，她一百個腦袋都賠不起！」方老咬牙切齒，一想到剛才那千鈞一髮之際，就脊背冒冷汗。

跟在後面的秦尚志垂眸，他好不容易忍住與方老理論的衝動，就聽太子不悅開口：「方老勿要如此說白將軍！白將軍做事一向有成算！」

秦尚志眉頭一跳。這還是秦尚志跟隨太子這麼久以來，第一次聽到太子對方老的話不贊同。

方老也十分錯愕。

「你們先去吧！」說完，太子上了馬車。

傳令兵直奔上前同最前方帶隊的白卿言說太子等人已經上車，兵士也已經歸隊，白卿言頷首，拉住韁繩高呼：「出發！」

傳令兵一路快馬，順著蜿蜒如龍的隊伍疾馳高呼傳令：「出發！」

心跳速度極快的白錦稚跟在白卿言身側，手心都是汗，剛才看著那巨鹿衝向長姐的時候，真快把她嚇死了：「長姐，你受傷了沒有？」

白卿言抬手摸了摸白錦稚的髮頂笑道：「沒有，放心吧！」

她說完抬眸朝著高坡之上望去，乳兄肖若江辦完這件事之後，便要馬不停蹄去找阿玦，希望乳兄身上的傷撐得住。

宣嘉十六年三月十二，太子於南疆班師回朝，經鈺青山，天降白鹿神獸，晉視之為祥瑞。神獸臣服，與隊隨行，前往大都。

三月二十五，大都城，白府。天還未亮，僕婦庭前灑掃，下人在角門進進出出。古樸卓然的白府上空已是炊煙嫋嫋，各院領了熱水的丫頭婢子，有序從廚房進進出出，沿著廊間輕手輕腳各歸各院，臉上都是生氣蓬勃的喜悅。

今天，遠征南疆的大姑娘與四姑娘要回來了。南疆一戰大勝，大都城再也無人敢說，白家兒郎盡數葬身在南疆，白家從此於大都再無立錐之地。

白家哪怕是女兒郎，也是巾幗不讓鬚眉的！這一戰，獲勝得太給白家提氣了。

那些曾經因為白家男子葬身，便拜高踩低的小人，絕對想不到白家竟然會在他們家大姑娘的手中翻了身，一想到那些小人聽說白家大姑娘南疆得勝消息時險些驚掉下巴的樣子，白家僕就覺得揚眉吐氣。原本，今日三夫人李氏是想同董氏一同去大都城外迎接白卿言和白錦稚的。

可董氏說，白卿言如今風頭太盛，大都城內對白卿言南疆焚殺降俘一事眾說紛紜，褒貶不一，毀譽參半。她們還是在家門口迎迎就是了，都城門口相迎太扎眼了。

儘管話是這麼說，可董氏作為母親……知道女兒在前線出生入死，一顆心一直揪著，如今女兒凱旋歸來，自然是恨不得插翅飛到女兒身邊，看看女兒可還好。

她幾乎一夜輾轉難眠，早早起身吩咐廚房準備白卿言和白錦稚愛吃的菜後，便坐在前廳隨時聽外面僕人稟報消息，董氏緊張的帕子上全都是她手心的汗。

三夫人李氏沒過多久也來了，五夫人、四夫人和二夫人都來了前廳等著白卿言同白錦稚。

三夫人李氏坐不住伸長了脖子頻頻往外看。

「三弟妹，你別急，南門有咱們家家僕在，見到了人自然會回來稟報的！再說了大軍得勝歸來定是要先去宮裡見過陛下，才能回來！」

李氏也不是沒經歷過，可這一次……她實在是心急如焚。

大都城南門口。呂元鵬帶著大都城內的紈褲子弟帶著酒騎馬而來，想在南門迎一迎凱旋大軍，也是為了看一看那隻白鹿神獸，更重要的是來迎一迎白家姐姐。

說實在的，最開始當南疆連連捷報傳來，他還以為是太子之功，是張端睿、石攀山、甄則平他們之功。誰知道後來竟然傳來消息，說太子率軍一到宛平便戰況告急，是白家姐姐白卿言率五萬馳援晉兵大勝西涼十幾萬大軍的。

呂元鵬這才知道，白家對外稱病的白家姐姐竟然也去了南疆！他無法想像，白家姐姐在武功盡失的情況下拖著羸弱病重的身子，竟然能大勝西涼讓人聞風喪膽的主帥雲破行。

白家姐姐一個女兒家，都為護國護民奔赴南疆，拋頭顱灑熱血，他呂元鵬一個堂堂男兒竟然龜縮大都城內！他頓時羞愧不已又熱血沸騰，召集了大都城內和他要好的紈褲，一同提劍馳馬準備奔赴南疆，誰知他們剛出城，就被各自家中的長輩派人給捉了回去。

呂元鵬這個提議去南疆的最慘，被祖父抽了二十鞭子，一直關在家中思過，直到南疆戰局大定西涼求和，祖父這才將他放了出來。

知道今日大軍便會到都城，呂元鵬特地呼朋喚友一起來了南門。

呂元鵬來時，大都城已經有了不少百姓也聚集在了南城門口，議論著南疆戰事，議論著那從未見過的白鹿神獸，還有人在議論那位西涼前來和親的公主李天馥，和炎王李之節。

「來了來了！」騎在高馬之上的呂元鵬隱隱看到遠處招展的旗幟，整個人激動不已。

等看到遠處如黑龍般蜿蜒綿長的軍隊時，震撼人心的整齊馬蹄聲似鼓點般催得人心潮澎湃。

呂元鵬回頭四望不見秦朗，轉頭問騎馬立在他身旁的司馬平：「秦朗呢？他怎麼沒來？」

司馬平是御史中丞司馬彥的幼子，秦朗已逝祖母的侄孫，兩人是朋友更是表兄弟，關係一向親密。「秦朗是白家的女婿，自然是和白家人一起行動方便，不然他一個妹婿……專程跑這裡來接大姨子算怎麼回事兒？」司馬平湊近呂元鵬，壓低了聲音，「再說了秦朗原本與白家姐姐有婚約，背著媳婦兒單獨和咱們來……你覺得合適嗎？」

呂元鵬點了點頭，深以為然：「你說得對！」

「哎哎哎！呂元鵬，你看那是不是皇宮裡也來人了？」有紈褲問呂元鵬，「咱們準備的酒是不是用不上了？」

呂元鵬回頭，只見皇帝身邊的大太監高德茂親自騎馬而來，身後跟著身著鎧甲的禁軍侍衛，派頭極大。皇帝派來的傳旨太監一般會將凱旋的將軍直接迎去宮中，他們還有機會和白家姐姐說上話嗎？

「咱們大都城越來越熱鬧了！這月二十八陛下壽誕，各國紛紛遣派使臣來了大都不說，聽說今年大燕的皇帝要帶皇子親自來為陛下祝壽！」

「對啊！聽說這大燕皇帝是姬后子嗣，長相與姬后如出一轍，有當世第一美男子之稱，也不知道是真是假！」

眼見聚集在大都城南門的人越來越多，原本趁機在將早點攤子挪到城外來的小販處用早點的百姓，都起身往前湊，踮起腳尖遠遠望著浩浩蕩蕩氣勢如虹的凱旋大軍，猜測那來和親的西涼公主是什麼模樣，猜測哪位是西涼炎王。

呂元鵬四下張望不見蕭容衍，問身旁的司馬平：「蕭兄怎麼還沒有來？昨日咱們給蕭兄接風的時候，蕭兄不是說要來迎一迎太子殿下？」

司馬平回頭朝著城內看了眼：「是啊，難不成昨夜蕭兄喝多了？」

「怎麼可能，就蕭兄那個酒量，把咱們全都喝倒了蕭兄也無事！」呂元鵬言語裡全都是對蕭容衍的佩服，他回頭吩咐自家小廝道，「你快去蕭府問一問，蕭兄怎麼沒來。」

呂元鵬話音剛落，司馬平就忙用手肘撞了撞呂元鵬：「來了來了！我看到蕭兄的馬車了！」

聞聲，呂元鵬回頭，見護衛月拾正扶著蕭容衍下馬車，他一躍下馬將手中馬鞭丟給小廝朝蕭容衍馬車的方向走去，行禮：「蕭兄！」

氣質儒雅雍和的蕭容衍，鬆開手中拎著的直裰下擺，從容對呂元鵬還禮，笑了笑道：「元鵬來的早啊……」

「對啊，想早點兒來迎一迎白家姐姐！」呂元鵬一把扯住蕭容衍的手腕兒，拉著人就往前面擠，「馬上就要到了！蕭兄快隨我來前面！」

蕭容衍硬是被呂元鵬拉到了前面，他幽沉深邃的視線朝著遠處緩緩而來的大軍，最前方的是精甲騎兵，馬蹄聲如出一轍，氣勢極其壯闊。

他眯了眯眼，若大燕有這樣的重甲騎兵，該多好啊……

望著帶隊走在最前方一身銀甲的纖細身影，蕭容衍輕輕攥緊了手中玉蟬，平靜似水的眸底有了幾分極淺的笑意，瞳孔漆黑又明亮炙熱。

那騎馬走在最前方身穿戎裝銀甲的女子，長髮束與腦後，背掛射日弓，手握紅纓銀槍，英姿颯颯。萬丈晨光躍然穿透雲層，戎裝女子胯下駿馬如踏著光輝而來，銀甲金光熠熠，整個人沐浴聖潔之光，如神臨凡，明明纖瘦……卻有力拔山河氣貫長虹的攝人氣魄。

「看到了看到了！回來了！回來了！」百姓激動高喊，「得勝大軍回來了！白將軍回來了！」

這一聲白將軍，讓多少百姓憶起當初鎮國公與白家諸位將軍大戰得勝回都時的盛況！

白將軍……白家的哪位兒郎不是白將軍？如今，就連白家的女兒郎，都成為了白將軍，率五萬晉軍與一萬白家軍大勝西涼南燕號稱百萬雄師，打得西涼無還手之力，只能屈膝求和。

「晉軍好樣的！白將軍好樣的！」

「誰說女子不如郎！鎮國公府白大姑娘……帶著五萬晉軍打得西涼落花流水！」

「可不是！前段時間都說白家大姑娘病了，誰知道南疆突然傳回消息，就說南疆大勝……這仗不是太子，而是白大姑娘領軍打贏的！」

「可見百年將門白府，一向視百姓為骨肉血親，邊疆之民受苦，白府絕不會坐視不理！白大姑娘這才奔赴南疆血戰！」

「白家不止男兒敢為國為民馬革裹屍，就連女兒家也如此錚錚鐵骨豪情壯志，為國為民肝腦塗地！我大晉有這樣的白家守護，何懼西涼！何懼列國！」

百姓情緒紛紛被感染，想到除夕之夜白家滿門男兒葬身南疆消息傳回來時，白家的慘烈，想到信王護靈歸來時對白家所做的事情，白家還是敲了登聞鼓才得到一個公道。

但即便是白家男丁都已經為國戰死，可白家女兒郎盡失武功不失硬骨……壯志凌雲，其胸襟灑落不輸男兒，奔赴南疆扛起重責，扛起白家軍大旗，護國安民！一身護國安民的浩然正氣，這讓人怎能不內心震撼，怎能不心生敬佩?!

都說，百年將門鎮國公府白家從不出廢物！

想想已經身死的白家十七兒郎，哪一個不是才學驚豔？哪一個不是冠絕大都？

老弱婦孺激動的掩面而泣，哽咽喊著白將軍。

呂元鵬也被這樣的情緒感染，內心大為觸動，喉頭哽咽，一股洶湧的情緒在內心激盪：「我從不知女兒郎，竟然也能如此光耀萬丈，原來白家姐姐戎裝之時……氣勢竟然是如此的攝人！」

隊伍越來越近，離大都城南城城門不過十丈之時，大太監高德茂身邊的小太監急忙邁著碎步朝大軍方向跑去。

呂元鵬看到那小太監跑至隊伍前行禮後說了什麼，走在凱旋大軍最前端的白卿言勒馬高舉手中紅纓銀槍，重甲鐵騎瞬間靜止，肅然定立，鴉雀無聲，只有傳令兵調轉馬頭向後傳令。

高德茂見狀這才下馬，帶著那一隊禁軍，朝著得勝凱旋大軍的方向走去。

先太子一步回到大都的謀士任世傑跟在高德茂一行人身後，帶著太子府的人來迎接太子。看到蕭容衍，任世傑笑著對蕭容衍頷首致意。

百姓亦都跟隨在高德茂身後，朝凱旋大軍走去。

呂元鵬耐不住性子，扯著蕭容衍呼朋喚友快速朝凱旋大軍方向擠。

很快，諸位將軍下馬，太子同西涼炎王李之節還有西涼公主李天馥全都來到了最前方，接皇帝口諭。

「陛下口諭，南疆一戰，太子與白大姑娘還有諸位將軍辛苦，除太子之外其餘人不用進宮覆命，各自回府休息！凱旋晉軍由張端睿將軍帶回休整，擇日封賞。神鹿由太子府人照料。西涼炎王與公主暫居驛館，養足精神，明日進宮赴宴。」

皇帝這道口諭只說明日設宴，卻不知是為南疆大勝設宴，還是為西涼炎王、公主接風設宴。

此時，白卿言與白錦稚早已經是歸心似箭，不進宮覆命對她們來說更好。

雖說得勝的將軍在將士陪同下直入皇宮這一路，接受百姓瞻仰歡呼是最榮耀的時刻，可白卿言已不是當初年少意氣愛出風頭之時，早已不在意這樣的虛名。

太子領旨起身，與西涼炎王李之節客氣了兩句，回頭看向白卿言，似乎是怕白卿言心中不高興，便道：「百姓都知道你是這次大敗西涼的功臣，就算是不進宮……百姓也都知道！屬於你的封賞，孤一定會為你爭到！」

「殿下放心，言並無不滿，且……已歸心似箭！」白卿言真誠對太子道。

太子對白卿言點了點頭，抬頭間便看到了目光緊盯白卿言躍躍欲試想要上前的呂元鵬，自然也就看到了拽住呂元鵬的蕭容衍。

「容衍……」太子驚喜喚了一聲後，又似笑非笑看了眼白卿言。

氣度溫潤的蕭容衍上前，含笑對太子行禮：「衍，恭賀太子殿下，白將軍……凱旋。今日得知太子歸來，特來城南相迎。」

太子看著白卿言笑了笑，曖昧不明說道：「你到底來迎誰，孤心裡有數！聽白將軍說……不日前你人在南燕？」

白卿言抬眸對上蕭容衍深沉炙熱的眸子，握緊腰間佩劍，神容波瀾不驚。

她相信蕭容衍是聰明人，自然知道應該怎麼在太子這裡圓這個謊。

蕭容衍幾乎沒有猶豫，笑著答話：「正是，說到這件事……衍還得多謝殿下，讓衍的貨隊隨大軍一路才護了那匹貨物平安！餘後之事等殿下休整之後，衍再與殿下詳說南燕之事。」

「好！」太子笑著又朝白卿言的方向看了眼，抓住蕭容衍的手腕，「容衍與孤同乘輦，孤有話要同你說！」

「是……」蕭容衍應聲，得體對白卿言行禮後，這才隨太子殿下上了馬車。

目送太子的車駕離開之後，呂元鵬忙上前，行禮看向白卿言：「白家姐姐！恭喜白家姐姐凱旋！白四姑娘凱旋！白家十七兒郎都不在了，我替他們來為白家姐姐和白四姑娘送上一杯賀酒！」

說罷，呂元鵬回頭對自家小廝招手，那小廝立刻捧上一壺酒。

呂元鵬倒了一杯酒，遞給白卿言：「白家姐姐！恭賀凱旋！」

當初白家十七兒郎還在時，從來不曾因呂元鵬是紈褲而疏遠過，呂元鵬更與白家十郎白卿墨為好友。「多謝！」白卿言接過酒杯，真誠道謝後仰頭飲盡。

呂元鵬接過白卿言手中的空酒杯，又看向白錦稚，倒了一杯酒遞給白錦稚：「白四姑娘……恭喜凱旋！」

白錦稚還是頭一次見到呂元鵬這麼正經的模樣，忍不住勾唇笑著接過酒，對呂元鵬舉杯示意後仰頭喝下，克制著被辣到的表情，順手將酒杯放在小廝手中的黑漆托盤裡：「多謝！」

「白家諸位女子都是巾幗不讓鬚眉，呂元鵬慚愧！將來若有機會元鵬也想同白家姐姐和白四姑娘一般從戎，血戰沙場！」

「好！」白卿言望著呂元鵬，眉目間是如同看弟弟的淺笑，道，「若有那麼一日，我將這杆紅纓銀槍贈予你！」

呂元鵬看著白卿言手中耀目晨光之中泛著幽幽寒氣的紅纓銀槍，眼睛一亮：「白家姐姐當真！」

「君子一諾！」

呂元鵬不知為何聽到這四個字，身上起了一層雞皮疙瘩，只覺傲骨嶙嶙的白家姐姐這話擲地有聲，他對著白卿言長揖到地：「君子一諾！」

從小呂元鵬就不愛讀書反倒喜歡舞刀弄槍，可偏偏祖父呂相壓著不允許呂元鵬從戎，如今看到白家姐姐手中這杆紅纓銀槍，他便更是確定了未來想要走的方向。

百姓們因為呂元鵬這一群紈褲在，手裡捧著得勝酒卻遲遲不敢上前，只能望向白卿言和白錦稚的方向淚眼汪汪喊著「白將軍」。

白卿言對百姓們長揖行禮。

正要上馬車的李天馥回頭朝著被百姓包圍的白卿言望去，冷哼一聲：「一個好戰嗜殺的女人，有什麼好值得吹捧的！」

就連不遠處準備同任世傑先回府的方老……亦是朝被百姓包圍的白卿言方向望去，他問身邊的任世傑：「不是讓你沿途將白卿言焚殺降俘之事宣揚出去嗎？」

任世傑愣了一下，隨即恭敬道：「那日太子派人前來，說白將軍已經準備了祥瑞白鹿神，讓我不必再繼續準備，直接回太子府。我以為……便不用在沿途宣揚了，更何況在豐縣之時，我派去的人是被豐縣的百姓給打出來了！」

「糊塗！」方老壓低了聲音，「宣揚這件事，是為了讓白卿言更加依賴太子從而離不開太子！老夫難道沒有告訴你那樣善戰之人只能為殿下所用？你怎麼辦的事?!」

「是任某糊塗，這就派人去宣揚！」任世傑忙道。

「多派些人，趁現在大軍凱旋在大都城內風頭正盛，就要在現在宣揚出去！」方老說。

「方老放心！」任世傑保證。

方老轉身，看了眼遠處正在和太子府人商議如何安置神鹿的秦尚志，眼底隱隱透出不悅，垂眸上了馬車。

呂元鵬替白卿言牽著韁繩，看著白卿言白錦稚姐妹倆翻身上馬，他仰著頭又高聲對白卿言說了一遍：「白家姐姐！我一定會去從軍的！你信我！」

百姓已經紛紛讓開一條路，含淚望著馬背上的白卿言和白錦稚。

白卿言笑著頷首，拉過韁繩一夾馬肚飛奔出去。

馬背上的白錦稚對呂元鵬抱拳一禮，一夾馬肚去追自家長姐。

太子車駕中。

「喜歡一個姑娘就直接給人家送情信？送馬？可孤看容衍你行事穩妥……也不是這麼冒失的人啊！」太子笑著問蕭容衍，「還是……你們大魏人都這麼直接？」

蕭容衍垂眸笑了笑，知道太子這是指南疆戰場讓月拾去給白卿言送信送馬之事，他當初並未讓月拾遮掩，太子知道也是理所應當。

「白卿言的乳兄後來去找你……有沒有說什麼難聽話？」太子又問。

蕭容衍雖然隱約知道太子大約是將他給白卿言送信送馬之事看成一樁風流事，卻也不敢太過肯定，便笑著搖頭：「那倒沒有。」

「你放心，你是孤的摯友，孤知道你的品貌無可挑剔，唯獨一個商人的身分……雖然孤不在意，可是世俗眼光卻難免輕看於你！你若是真的喜歡白大姑娘，願意考慮入贅的話！孤倒是可以從中幫你周旋一二，畢竟現在白家已無男丁，招婿入贅是必然的！如此……你倒也不算配不上白大姑娘！」太子看著蕭容衍只覺是看著自己未來的錢袋子，自然願以竭力促成這樁好事。

看來……白大姑娘是投入太子門下了，蕭容衍手指摩挲著玉蟬，望著太子淺笑，只是……白大姑娘胸懷格局皆不一般，能真的效忠這位虛情假意又疑心甚多的太子？

「衍，敢讓人給白大姑娘送信，送馬，自然是已經清楚了白家的情況，否則區區商人而已，怎敢妄想高攀白家大姑娘！」

太子面露喜意，他最喜歡的就是蕭容衍這點，從不高看自己，知情識趣……

到底蕭容衍對太子來說算是這些年頭一個交了心的朋友，太子抿了抿唇又道：「還有一點你可要想清楚，這白大姑娘子嗣緣上淺薄，若是入贅……將來想要納妾定然是要受阻撓的。」

太子這話可就是真的站在蕭容衍的立場考慮了，誰知蕭容衍卻笑著道：「若能得白大姑娘為妻哪怕子嗣緣淺薄也無妨，過繼一個便是！最終能陪伴終身的還是夫妻，所以衍擇妻更看重的是兩人是否能相知一生，欲求知己者，而非……為子嗣傳承。」

這話倒是讓太子意外：「容衍這想法，孤……倒是聞所未聞！」

世人哪一個成親不是為了子嗣傳承，蕭容衍竟然不看重子嗣……可蕭容衍的話，卻也不無道理，最終能陪伴一個人一生的的確是妻子，可男人哪一個是只有一個妻子的，但凡有點兒權勢哪一個不是三妻四妾，糟糠之妻哪有新鮮嬌嫩年輕漂亮的妾室可愛？

求知己者……

太子笑了笑望著蕭容衍：「容衍的言論，總是讓孤意外。」

「衍與殿下不同，衍只是商人，求得是一生富貴榮華，日子過的有情趣！可太子肩負的是晉國，自然需要子嗣繁茂才能延續大晉綿長不絕！」

蕭容衍的話讓太子心生愉悅，他拍了拍蕭容衍的手：「下一次，別再莽撞……到時候得罪了白大姑娘得不償失！凡事告訴孤，孤定然會為你做主！孤巴不得將你留在晉國，孤也好有個說話的人！」

蕭容衍笑容越發溫潤儒雅：「衍還要在大都城停留一段時間，終身大事不可操之過急。倒是明日大燕皇帝入大都城之事，陛下單獨傳召殿下去宮中大約是為了這件事。」

太子也猜到了：「大燕皇帝拿下南燕之後，對晉國的態度倒是比以往更加恭敬了！你前一陣子在南燕，可知大燕與南燕戰況如何？真的如傳言那般……幾乎不戰而勝？」

蕭容衍淺淺笑著點頭：「衍聽聞南燕有戰，前往南燕做生意，那一路看到南燕百姓對大燕軍隊夾道歡迎，盛況空前！所以此次倒是比衍預料之中的少賺了些！不過也不算是全無收穫，衍見到了大燕皇帝的那位胞弟九王爺，得到允准……可以在匡平做一些生意。另外……衍在匡平遇到了一件珍奇，給殿下帶了回來，等殿下從宮中回來，獻予殿下，賀殿下南疆凱旋。」

太子眼睛一亮，並非太子眼皮子淺竟然貪圖一個商人的禮物，只是蕭容衍每次出手便是絕世奇珍，讓人愛不釋手。

白府。董氏聽說凱旋大軍已到了南門，陛下下旨召太子進宮，讓其他將軍可回府休息，一下就在家中坐不住了，帶著白家諸人站在門口，伸長了脖子往遠處眺望，希望能看到女兒的身影。

先到的是已經懷孕的白錦繡和秦朗，秦朗扶著白錦繡從馬車上下來，立在府門外往東面張望的盧平、郝管家和諸位管事連忙對白錦繡與秦朗行禮。

二夫人劉氏連忙走下臺階扶住女兒：「你不必來這麼早的，你長姐回來了母親自然會派人去喚你！」

秦朗對白家諸位長輩行禮後，小心扶著白錦繡邁上臺階，言行間低聲叮嚀全都是對白錦繡的愛意，劉氏現在看著秦朗好歹算是滿意一點了。

「二姐！」白家五姑娘擠到白錦繡的面前，抬手輕輕撫了撫白錦繡的肚子，「二姐是帶著小寶寶專程回來迎接長姐和四姐的吧！」

「是呀！」白錦繡輕笑，溫柔無比揉了揉五姑娘的腦袋。

立在府門下的盧平看到耀目晨光之中兩匹駿馬飛馳而來，兩人英姿勃發，激動得一瞬熱淚盈眶：「回來了！回來了！大姑娘和四姑娘回來了！」

被秦嬤嬤扶住的董氏手心一緊，連忙向前迎了兩步。

噠噠的馬蹄聲越來越近，董氏熱淚就在眼眶中翻湧，模糊了女兒英颯之姿。

「回來了就好！回來了就好！」三夫人李氏望著跟在白卿言身後的女兒，又哭又笑，用帕子按著心口，回頭和妯娌們道，「可算是回來了！我這顆心啊……總算是能放下了！」

白家五姑娘、六姑娘和七姑娘已經從臺階下跑了下來，含淚對遠處白卿言和白錦稚揮手，毫無閨秀禮節高喊著「長姐」、「四姐」。

離白府越來越近，白卿言心中那翻湧的情緒就越來越酸澀。她從未有如此急切想要回家的情緒，看到不斷揮手的三個妹妹，看到滿臉笑意的盧平，白卿言一把扯住韁繩急速勒馬，翻身從馬背上下來。

白錦稚跟著翻身下馬，看向用帕子捂嘴直哭，眸底又似有笑的母親，哽咽喚了一聲：「娘……」

盧平連忙上前替白卿言牽住馬，紅著眼開口：「大姑娘！平安回來就好！平安回來就好！」

白卿言頷首，將紅纓銀槍遞給盧平，帶白錦稚上前立在門口，仰頭望著母親董氏和白家諸位女眷長輩，鄭重跪下，重重叩首一拜。

她紅著眼抬頭：「母親、二嬸、三嬸、四嬸、五嬸！白卿言不辱白家盛名，南疆得勝，帶四妹平安還都！」

「白家四女白錦稚，平安還都！」白錦稚亦是熱淚盈眶。

董氏望著沐浴在晨光之中，整個人都熠熠生輝的女兒，眼淚一下就流了出來：「好！好！」

不知道她的丈夫白岐山有沒有看到，今日……他們的女兒如同他曾經一般得勝歸來！

不知道她的丈夫有沒有看到，他們的女兒護住了他捨命也要守護的邊疆之民！

不知道丈夫又有沒有……為他們的女兒驕傲？

跪在白府正門之前的白卿言望著董氏，哽咽開口：「阿娘，阿寶將爹爹奪了回來，但因大戰不知幾時休，便將爹爹葬在了天門關，葬在了爹爹守護了一輩子的地方！」

董氏淚水潰堤，咬著牙哭出聲，用力點頭。南疆，的確是白岐山守護了一輩子的地方……大都城已經有了白岐山的衣冠塚，她相信……比起將丈夫安葬回來，在白家數代人天下一統的宏願完成之前，她的丈夫更願意守在天門關，守住邊疆百姓。

「誰說我白家從此在大都城再無立錐之地！白家兒郎雖死，女兒郎仍在！」五夫人齊氏望著白卿言笑中含淚，緊緊攥著手中的帕子，聲音拔高，「我白家……仍屹立不倒！」

留在劉氏身旁的白錦繡按捺不住，從高階上小跑下來，跪撲過來一把抱住白卿言：「長姐！」

秦朗看著戎裝的白卿言，不免想起曾經送白卿言出征時的情景，白家的女兒郎……各個都是頂天立地。如今白家的兒郎雖然都不在了，可白卿言還在……她依舊能撐起白家門楣。

白卿言這樣襟懷磊落風骨傲然的女子很好，可於他來說並非良配。

秦朗視線落在白錦繡的身上，他何其有幸能娶到白錦繡這樣的女子為妻，他該好好珍惜才是。

這段日子，白卿言人在南疆，白錦繡無時無刻不在擔心，如今看到長姐平安歸來，白錦繡再也克制不住，眼淚如同斷線：「長姐可曾受傷?!」

「沒有……沒有受傷，小四一直在身邊護著我！」白卿言抬手拭去白錦繡臉上的淚水。

白錦繡又抬手摟住白錦稚：「回來就好！回來就好！」

「長姐！」

「長姐！」

「長姐！」

白家五姑娘、六姑娘和七姑娘都跑過來。

幾個姐妹跪成一團，幾個年紀小的哭得泣不成聲。明明……很高興，卻都止不住哭聲和眼淚。

「好了好了！哪有在門口哭成一團的?快快快……先起來，讓你們長姐和小四進去梳洗換衣服！咱們再好好坐下說話！」二夫人劉氏用帕子擦了擦眼淚，從高階上走下來，親自將白錦繡與白卿言扶起來。

白府的忠僕、丫鬟婆子們都擠在門內，見大姑娘和四姑娘回來，各個高興的不行。

白卿言抬頭朝四嬸的方向看去，只見四嬸王氏兩個月之間彷彿老了十幾歲，雙眼也不似以前那麼有神采，脊背略微佝僂，手纏佛珠，眸底是看破紅塵的淡漠，整個人平靜如一潭死水。

驟然喪夫失子，四嬸王氏本就柔弱，若不是為了一雙還未長大的女兒，想必早就隨丈夫兒子去了。此次……白卿言將白卿玦未死的消息帶給四嬸，希望四嬸能夠振作起來。

「快！先回去再說！」董氏走下臺階牽住女兒的手，用力握住，摸到女兒手心裡的繭，她眼眶更紅了，「回家！」

「嗯！」白卿言點頭。

跟白錦繡一同前來的銀霜見大姑娘的目光朝她看來，朝白卿言咧開嘴笑，從口袋裡掏出攢了好久的糖遞給白卿言：「大姑娘吃糖！」

「這個傻丫頭！」羅嬤嬤忍不住笑著在銀霜腦袋上點了一下。

清輝院中，佟嬤嬤正在院子裡盯著丫鬟僕婦重新打掃。

「動作都麻利一點兒！大姑娘馬上就回來了！得讓大姑娘看到一塵不染的清輝院！」

春桃人在小廚房，親自給白卿言燉燕窩，她用扇子煽了煽火，聽到動靜從小廚房裡出來，一見不是白卿言進院門，又回小廚房，心裡惴惴不安，也不知道大姑娘有沒有受傷。

那些年大姑娘出征，每一次回來都是一身的傷。

尤其是那年，雖然也是大勝歸來，可大姑娘是昏迷著被抬回清輝院的，春桃嚇得魂不附體。

「老天爺保佑，大姑娘平安無傷！若得所願，春桃願以折壽十年，一生吃素……」這話從白卿言出征到現在，春桃念叨了無數遍。

「佟嬤嬤！大姑娘回來了！大姑娘回來了！已經進了垂花門！馬上就要到清輝院了！」被佟嬤嬤派去前院等消息的小丫頭喜眉笑眼跑進院子裡，高聲喊道。

清輝院彷彿是水入熱油，一下就沸騰起來。

「吵什麼吵什麼?!」佟嬤嬤克制著喜悅，故意板著臉訓斥道。

「大姑娘沐浴的熱水都備好了嗎?!春杏……大姑娘一會兒要換的衣裳，你備好了嗎?!」

春杏捂嘴直笑：「嬤嬤放心，春桃姐姐都已經備好了！」

春桃喚了一個小丫頭過來盯著燕窩，自己從小廚房出來：「我去看看沐浴的水溫怎麼樣。」

不多時，董氏送一身戎裝的白卿言進了清輝院的大門。

佟嬤嬤帶領清輝院丫鬟婆子立在清輝院內，一看到白卿言，忙福身行禮：「恭賀大姑娘凱旋平安歸來！」

春桃看著身著鎧甲的大姑娘，眼眶一酸，眼淚吧嗒吧嗒往下掉。

白卿言瞅著這滿院子的熟悉面孔，眉目間有了笑意：「我不在這些日子，辛苦嬤嬤和大家守著清輝院了！」

董氏用帕子沾了沾眼淚，眼角眉梢都是笑意：「好了，快去梳洗。」

春桃忙上前接過白卿言身上的射日弓：「大姑娘，水已經備好，奴婢伺候大姑娘沐浴！」

她握了握春桃的手，笑著點頭。

春桃伺候白卿言沐浴，看到白卿言身上的傷，眼淚就跟斷了線似的，可因為董氏在外間坐著，春桃怕自己惹得董氏傷心，硬是咬著下唇不吭聲伺候白卿言沐浴。

沐浴後，董氏親自給白卿言絞頭髮，低聲同女兒說起朝中之事：「你舅舅說，此次南疆一戰焚殺西涼十萬降俘之事……朝中已經有人上奏想讓皇帝嚴懲，可皇帝卻將摺子留中不發，你舅舅怕皇帝是為了等你回來之後治罪，派人傳信，讓你務必小心應對。」

「阿娘放心，我心中有數。」白卿言攥住母親的手轉過頭望著董氏，「女兒不孝，讓阿娘擔心了！」

董氏紅著眼笑了笑，抬手將女兒摟入懷中：「你爹爹要是知道，阿寶護住了邊疆生民，一定會以阿寶為傲，阿娘……也以阿寶為傲！」

她眸子通紅，輕輕環住母親的腰，孩童似的在母親懷裡蹭了蹭：「阿娘，對不起。在南疆之時……阿寶本來的確是打算大勝之後帶爹爹回家的，可是阿寶想……爹爹一生心繫邊民，這才和小四還有白家軍諸位將軍將爹爹悄悄葬在了天門關。」

董氏點了點頭，她明白：「阿娘知道！比起葬在大都城，你爹爹定然更想在邊關守護大晉邊民，阿娘懂……」

「好了，頭髮乾了後就好好睡一覺！晌午母親在繁華設宴，為你和小四接風。」董氏輕笑。

董氏走後，白卿言坐在銅鏡前，對正在整理床鋪的春桃道：「春桃你派個人去請平叔半個時辰後過來，我有事要問。」

春桃放下手中活計，轉身：「大姑娘不睡一會兒嗎？」

「我去看看四嬸。」白卿言道。

佟嬤嬤一邊為白卿言絞頭髮，一邊看向鏡中的白卿言：「雖然大姑娘黑了也瘦了，可氣色要比之前好！」

「是啊！洪大夫也說之前讓我靜養恐怕不對！所以說……塞翁失馬焉知非福。」她眉目間帶著淺淺的笑意。

頭髮乾後，佟嬤嬤將白卿言烏黑濃密的頭髮，挽了一個斜彎月髻，用一根白玉簪子固定著。白卿言還在孝中，換了一身素白色裏銀鑲邊的羅裙，外罩一層淡薄如清霧的月牙白半透絹紗，絹紗之上用金絲銀線勾勒繡製銀杏葉片，光線下熠熠生輝。

換回女兒裝的白卿言，眉宇間少了幾分戎裝時的英氣，多了幾分女子華貴柔和的氣韻。

「大姑娘，盧平護院已經在院外等候了。」春桃打簾進來道。

已是三月末，天氣逐漸暖和起來，白卿言看著房內還燃著的火盆，道：「嬤嬤讓人把火盆撤了吧。」

「哎！」佟嬤嬤笑著應聲。

白卿言扶著春桃的手跨出院門，盧平上前行禮：「大姑娘。」

「平叔邊走邊說……」

「是！」盧平頷首，跟在白卿言身後半步之距。

「紀庭瑜怎麼樣了？」白卿言問。

盧平抿了抿唇，緊握腰間佩劍，低聲道：「紀庭瑜知道新婚妻子慘死的消息，當晚便離開白家，說要回莊子上祭拜妻子，之後就沒有再回來，我親自去了一趟，告訴紀庭瑜大姑娘為了替他們夫妻爭公道已經處置了那庶子，可紀庭瑜還是不願意回白家來。」

白卿言腳下步子一頓，閉了閉眼，抬腳前行。白家，還是寒了紀庭瑜的心。

「紀庭瑜身體怎麼樣？大夫沒說恢復了多少？」

「但凡是毒，對身體都有損傷，想要完全恢復成以前那般，必然是不可能了，幸而紀庭瑜年輕，要想恢復好，得好好養幾年……」

她點了點頭：「我剛回來事多，過兩日親自去見紀庭瑜一趟，讓人照顧好紀庭瑜的生活。」

紀庭瑜是為白家捨命的恩人，不該落得這樣的結果。

盧平點頭：「夫人也是這樣吩咐的，大姑娘放心。」

明日皇帝宮中設宴，接下來就是皇帝的壽辰，無論如何白卿言還是要抽出時間親自見紀庭瑜一面。

四夫人身邊伺候的大丫頭靈雲剛從廚房給四夫人拿了冰糖燉雪梨回來，便遠遠瞧見大姑娘白卿言好像朝他們麗水苑方向來了，她忙回院子打簾進了暖閣稟報闞嬤嬤：「嬤嬤，大姑娘朝咱們麗水苑來了。」

闞嬤嬤剛迎到院門口，白卿言便已經帶著春桃到了，她扭頭吩咐靈雲：「快去稟報四夫人，大姑娘來了……」

「是！」靈雲應聲而去。

闞嬤嬤向前迎了幾步：「大姑娘剛剛回來，怎麼不歇一歇？」

白卿言對闞嬤嬤笑了笑：「四嬸呢？」

闞嬤嬤在前引路，說起四夫人略有愁眉不展：「四夫人近日有些輕微的咳嗽，但不肯用藥，老奴便吩咐靈雲去廚房取了冰糖燉雪梨回來，這會兒正準備用。」

已經通稟四夫人的靈雲立在門口，給白卿言行禮問安後打簾：「大姑娘請。」

一進門，隔著纏枝蓮紋綢帳下的百鳥翠玉屏風，她見身穿淺綠色繡雲水紋衣裙的四嬸坐在臨窗紅木軟榻上，倚著金絲楠木小方桌，腿上搭著條繡菱花紋的薄被。

四夫人王氏面頰削瘦，深深凹陷的眼窩帶著一圈明顯的烏青，精神明顯不濟。

她手裡捏著湯勺，透過半開的窗櫺盯著後院已經冒出綠芽的大樹，神色木然。

白卿言繞過屏風，低低喚了一聲：「四嬸。」

四夫人王氏回神，將手中的湯匙放在湯盅蓋子上，忍不住咳嗽了兩聲揭開搭在腿上的薄被，正要下榻便被白卿言出聲阻止：「四嬸，我來說兩句話就走。」

靈雲端著熱茶進門，給白卿言上了茶便退到屏風外等候吩咐。

春桃笑著對關嬤嬤道：「關嬤嬤，前幾天關嬤嬤說有個花樣子讓我看看怎麼繡，靈雲也跟著去瞅瞅吧！」這話的意思，便是大姑娘有話私底下同四夫人說，關嬤嬤怎能這麼不識趣杵在這裡，連忙應聲帶著靈雲同春桃一同出了上房。

「四嬸，此次我去南疆，有一個天大的收穫……」她望著四嬸王氏淺笑，「阿玦還活著！」

四夫人王氏渾身一顫，眼底瞬間積聚淚水，滿目的不可置信：「什麼？阿寶你說什麼?!」

「四嬸！」她握住四嬸的手，「四嬸應當知道白家男兒都是如何葬身南疆的，所以……眼下，阿玦還活著的事情，不能公之於眾，阿玦也沒有辦法回大都。但四嬸放心，阿玦隱姓埋名不日將會與我們白家軍匯合，為了阿玦的安全，四嬸……一定要將此事藏在心中！不可宣之於口！」

「阿寶！阿寶你說的是真的嗎?!」四夫人王氏哭出聲來，語無倫次道，「你不是騙四嬸吧？還是我在做夢？你真的……不是在騙四嬸吧？」

以為自己的幾個兒子全都葬身南疆，王氏心裡有多苦沒有人知道，她每天過的和行屍走肉一般，無一天不想著去地下與丈夫和孩兒們團聚，可白卿言回來卻說阿玦還活著！

她眼眶泛紅，點了點頭，艱難對四夫人王氏勾唇：「四嬸，阿寶以祖父和父親的在天之靈向四嬸起誓，阿玦還活著！若有虛言……阿寶願死無全屍！」

「四嬸信你！好孩子……四嬸信你！」四夫人王氏用力握緊了白卿言的手，用手抹去眼淚，不知該哭還是該笑，表情難看地望著她，「阿寶，謝謝你！謝謝你！」

「所以四嬸，為了阿玦，你要振作起來！」她抽出帕子替四夫人王氏擦眼淚，「日子該怎麼過，就怎麼過，千萬不要讓任何人察覺！只有知道的人越少……阿玦才能越安全！等我們回到朔陽，相對安穩下來，阿玦定然會讓人給四嬸送信回來！機會合適的話阿玦也會回來與四嬸相見。」

「明白！」王氏哭著點頭，表情鄭重，「四嬸明白！四嬸都明白！」

「所以四嬸，既然身子不舒坦就要用藥才是！否則等阿玦回來，四嬸將身子拖垮了可怎麼好？阿玦會傷心的！」

王氏咬著牙克制哭聲，張了張嘴想要答話，卻一個字也說不出來，只能強撐著用力拍了拍白卿言的手，感激之語不知道從何說起。

白卿言從麗水苑出來就聽闞嬤嬤喚靈秀去請大夫，她回頭往麗水苑看了眼，眉目帶著淺笑扶著春桃的手往回走。

清輝院內，白錦繡已經等白卿言有一會兒了。

見白卿言回來笑著起身行禮：「長姐，原本想著來看看長姐，若是歇下了我便等會兒再來，沒成想長姐去了四嬸那裡。」

白錦繡內慧，一聽白卿言去了四嬸那裡，便知道有好消息。

白卿言笑著扶住白錦繡打量了一圈，眼底都是喜悅：「怎麼也不見你胖，反倒是瘦了？」

「回大姑娘的話，我們姑娘懷孕兩個月的時候吐的一塌糊塗，自然瘦了不少！不過姑爺愛重姑娘，想盡了辦法讓姑娘吃東西，眼下已經補回來不少了呢！」青書行禮後笑著道。

「長姐你聽她胡說！」白錦繡朝青書看去。

青書忙退了兩步，惶恐地低下頭去，她怎麼就忘了……這姻緣原本是大姑娘的，她是見大姑娘和二姑娘如此親厚，她是怕大姑娘擔憂二姑娘才照實說的，卻忘了這茬。

「你瞪青書做什麼。」她拉著白錦繡的手往屋內走，笑著道，「緣分本是天定的，就算長姐曾與秦朗有婚約也是有緣無分，而且這緣還是妹夫和姐姐的緣，這件事你不必避諱。」

白卿言把話說開，也免得白錦繡心裡總是避諱。

白錦繡一怔，隨即笑著頷首：「長姐說的是！」

春桃給兩位姑娘上了茶，笑盈盈道：「佟嬤嬤知道二姑娘喜歡食酸，讓給二姑娘上了酸棗茶，二姑娘嘗嘗可還合口。」

白錦繡端起嘗了一口：「嗯，不錯，還是佟嬤嬤細心。」

「挑揀些酸梅子拿過來。」白卿言端起茶盞吩咐身側春杏。

「是！」不一會兒春杏端著黑漆方盤進來，裡面除了醃漬的酸梅之外，還有幾碟精緻爽口的時令點心，兩雙細銀筷子。春杏有眼力見兒，東西放下就乖巧出去將隔扇關上，離開上房。

見春杏離開，白錦繡這才急不可耐問：「長姐，可是……有什麼好消息？」

她點了點頭：「阿玦和阿雲，還活著！」

白卿言話一出口，白錦繡只覺自己半個身子都麻了，忙用帕子捂著嘴怕自己哭出聲來，她通紅的雙眸含笑帶淚，忍不住站起身在屋內來回走了幾步才追問：「我這……我這不是做夢吧?!」

她拉著白錦繡的手，讓她坐下：「此事不宜張揚，我已經叮囑小四誰都不能說，你和四嬸知道也就罷了！不能再對其他人說起。」

白錦繡用力點頭，卻還是忍不住喜極而泣。

過了好一會兒，白錦繡平靜情緒之後，拿出白錦桐寄來的信：「這是錦桐寄來的，算日子她已經出海有半月了。」

白卿言人在南疆，送信艱難，白錦桐便將信都寄到了白錦繡那裡。

按照白錦桐信中所說，她此次一去至少半年，再通信便是半年之後了。

白錦桐一切都好，就是擔心在南疆的白卿言，叮囑白錦繡照顧好白家，別讓身在南疆的白卿言再為家中擔心。

「此次雖然長姐於南疆大勝，可朝中左相李茂一干人等紛紛上奏甕山焚殺降俘之事，希望今上嚴懲長姐，上奏的摺子今上一直留中不發，也不知道是作何打算。」白錦繡眉頭緊了緊。

「西涼炎王李之節同西涼公主都來了大都城，今上必不會在外人面前給我難堪下了我的面子，否則便是明著告訴西涼……陛下對此次大勝南疆的戰將不滿。」白卿言手肘搭在桌子上，端著茶杯徐徐往裡吹了口氣，「今上雖然疑心重，心眼也不大，卻十分好面子，又怎會讓他國探知我們朝中君臣不合之事？」

白錦繡亦是端起茶杯細想近來朝中動向：「今上態度曖昧不明，既沒有訓斥左相李茂一派，又壓下摺子，實在是……讓人捉摸不透。」

「約莫是因為太子沒有回來，今上不知道南疆的情況，更重要的是今上不知道太子是否已經將我收服。此次今上沒有讓得勝將領進宮，只叫了太子一人前去，我想……最晚在明天宴會之上，賞賜一定會下來！」

「那便要看今上是賞長姐和小四什麼了。」白錦繡攥緊茶杯，望著白卿言，「若是郡主之類的冊封，那便是不打算再用白家，若是將軍……那就表示我朝要啟用女子為將了。」

「所以……」她抬眸看向白錦繡，眼角帶著淺淡的笑，「今上絕對不會冊封將軍，當今聖上……可沒有大燕姬后那樣的魄力！啟用女子為將……必定會導致滿朝非議，今上不會為了一個白卿言將他自己架在火爐之上，即便如今是啟用女子為官的最好時機。」

她視線落在手中熱氣氤氳的水杯上：「可今上他總得嘉獎太子，嘉獎此次大勝而歸的張端睿、石攀山，甄則平將軍，嘉獎白家軍的諸位將軍。今上對白家對我和小四越是不公平，我們白家軍的心就會越齊。」

白錦繡點了點頭，是啊……長姐是白家軍的小白帥，是此次大勝西涼最大的功臣，若今上薄待了長姐，以白家馬首是瞻的白家軍將士會怎麼想？必然覺得不甘，從而心越發的向著白家向著長姐。

「還有一事。」白錦繡放下手中茶杯，抬頭鄭重道，「梁王……半個月前從獄中出來了。高升不日將要問斬，田維軍和童吉兩個人死於嚴刑拷打。大理寺卿呂晉從童吉嘴裡什麼都沒有問出來，田維軍問出的全都是些毫無用處的東西，梁王一口咬定是為了救信王，皇帝便讓人將梁王圈禁於府中。」

這是意料之中的事情，童吉忠心，梁王謹慎定不會讓田維軍接觸到能夠要他性命之事，那些陰損惡毒的命令，田維軍應當是從高升這裡領命的！

高升嘛……自然是會一力承擔，稱所有事都是他一人安排為家兄復仇，與梁王無關，梁王自然就只是一個為救兄長犯下大錯的皇子罷了。

「這月十五日，梁王稱自己戴罪之身，不便出現在宮宴之上，更不便進宮為陛下送賀禮，想將早早給陛下準備的賀禮送進宮。聽說是一幅梁王親手繪製的畫，可奇就奇在這幅畫送進宮的第二天……陛下便冊封了一位秋貴人，十分得寵。我從福靈公主那裡打聽到……這位秋貴人正是替梁王進宮送畫之人，因為涉及宮闈之事，我不好細問，不過已經派人去查了，應該快有結果了。」

白卿言眉頭抬了抬：「梁王這是明著送畫，實則送人。太子知道了一定會比我們更急，朝中誰不怕枕頭風啊？」

「你上次信中沒有提，不知道秦朗此次春闈下場了沒有？」她回頭望著白錦繡笑著問。

提起秦朗，白錦繡眸底有了笑意：「今年春闈下場，秦朗名次都還不錯，原本今年應該是十五殿試，可正趕上南疆大捷和陛下的壽誕，欽天監算了吉日奏請聖上將殿試挪到了四月初一。我聽福靈公主說，有人在陛下面前提說……我是超一品誥命夫人，可秦朗還是白身，估摸著……若此次殿試秦朗能夠排得上名次，就算是拿不回爵位，官職也不會太低。」

她點了點頭又問：「秦府……那兩位姑娘，還有秦朗的弟弟，可曾再找過你麻煩？」

白錦繡搖了搖頭：「如今秦家兩位姑娘已經壞了名聲，那三人現在避我還來不及，怎敢尋釁挑事？」上頭沒有婆母拿捏，白錦繡在大都城新婦中過的算是極為舒坦的，羨慕白錦繡者不知幾何。

只是秦府也不是沒有糟心的事情，白錦繡不想說出來讓長姐平白為自己擔憂，便轉了話題：「長姐，秦府有一位嬤嬤，是秦朗親生母親以前的陪房，整治藥膳的一把好手，後來秦朗母親過身，她便被調到了莊子上去。我今日把人帶來了，想讓她留在長姐身邊，讓她給長姐調調身子，長姐千萬不要推辭！」

白卿言的身子，一直都是白家上下最擔心的事情。

「好……」她笑著點頭。

太子此時正規規矩矩陪著皇帝立在御湖旁釣魚，剛才望著皇帝充滿了孺慕之情的眼神，已然帶了幾分後悔的灰敗。

今日，太子是從小到大頭一次聽父皇誇讚他有御人識人之能，頭一次聽父皇說他要比年輕時候的父皇更出色，他眼眶發熱腦子也跟著發熱，不論皇帝問什麼都一股腦老老實實的交代，包括那神鹿的由來。

原本，太子是打算將神鹿是白卿言安排之事瞞下的，只有瞞下了神鹿的由來，他才是真正的天命所歸，可他……太子在心底歎氣，今日衝動了，枉費白卿言一番苦心。

「看起來……白卿言真的被我兒收服了！」皇帝手指摩挲著魚竿，笑著回頭對太子說，「不過，白卿言就是怕你告訴父皇，所以才瞞著你，你這麼一股腦全都告訴父皇，倒是辜負了白卿言的一番苦心。原本……你不說此事你便是天命所歸，說了這事是人為，便十分匠氣了。」

太子忙跪了下來，對皇帝叩首：「父皇乃是兒臣的天，兒臣即便萬死也絕不能欺瞞父皇！再說兒臣的太子命和太子之位全都是父皇給的，父皇就是想全部拿回去兒臣身為人子也絕不能有怨言，又怎敢用不實之言欺騙父皇！」

皇帝十分滿意看著跪在地上的太子，笑著點了點頭：「起來吧！父皇知道你是個好孩子！」

太子眼眶更熱了，抬頭望著皇帝，哽咽喚了一聲：「父皇。」

「上次你密信請旨想為白卿言討一個公主的封號，這也不是不可，只是現在白卿言已經被你收服，你就沒有想過讓她留在朝中為你所用？」皇帝凝視著水面問。

「我朝從無以女子為官的先例，兒臣雖然也看重白卿言的才華，可若給她武將官職怕惹得群臣非議，定然讓父皇為難，所以兒臣便打消了這個念頭。」

皇帝點了點頭，欣慰這兒子沒有一味的為他自己招攬臂膀而忘記他這個父皇。

「明日大燕皇帝攜皇子來大都城，之後便要質子於晉，你是太子……明日便由你去親迎大燕皇帝入宮，一應事宜都交於你來辦！」皇帝說完，像想起什麼似的轉頭望著太子，「你剛從南疆回來，會不會覺得乏累？」

太子重重叩首以示忠誠：「為國出力乃是兒臣的本分！兒臣必定盡心盡力！」

「陛下！」

清脆如黃鸝的歡快少女聲從太子身後的方向傳來，太子抬頭見皇帝視線朝他身後望去，雙眸一亮，放下手中魚竿站起身，神情頗為激動。

太子忙起身退到皇帝身側，悄悄順著皇帝的視線看過去，竟看到一個身著白色騎馬裝的妙齡少女將長髮用白色髮帶高高紮起束在腦後，手握烏金馬鞭，輕盈歡快朝湖邊跑來。

太子瞳仁收縮了一瞬，只覺這少女這身裝扮十分眼熟似乎在哪裡見過。

不等太子想起來，那少女帶著一陣香風已然撲進了皇帝的懷中，太子和立在一旁的太監宮婢連忙都低下頭，向後退了幾步不敢再看。

「高公公說這是陛下親自命人為臣妾做的騎馬裝，臣妾立刻就穿上來給陛下看看！陛下給臣妾做騎馬裝，送臣妾馬鞭，是要帶臣妾去騎馬的對吧？」少女歡快的聲音帶著幾分驕縱，「臣妾自幼習馬，陛下可敢和臣妾比一比？」

皇帝眸子裡全都是寵愛和疼惜：「高德茂，去讓人準備，朕和秋貴人要去賽馬！」

氣喘吁吁追著秋貴人而來的高德茂笑盈盈頷首：「老奴這就命人去準備。」

「陛下你真好！臣妾最喜歡陛下了！」秋貴人眉目笑意乾淨，「可就算如此，一會兒臣妾也是不會讓著陛下！」

皇帝抬手將秋貴人跑亂的碎髮攏在耳後，笑道：「先忍一忍，你先在宮裡騎一騎馬，等到過一陣子朝中大事一過，朕帶你去皇家牧場騎馬。」

「臣妾又不是不懂事的孩子！陛下能在皇宮裡陪臣妾騎騎馬，臣妾就已經很高興了！」秋貴人說完，似乎這才注意到身旁有人，忙從皇帝懷裡退出來，聲音裡帶著嬌嗔，「陛下怎麼也不告訴臣妾有人？」

「這是太子……」皇帝的聲音不如剛才那麼高興。

「殿下！」秋貴人行禮。

太子再糊塗也能看得出這貴人正得寵，連忙恭敬還禮。

「太子從南疆回來也是辛苦，回去休息吧！」皇帝說完，牽著秋貴人的手笑盈盈離開。

回太子府的路上，太子坐在馬車內反覆在想那位秋貴人，那一身騎馬裝……他真的在哪裡見過！

猛地，太子突然想到幼年時見父皇經常拿出來看的那幅丹青，他睜開雙眼：「白素秋！」

那少女一身白色騎馬裝，分明就與畫卷之上的白素秋如出一轍。

第五章 錯點鴛鴦

白府，繁花閣是白府觀景最好的地方，十分敞亮。

白錦稚睡了一覺醒來只覺精神百倍，和李氏先一步到了繁花閣，興高采烈說著此次去南疆的見聞，詳說此次長姐白卿言如何大勝雲破行。

五姑娘、六姑娘和七姑娘聽得瞪大眼睛，緊張的不行，頻頻回頭問白錦繡：「二姐，真的嗎？戰場上真的這麼凶險？」

「你看小四身上的傷就知道了。」白錦繡笑著道。

再聽白錦稚說起他們出征去南疆途中，百姓跪求小白帥為他們奪回家園，還有豐縣百姓對白卿言的維護，繁花閣內的白家女眷各個眼含熱淚。

董氏能想像到那個畫面，可想而知女兒奔赴南疆時，內心壓力是極大的吧！

大著肚子的五夫人齊氏用帕子沾了沾眼淚：「百姓，還是記得我們白家的。」

聽到外面婢女婆子疊聲喚著大姑娘，白錦繡和幾個妹妹放下手中果子茶杯站起身朝外迎了迎。

白卿言進門行了禮不見四嬸王氏，問了句：「四嬸呢？」

五姑娘白錦昭歉意道：「母親禮佛的時間到了，說……就不過來了。不過母親今日讓人請了大夫過來，總算是肯喝藥了。」

自從白卿言走後，四夫人王氏越發的沉默寡言，成日就在佛堂裡不出來。

白錦稚身側拳頭緊了緊，回來前長姐交代了關於七哥和九哥的事情，越少人知道越好，只讓四嬸知道七哥還活著就好，所以白錦稚連母親李氏都沒有說。

白卿言點了點頭，已請了大夫就好，她猜四嬸應該是怕旁人看出什麼端倪來，所以在盡力保持之前的行事作風。若因白卿言回來她變化太大，擔心萬一讓皇帝知道了，白卿玦的處境危險。母親都是這樣，生怕自己一點點的不妥便會影響到孩子的性命前途。其實皇帝就算是疑心再大，又怎麼會派人監視到後宅婦人的身上。罷了，只要四嬸能為了阿玦振作起來，旁的都是小事。

「長姐，四姐說……長姐騎在馬背上握著射日弓，一箭就射穿了雲破行的鷹隼！長姐你已經重新撿起射日弓了嗎？」白錦華仰頭問白卿言。

她在椅子上坐下，端起茶盞望著妹妹閃閃發亮的眼睛，柔聲詢問：「想學？」

白錦華用力點頭：「可以嗎?!」

「等回朔陽，先和你四姐學好騎馬，長姐便教你。」白卿言道。

「是！」白錦華應聲，回頭高興地看向白錦稚。

「秦嬤嬤，你去看看，席面若準備好了就開席吧！」董氏側頭對秦嬤嬤道。

秦嬤嬤頷首繞過錦翠百鳥屏風去看了看後，回稟董氏已經準備妥當。

白卿言扶著董氏落坐，董氏笑著道：「咱們都有孝在身，所以兩個孩子回來，不能設宴慶功，就一家人在一起吃頓飯，便算是我們自家人為她們慶功了。」

白家無男丁，原本董氏還想著請娘家的幾個侄子過來陪秦朗，誰知秦朗送白錦繡過來之後，就稱有事先行告退，說晚上過來接白錦繡。

白家人還沒有開始動筷子，門口便來報，說那位曾出手幫過白家的義商蕭容衍前來拜會。

蕭容衍雖然只是一個商人的身分，可是在白家被宗族刁難之際出手相助，又救下了險些撞棺的四夫人王氏，於情於理蕭容衍來了都該接待。

白卿言猜，蕭容衍此時登門，想必和太子追問南燕之事，還有七弟白卿玦之事有關。

郝管家已將蕭容衍請到了正堂，命人給蕭容衍上了茶，請蕭容衍稍候。

蕭容衍始終保持著儒雅的風度，含笑道謝，端起茶盞慢條斯理喝了一口。

不多時白卿言挽著董氏的手臂，從門口進來，蕭容衍忙放下茶盞，朝著董氏行禮：「夫人，大姑娘。」

「蕭先生不必多禮，坐。」董氏對蕭容衍態度很客氣，她在椅子上坐下，笑著道，「我聽大姐兒說出征之時四姐兒曾打擾過先生，多謝先生照拂四姐兒。」

「夫人太客氣了！」蕭容衍笑意溫潤，幽沉的視線轉向白卿言，「此次登門，是帶了些賀禮，賀大姑娘與四姑娘南疆大捷，禮已送到，衍便不久留了……」

「母親，我送送蕭先生。」白卿言對董氏福身道。

董氏微微一怔，頷首：「去吧，快去快回！」

白卿言對蕭容衍做了一個請的姿勢。

「有勞大姑娘了。」

兩人沿遊廊不緊不慢往外走，春桃帶著婆子婢女跟在後面稍遠的距離，不打擾兩人說話。

「今日見過太子之後，太子有些話衍有些聽不明白，特來請教大姑娘，以免日後在太子那裡答錯了什麼。」

白卿言腳下步子一頓，春桃等人也都停了下來。

她福身對蕭容衍行禮：「有勞蕭先生擔待。」

「無妨……」蕭容衍眉目帶著淡淡的笑意，卻極為好看。

「太子得知乳兄肖若江曾去過南燕，我便讓乳兄推託說是因先生……送馬送信之故，乳兄深覺先生孟浪，便前去告誡先生自重。」白卿言心底有愧，耳朵隱隱泛紅，垂眸又是一禮，「事出突然，還望先生海涵。」

正午光線斜照下來，正正好映在她的眉眼……和晶瑩如玉的頸脖上，將她白淨無暇的五官映出一層淡淡的暖色，越發顯得容色傾城。

蕭容衍垂眸看著眼前耳根泛紅的驚豔女子，負在背後的手微微收緊，幽邃眼底的笑意更深了些，聲音還是如舊醇厚深沉：「無妨，不過……太子似乎起了興致，意圖為你我牽線作媒。」

她抬頭望著眼前英俊非凡眉目含笑的男人，手心微微收緊。

蕭容衍先抬腳往前走，直視前方：「今日我雖然將話題岔開，難保太子不會有所動作，畢竟……現在大姑娘明面兒上已經投入太子門下，若我能與大姑娘……成好事，太子便會多一個錢袋子。」這個誘惑力的確足以讓太子費心撮合她與蕭容衍。

「既然我已經明瞭白姑娘是如何告知太子的，那麼……必會將愛慕白大姑娘這個角色演好，白大姑娘不必憂心。」蕭容衍側頭看了眼與他並肩而行的白卿言，不等她開口又道，「還有我救下的那個晉國少年，執意要報恩，我便讓他留在南燕替我做三件事，前幾日我接到信，說那少年的家人似乎已經到了南燕。」

這是白卿玦的消息，蕭容衍沒有直接點明白卿玦的身分，大約是不欲挾恩圖報。

白卿言看向蕭容衍，點了點頭，還是出口道謝：「多謝！」

眼看著快要到門口，蕭容衍對白卿言行禮：「白大姑娘止步。」

「蕭先生慢走。」

酉時末，大都城長街明燈璀璨，滿街的熱鬧繁華，到處都在議論此次南疆大勝之戰。就連煙花柳巷之地的恩客，三兩成群左擁右抱談論的竟也是此次南疆之戰。

呂元鵬今日高興，邀了平日裡關係好的狐朋狗友，十分大手筆請了繁雀樓的頭牌櫻鸞姑娘彈琴助興，嚷嚷將來要騎馬舉劍殺賊寇，就如同白家姐姐那樣。

已經喝高了的司馬平，勾著呂元鵬的頸脖，轉頭對櫻鸞姑娘道：「櫻鸞姑娘，會彈白家軍軍歌那個調調嗎？」

櫻鸞姑娘笑容有些難為：「奴家……低賤，如何會白家軍的歌。」

「我來！」司馬平搖搖晃晃走到櫻鸞姑娘身側，醉醺醺一歪，坐了下來。

伺候櫻鸞姑娘的丫頭連忙將櫻鸞姑娘護住，扶著櫻鸞姑娘起身，將琴留給司馬平。

司馬平手指撥弄了幾個調調，倒是像模像樣的開始彈奏了起來，世家公子大都精通音律。

呂元鵬興起走至編鐘前，拿起木錘，也在編鐘上敲了敲。

「佩護我之甲冑，與子同敵同仇。」渾厚的編鐘聲、琴聲同男子粗獷的歌聲響起，蓋過了樓下的靡靡之音和嬉鬧聲。不論是坐在恩客懷裡的姑娘，還是正在左擁右抱的恩客，都被這突如其來的歌聲樂聲驚得一愣，抬頭朝樓上看去。鏗鏘有力的琴聲，和雄渾壯闊的編鐘聲，讓人肅然起敬。

「握殺敵之長刀，與子共生共死。」
「衛河山，守生民，無畏真銳士。」
「不戰死，不卸甲，家國好兒郎。」

白家軍的軍歌調子簡單，但十分大氣宏偉，歌聲響起的那一瞬，讓人激動得全身雞皮疙瘩冒了起來，就如同無數的力量從腳底湧上心頭，讓人熱血沸騰又眼含熱淚，欲握殺敵長刀，死守山河護衛百姓。

原本歌舞喧鬧的繁雀樓一時間安靜了下來，只有樓上那群紈褲激昂響亮的歌聲，讓人感到英勇悲壯，亦讓人深受鼓舞。歌聲和樂聲停下之後，蕩氣迴腸的餘音讓繁雀樓安靜了良久。

「哈哈哈……」突然，一陣不合時宜的冷笑在繁雀樓響起。

「什麼白家軍！什麼白家軍軍歌！你們在這裡歌頌白家軍的同時有沒有想過，那個白家嫡長女殺了西涼十萬降俘！她讓我們晉國變成了列國懼怕的虎狼之國！」一個衣衫不整的男子推開坐在她懷裡的美人兒，站起身來，望著周圍已經酒醉半酣熱淚盈眶的恩客女妓子們。

「最毒婦人心，古人誠不欺我！十萬人啊！十萬個西涼兒郎便是十萬人家！他們也有父母孩子！那個女人說殺就殺！將來若再有戰事……哪一國敢繞過晉國降俘?!我們晉國捨命保家為國的好兒郎，將來便會因為那個女人甕山的一把火，屍骨無存！你們居然還在這裡慶祝！」

「可不是！」有一個大魏人倚在美人懷中笑道，「你們晉人坑殺降俘，已經在列國臭名昭彰了！將來若是有戰，他國斬殺你們晉國降俘那是順理成章的事情。」

那魏人把玩著美人兒細膩入骨的小手，低聲笑語：「你們晉人可別這樣瞪著我啊！我們大魏和晉國相距甚遠從無戰事，我這也是實話實說，畢竟……哪一國的糧食也不是白來的，哪一國願意浪費那麼多糧食養降俘啊！一殺了事多好！你們說是不是？」

晉國所處的位置微妙，除了同魏國之外，與其餘幾國皆有國土相接。所以這話不論是哪一國人說出來，都不合適，只有與晉國沒有土地接壤且從無戰事的大魏人說來……才有讓晉人心頭一驚的效果。

剛才還熱血沸騰的晉人，有的頓時靜下心來若有所思，有的卻笑稱道：「我們有白家軍小白帥在，難道還會怕敗嗎？」

「可就算白家嫡長女和當年的鎮國公一樣戰無不勝，到底只有一個人啊！你說你們晉國，東臨戎狄，西臨大燕，南接西涼，北是大樑，若是這四國都起戰事，這白家嫡長女難不成還會分身術嗎？」那魏人眯著眼笑咪咪喝了一口酒，「可惜啊，若是鎮國王和白家諸子都在，或許就是四國開戰你們晉國都不怕，可偏偏鎮國王滿門男兒被貶為庶民的信王給害死了！」

那魏人許是喝多了酒，眼神迷離含笑：「所以此次你們晉國焚殺十萬降俘得以大勝西涼，也不知是福是禍。不過……作為魏人我自是高興的，我們魏國邊界屢屢遭受西涼搶掠屠城，這一次焚殺西涼精銳，想必他們有一段時間不能來我魏國燒殺劫掠了。」

「白卿言殺西涼十萬降俘，他日列國就會殺我晉國十萬、二十萬、三十萬、四十萬……甚至更多！」剛才衣衫不整的男子笑著看向周圍沉浸在醉生夢死中的眾人，「你們竟然還在這裡覺得高興？居然還覺得白家軍威武，你們這是在為晉國日後的被人屠殺慶祝？」

樓上已經喝多的呂元鵬聽到樓下那晉人和魏人傳來的話，早就已經怒不可遏，直接砸了手中酒杯帶著一干紈褲從二樓之上往下看了眼，擼起袖子怒氣沖沖朝下走去。

「這十萬西涼兵中難道就沒有孩子，他們的孩子長大成人難道不想為父輩復仇？屆時……我大晉要有多少孩子失去父親，多少雙親失去兒……」

「我去你媽的！」呂元鵬為首率先下樓，一腳踹得那衣衫不整還在侃侃而談的晉人跌倒在地，一腳踩在那人胸口之上。

司馬平更是揪住那大魏人，將人從美人懷裡扯出來，揚起拳頭就是一頓暴揍。

跟著那衣衫不整的晉人和那魏人一同而來的同伴，被大都城的紈褲打得慘叫連連。

平時歌舞昇平的繁雀樓，尖叫聲不斷。

呂元鵬在家時就聽祖父說了，左相李茂他們不幹人事……上奏請求皇帝責罰白卿言，內容無非也就是覺得焚殺降俘殘忍，覺得以後若遇戰事，旁人也會對晉國的兵士一殺了之，這些人倒還真是會替晉國還沒發生的事情擔憂。

「知道嗎?老子最討厭你們這種幹啥啥不行，整天跟我們這些紈褲一樣花天酒地貪生怕死，不敢上戰場為國捨命，別人打勝了就在這裡滿嘴噴糞指點江山，說別人這錯那錯的……有能耐你上啊?就你和李茂那種無恥小人，丟在戰場上怕你們得嚇得屁滾尿流！還好意思在這裡說別人殺降俘！你帶五萬軍隊倒是去和西涼幾十萬軍隊幹啊！」呂元鵬狠狠在那人近乎赤裸的胸口狠狠踩了一腳，「不殺降俘，你去贏一個！」

被呂元鵬踩在腳下的人頓時噴出一口血，司馬平更是打得眼睛發紅，將那醉醺醺的魏人從雅座中丟了出去，撞得屏風都倒了：「娘的，未來他國殺我晉國兒郎?!未來仗還沒打你們倒是能掐會算啊！這麼怕死滾回去魏國啊！」

繁雀樓的姑娘生怕殃及自身，尖叫著到處躲藏，更有膽小怕事的恩客往外衝。龜公和繁雀樓的打手在門口攔人，生怕有人渾水摸魚沒有結帳就跑。老鴇立在舞姬跳舞的高臺之上急得跳腳，甩著帕子聲嘶力竭的喊著：「別打了！別打了！哎呀各位小祖宗！別打了呀！別砸！」

繁雀樓那夜熱鬧無比，先是幾位大都城內最出名的紈褲一起將繁雀樓砸了一個稀巴爛，差點兒鬧出人命，後來驚動了巡防營這才將幾位紈褲制住。巡防營統領范餘淮帶著火氣來的，結果一看這全都是大都城權貴家的小祖宗，頓時頭大，和屬下商議後，他只能派人去各府請人來，將他們自家的小祖宗領回去。第二日一大早，這事兒便成了各家早膳桌上最熱的談資，就連春杏都忍不住將此事說於白卿言聽。

白卿言用帕子擦了擦嘴，漱口後問：「沒說是為了什麼打了起來？」

「聽說，是因為呂公子他們在繁雀樓彈唱白家軍軍歌，結果有人拿甕山焚殺降俘之事說事，呂公子就與他們打起來了。」春桃聲音壓得很低，明顯對呂元鵬這些紈褲有所改觀。不論怎麼樣他們平時怎麼渾，昨晚那一架可都是為了維護他們大姑娘。

「在我回來前，大都城裡對這事議論的人多嗎？」她起身一邊往身上纏鐵沙袋，一邊問。

春桃忙跪地替白卿言纏繞腿上的鐵沙袋：「在大姑娘回來之前大都城裡也有人議論，不過沒有鬧大，而且百姓更多關心的是大姑娘勝了。」

春杏跪在另一側，拿起鐵沙袋纏繞，仰頭望向白卿言笑著說：「聽說呂公子是被他父親擰著耳朵提回去的。」

白卿言笑著理了理衣袖，對春杏道：「春杏你去佟嬤嬤那裡拿一匣子粽子糖，親自去趟秦府把糖給銀霜那個小丫頭，叮囑她別貪多吃壞了牙。」

春杏起身稱是退出了上房。見春杏離開，白卿言對春桃說：「一會兒去告訴平叔，讓他這些日子多派些人留心著外面的動靜，再查一查被呂元鵬那一群紈褲打了的晉人和魏人。」

春桃連連點頭：「是！」

白卿言剛整理好衣衫，佟嬤嬤便打簾進來，福身稟報：「大姑娘，大長公主身邊的蔣嬤嬤回來了，給夫人請安後說來看看大姑娘。」

立在銅鏡前的白卿言沉默了片刻，道：「佟嬤嬤請蔣嬤嬤進來吧！」

白卿言轉身坐在臨窗軟榻上，聽蔣嬤嬤詢問佟嬤嬤她的身體狀況的聲音由遠及近，垂眸理了理袖口，心中滋味複雜。蔣嬤嬤回來，定然是祖母得到她回大都城的消息派蔣嬤嬤來的。

按照道理說她昨日就該去皇家清庵探望祖母，甚至將七弟和九弟還活著的消息告訴祖母。可，白卿言沒有忘記，她的祖母先是大晉林家的大長公主，而後……才是他們的祖母。

她十七個弟弟，如今只剩兩個，她不能拿他們的安危去賭祖母的慈心。

佟嬤嬤和蔣嬤嬤說話的聲音越來越近……「大姑娘這一次回來氣色也好了不少，洪大夫說之前讓大姑娘靜養想來是不對的，不相信蔣嬤嬤您自個兒瞧瞧。」說著佟嬤嬤替蔣嬤嬤打簾，讓蔣嬤嬤入內。

蔣嬤嬤用帕子擦了擦眼淚，這才拎著裙擺進門，繞過屏風看到端坐在軟榻之上的白卿言，蔣嬤嬤眸子又紅了。她邁著小碎步上前，對白卿言福身行禮：「大姐兒可回來了！」

「嬤嬤不必多禮，春桃給嬤嬤上雀舌茶，再拿碟爽口的點心過來。」白卿言側頭吩咐。

春桃稱是，悄悄退出上房。

「祖母安否？寢時幾何？餐食幾粟？」白卿言平靜淡然的嗓音如常響起，言語用詞都是循例，反而顯得少了親昵。

蔣嬤嬤知道因為紀庭瑜一事，大長公主徹底冷了白卿言的心，可到底是祖孫啊……哪有什麼隔夜仇，何以就到如此地步？「大姐兒，不去看看大長公主嗎？」蔣嬤嬤聲音低低似哀求。

春桃給蔣嬤嬤和白卿言分別上了茶，又笑著行禮退下。

白卿言垂眸端起茶杯，幽幽開口：「去的，今日陛下賜宴，明日陛下壽宴，所以耽擱了！後日我會帶著妹妹們去探望祖母。」

蔣嬤嬤點了點頭：「大長公主遣老奴來同大姐兒說一聲，南疆焚殺西涼降俘之事，怕朝中有人會藉此大做文章，若此事最後當真鬧大，大姐兒可求援呂相。」說著，蔣嬤嬤起身將懷中揣著的一支被細棉布包好的髮簪捧起遞給白卿言：「大姐兒拿此物去找呂相便是。」

白卿言沒有接，抬眼望著蔣嬤嬤：「嬤嬤……這是何意？」

「當年呂相欠大長公主一個人情，此物乃是呂相母親遺物，呂相曾言……若大長公主有所吩咐，必當遵從。」蔣嬤嬤老老實實回答。

她垂著眸子，將茶杯放在一旁：「嬤嬤將此物拿回去還與祖母，此時我有能力將其把控在掌握之中，如此寶物……祖母應當留著，關鍵時刻再用。」

蔣嬤嬤抬頭凝視白卿言，她看著她長大，自然知道其心性，既然白卿言說了不收，便不會收，蔣嬤嬤只能笑了笑重新將簪子包好：「好，那就等關鍵時刻，大姐兒再來向大長公主討。」

「這月十五日梁王派人給陛下送了一幅畫賀壽，那送畫的人第二天便被冊封為秋貴人，聽說……這位秋貴人同姑姑白素秋倒是有幾分相似。」

蔣嬤嬤一怔，只聽白卿言徐徐說：「梁王的狠辣和野心，想必祖母心裡清楚，倘若這個秋貴人是梁王的人，怕會對我們白府不利……」

蔣嬤嬤知道此事事關重大，攥著簪子的手收緊，起身對白卿言行了一禮：「老奴這就回去稟告大長公主！」

她頷首：「辛苦嬤嬤了！」

大都城內百姓早早就聽說，有著天下第一美男之稱的大燕皇帝要攜子前來為晉國皇帝祝壽，都眼巴巴等著一睹第一美男的風采。還有膽子大的世家千金，包下了長街上臨街雅間，約了幾個要好的手帕交，等待大燕皇帝入大都城的車駕，暗暗盼望大燕皇帝騎馬而入，也好讓她們也能看得清楚些。

很快長街兩側被兵士圍封，穿著大燕國黑色戎裝的大燕騎兵騎胯下駿馬皆穿鎖子甲，只能看到駿馬黝黑的雙眼，緩緩入城。

手握團扇遮擋了半張臉，正一臉興奮立在在雅間倚欄前竊竊私語的貴女們，最先看到的是大燕鐵甲騎兵，聲音不由放輕了些。不知為何，看到這支騎兵先入城，總給人一種肅殺之感。

隨後而入的，是一輛並不奢華但做工卻十分精細的馬車。百姓和樓上的貴女們難免有些失望，大燕皇帝既然是坐馬車入城的，他們便無法一睹當世第一美男的風采。

大燕早在要奪回南燕之時，為表只為恢復大燕正統之治……無意冒犯大晉，稱願將皇子質於大晉，所以大燕質子的府邸半個月前便已經準備好了。

當時南燕與西涼合攻大晉，大晉皇帝也樂得看到大燕和南燕打起來，以解大晉燃眉之急。大晉皇帝為了在面子上顯得同大燕的關係親厚，便將一座極為奢華的府邸當做質子府來用。

只是面子功夫歸面子功夫，當大晉皇帝知道大燕幾乎是不費吹灰之力就將南燕拿下之後，心裡還是不舒服了好一陣子。

此次大燕皇帝入晉，太子同幕僚商議決定請大燕皇帝下榻質子府，美其名曰……讓大燕皇帝看一看他兒子將來的生活環境，以安大燕皇帝的心。

馬車內，將要質於晉國的慕容瀝跪坐於慕容彧腳下，只有十一歲的小娃娃仰頭望著神情悲憫的父親，清澈乾淨的目光堅韌又平和：「父皇，替二哥前來做質子，是兒所願。兒是嫡子，比二哥更具說服力，二哥天生驍勇，假以時日，必是我大燕虎將，質於晉，必會使二哥荒廢，對我大燕無益。兒一介孩童，武藝不如二哥，卻會談文論章，在大都方便與晉國清貴公子交往。父皇……不必替兒憂心，兒會時時惕厲自省，不忘讀書學武。」

話雖如此，可這是他的嫡次子……才十一歲。「你才十一歲，質於晉國，無家人，無親友，你不怕嗎？」慕容彧望著兒子尚且稚嫩的面龐，低聲問。

「怕……」慕容瀝雙眸泛紅，「可晉國白家十歲兒郎被斬頭之前，還在高唱白家軍軍歌！那樣的硬骨，那樣的勇氣，兒深為敬佩！九叔曾言，欲為諸佛龍象，先做眾生牛馬。兒雖年幼不才，也知我大燕困境，若能解大燕之困，兒……願以身飼虎。」

慕容彧閉了閉發紅的眸子，哽咽難言，抬手摸了摸兒子的髮頂，忍不住咳嗽了幾聲：「好孩子！父皇的幾個兒子……都是好樣的！大燕有你們兄弟們在，又何愁……不能強大！何愁不能一統天下！」

慕容瀝握住慕容彧的手，眼眶紅得厲害：「父皇切莫為兒憂心，要保重身體。」

慕容彧點頭，又叮囑了一遍：「記得……見了九叔，可不能忘形，你九叔為我大燕出生入死，稍有差池便會害得你九叔性命不保。」

「父皇放心，兒都記住了！」慕容瀝叩首。

慕容彧笑著扶起慕容瀝：「來……過來，父皇再抱抱你！」

世人皆說，抱孫不抱兒！可慕容彧今日與兒子一別，卻不知再見之日又是何時，情……實難自已。慕容彧輕輕將兒子擁在懷中，眼角淚盈於睫。

太子立在質子府門前，在太子府屬官陪同之下靜候大燕皇帝與皇子。

想起昨夜他邀請蕭容衍陪他一同來迎接大燕皇帝的荒唐事，太子忍不住讚了蕭容衍一聲：「幸虧容衍今日未曾來，孤倒是不介意容衍的商人身分，可大燕皇帝要是因為此事不高興，鬧到父皇那裡去，父皇難免會覺得孤失了分寸。」

全漁笑了笑道：「天下哪能所有人都和殿下一般不看重身分，只看重一個人的才華！不過蕭先生的確是懂得分寸，昨夜雖然不好拒絕殿下應下了，今日一早便派人來說昨夜飲多了酒起不來，還送上厚禮向殿下告罪，實在是個細心妥帖的人。」

太子點了點頭，深以為然。

昨夜蕭容衍前往太子府赴宴，贈太子一顆絕世夜明珠，與太子說起南燕之行奇遇大燕九王爺，通過九王爺同大燕皇帝身邊最得勢的大太監馮耀相識，一同謀劃做些生意。

太子不免感慨蕭容衍的運氣，還有蕭容衍賺錢的能力，許是喝多了酒，太子想到蕭容衍與大燕皇帝身邊的大太監相識，就順口邀請蕭容衍與他一同來迎接大燕皇帝。

幸虧蕭容衍懂得進退，並非一心只想攀龍附鳳的小人，這也足以說明他有識人之明。

眼見大燕的騎兵已緩緩而來，太子拿出自己大國儲君的威儀走下高階，含笑看向遠處。

很快，那輛精緻的馬車在質子府門前緩緩停下。見大燕皇帝身邊的老太監扶著大燕皇帝下馬車，太子忙上前垂眸先行行禮：「見過大燕皇帝……」

「太子不必多禮。」那徐徐溫潤的嗓音傳來，讓人如沐春風一般舒坦。

太子笑著抬頭，當大燕皇帝那顯得病態的白皙面容入目，他微微怔住。有著第一美男之稱的大燕皇帝，眉目五官竟然比女子還要驚豔耀目，無一處不顯得精緻，晨光之下……燕帝整個人彷佛沐浴在聖潔之中，美麗又神聖，驚鴻一瞥，奪魂攝魄。怔愣片刻，太子自覺失禮，忙又看向下車的慕容瀝，憑藉慕容瀝的年齡和幾乎與慕容或如出一轍的樣貌，推斷出這應該是大燕皇帝的嫡次子，心下當即一跳。沒想到，大燕皇帝竟然將嫡子質於晉國?!

太子作為東道主，先行行禮：「四皇子為兩國互盟情誼留於晉國，實乃高義，孤欽佩之至！」

「不敢擔太子殿下如此讚譽。」慕容瀝規規矩矩還禮。

「陛下，四皇子，請……」太子對大燕皇帝慕容彧與慕容瀝做了一個請的姿勢，一邊陪著往裡走，一邊道，「此處，乃是我父皇親自下令為四皇子安排的住所，一應的僕人婢子都是臨時的。想必四皇子遠道而來陛下也不放心旁人伺候，等陛下和四皇子安頓妥當，這些僕人婢子孤就帶走了。對了……府門口也還未曾掛匾額，孤想著既然是四皇子居住，那由四皇子取名最合適。」

這是他們晉國給大燕的誠意，他們不會在質子府安排任何人手，也給予質子慕容瀝以最大的自由。

晉國更不會將這府邸稱之為質子府，晉國讓四皇子自行給自己的府邸取名，便是將四皇子當做他們晉國請來的上賓對待。

「讓太子費心了！」慕容彧淺笑頷首，「朕這嫡次子，自小驕縱……日後若有失禮之處，還望太子多多替這孩子周旋！」

「陛下這是哪裡的話！」太子笑著道，「陛下與四皇子遠道而來，想必累了，陛下與四皇子好好歇息，明日孤親自來迎接二位入宮。」

「有勞太子！」慕容瀝對太子行禮。

「馮耀，替朕送送太子……」慕容彧笑著道。

太子臨走前又忍不住抬頭朝大燕皇帝看了一眼，果真是美麗到讓人不敢逼視，由此可見當年的姬后應當是怎麼樣的絕色佳人，想必如今能與姬后之美貌相提並論的就只有……

太子腦子裡突然浮現出白卿言的模樣。其實，平心而論，若非白卿言一身戎裝殺氣太甚，當真……稱得上是絕色佳人，比那個有第一美人之稱的南都郡主柳若芙不知勝出幾何。可偏偏，白卿言一身硬骨，往往會讓人因為她身上太過凜然的傲氣，忽略她的美貌。

「殿下請……」大燕皇帝身邊的大太監馮耀尖細的聲音在太子耳邊響起，太子這才回神帶人行禮告退。

被馮耀往外送的太子突然想到蕭容衍，一邊往外走一邊笑著問馮耀：「孤有一好友蕭容衍，聽說與馮公公相熟……」

馮耀一怔，隨即笑道：「算不得相熟，是我們九王爺抬愛，覺老奴伺候了姬后一輩子又伺候陛下辛苦，讓老奴跟著蕭先生賺一點體己錢罷了。」

太子笑著點了點頭：「容衍倒是同孤說了與大燕九王爺相遇之事，容衍這名與你們九王爺名是同一字，竟也未曾怪罪，你們九王爺倒是個寬厚人。」

「我們九王爺說，到底蕭先生是魏國人，名字是父母賜的怪不得他，也算是我們九王爺與蕭先生的緣分。」馮耀規規矩矩低垂著頭，恭謹的姿態完全看不出是在大燕皇帝身邊得勢的太監。

太子乘坐馬車從質子府那條巷子一出來，便直奔皇宮。之前大燕說要質子與晉，可未曾說過是要質嫡子，太子必須馬上進宮將此事告知於皇帝。

因為明日便是大晉皇帝壽辰，各國使節來賀都在大都城內，聽說大燕皇帝來了，紛紛親自到大燕皇帝下榻之地送上禮物。

蕭容衍在大燕有生意，又與皇帝身邊的大太監馮耀有合夥生意，自然也是要來送禮的，且備了兩份禮，一份送給大燕皇帝，一份送給大太監馮耀。

蕭容衍去的時候，給大燕皇帝送禮的各國使臣還都未走，他在府邸之外等了一個多時辰，馮耀才慢慢悠悠從府內出來。蕭容衍見狀連忙上前躬身一禮：「蕭容衍見過公公。」

馮耀端著架著，笑盈盈說了句蕭先生客氣，蕭容衍便讓月拾將裝著帳冊的小木箱送給馮耀，壓低了聲音問：「這次來的為何是小阿瀝？」

「小主子您不是不知道，四皇子自小主意大，這次是四皇子自己非要替二皇子來的！」馮耀還是一副高高在上的模樣同神色不卑不亢的蕭容衍道，「小主子您也不必太過憂心，四皇子一向機敏睿智。」

木已成舟，蕭容衍還能說不行嗎？他抿了抿唇又道：「我剛才看到戎狄的使臣來了……」

「嗯，但陛下沒有見。」

「勞煩老叔轉告兄長，私底下可以派人去接觸一下戎狄的使臣，此次……我大燕可藉口助戎狄平亂出兵，即能奪得戎狄這天然馬場，又能為日後夾擊晉國與同大樑一戰做準備！此事雖然冒險，可時機難得，兄長若敢放手一搏，對我大燕百利。」蕭容衍說完，笑著對馮耀長揖到地。

馮耀笑咪咪點了點頭，抬手摸了摸裝著帳目的匣子，一副心滿意足的模樣轉身回了府邸。

驛館內，西涼炎王李之節聽說大燕皇帝攜子入晉，但今日中午並不去宮中宴會的消息，薄唇緊緊抿著，等醫官給他換完了藥，退出房間之後，李之節繫好衣裳，吩咐陸天卓：「你備一份厚禮，送到燕國皇帝那裡。」

「是！」陸天卓應聲出門。

李之節穿好衣裳，端起茶杯想了想後喚人進來，道：「去給公主說一聲，讓公主今日在驛館內好好歇息，養足精神明日為晉國皇帝賀壽，今日中午的宴會我們就不必去了。」

今日的宴會沒有請已經到晉國的大燕皇帝，想必是為南疆大勝的慶功宴，此時他們西涼湊上去……只有挨辱的分兒，不如他稱傷重，公主稱精神不濟，都不去參加。

明日大晉皇帝壽宴上，公主殿下獻舞，再一鳴驚人得好。

因著明天便是皇帝的壽宴，今日午宴從簡，皇帝只請了此次南疆得勝的功臣及其家眷。

皇帝聽說西涼炎王和公主一個稱傷勢未癒，一個稱水土不服疲乏，只說想養足精神明日出席皇帝壽宴，覺得西涼還算識趣。

又聽太子回稟說大燕皇帝帶來的是嫡次子，錯愕片刻之後，倒是覺得大晉威儀震懾四海，大燕皇帝這才帶了嫡次子來向晉國示好。到底大燕現在已經淪為貧弱小國，就算是重新吞下了南燕，也不敢在晉國面前造次！

皇帝心情比早上更加好了些，吩咐太子：「既然大燕皇帝如此誠意將嫡子質於晉，我們晉國也不可失了氣度，燕國四皇子在大都的日子，什麼踏春詩會，你記得多帶帶他，和大都城那些紈褲都打個招呼，切莫招惹到這位四皇子頭上。」

「兒臣明白！父皇放心。」太子恭敬扶著皇帝從內室出來，「四月初六，三皇叔辦了場馬球賽邀兒臣前去，屆時……兒臣會帶燕國四皇子一同前去，一定帶大燕四皇子早日熟悉大都城，讓大都城以呂元鵬為首的那些紈褲，與四皇子成為好友！」

近朱者赤近墨者黑，同紈褲交好……呵，日後這大燕國的四皇子還有什麼前途？若是大燕皇帝嫡出的皇長子一不小心……出了什麼事，一個紈褲回大燕領國，那大燕才真是要熱鬧非凡了。

皇帝見太子明白自己的意思，抬手拍了拍太子的手：「我兒果真是長進了！」

對於這個兒子，皇帝是越來越滿意。「大燕皇帝此次前來，還有要同晉國締結姻親之意，想為他一母同胞的弟弟大燕九王爺求娶一位晉國貴女。西涼嘛……和親公主都送到家門口了，還得好好挑個人！西涼炎王李之節怕是也有求娶之意，你要好好留意。」皇帝叮囑太子。

太子心頭一跳，不知為何就想到白卿言：「父皇，您說……他們會不會求娶白卿言？」

皇帝腳下步子一頓，隨即笑了笑：「白卿言已經立誓終身不嫁，就算是朕……也不好強逼她嫁，若是大燕九王爺和西涼炎王不介意入贅，朕……倒也覺得是好姻緣！」

榆木馬車內，董氏攥著女兒的手，細心叮囑：「咱們家回朔陽的日子已經定在了五月初一，這天諸事皆宜，只要回了朔陽天高皇帝遠便什麼都不怕了！所以一會宮宴上……若皇帝提起焚殺降俘之事，給你委屈受，你也要忍一忍，以免讓皇帝再起殺心。」

「阿娘放心，阿寶懂得！」

董氏看著樣貌氣質出眾的女兒，抬手將白卿言鬢邊碎髮攏在耳後，心中已迫不及待要帶女兒回朔陽，她就怕皇帝一時興起給女兒指婚，聖旨不能不從……到時候女兒該怎麼辦？

她忍不住想要與女兒再提董長元之事，又怕女兒抵觸，硬是壓下了話頭。

只是董氏摸著女兒掌心的繭子，和腕間纏繞的鐵沙袋，嘴裡又泛苦，只覺女兒太過辛苦。

馬車在宮門前停下，白卿言扶著母親董氏走下馬車，比她們先到一步的張端睿將軍家女眷還有甄則平家女眷忙上前，十分客氣同董氏還有三夫人李氏寒暄客套，一個勁兒的誇讚白卿言和白錦稚巾幗不讓鬚眉。

白錦稚一下馬車就湊到了白卿言的身邊，壓低了聲音道：「剛得的消息，西涼炎王李之節和平陽公主今日不來了。」

這擺明是晉國大勝西涼的慶功小宴，西涼人湊上來幹什麼？李之節是個腦筋清楚的。

張家和甄家的姑娘規規矩矩跟在各自母親身後，看到白卿言清豔奪目的姿色心底大駭，不曾想到他們父親在家中讚揚智勇無雙毅力超群的白大姑娘，竟然有著這般攝人心魄的美貌。

幾個姑娘想上前與白卿言和白錦稚打招呼交好，可一想起白卿言是個能焚殺十萬降俘的鐵石心腸之人，又都有些不敢，直到張夫人和甄夫人催促自己的女兒們上前，她們才期期艾艾朝白卿言行禮道了聲好。

張六姑娘看著含笑還禮的白卿言，低聲同甄家三姑娘道：「這白家姐姐真的是生得好顏色，怎麼看……也不像是能忍得下心殺十萬人的人啊！」

白卿言年幼時隨祖父在外歷練，後來受傷回大都靜養更是大門不出二門不邁，故而這些大都城的貴女對白卿言的樣貌並不熟悉。即便是後來大都城內那些紈褲都傳白家嫡長女白卿言有著天人之姿，貴女們也都撇撇嘴覺得言過其實，她白卿言再漂亮能漂亮得過南都郡主柳若芙？

今日一見，張家和甄家的姑娘們才知道，那些紈褲當真沒有半分誇張，這白家嫡長女白卿言之容貌不知勝過柳若芙幾籌，簡直無一處不精緻動人，唯獨那氣韻如高嶺之花一般，讓人不敢輕易靠近。

「人不可貌相，上過戰場的……連人頭顱都斬過，還有什麼是狠不下心的！」甄家三姑娘聲音壓得極低，一雙眼睛亮晶晶的，「不過我父親說了，若是不殺那些西涼兵，死的就是我們晉國的兵了！我父親還說那些什麼都不懂的升斗小民，才會說焚殺降俘殘忍，戰場之上哪怕是孩童只要拿起刀刃便是敵軍，不是你死就是我活，怎可能講那麼多婦人之仁！」

張六姑娘年紀還小聽得懵懵懂懂，可甄家三姑娘說的升斗小民四個字她懂，她不願被甄家三姑娘看成是升斗小民，所以裝作聽懂點了點頭。

倒是張家大姑娘撇了撇嘴，眸子毫不掩飾上下打量著這位「殺神」。

感覺到一道不善的目光，白卿言視線看了過去，目光平靜波瀾不驚，幽沉的像古井……

張家大姑娘手心一緊，無端端心頭猛地跳了一下，她皺眉收回視線用帕子按著心口，只覺這白卿言身上戾氣太重了些，以後還是要離她遠一點兒好。

宮宴，皇后並沒有出席，自信王出事之後皇后就一直病著，後宮諸事皆由太子生母俞貴妃主理，今日陪同皇帝出席宴會的，便是俞貴妃和新冊封的秋貴人。

大約是母憑子貴，俞貴妃一改往日的內斂，頭戴鳳釵，身著華服，倒是顯得十分氣派，與之前宮宴白卿言所見的內斂形象相差甚多。

殿內，舞姬手持木劍，身著鎧甲，跳劍舞。樂聲倒是殺伐之氣濃重，可舞姬們手持木劍綿軟無力，更在意姿態美醜，毫無殺氣。

白卿言無心歌舞，視線落在皇帝身邊的秋貴人身上，那秋貴人生得極為美貌，白卿言對自己那位姑姑白素秋已無印象，可這秋貴人一雙含笑明眸靈動……果真同畫中的姑姑像極了。

秋貴人視線一轉看向白卿言，反而對著白卿言露出極為明媚的笑意，端起酒杯遙遙對白卿言舉杯。白卿言不敢怠慢，端起酒杯淺淺抿了一口。

皇帝餘光看到秋貴人動作，視線掃過白卿言，十分親暱靠近秋貴人低聲問：「喜歡白卿言？」

「嗯！」秋貴人唇角笑容明媚，「不知為何，一看到白大姑娘就覺得倍感親切！」

皇帝攥著秋貴人的手，輕輕摩挲著，記得當初白卿言降生之時，白素秋是極為喜歡她的，想來……這秋貴人定然是素秋轉世，否則怎麼會一見白卿言就心生歡喜。

「陛下，之前臣妾還在梁王府當差的時候，聽說梁王與白家大姑娘情投意合呢！」秋貴人軟軟的小手攥著皇帝的大手，「如今，臣妾有幸遇到陛下，總想著應該讓天下有情人終成眷屬！之前白大姑娘因為一個紅翹的婢子與梁王殿下一刀兩斷，白大姑娘還說了些絕情的話，可臣妾想兩人心底裡肯定是如同陛下與臣妾一般，深深愛慕著對方的！就如同……臣妾知道陛下去了別的姐姐那裡，心裡也恨不得以後再也不理陛下了一樣！」

皇帝摩挲秋貴人手背的手輕輕一頓：「你這是想給梁王與白卿言作媒？」

「臣妾只希望天下有情人都能同陛下與臣妾一般，如此臣妾就心滿意足了。」秋貴人似乎說到動情處，眼眶濕潤，「而且臣妾著實喜歡白大姑娘，想同白大姑娘成為一家人。」

「可這白卿言已經立誓終身不嫁，子嗣緣分上又淺薄，怕是不妥……」皇帝幽幽開口，倒也沒有一口回絕，「朕想一想再說。」

秋貴人倒也沒有勉強，只含情脈脈望著皇帝：「嗯……」

俞貴妃朝著秋貴人與皇帝的方向飄了眼，端起酒杯壓低了聲音冷笑：「一副勾欄做派，哪裡像那位了！」俞貴妃不是不認識白素秋，那位一身磊落風骨，冷傲逼人，別說讓她做出這副諂媚姿態，就算是看到，怕都會嗤之以鼻吧。倒是白家那位嫡長女白卿言，身上倒有白素秋的氣度。

一曲歌舞畢，皇帝笑著開口：「此次南疆大勝，多虧了諸位將軍與將士們拾命！此次大戰有功銳士者得賞，諸位將軍更該賞！高德茂宣旨……」

眾人立刻跪地接旨。

張端睿封撫軍大將軍。

甄則平封懷化大將軍。

石攀山封雲麾大將軍。

賞千金，賜新府邸。

聖旨念完，耿直的甄則平抬頭望著高臺之上的皇帝：「陛下，白將軍可是此次大戰首功之臣啊！」甄則平怕皇帝也因為白卿言焚殺降俘之事，怪罪於白卿言。

「瞧瞧！」太子殿下笑著看向皇帝，對著皇帝道，「父皇，兒臣說什麼來著，這急性子的甄將軍肯定要急吧！」

皇帝眉目間笑意更濃了些。

太子笑了笑道：「甄將軍，放心……不論如何父皇都不會忘記白大姑娘的，只不過白大姑娘是女兒身，不能封將軍，所以父皇另有封賞。」

白卿言低垂著眉眼，保持叩首的姿勢，寵辱不驚。

皇帝吩咐高德茂宣旨。

高德茂展開另一卷聖旨，高聲唱道：「鎮國王嫡長孫女白卿言，大義驍勇，奔赴南疆解國難民危，不負鎮國王盛名，賜封鎮國郡主。白家四女白錦稚，賜封高義縣主……」後面高德茂所念的賞賜，白卿言沒有聽進去……

鎮國郡主，這封號的確是足夠響亮了，南疆大勝得了這樣一個封號，能說不尊貴嗎？尊貴是自然的，可這樣的稱號卻接觸不到實權，皇帝是不打算用她用白家，卻還留了一線餘地，讓白卿言擔上了一個鎮國之名。既擔鎮國之名，將來晉國需要她出力她能不出嗎？皇家人啊……真是算計的一清二楚。

世家的閨閣千金得了郡主、縣主的封號，未來議親能夠抬高身價，三夫人李氏倒是很高興，畢竟白卿言和自己的女兒都不是兒郎，封郡主和縣主可要比封將軍實惠多了。

白卿言與白錦稚叩首謝恩。

太子笑著同白卿言道：「父皇賞了鎮國郡主一座宅子做鎮國郡主府，還是父皇親自提筆寫的匾額，這樣的深恩在滿大都城可是唯一一人啊……」

白卿言眉心挑了挑，規規矩矩跪下叩首行禮：「多謝陛下與殿下抬愛，不過朔陽老宅那邊已經修繕好，母親與諸位嬸嬸商議後，定在五月初一啟程回朔陽，怕是不能久住郡主府了。若將來有幸能得陛下召見進大都，倒是能在郡主府落腳。」

白家的鎮國公府是高祖皇帝賞的，如今白家自請去爵位又要回朔陽，以後那白家……便不能再稱為白家。太子聞言，眼睛一亮，順勢跪下對皇帝道：「父皇，兒臣想求一道恩旨，白府原是高祖皇帝賞賜給白家的，鎮國郡主從小在白府長大，感情深厚，不如……將父皇親筆所書的匾額掛在白府，將白府賜予鎮國郡主吧。」

白卿言低眉垂眼跪在那裡沒有吭聲。

皇帝瞇著眼想了想，說是賞……其實也就是換個名字罷了！自從白家自請去爵位之後，鎮國公府的匾額便換成了白府，如今也不過是將白府換成鎮國郡主府而已。

「那便依太子吧！」皇帝緩緩開口。

「叩謝陛下，叩謝太子！」

皇帝大壽之前的小宴時間並不長，皇帝說，明日才是正兒八經的慶功宴與壽宴，讓他們早早回去養足精神。

從宮裡一出來，白錦稚就央求了三夫人李氏要擠到董氏和白卿言的馬車上，三夫人李氏拗不過白錦稚，笑著說有事和董氏商議，讓她們姐妹倆同乘一車。

一上馬車，白錦稚接過春桃遞來的茶喝了一口，就忍不住嘀咕：「這皇帝和太子可真會做買賣，給咱們家重新掛一個匾額，就當成恩賜了！」

看著小姑娘腮幫子鼓鼓氣呼呼的樣子，她抬手揉了揉小丫頭的腦袋：「宅子是高祖皇帝賜的，的確是不屬於我們白家，能留著我們自小長大的地方，我們也不妨承了太子這分情。」

白錦稚頗為不滿地皺著眉，摸了摸自己的腹部：「今日宮宴真沒什麼意思，都沒吃飽！」

春桃聞聲，笑著跪在一側，從馬車內的小匣子裡拿出做的十分精緻的小點心來捧給白錦稚：「四姑娘墊墊吧。」

正說著，馬車突然停了下來，白錦稚皺眉抬手撩開簾子探出腦袋往前面看了看，見董家三位表姐正從馬車上下來，前去同董氏請安，眼睛一亮，回頭對白卿言道：「長姐，是董家兩位表哥和三位表姐……」

白錦稚口中的董家兩位表哥和三位表姐，是白卿言大舅舅董清平的兒女。

不多時，董氏身邊的秦嬤嬤過來，在馬車旁低聲問：「大姑娘，四姑娘，董府的表少爺和表姑娘想邀大姑娘和四姑娘一同遊湖，夫人讓我來問問兩位姑娘的意思，看想不想同表少爺和表姑娘去透透氣？」

董氏覺得白卿言和白錦稚兩個人從南疆的屍山血海中歸來，應該鬆快鬆快。

再者……讓女兒與自己母家親近，在董氏看來這自然是好事，難得她的親侄子親侄女都不曾因為白卿言在南疆焚殺降俘之事心存懼意，欲邀白卿言一同遊湖，董氏怎麼會不答應？

「長姐！長姐！」白錦稚一聲比一聲急切，眼睛亮晶晶望著白卿言，就差扯著白卿言的衣袖哀求了。

白卿言看著白錦稚眼巴巴的模樣，笑了笑道：「那就勞煩嬤嬤轉告母親，我與四妹晚些再歸家……」

「好！老奴這就去稟報夫人。」秦嬤嬤聲音很是歡喜，來之前她還怕大姑娘會拒絕。

董氏不放心讓秦嬤嬤親自跟著，董家的三位姑娘聽說大表姐要去歡歡喜喜的湊到白卿言的車裡來。

「表姐！表妹！」董葶珍拎著裙子上了馬車，看到白卿言就露出笑容，「昨日本來就要去探望表姐和表妹，可母親壓著不讓去，說表姐和表妹南疆歸來定然疲累的很，讓表姐表妹好好休息！我們幾個知道今日你們要參加宮宴，特地在這裡等了一上午，可算是把表姐和表妹給堵住了！」

白卿言微微一怔，還以為是巧遇，沒成想是專門在這裡堵她們的，她笑了笑望著董葶珍：「你提前派個人說一聲便是，何苦這樣等著。」

董葶珍眸子有些紅，她攥著白卿言的手，上下打量了白卿言問：「表姐此次去南疆可曾受傷？爹爹和娘親知道表姐去南疆的消息都嚇死了！整天提心吊膽的。」

她輕輕握了握董葶珍的手道：「沒事，放心。」

相比嫡女董葶珍的熟稔親切，董葶妤和董葶芳高興是高興……可在白卿言面前顯得稍微拘謹了些，約莫是因為白卿言身上總是若有似無透出些凌厲之氣讓人害怕。不過她們倒是同孩子心性的白錦稚玩的很好。

馬車一路晃晃悠悠出了城，還未到桃隱湖，就聽到沿途踏春孩童少女的嬉鬧聲。

在前面騎著馬的董清平長子董長生，看著這熱鬧的情景調轉馬頭來到馬車旁，低聲道：「妹妹們，外面春色正好，你們要不要下來走走？」

董葶珍撩開簾子往外看了眼，滿目的春色盎然，滿目的生機勃勃，她忍不住笑道：「正是春色好時候，這沿途的桃花柳綠可漂亮了，不如咱們下車走走吧！表姐？」

「長姐外面好熱鬧，花都開了可漂亮了！」白錦稚也轉過頭眼巴巴望著白卿言。

若不是因為白錦稚相求，白卿言早都回府了，見妹妹又眼巴巴看著自己，她透過白錦稚撩開的簾子往外看了眼，見外面陽光正好，他們護衛、嬤嬤帶得也夠多，便點了點頭：「那就下車走走吧！」

白錦稚得了長姐的准許，撒了歡兒似的讓車夫停車，牽著董葶妤和董葶芳的手下了馬車。

「表姐……」董葶珍在下車之際突然抓住了白卿言的手，往她身邊湊了湊，壓低了聲音道，「長元哥哥求著哥哥和我幫他私下見表姐一面，表姐你可千萬別惱了我！」

白卿言怔愣間，人已經被董葶珍扶下了車。

已經下馬立在一旁的董長生與董長慶對白卿言和白錦稚行禮。

「二位表妹好！」

「表姐好！表妹好！」

董長生比白卿言大三個月，算是白卿言的表兄，白卿言已經聽母親說了，董長生四月十五要迎娶壽山公的嫡孫女。

她對董長生董長慶回禮後笑道：「聽母親說表哥今年也下場了，成績不俗，卿言在此提前恭賀表哥大小登科雙喜臨門。」

「那便多謝表妹了，還請表妹屆時送上厚禮才是啊。」董長生生得溫潤儒雅，這樣同白卿言開玩笑，倒是拉進了不少距離。

董氏剛才給白卿言和白錦稚留了不少僕婦、護衛，董長生他們兄妹幾人出來又帶了不少，乍一看這清貴人家的公子哥和姑娘出遊，排場極為烜赫，原本路上玩鬧的百姓紛紛攜子避讓。

白錦稚拉著董葶妤和董葶芳在前面摘花鬧成一團，偶爾有話音傳過來，似乎是白錦稚在說此次封了一個沒多大意思的縣主。

董葶珍挽著白卿言的手，身後跟了一大群婆子和護衛，低聲同白卿言說：「表姐，長元哥哥的事情你千萬別惱我！也別告訴姑母，否則我就該挨家法了！」

「怕挨家法，你也敢這麼誆我母親？我母親身邊的秦嬤嬤還跟著呢，你以為秦嬤嬤是吃素的？」白卿言面上顯不出喜怒淡淡開口。

「表姐你不知道，長元哥哥特別可憐，人都瘦了一大圈！」董葶珍想起自家堂哥的模樣就覺得心疼，「從表姐去了南疆，長元哥哥就沒有一日安寧，原本連大儒魯老先生都說長元哥哥此次會連中三元，可沒想到此次差點兒落榜……」

董長元差點兒落榜的事情，她也聽阿娘說了，阿娘很隱晦的告訴她，董長元是因為擔心她在南疆所以沒有考好，春桃還同她說董長元得知白卿言病了，來探了好幾次病，後來不知怎麼知道她去了南疆，找阿娘求證後，出門翻身上馬就要去南疆，還是被盧平給攔下的。

對於董長元，她拿他當做弟弟，至於別的……她沒有那個心思。

「二叔和二嬸走的時候，將長元哥哥託付給了我爹娘，如今表姐回來了，長元哥哥說殿試之前想私下和表姐見一面，我和哥哥不忍心，這才出了這個餿主意，表姐你要怪就怪我吧！」董葶珍眼圈發紅道，「不過表姐你放心，除了我和哥哥之外他們都不知道，都只當今日來遊湖的！」

白卿言垂著眸子隨董葶珍漫步，直覺上……她認為董長元表弟並非是個執著男女情愛之人。所以母親暗示她董長元因擔心她未考好時，她只當母親還存了撮合她與董長元的心。

現在想來，董長元考場失意，怕是因為董家因為她的事情鬧了不愉快影響到他了吧。

董葶珍是真希望董長元和白卿言能成好事，尤其是看著董長元從一個英俊瀟灑的公子變得那樣低沉削瘦，董葶珍可真是難受極了。

「表姐，你看到前面桃隱湖碼頭停的那艘紅漆畫舫了嗎？表姐若是願意見長元哥哥，便隨我上畫舫，若不願意……也算是我這個做堂妹的對長元哥哥盡到心了，好表姐……我就怕你生我的氣。」董葶珍頗有些不安的晃了晃白卿言的胳膊。

白錦稚也特別豪氣跟著喊了一句：「蕭先生！」

「蕭兄！」陪白錦稚和兩個庶妹走在最前面的董長生，突然喚了一聲。

停靠在桃隱湖碼頭的畫舫遊船之上，蕭容衍的帶刀護衛兩排警戒，還有看起來陌生的練家子懷裡抱著刀在四處戒備，一副生人勿近的排場。蕭容衍身旁立著一位身量與蕭容衍一般高的男子，雖然看不清楚樣貌，可遠觀氣度絕非凡夫俗子。走在蕭容衍與那男子前面的，是一位年事已高卻未曾蓄鬚的老者，還有一位不過十幾歲的孩童，言行舉止十分優雅矜貴。

白卿言抬眸朝前看去，只見白錦稚仗著自己同蕭容衍相熟……已經先一步朝蕭容衍的方向跑去，董長生抬手都沒有拉住，只得連忙跟上。

白錦稚還未靠近，便先被身帶殺氣的陌生護衛攔住。

蕭容衍倒是笑了笑，對身旁的男子說道：「這位是鎮國王府白家的四姑娘。」

立在蕭容衍身旁的男子一聽是白家四姑娘，笑著開口，聲音溫潤讓人如沐春風：「平邑，讓白家四姑娘過來。」

得了命令，那位一身殺伐戾氣攔住白錦稚的男子才讓開。

白錦稚極為高興一躍上了碼頭，正要行禮……卻在注意到蕭容衍身側男子的容貌時，頓時愣住。白錦稚長這麼大還從未見過如此好看的男子，她還以為她見過最好看的男子便是蕭容衍了，沒成想世界上還有如此漂亮精緻的男人！她心裡有些不確定……應該是男子吧？身著男子的服飾，骨骼也像男子。

董長生看到那男子的樣貌也是怔愣了片刻，甚至心裡隱隱已經猜到了蕭容衍身側男子的身分，這男子的樣貌如此驚豔絕倫，身邊又有一個未曾蓄鬍的老者相隨，還有一個十幾歲的孩童，身分不言而喻。只是蕭容衍怎麼會同燕帝在一起？

董長生是個識趣的，既然燕帝是便裝出行，必然是不想讓人知道，他笑盈盈上了高臺，同慕容彧頷首然後將白錦稚拽到身邊，儒雅含笑：「蕭兄帶友人出來遊湖？」

董長生話音剛落，白錦稚便回過神來，忙對蕭容衍指向後面：「蕭先生，我長姐在那裡……」

蕭容衍早在看到白卿言那一刻，負在身後的手便已緩緩收緊，他沒有想到今日竟然如此巧，竟然碰到了白卿言。

剛抽了嫩芽的柳樹柔枝在風中搖曳，一身素色衣衫的白卿言立在其中，衣袖隨風搖曳，彷彿隨時羽化登仙的仙子一般。

慕容彧看了眼性子歡快的白錦稚，視線落在弟弟身上……見弟弟視線毫不避諱看向遠處，他亦是看了過去，只見一位身穿素色衣裙的姑娘正立在柳樹之下，氣質超塵出眾。

董家的兩個庶女見狀也沒敢上前，轉過頭看向白卿言的方向。

蕭容衍一行人逆光而立，倒讓她看不清楚蕭容衍一行人的長相，直到扶著春桃的手踏上渡口，走到蕭容衍一行人面前時，白卿言才看清楚蕭容衍身邊那堪稱驚豔絕倫的美貌男子。

大約是蕭容衍身上的氣場太過厚重，太過耀目，幾個人竟都是走近了才發現蕭容衍身邊立著一位絕世美男。

「白大姑娘！」月拾一見到白卿言就忙行禮，目光充滿了崇敬之情。

「白大姑娘……」蕭容衍鄭重行禮，「好巧，不成想白大姑娘也來踏春。」站在一旁的董長生眉頭挑了挑，視線落在蕭容衍身上，又落在白卿言身上，總覺得蕭容衍對白卿言說話的情緒不同尋常。

「蕭先生。」白卿言略略福身，又朝燕帝頷首示意，視線落在那氣度不凡的十一歲少年身上，亦是淺笑點了點頭。

蕭容衍可真是藝高人膽大啊！敢這麼光明正大帶著燕帝和大燕皇子遊湖。不過也是，蕭容衍越是不避諱同燕帝與大燕皇子交往，將商人逐利的姿態做足，倒是也不會有人懷疑他和大燕皇帝有什麼關係。

畢竟若他真是大燕的九王爺，此時應當躲避大燕皇帝都來不及，又怎麼會湊在一起讓旁人看。

慕容瀝一聽「白大姑娘」四個字，再看月拾的態度，便知道眼前這位便是白家軍的小白帥，態度十分友好的對白卿言笑了笑。

「長姐，既然巧遇蕭先生，不如我們一起遊湖吧！」白錦稚開心笑道，十分用心在給白卿言與蕭容衍牽線。

「小四……過來。」白卿言的臉沉了下來。蕭容衍能同燕帝遊湖，想來畫舫上兩人應該還有重要的事情要說，若是被白錦稚橫插一腳攪黃了呢？

白錦稚看到長姐臉色一變，心裡發毛，忙小跑到白卿言身邊：「長姐……」

「打擾蕭先生陪友人遊湖了。」白卿言依舊是那副溫涼的模樣，視線落在慕容彧身上淺淺頷首，「先告辭。」

「白大姑娘留步……」慕容彧笑著開口，「既然都是來遊湖，不知白大姑娘可否屈尊與我等同遊，白四姑娘性子率真難得，我等皆是沉悶之人，有白四姑娘在，畫舫也能多些歡聲笑語。」

慕容彧目光柔和乾淨，聲音也溫潤，倒是令人好感倍生，就如同一位溫潤的長者。

難得弟弟遇到了心儀的白四姑娘，慕容彧如此關心弟弟的終身大事，自然樂於促成。

「我長姐已經是郡主了！今日陛下親封的……」白錦稚聲音歡快道，「鎮國郡主！」

「失禮！」慕容彧笑了笑，「不知鎮國郡主可否賞光？」

「長姐……」白錦稚扯了扯白卿言的衣袖。

「聽說鎮國郡主的棋藝超群，不知在下有沒有這個榮幸與鎮國郡主對弈一局？」慕容彧如同世家公子一般笑著對白卿言一禮，全無皇帝高高在上的架子。

白卿言側身避過慕容彧的禮，朝蕭容衍看了眼，見他幽邃的眸底含笑，這才應了下來。

慕容彧見白卿言看了眼弟弟，心中略有疑惑。

「秦嬤嬤，讓我身邊的春桃和小四身邊的靈芝跟著就行了。」白卿言轉頭吩咐秦嬤嬤。到底是上別人家的船，怎好將自家的護衛婆子全都帶上去。

「是！」秦嬤嬤頷首福身。對於蕭容衍秦嬤嬤還是放心的，雖說登商人的畫舫有失白卿言身分，可蕭容衍於白家是恩人，也就……無妨了。

蕭容衍隨行的管事連忙上前道：「郡主、縣主，諸位姑娘、公子……請！」

董葶珍朝著停在遠處的畫舫看了眼，在心底歎了一口氣，長元哥哥還在巴巴等著表姐，這可怎麼是好？

見狀，董長生便笑著對蕭容衍揖手道：「那我們就沾表妹的光，厚顏在蕭兄的畫舫上討一杯水酒了。」

董家的兩個庶女看到慕容彧和慕容衍，人都呆了……還是白錦稚拽了一把才面紅耳赤跟上，可眼神一個勁兒往慕容彧和慕容衍的方向偷偷看，又怕被旁人瞧見畏首畏尾。董家這兩個庶女，大舅母宋氏雖然不曾虧待過，卻也不願意費心教導，讓他們各自生活在各自姨娘處，兩個庶女難免有些縮手縮腳，不如嫡女那般進退有度，溫和大方。雖說是人都有愛美之心，可董家的兩位庶女有些忒明顯了。

身為天下第一富商，蕭容衍的畫舫有上下兩層，氣派之大……大都城無人能及。下層通透寬敞奢華，清一色的紅木傢俱，四處都是名士古畫真跡，難見的精緻漂亮。一踏入內便是香氣繚繞，四周掛了一層華貴刺繡的薄紗遮擋日光，極為清雅。

剛才慕容彧說了要同白卿言手談一局，蕭容衍身邊的管事很快就讓人端上棋盤來，婢女打開棋盒，給眾位上了茶水點心，便退下了。

董長生與蕭容衍說起呂元鵬來，聽說他又跪祠堂了，蕭容衍笑著端起茶杯搖了搖頭。

「雖說呂元鵬總是闖禍，不過這一次……我倒是挺欣賞他的！」白錦稚顧不上喝茶捏著點心吃，漫不經心說道，那樣子倒像是餓了。

「給縣主端杯牛乳茶來，多加點蜂蜜。」蕭容衍吩咐身側婢子。

慕容彧唇角勾起，在棋盤上落子。

「多謝蕭先生，正餓了，宮裡的宮宴實在不是人吃的！端上來的時候都涼透了……」白錦稚在蕭容衍面前倒是什麼都說。

董葶珍用帕子掩唇笑了笑：「表妹你真當宮宴是讓你去吃東西的嗎？」

「不是去吃東西叫什麼宴啊！」白錦稚滿不在乎。

慕容彧下著棋，卻分心關注蕭容衍與白錦稚他們那邊，心中頗為疑惑……他的弟弟當真會喜歡白家四姑娘這種性子跳脱的女子？

蕭容衍笑著視線落於白卿言身上，見她正低頭心無旁鶩專心下棋，又低聲吩咐讓人給白卿言上一盤牛乳蒸糕。

白卿言垂眸落子，直覺……對面的燕帝對自己的妹妹白錦稚過分關注了。

她落子，猜測燕帝慕容彧的意圖。

大都城中有傳言，燕帝此次來大都，除了送兒子來晉……為大晉皇帝祝壽之外，還要為胞弟九王爺慕容衍求親。白卿言攥著白子的手一緊，燕帝難不成想要為胞弟慕容衍求娶小四？

「春桃，你去給我換一杯茶來！涼了……」白卿言開口。

春桃連忙應聲，端著白卿言面前的茶杯離去。

她落子。白家朝中無勢力，軍中也無人掌權，此次南疆大勝之後……她和四妹也只是被封了郡主和縣主，手中沒有實權。

如今燕帝質子於晉，別説燕帝為大燕九王爺求娶小四，就是求娶公主……皇帝怕也會同意。

白卿言手中白子原本都要落下了，卻轉了一個方向，剛還溫吞的棋局瞬間變化，讓燕帝慕容彧失去了大半江山。

慕容彧一怔，抬頭看向對面垂眸下棋的白卿言，略作思量，落了子。

白卿言緊跟著落子，慕容彧又失去一大片黑子，敗局已定。

慕容彧剛才與白卿言下棋分心於蕭容衍處，沒想到再回頭看棋局竟然要輸了。

「棋盤如戰場，鎮國郡主果然是天生將才，某自愧不如……」慕容彧將手中黑子放入棋盒之中，認輸。原本說下棋……也不過是慕容彧欲將白四姑娘邀上畫舫的藉口，下棋慕容彧也未曾用心，輸贏對他來說不甚重要。

「棋盤何止如戰場，這塵世便是龐大的棋局，王侯將相皆是這風雲棋局中的棋子……」白卿言拿過一枚慕容彧所執的黑子，「可就是這小小棋子，若是執棋人不能完全把控，翻起大浪來……也是會滅一國，要人命的！」

說著，白卿言落下黑子。一瞬落子，棋盤風雲變幻，白子全勝之局，頃刻覆滅。

白卿言抬頭，一雙平靜幽沉的眸子望著對面略顯震驚的燕帝慕容彧，沒有絲毫的退縮和畏懼，甚至……帶了幾分威脅的意思。

慕容彧心口重重跳了兩跳，不明白白卿言這突如其來的敵意是為何。他朝著正在說笑的白錦稚看了眼，頓時心中了然，想來這位鎮國郡主約莫是以為他對白錦稚起了什麼不該起的心思吧。

慕容彧是兄長，明白白卿言此刻的心情，沒有惱火反倒是低聲笑了笑。

慕容彧是出了名的美男子，故而笑起來格外的賞心悅目，也美得十足驚心動魄。

他壓低了聲音道：「郡主怕是誤會在下了，在下對白四姑娘無非分之想，在下年長四姑娘太多，身體孱弱，只是想到家中……」

「白家女兒不嫁便是不嫁，嫁必然要嫁於自己心悅之人相伴一生，若有人意圖利用我四妹餘生幸福，白卿言絕不介意魚死網破……」白卿言聲音壓得很低，面對燕帝這話說是威脅也不為過。對白卿言而言，她是內心懼怕蕭容衍，事關她自己……她可以退也可以讓，可事關妹妹的，她白卿言半分也不會退。

蕭容衍耳朵動了動，他不動聲色垂眸喝茶。

「白卿言喜歡醜話說在前面，若燕帝覺得冒犯，還請海涵！」白卿言略略對慕容彧頷首，可態度卻十分傲慢，「白卿言點撥大燕兵不血刃拿下南燕，是因為大燕拿下南燕於南燕百姓有利，且……大燕拿下南燕於我而言無直接利害關係，可若大燕得寸進尺還想捏住我四妹婚姻，白卿言也不介意給大燕找點麻煩。」

望著對面鋒芒畢露的白卿言，慕容彧臉上溫潤笑意漸退。

雖說燕國式微，可慕容彧畢竟是一國帝王，涉及燕國安危慕容彧如何能不重視。

白卿言有軟肋，她的軟肋便是她的家人，作為長姐……守護妹妹們平安喜樂，早已是她此生深入骨髓的信念之一。

若燕帝敢打她妹妹的主意，哪怕和蕭容衍站在對立面搏一搏，她也不怕。

親情有時候會是一個人的軟肋，但有時候也會是一個人的鎧甲……讓人生死無懼。

「郡主這話，說的……未免張狂。」慕容彧笑意冷冽。

白卿言勾唇一笑，強壓著心中的怒火，冷笑：「蕭容衍……慕容衍，燕帝真當大燕棋高一著，九王爺行事隱秘無人察覺？」

慕容彧手心一緊，眸底深處藏著殺意。

「白卿言無意插手貴國部署之事，也無意給貴國找麻煩！也請燕帝……手別伸的太長了。若燕帝和九王爺真想同白卿言鬥上一鬥，白卿言也絕不掃興，勢必奉陪！」

慕容彧聽明白了，白卿言這意思是……如果他敢替弟弟向晉國皇帝求娶白家四姑娘，白家大姑娘就要對燕國出手。

若是旁的女兒家說出此等話，慕容彧或許不會在意，可……白卿言是鎮國公府白家的嫡長女，雖然白家滿門男兒都已經沒了，可眼前的女子……用南疆之戰，用蕭容衍的身分，用這一局翻手為雲覆手為雨的棋局已經顯示了她的能力城府。

大燕如今式微，之所以質子於晉國，完全是為了得到喘息之機徐徐圖強，慕容彧不願節外生枝。慕容彧歷來能忍，他望著白卿言如畫般輪廓驚豔的清豔五官，低聲問：「鎮國郡主為何不問問白四姑娘的意思呢？或許……白四姑娘自己願意呢？」

「燕帝為何不問問你弟弟，現在國窮民貧的大燕，能與我一戰嗎？」白卿言帶著殺氣說完，落下手中白子，起身對慕容彧福身一禮，望向蕭容衍：「蕭先生，還請將畫舫靠岸。」

正在說笑的白錦稚一怔，她看得出長姐這是生氣了，她朝著燕帝的方向看了眼：「長姐……」

蕭容衍站起身笑道：「郡主可是覺得悶了？不若去上層坐坐？那裡敞快些……」

慕容彧看到棋局又是風雲變色，強壓住心底的驚駭，亦是笑著起身，沉住氣對白卿言長揖到地：「若是某言語上得罪了郡主，還請郡主海涵。」

董長生驚得站起身來，他倒是沒有想到燕帝竟對白卿言長揖賠禮，一點兒皇帝的架子都沒有。

白卿言已經同燕帝撕破了臉，也不怕臉撕得更難看些，讓燕帝知道她絕不允許燕帝插手白錦稚婚姻的決心……都說光腳的不怕穿鞋的，燕帝身後是一國，僅憑這一點燕帝就不敢同白卿言賭。

白卿言帶笑看著蕭容衍：「還是說，蕭先生的船……上了就不能下？」

一直陪在慕容瀝身邊的老太監馮耀抬眼看向絲毫不買燕帝面子的白卿言，手心收緊，望著白卿言的目光不善，視線又落在燕帝慕容彧的身上，似乎是在等慕容彧的命令。

「又或是……」白卿言目光直視馮耀，又落在慕容彧身上，「燕國皇帝真敢在晉國都城，命人殺了鎮國郡主和高義縣主？」

蕭容衍能感覺到白卿言心中滔天怒火。他沒有想到兄長同白卿言頭一次見面，居然就如此不愉快。

慕容彧負在身後的手緊了緊，看起來……若他真為蕭容衍求娶白四姑娘，怕是這位白大姑娘真的會以死相拼。

「燕、燕帝？」董葶妤睜大了眼看向慕容彧。

董葶珍不安看向白卿言，她從未見表姐如此失態過：「表姐？」

「表妹。」董長生忙站起來想要打圓場，「表妹別動怒，蕭先生還是將畫舫靠邊吧。」

白錦稚反應過來立刻小跑到白卿言的身邊，滿臉戒備看著慕容彧，手已然握住腰間別著的小匕首。

慕容彧見白錦稚維護白卿言的樣子，實在不想讓蕭容衍為難，便開口：「蕭先生靠岸吧！今日某言語上得罪郡主之處，還望郡主海涵。」

蕭容衍上前，長揖到地：「敢請鎮國郡主借一步說話……」

白卿言並未給面子：「於禮不合，且事無不可對人言，若蕭先生有話，不妨明說！」

「哥，咱們的畫舫跟過來了！」董葶珍扯了扯董長生的衣袖。

「長姐？」白錦稚似乎是在詢問白卿言的意思。

她繃著臉，神色未改：「既然蕭先生不肯靠岸，那就等董家畫舫過來，我等就告辭了……」

「還請郡主看在衍曾出手助救下白府四夫人的分兒上，借一步說話。」蕭容衍姿態擺的十分低。

蕭容衍又何止救過四嬸，白卿玦也是蕭容衍救下的。

見白卿言沒有拒絕，蕭容衍對白卿言做了一個請的姿勢。

火已經發過了，想必燕帝也明白了她的態度，也知道白家並非真的無人，是可以任他們擺弄的棋子。她壓下心頭怒火，淺淺對蕭容衍福身，斂了身上戾氣：「蕭先生於白家大恩，白卿言沒齒難忘，蕭先生不必開解。」

說完，白卿言轉頭望著慕容彧，福身行禮：「白卿言有得罪之處，也請燕帝海涵。」

慕容彧笑容更深了些：「今日沒有燕帝，郡主不必如此，某也有得罪之處，就當……彼此包涵吧！」

還沒等畫舫內的氣氛輕快起來，月拾便進來抱拳道：「主子，有畫舫靠近，說是董家的畫舫。」

「既如此，那白卿言就先告辭了。」白卿言福身，看向董長生，「表兄！」

董長生尷尬笑了笑，氣氛既然已經如此僵了，不如早早離開，他抱拳對燕帝和蕭容衍一禮：「那我們就先告辭了！」

慕容彧眸色沉了沉，頷首後帶著慕容瀝往樓上走去。

董葶珍目送燕帝上樓，這才帶著兩個庶妹行禮後往畫舫外走，白錦稚也抿了抿唇對蕭容衍抱拳往外走。

董長生先上了自家畫舫，伸手扶妹妹們從蕭容衍的畫舫上下來。

白卿言對蕭容衍頷首正要抬腳跨出畫舫，卻被蕭容衍一把攥住手腕，扯回畫舫內。

脊背輕撞在木板上的白卿言吃痛卻絲毫不怵，壓著怒火抬眼望向離她極近的蕭容衍，她知道蕭容衍耳力超群，剛才她威脅大燕皇帝的那一番話他必然是聽到了。

她視線朝外看了眼，見董長生和董長元正扶著董葶珍上了董家畫舫，沒有注意到他們，這才壓低了聲音說了句：「蕭先生知道我白卿言向來說到做到，燕帝若敢打我四妹的主意，別怪我做事不留情面。」

蕭容衍攥著白卿言細腕的手收緊，手指摩挲著她的腕骨，醇厚的嗓音壓得極低：「這不是我的意思。」

「不論是誰的意思，於我而言都是一樣的！人人都有逆鱗……你們大燕不要逼人太甚！我身後不過一個白家，你們身後可是整個大燕！」白卿言奮力想要從蕭容衍手中抽回自己的手，卻怎麼都抽不出來，怒火愈盛，「放手！」

蕭容衍向白卿言逼近一步，她退無可退，緊緊咬著牙，手抵住蕭容衍靠得過分近的胸膛。

「你這怒火，是因為我哥哥動了四姑娘的心思，還是……以為我動了四姑娘的心思？」蕭容衍眼底帶著說不清道不明的笑意。

「有差別？」她反問。

蕭容衍又逼近一步，距離近到太過曖昧，他低啞著嗓音說：「有差別！很大的差別！白大姑娘何等聰明的人物，難不成是在同蕭某裝傻？」

蕭容衍身上清冽的氣息逼近，白卿言輕輕屏住呼吸，眼睫顫了顫，他就差將那層窗戶紙捅破了。前者是為了維護妹妹，後者……是因為他。

「長姐呢？」白錦稚回頭不見白卿言。

白卿言一個激靈推開蕭容衍，理了理衣裳從畫舫內出來。

董長元一看到白卿言眼底有了掩不住的笑意，激動地上前，對白卿言伸出手：「表姐……」

白卿言扶住董長元和董長生的手，從蕭容衍的畫舫踏上董家畫舫。

蕭容衍瞇了瞇眼，看著董長元略帶敵意的眼神，從容淺笑。

馮耀立在正在喝茶的燕帝身側，低聲道：「陛下，這個白卿言，要不要想辦法處理了……」

馮耀聽說了南疆戰場的事情，對這個白卿言還是很忌憚的。

「我們此次來晉國是求和的，並非結仇……」慕容彧仔細揣摩了白卿言話裡的意思，似乎只要不傷及白卿言的家人，白卿言並無意與大燕為敵。

且當初兵不血刃收復南疆的方法，的確是白卿言提點的。

也就是說，白卿言也不在意晉國的利益。

慕容瀝轉頭看了眼董家越走越遠的畫舫，抿了抿唇，他今日還沒有來得及和白家軍的小白帥說話呢。「父皇，小白帥可是因為父皇要替九叔求娶四姑娘生氣了？」

慕容瀝話音剛落，就見蕭容衍人已經上來了。

「九叔！」慕容瀝笑著站起身。

蕭容衍對慕容彧行禮後，鄭重道：「兄長，還請不要亂點鴛鴦譜。」

此時，慕容彧要是還不知道慕容衍心儀的到底是誰，就是蠢了。

「這鎮國郡主兄長可沒有辦法為你求娶，大晉皇帝是絕不會讓鎮國郡主外嫁的。」慕容彧放下手中茶杯，望著弟弟的眸子帶著溫潤的笑意。

剛剛見白錦稚性子跳脫，慕容彧還在疑惑，白錦稚怎麼會說出……俠之小者，拔刀助弱，俠之大者，匡救萬民，這樣的話。後來白卿言因白錦稚顯露鋒芒，言說因為大燕拿下南燕於南燕百姓有利，慕容彧才略有些反應過來怕不是月拾約莫是弄錯了人。如今再聽蕭容衍說讓他不要亂點鴛鴦譜，慕容彧便徹底了然。

「所以，鎮國郡主知道你的身分，與你生了情意，才會這般生氣？」慕容彧問。

「兄長，你是兄長，她是長姐……維護弟妹之心，我以為你能理解她的怒火。」蕭容衍唇角含笑。

「啊……九叔喜歡小白帥！」慕容瀝一臉反應過來的模樣，「九叔，小白帥將來會是我的九嬸兒嗎？」

慕容彧手指有一下沒一下在桌上敲著，思慮片刻歎了口氣，「阿衍，你心儀的若是旁人，哥哥都能替你想想辦法，可若是這白卿言……你且想想她的封號，鎮國郡主……晉國皇帝哪能輕易讓她別嫁？」

「我心裡有數。」

見蕭容衍似乎拿定了主意，慕容彧也不欲給弟弟找不痛快，笑著摸了摸慕容瀝的腦袋：「看來得找機會好好向你這位未來九嬸兒致歉，以免牽連你九叔終身大事啊！你九叔給你找了個這麼厲害的九嬸兒，就怕將來要夫綱不振啊！」

話雖是如此說，可慕容彧心底始終不安，白卿言身分特殊，能力又非比尋常，他胞弟這終身大事……怕一時半會是解決不了了。

馮耀恍然，原來……小主子喜歡的竟然是那個白卿言。

蕭容衍坐下端起茶杯，岔開話題道：「兄長派人去見過戎狄使臣了嗎？」

白錦稚坐在畫舫內，一邊啃點心，一邊看向畫舫船頭正在與長姐說話的董長元，她壓低了聲音問董葶珍：「長元表哥怎麼瘦成這個樣子了？是會試壓力太大了？」

董葶珍胡亂點了點頭：「長元哥哥這次考得不好，心裡有壓力吧！希望表姐能夠開解開解長元哥哥！」

「我長姐肯定能開解好！我長姐說話最有道理了！」白錦稚將點心塞進嘴裡。

立在船頭的董長元垂眸盯著湖水，開口：「知道表姐平安歸來，長元也就放心了！只不過……如今大都城內各國使節都來了，料想明日皇帝壽宴之上定會有使臣向長姐提親，長元是怕皇帝隨便將表姐指給他人，所以求著長生哥讓我能見表姐一面，只要表姐點頭我這便去找姑母，若是皇帝真的指婚……表姐也好有推脫之詞！若是表姐日後遇到心儀男子，長元便讓長輩解除婚約。」

董長元並沒有肖想白卿言的意思，當他知道白卿言在南疆大獲全勝之時，便知道他和白卿言之間的距離是他怎麼樣都趕不上的。

白卿言望著頭也不抬的董長元，低聲問：「可是因我的婚事，讓二舅舅和二舅母有了齟齬？」

董長元沒想到白卿言竟然猜到了，他詫異抬頭看向白卿言，又皺著眉目光閃躲開。

果然如此。雖然白卿言與這位長元表弟接觸不多，卻也不相信這位表弟是會被兒女情長所困之人，所以白卿言猜或許是因為她的事情，讓二舅舅和二舅母不合，這才讓董長元分了心。

「母親有意替我定下外祖家表妹，我父親不同意，祖母也不同意，想著……等表姐從南疆回來！後來……南疆的事情傳回來，母親她……」董長元只覺母親那些話難以啟齒，抿了抿唇接著道，「母親說話不好聽，覺得父親和祖母偏心，非要耽誤我的終身大事讓我等著表姐，鬧得不可開交，父親一怒之下……要休妻。」

董長元的母親崔氏話說的難聽，說白卿言焚殺降俘天理不容，心狠手辣，又說董老太君心長偏了，非要嫡親的孫子等著外孫女兒，難不成還要等到董老太君的外孫女確定不要董長元了，才允許董長元議親，若是董老太君和丈夫非要這麼作賤她的兒子，她就要帶兒子回娘家。

董清嶽一怒之下，便要休妻。總之，雞飛狗跳。所以此次會試，董長元考得一塌糊塗，深受打擊一蹶不振。

白卿言沒有想到因為她的事情竟然讓外祖家鬧成這樣，「那長元表弟執意相見……莫非是從大舅舅那裡聽說了什麼？」

董長元點了點頭：「聽說大樑的使臣向大伯打聽表姐是否訂親的情況。」大樑此次有皇子前來，董長元怕若是真的讓白卿言被大樑皇子求走了，婚姻不順白卿言的意，日後祖母和父親都會怪母親。

「長元……」白卿言輕輕喚了董長元一聲，「此生我已經立誓終身不嫁，留在白家！事情因我而起，我會給外祖母和舅舅去信，告訴他們我的意思！舅舅與舅母是患難夫妻，一時氣話你也不要放在心上。你應該好好準備殿試，否則若真讓此事影響了你的前程，舅舅和舅母之間的嫌隙定會越來越大。」

董長元身子輕微一顫，挺直了脊背朝著白卿言望去。

她對董長元勾著淺淺的笑意：「長元表弟若是能在殿試拔得頭籌，喜事當前，舅母和舅舅一定會和好如初，長元表弟屆時尋機好好同舅舅舅母詳談此事，話說開也就是了。」

「可表姐，你呢？若是大樑求娶怎麼辦？若是陛下賜婚怎麼辦？」

「皇帝寧願嫁一個公主，也不會讓我嫁入他國的，且我立誓不嫁在前……大都城的人都知道，皇帝不會那麼強人所難。」白卿言安撫董長元。

董長元抿唇想了想對白卿言長揖到地：「是長元先前想左了，多謝表姐開解。」

「長元表弟博覽群書才華橫溢，雖會試不盡如人意，可我深信，殿試一定能出手得盧。」

董長元聽著白卿言溫潤如泉的和煦嗓音，聞言抬頭朝白卿言望去，見白卿言眉目帶著極為淺淡的笑意，點了點頭：「定不負表姐所望。」

今日天朗氣清，就連大樑四皇子魏啟恒也來遊湖，想著能偶遇個大家閨秀漂亮的名門千金，結一段露水情緣，誰知風流瀟灑又英俊的四皇子一路騎馬過來，倒是碰到了幾個千金閨秀……可能入魏啟恒眼的卻沒有一個。

大樑四皇子魏啟恒百無聊賴靠在畫舫倚欄上，拿著魚食喂魚只覺特別沒意思，懶懶散散抬眼間，董家的畫舫正正好從眼前駛過。魏啟恒眼睛直往與他們擦肩而過的畫舫裡瞅，什麼都還沒看清楚……就見畫舫尾部從他眼前劃過，一位正與一少年立在畫舫尾部的驚豔素色陡然出現在眼前，魏啟恒愣住，視線緊緊追隨著那清瘦身影。

湖上柳枝搖曳，清風漣漪，畫舫中女子輕薄的廣袖翻飛，遠遠望去如將要登天而去的仙子一般，美得如畫如詩不似真人。「那……那是不是就是南都郡主柳若芙？」魏啟恒轉頭對護衛和船夫喊道，「快快快！給我追後面那個畫舫！快啊！」

第六章 下跪求娶

白卿言回到白家時，鎮國郡主府的匾額已經掛在了白府門口。她被封鎮國郡主的事情也如同長了翅膀似的，登門送賀禮的人絡繹不絕。

清輝院這時候，佟嬤嬤正帶著丫頭們給房內換紗，天氣已經逐漸熱了起來，換些淺色的紗帳看著也清爽些。

董氏已經派人將各府送來的禮物送到清輝院，秦嬤嬤幫著春桃將所有的禮物登記入庫時，打開炎王李之節派人送來的禮盒，卻見精緻紅木錦盒裡放著一枚扳指，裡面壓了一封信。秦嬤嬤見狀一怔，忙和春桃將紅木錦盒給白卿言拿過去。

白卿言聞言放下手中毛筆：「嬤嬤拿來我看看……」

秦嬤嬤抱著紅木錦盒上前，打開。

白卿言見錦盒裡是一枚扳指，眸子驟然一縮，這是白卿言當初送給二弟白卿瓊的。她將扳指拿起看了看，緊緊將其攥在手心裡，拆開疊好的信紙，上面只有一行字。

【酉時驛館，一人前來詳談，過時不候。】

酉時……現在已經申時末了，白卿言閉上眼，咬緊了牙關腦子裡飛快地思量盤算。李之節在南疆之時，吃了一個大虧，此時送上扳指讓她酉時去驛館見他，要麼是暗殺，要麼就是有什麼陰謀在等著她。

可是，若二弟白卿瓊真的還活著在李之節的手裡呢？對於白卿言來說，什麼都比不上白卿瓊來的重要。去是一定要去的！信中指名讓她一人前去，她若帶了別人，李之節怕是不會將白卿瓊的消息告知她。

如此……那她便先單獨去，看看那李之節要說什麼，隨後讓白錦稚帶人過來，再派人將李之節送來的這份禮物送到太子那裡去，若真是栽贓陷害……她也算提前給太子說過了。

「佟嬤嬤、春桃……你們派人分別去喚小四和盧平過來，我有事要吩咐！」白卿言一邊說，一邊拆下腕間的鐵沙袋。

佟嬤嬤和春桃立刻派人出去喚四姑娘白錦稚和盧平。

「秦嬤嬤……此事先不要告訴阿娘，我能把控住，不必讓阿娘跟著一起擔憂。」白卿言看向秦嬤嬤，「還有一事需要秦嬤嬤來做！」

「但憑大姑娘吩咐！」秦嬤嬤看著大姑娘長大的，大姑娘說能就必然能，她信大姑娘。

「一會兒我會讓平叔請太子去西涼炎王和公主下榻的驛館，嬤嬤派幾個信得過的人，就混在驛館外的百姓中，等看到太子一到……」白卿言靠近秦嬤嬤的耳側低聲交代。

白錦稚來的很快，一進門見白卿言已經換了俐落的衣裳。

「長姐？」白錦稚喘著粗氣，不明所以看著白卿言。

白卿言將箭筒繫在腰後，拿過射日弓叮囑白錦稚：「我走半柱香後，你帶著白府侍衛闖驛館就稱找李之節要你二哥！動靜鬧大一點，最好人盡皆知！」

「長姐你說什麼?!二哥?!二哥也在李之節手裡?!」白錦稚睜大了眼。

「別問！回頭再同你細說！記住長姐的話！」

白錦稚只覺一顆心撲通撲通直跳，用力點頭：「長姐放心！一柱香時間，小四一定鬧得大都城人盡皆知！」

「大姑娘，盧平護院來了。」春桃行禮後道。

「白錦稚抱上李之節送來的紅木錦盒，給盧平。」

白錦稚頷首抱起桌上的紅木錦盒，跟在白卿言身後出了上房。

盧平規規矩矩在清輝院外候著，見白卿言出來忙朝前迎了兩步，還來不及行禮就聽白卿言說：「半盞茶後，平叔你帶這個錦盒直奔太子府，就說……這是西涼炎王送來的賀禮，我讓你將這個交給太子的，太子要問你別的，你就說不知道。」

見白卿言手握射日弓，盧平明白輕重忙頷首稱是：「大姑娘放心！」

李之節立在驛館魚池旁，手裡拿著盒魚食喂魚，陸天卓規規矩矩站在李之節的身後，目光時不時朝外面看。

「阿卓，你怎麼就肯定白卿言定然會前來赴約，而不是……告訴太子？」李之節凝視水裡正在爭魚食的肥碩錦鯉，被那波光粼粼晃的眼睛瞇起，「本王倒是覺得白卿言和太子之間的情誼，不一般。」

「屬下賭上一次秋山關白卿言救人之事，太子並不知情！甚至太子到現在也不知道白卿言帶人去秋山關是救人的。」陸天卓半垂著眸子，「一入大都城，屬下便見過了埋在大都城的暗樁，也多番打聽，聽說這白大姑娘之前在大都城可是做出不少驚人之舉，比如敲登聞鼓逼殺晉國皇帝嫡子信王，這樣的臣子……屬下不信晉國皇帝會深信不疑，更不相信太子不忌憚。」

陸天卓見李之節垂著眸子不吭聲，又接著道：「即便是白卿言告訴了太子，太子詢問……王爺也可說因為在南疆將白卿言給得罪狠了，此次送上白家二公子的扳指騙白家大姑娘過來，不過是為了找一個同白卿言講和的機會，想要求娶白家四姑娘！這和我們本來的目的也無相差。」

李之節勾唇淺笑，掩住眸底危險的冷光，低聲問：「那麼阿卓，你告訴本王……你是什麼時候背著本王，抓到了白家二公子白卿瓊的？」李之節將手中魚食全部撒進了魚池中，轉過頭桃花眸含笑瀲灩：「若不是因為此次你設局需要本王幫忙，還打算瞞本王到什麼時候？」

原本李之節很是願意相信陸天卓，可最近他接連發現陸天卓瞞著他的秘密……比如，陸天卓和李天馥竟然不知道什麼時候勾搭在了一起。

比如，陸天卓手中竟然還有一個白卿瓊。

這讓李之節不免懷疑，他當初給陸天卓十足的信任，放手讓他調動自己的人馬是否是錯的。甚至懷疑，秋山關白卿言一行人得知白家子在他的手裡，會不會也是陸天卓背著他打算以白家子為誘餌殺白卿言故意放風聲給白卿言知道的。

李之節一向有一個原則，便是用人不疑疑人不用。可相應的，李之節給了一個人信任，他也需要對方回饋毫無保留的忠誠。結果呢？陸天卓瞞著他的事情可遠遠不止一件。

陸天卓跟了李之節多年，知道李之節的脾氣，他不緊不慢跪下請罪，聲音堅定且平和：「王爺，屬下並非有意欺瞞王爺。這些年來王爺對屬下十分照顧，屬下的命都是王爺的，只是……王爺知道，屬下欠了義父一條命，屬下想要為義父復仇。屬下可以對義父在天之靈發誓，絕對不曾做過背叛王爺之事。」

李之節漂亮幽邃的桃花眼凝視跪在地上的陸天卓，聲音緩慢而冷漠：「等晉國事畢之後，你就留在公主身邊伺候，不用再跟著本王了。」

陸天卓身體一顫，不敢抬頭，他知道李之節雖然看起來不羈寬和，但說一不二，這件事怕是沒有迴旋的餘地了。

「你不是想要報仇，若公主留在晉國和親……你隨公主留在晉國，報仇的機會豈不是更多！」李之節唇挑涼薄，「也算是你沒有辜負你的義父，也盡了我們主僕一場的情誼。」

陸天卓知道，李之節沒有因此殺了他，已經是天大的寬和了。「多謝……王爺。」陸天卓叩首。

「王爺！」李之節的西涼護衛匆匆跑進來，看到跪在地上的陸天卓微微錯愕一瞬後，對李之節道，「晉國的那個白將軍來了，一個人……」

「比意料之中要快啊！」李之節抬手摸了摸自己靠近心口處的傷，垂眸凝視跪地不起的陸天卓，「所以……白家二子白卿瓊活著還是死了？」

陸天卓聲音平靜柔和：「已於我義父墳前，斬首……」

李之節垂眸看向陸天卓：「還跪在這裡幹什麼？既然要挑撥晉廷君臣關係……還不想辦法去告訴晉國太子白卿言私下來見本王之事。」

「是！」陸天卓忙起身恭恭敬敬退下。

李之節見白卿言一身俐落的騎馬裝，腰後繫箭筒，手持射日弓，他低笑一聲：「鎮國郡主……」

「我二弟在炎王手中？」白卿言立在距李之節幾丈之地。

「西涼兵打掃戰場時撿到的扳指，一看不是俗物便交了上來，不成想有人認出這是白家二公子的東西，便送到了鎮國郡主府。」李之節淺笑。

白卿言動作俐落的抽箭，面色沉著拉了一個滿弓指向李之節：「所以，炎王以我二弟的扳指將我騙來，是想設局殺我？又或者……想引晉廷君臣相疑，最好能讓皇帝對我棄之不用！炎王的計謀還真是淺薄啊！」

「淺薄不要緊，有用就是好。」李之節唇角勾起笑意，「當然若鎮國郡主在此殺了本王，鎮國郡主今日死在這裡，想必晉國也不會對西涼再動武，也沒有這個能力再動武，我一介閑王換晉國大將一命，值了。」李之節雖然作風輕浮，可必要時……為國捨命的氣節，他有！但不是今天。

白卿言將射日弓拉得更滿：「我再給你一次機會，我二弟是不是在你的手裡？」

李之節從腰後抽出鐵骨摺扇，在手心裡敲了敲，潛伏在暗處的弓箭手全都冒了出來，箭指白卿言。李之節笑道：「白大姑娘就不怕殺了我，你二弟也活不了？」

白卿言面色沉著：「所以，炎王只是單純的想要殺人構陷，還是欲用我二弟和我談條件？」

「鎮國郡主痛快，本王聽說燕帝欲為其胞弟大燕九王爺求娶高義縣主，不巧本王這一路與高義縣主同行暗生情誼，明日本王欲在陛下壽宴上提出此事，還望鎮國郡主能助本王促成此願，若是如此……本王自當將白家二公子奉還。」李之節桃花眼裡都是璀璨笑意。

白卿言唇角勾起，李之節這是想要在皇帝和太子那裡，坐實她同李之節私下過從甚密，甚至與李之節達成什麼協定，願意將妹妹嫁給炎王李之節以此來鞏固協定。如此，李之節即能娶到小四，隨時來威脅她，又能讓皇帝和太子對她疑心，算盤打得可真是響啊。

出乎李之節意料之外，他聽到箭矢破空聲隨風而至，睜大了眼向後退了兩步，打開鐵骨摺扇阻擋，可他的速度沒有利箭的速度快，未能擋住來勢洶湧凌厲的羽箭不說，箭刃直接穿透李之節剛剛癒合不久的傷口，擦著他的肩胛骨將他貫穿帶倒，狠狠紮進身後大樹之中，箭羽直顫。

「王爺！」「誰敢動！」

待所有人反應過來之時，手握羽箭的白卿言已踩住李之節的胸口，拉滿弓舉箭指向李之節，只要鬆手……李之節便會立時斃命。

「不要動！」李之節咬緊了牙，示意弓箭手不要輕舉妄動，他捂著傷口對白卿言淺笑著，「鎮國郡主在晉國內殺西涼炎王，看來鎮國郡主不但不想要回你二弟，更是盼望兩國繼續開戰啊！」

「若我二弟已經死了，我卻受了你的誆騙，等於將我四妹這個軟肋拱手送到你手中。」白卿言冷笑看著李之節，「若我二弟還活著，知道我用四妹換回他，他定然不會讓自己存活於世！你不該用我二弟來換我四妹，你輸在太不瞭解我白家人的作風。」

李之節桃花眸縮了縮。

「不妨告訴炎王，此時你送到我府上的禮物，已經到了太子手中！我四妹也應當已經將炎王手中攥著我二弟之事鬧得人盡皆知！議和時不曾說我二弟在你手裡，反而在議和盟約簽訂後，利用我二弟密謀見我，你說……我今天就是殺了你，大晉又有誰會怪我？恐怕西涼還得給我晉國一個交代！」

李之節臉色微變，強撐著笑道：「你說那是我送去的禮物就是我送去的了？就不能是白大姑娘你因為我秋山關設計挑撥你和太子關係之後，對我心存不滿，意圖栽贓陷害要我性命？」

白卿言唇角勾起，眸底盡是殺意：「那我們就來看看太子是信你這個敵國王爺，還是信我這個為晉國盡忠的鎮國郡主！」

見白卿言拉弓的手要鬆開，李之節瞳仁一顫：「你不想要你二弟活命了？」

「對你西涼天神起誓，我二弟在你手中且還活著！」白卿言眼底肅殺之氣駭人。聽到天神二字，西涼弓箭手都略略低了下頭，再抬頭死死盯著白卿言的眼神裡充滿了憤怒。

李之節咬緊了牙望著白卿言。西涼人從小信奉天神，對天神的敬仰和崇拜深入每一個西涼人的骨髓，對天神撒謊起誓，那是褻瀆，西涼人寧死也不能褻瀆天神。在幽華道時，他沒法起誓，如今也無法起誓。

「果然……」儘管心中絞痛難當，可白卿言雙眼依舊平靜似水。

「讓西涼炎王李之節那個王八蛋把我二哥交出來！」白錦稚暴怒地喊聲從外面傳進來。驛館門外，圍觀百姓義憤填膺，白錦稚所帶的白家護衛與李之節的護衛隊劍拔弩張。

百姓們高喊讓李之節將白家二公子白卿瓊還給晉國，否則必要跪請皇帝發兵滅西涼。

「我們鎮國郡主搞不好中計了！他們西涼人詭計多端，說不定是利用白家二公子的消息騙鎮國郡主前來，要殺鎮國郡主啊！」

「是啊，此次大勝西涼都是因為鎮國郡主把雲破行打怕了，要是鎮國郡主一死，西涼可不是就不用再畏懼晉國了！四姑娘快帶人衝進去救郡主啊！」

「好狠毒的西涼人！」

白卿言知道，這是太子來了……她讓秦嬤嬤安排的人在驛館門口，一看到太子到了驛館門口，就說……西涼人用白家二公子的消息騙了鎮國郡主，郡主在驛館內可能中了埋伏，西涼人要殺鎮國郡主，殺了鎮國郡主西涼就再也不怕晉國諸如此類的話。

自然還安排了人高呼，深信太子是賢明的儲君，一定會想辦法救出鎮國郡主。小四和秦嬤嬤安排的人，鬧得越大越好。「太子殿下英明神武，一定會救出鎮國郡主的！」

李之節也聽到了外面的動靜。

「看起來，太子來了，希望炎王已經想好要如何同太子解釋了？」

白卿言話音剛落，只見李之節瞳仁一緊，天生對危險的敏銳感讓她察覺到背後逼來的危險，她立時轉身放箭……

不知從哪裡悄無聲息竄出來的陸天卓手持長劍，差點兒都要偷襲成功了，不料卻被白卿言察覺，險些被白卿言羽箭貫穿。

「陸天卓！」李之節咬緊了牙關喊道，今日殺白卿言可不在李之節的計畫之中，若是今日白卿言死在這裡……那給了晉國順理成章出兵西涼的藉口不說，白家軍怕是要殺入雲京為白卿言復仇。西涼現在不能亂，更亂不起！

李之節是忌憚白卿言領兵打仗的能力，可是他更忌憚晉國的白家軍。雖然說，白家軍只剩下一萬……但想一想那個白家子就知道白家軍和白家人有多麼驍勇。雲京若亂，西涼就全亂，屆時……晉國若是邀請盟國討伐西涼，滅西涼分西涼，西涼就不復存在了！

李之節眼看著陸天卓避開白卿言的劍，腳踩魚池旁的漢白玉護欄，手持幽光凌人的利劍……急速朝白卿言刺來。李之節眸子一沉，不顧身上的傷，三步並作兩步竟護在白卿言身前，打開鐵骨扇……二十三股鐵扇骨，朝陸天卓的方向襲去。

陸天卓狼狽翻身躲過，卻被李之節一股扇骨刺中膝蓋，吃痛單膝跪地用劍撐住身體。

「陸天卓你給本王住手！」李之節面色陰沉，半個身子被鮮血染紅讓李之節看起來氣場越發凌人。

白卿言瞇著眼，倒是看不明白了，李之節身邊的人要殺她，李之節卻……護著她？

陸天卓咬緊了牙，抬頭……他淨身入西涼皇宮，忍辱偷生這麼多年，為的不過就是替義父報仇，那個斬下義父頭顱的人就在這裡。他手中的劍淬了毒，今日他必要殺了白卿言為義父報仇，錯過今日……他便再也沒有機會了。

「王爺，對不住！今日我必要白卿言的命，王爺對陸天卓的大恩，陸天卓只能來世再報了！」陸天卓說完，一雙如鷹隼的眸子死死盯著白卿言，提劍朝白卿言和李之節的方向衝來。

白卿言俐落抽箭拉弓瞄準陸天卓，絲毫不懼。

李之節下意識抬手將白卿言護在身後，高呼：「都是死人嗎?!還不將他給本王拿下!」

驛館內動靜太大，到底驚動了李天馥。李天馥聞聲過來時，見身著西涼服飾的兵士與陸天卓打了起來，倒是一身是血的李之節竟然將敵國的白卿言護在身後。

「住手！都給本殿下住手！你們這是在幹什麼?!」李天馥拔出身旁護衛佩劍，殺入鏖戰之中。

西涼兵一見是公主李天馥，都停了下來。

李天馥將膝蓋受傷的陸天卓護在身後，看了眼陸天卓膝蓋上血流不止的傷，怒火中燒：「李之節你是瘋了嗎?!」

不等李之節回答，陸天卓扣住李天馥的肩膀，聲音低啞：「公主殿下！對不住了！」話音一落，陸天卓一把推開李天馥舉劍，可他還未曾來得及朝白卿言的方向衝來，只聽破空聲隨風而過，陸天卓喉頭翻滾，張了張嘴卻沒有發出任何聲音。

李之節一怔，轉過頭望著白卿言手中已無羽箭的射日弓。

被推倒在地的李天馥睜大了眼，尖叫出聲。

陸天卓低頭看不到自己的傷口，可鮮血卻簌簌而出染紅了他的衣裳。他抬手捂著被羽箭貫穿的脖頸洞口，鮮血從指縫間爭先恐後的往外流……往嗓子眼兒裡灌，他張大了嘴喘息，整個人直愣愣的向後倒去。

「陸天卓！陸天卓！」李天馥推開扶她起來的婢女，飛速奔過去一把抱住了差點摔倒在地的陸天卓，驚慌失措用手按住他的頸脖，「陸天卓！大夫！大夫！快叫大夫啊！」

陸天卓一雙發紅含淚的眸子望著嚇得驚慌失措直掉眼淚的李天馥，他知道自己今日就要喪命於此了，可是……他捨不得李天馥。人人都說李天馥刁蠻任性張狂霸道，但陸天卓知道她只是一個想被父皇和母后關注的小姑娘而已，她內心善良又脆弱。她的爭強好勝……她的虛張聲勢，不過是為了掩蓋自己內心脆弱和無助的偽裝而已。

若不是李天馥當初救了他，他早就被西涼皇宮裡的那些太監打死折磨死了。

他這一生都在為復仇活著，以為自己的未來就只剩下替義父復仇，李天馥是他生命裡的一個意外，是他內心無盡灰暗裡的唯一的一道光亮。他不怕死，可怕他的死會讓李天馥傷心難過。

陸天卓用被鮮血染紅的手用力握住李天馥的手，鼻翼輕微煽動，眼角的淚就跟斷了線似的，他對李天馥勾起唇，已然沒有了說話的力氣。

「沒事的！沒事的，我一定不會讓你出事……」李天馥用力抱緊陸天卓，瘋了似的尖聲喊道，「李之節！叫大夫！快啊！他要是出事……我讓你們所有人都給他陪葬！」

陸天卓張了張嘴，口中冒出鮮血來……他想告訴李天馥，如果有來世，他一定還守在李天馥的身邊，可是來世……他不想再當一個太監，他想要成為李天馥的男人，成為她的丈夫護她一生，守她一世。但話還未說出口，陸天卓的瞳仁便渙散，攥著李天馥的手指也緩緩鬆開了力道。

「陸天卓！陸天卓！」李天馥撕心裂肺般喊著，哭著，「你別丟下我！陸天卓……你答應要陪著我的！陸天卓你給我起來！起來！」

白卿言就立在李之節背後，看著身上衣衫被血染紅，絕望又崩潰失措的李天馥，這才猜出李天馥和陸天卓的關係怕是不一般。

此刻，她已明白那個陸天卓為什麼非要殺她不可，這陸天卓……是龐平國的義子。

當初她斬下龐平國的頭顱滅蜀之後，皇帝下旨滅龐平國九族，祖父向晉國皇帝進言饒過龐平國家眷，無謂再製造殺戮，不曾想，卻留下了這樣一個禍患。

李之節害怕晉國太子看到他們前來和親的公主抱著一個太監的屍身，引起太子的反感，在太子進來之前，命人將陸天卓和李天馥拉開。

「放開我！混帳東西你們敢對我動手！把阿卓還給我！李之節你活得不耐煩了嗎！」李天馥全身顫動，聲嘶力竭，猶如快要走火入魔的瘋獸，「我是西涼公主！你們誰敢對我動手我殺你們九族！」

「太后陛下有旨，此次議和和親一切事宜皆由本王主理，賜本王專斷之權！」李之節沉下臉看著被李天馥發瘋推開的護衛婢子們，咬著牙道，「還不將公主送回寢室，不得本王命令不允許公主踏出半步，否則……本王要了你們的腦袋！」

李天馥掙扎尖叫哭喊著，絕望又痛哭喊著陸天卓的名字，卻還是被孔武有力的護衛架起來送入寢室之中。

太子與蕭容衍還有白錦稚，帶著太子府府兵和白家護衛一同闖了進來時，看到的是陸天卓身死……李之節重傷這樣一副場景。

剛才蕭容衍正巧在太子府，他正同太子說今日陪同燕帝與其嫡次子慕容瀝遊湖之事，稱與他有生意的大太監馮耀得知他有畫舫，便請了他過去陪同。

誰知他與太子剛說完，白府的護衛就抱著錦盒前來。蕭容衍聽說白卿言拿了射日弓去驛館找李之節要人，不放心，便跟太子一起趕了過來。眼下白卿言毫髮無傷，蕭容衍幽沉的視線朝李之節望去。

「長姐！」白錦稚看到李之節身後的白卿言，拔出腰間佩刀直指李之節，雙眸發紅，「李之節，我二哥呢！把我二哥交出來！」

何止是白錦稚要白卿瓊，就連外面的百姓也是群情激昂……紛紛喊著讓西涼交出白家二公子。

「這是怎麼一回事？」太子面色陰沉的問。

白卿言收了射日弓望著太子，跪地叩首：「殿下，今日炎王送到白府的禮物盒子裡，放著我二弟射箭用的扳指和一封信，約我一人前來驛館！我到之後李之節說明日要在陛下壽宴之上求娶我四妹，我若是助他達成心願，他便將我二弟還給我！」

白卿言重重對太子叩首：「請太子殿下為白家主持公道！要回我二弟。」

李之節臉色一白，這白卿言對太子……還真是坦誠的過分啊！

蕭容衍望著跪地表情決絕的女子，深斂眸中笑意，不論發生什麼事只要白卿言對太子越是坦白，太子便越是信任白卿言。

想來白卿言已經明白，太子想要的是一個什麼樣的臣子。只要太子以為白卿言忠心，那麼白卿言就算是捅出天大的簍子……在太子力所能及的範圍內，他都會保白卿言平安。

事出突然不容李之節多想，他忙開口：「太子殿下，那日在幽華道外，臣對晉國高義縣主一見鍾情，因為得知燕國皇帝欲為大燕九王爺求娶高義縣主，所以才出此下策！」

「我不管你上策下策，既然你用我二哥威脅，要麼現在你把我二哥還回來！要麼我現在活劈了你再殺入雲京宰了你全家！」白錦稚怒火上頭，攥著劍柄的手背青筋暴起。

白錦稚聲音暴躁且堅定，李之節看向正繃著臉直視他的太子，心中知道不妙。他閉了閉眼，捂著自己肩膀上的傷，有樣學樣，學著白卿言的樣子對太子坦白，裝作一副認命的語氣俯首道：「太子明鑒，外臣手中只有這枚扳指，且是已經死了的那個奴才將扳指交給外臣的，主意也是他出的，他說此法可以助外臣迎娶高義縣主之外，還可以讓晉國皇帝與太子疑心鎮國郡主，若鎮國郡主從此不再領兵，我西涼也可喘一口氣。只是……外臣沒有想到他竟然要殺鎮國郡主！」

白卿言眉心跳了跳，眸底帶著極為深的殺氣。她從初見李之節便知道此人聰慧非同一般，卻沒想到此人竟有破釜沉舟的氣魄，不怕晉國與太子怪罪，將計謀半真半假合盤托出。

「炎王將所有罪責推到一個死人的頭上，以為這就算是結束了嗎？我二弟的扳指是你送到我府上的！今日要麼你交出我二弟，要麼你就拿命來償！」白卿言一字一句，聲音冷得讓人骨縫發寒。

太子心跳了跳，白卿言一向說到做到，可他作為晉國太子可不能讓西涼炎王死在晉國的國都，他忙開口：「鎮國郡主你若信得過孤，此事交由孤來處理，你與高義縣主關心則亂，難免偏頗。」

白卿言緊緊攥著射日弓，沉默半晌才開口：「我信太子！」

太子鬆了一口氣。

「但是……」白卿言看向李之節，「我要炎王對天神發誓，護我二弟周全，我二弟若有事炎王全族不得好死！」

李之節深沉的桃花眸望著白卿言，垂眸道：「我李之節對西涼天神起誓，我從未見……也從未扣押過白家二公子，送到鎮國郡主府的扳指，是從已死的陸天卓手上得到的！若有虛言……全族不得善終。」

聽了李之節的誓言，白錦稚瞳仁一顫，心中的希望被人打破，握著長劍的手無力垂了下去。

「所以……」白卿言將此次設局未曾明說的意圖點破，「炎王此次是用一枚扳指在騙我，讓我以為二弟在你手中，是意在……讓我親手將我四妹這個軟肋送到你的手中，來日若西涼再犯我大晉，你們西涼手中便握有我的軟肋，讓我不敢勝西涼……」

太子聽完白卿言這話，瞳仁顫了顫。

太子原本認為，只要不是白卿言嫁到別國去就萬事大吉，現在看來……不僅僅是白卿言，白家的嫡女都不能嫁到他國，否則，白卿言重視骨肉親情，定會為未來留下禍患。

「呸！我就是嫁豬嫁狗也絕不嫁西涼狗！哪怕拼著違抗聖旨抹了脖子，也絕不和李之節這種奸詐猥瑣的小人為伍！」白錦稚被憤怒沖的全身發抖，提劍指向李之節，放下狠話，「太子殿下為我做個見證，若是有人想要逼死我，大可向陛下開口給我賜婚，我白錦稚必讓他血濺當場！」

今日，李之節被陸天卓算計，算是偷雞不著蝕把米。

他也著實沒有想到，白卿言會讓太子和晉國百姓都知道此事……他以為白卿言顧及白卿瓊的性命，必然不敢聲張，只能獨自一個人悄悄前來。

她也的確是一個人來的，可沒想到白卿言有後招，她來後不久太子和白錦稚也跟著來了。白卿言棋高一著，他認輸。

「殿下……」白卿言對太子鄭重一拜，「言相信太子，請殿下務必還白家一個公道。」

太子對白卿言點頭：「你放心！」

得到太子肯定的回答，白卿言帶著妹妹白錦稚從驛館內出來。

驛館門口，除了百姓之外，還有剛剛得到消息乘馬車而來的白錦繡。白錦繡雙眸通紅，見白卿言和白錦稚出來，連忙拎著月華裙裙擺疾步跨上臺階，哽咽問：「長姐！二哥有消息了?!」

白卿瓊是白錦繡一母同胞的哥哥。

白卿言搖了搖頭，將扳指遞給白錦繡：「回去再說！」

看到白卿瓊的扳指，白錦繡的眼淚如同斷線，伸出顫抖不止的手指拿過扳指，睜大了眼望著白卿言：「長姐……」

姐妹三人回到白府時，董氏和二夫人劉氏已經在門口候著，尤其是劉氏簡直心如油煎，乍一聽說兒子還活著，劉氏怎麼能不喜極而泣。她沉不住氣讓人套車準備去驛館門口問個究竟，卻被董氏攔住，這才和董氏一起立在門口等著。

見白錦繡的馬車回來，劉氏拎著衣裙下擺從高階上下來，見到白卿言就問：「阿寶！阿瓊還活著是不是?被西涼人活捉了是不是?西涼人打算提什麼條件來威脅晉國?」

望著滿目期待的劉氏，白卿言久久無語，有什麼事情比給了絕望之人希望之後……又打碎來的殘忍?

「娘……我們回去說！」白錦繡從馬車上下來攥住劉氏的手。

雙眸含淚的劉氏滿目的期待和不安，忙點頭：「對對對！回去再說！我們回去再說！」

白卿言望著亦是雙眸充滿期盼的董氏，她輕輕對母親搖了搖頭，董氏喉頭翻滾眼淚頓時就如同決堤。剛才二弟妹得到消息有多高興董氏不是不知道，要是這歡喜變成一場空……對二弟妹來說又是另一場折磨。

白錦繡緊緊攥著手中哥哥留下的扳指，她決定給母親留一線希望，她轉頭看向長姐對她頷首示意。

白卿言點了點頭，知曉白錦繡是想讓她說詞含糊一些，給二嬸留一點希望。

但凡母親就沒有不希望孩子還活著的，白卿言即便說得再含糊……劉氏也能從中找到白卿瓊還活著的蛛絲馬跡。所以，當她告訴二嬸，白卿瓊的扳指是西涼炎王李之節手下給的，那屬下是龐平國的義子，此次利用扳指設局要殺她卻被她反殺，所以炎王也不知道白卿瓊如今在哪兒。

劉氏聽完沉默了半晌，緊緊攥著手中的帕子，說道：「說不定……阿瓊已經逃走了，所以他們只能拿扳指來設圈套想要害阿寶！最糟糕就是西涼不願意交出阿瓊，是想要以後利用阿瓊作文章，不過都不要緊，只要阿瓊還活著就好……」

白錦繡攥住母親的手點頭：「女兒也相信老天爺會保佑哥哥的！哥哥智勇雙全，定然是逃走了……只是如今大都城內波譎雲詭，哥哥一定是在別的地方徐徐圖謀，只要哥哥還活著，咱們總有一天能團聚！」

「對！你說的對……」二夫人劉氏用帕子抹著眼淚。

驛館內李天馥跟瘋了似的砸了房間內的所有東西，後來房間裡安靜下來，李天馥的貼身宮婢端著飯菜進去時發現李天馥已經懸梁，宮婢被嚇得魂不附體。

幸虧李之節來得及時，這才將李天馥救下，只是李天馥頸脖上難免出現一道紅到發紫的印子。

「公主轉醒之後一語不發，抱著雙膝坐在床角，手裡攥著陸天卓當初送的耳墜子，哭也哭不出聲，丟了魂兒一般，不肯吃飯也不肯喝水，好像決心要將自己餓死……隨陸天卓一起去了。」

李天馥的貼身宮婢全身打顫跪在地上，對李之節交代李天馥的現狀。

天已經快亮了，眼看著就要到晉國皇帝的壽宴，李天馥這個樣子怎麼去獻舞？

李之節太陽穴突突直跳，傷口彷彿也跟著要再次裂開一般，他閉眼按著自己的傷口……

李之節錯就錯在，知道陸天卓的身分還把他弄到身邊，完全信任且給他權力，結果陸天卓臨死前居然這樣擺了他一道。

太后早就告誡過李之節，以貌用人的毛病要改一改，可李之節總是左耳朵進右耳朵出，這一次也算是陸天卓給他了個大警醒。

他歎了一口氣，可是陸天卓人已經死了，他就算是再恨，再怪陸天卓又有什麼用?!

李之節按住自己肩膀上的傷口，啞著嗓音開口：「去將給公主準備的燕窩粥拿來，本王親自給公主送去……」

「是！」婢女連忙爬起來向外退。

李之節端著燕窩粥進門時，就看到李天馥那雙發紅的眸子狠狠瞪著他，如同瀕臨絕境的幼獸。

他讓看著李天馥的人都出去，慢慢走到床邊，視線落在李天馥頸脖上駭人的痕跡上，他知道李天馥不是做作樣子，是真的想死。

他低聲開口：「阿卓死了我知道你難過，想隨阿卓一起去了，可你有沒有想過阿卓大仇未報，尚且死不瞑目？」

李天馥張了張口……可傷到了嗓子發不出音來，惱火踹翻了李之節放在床邊的燕窩粥來表示她的憤怒。

李之節也不惱，他抖了抖沾到粥的衣擺：「阿卓的真實身分你可能並不知道。」

李之節望著李天馥瞪著他的雙眼，見她眼淚吧嗒吧嗒直掉，從袖口掏出帕子遞給李天馥：「阿卓是蜀國大將軍龐平國的義子，他之所以淨身入西涼皇宮，就是為了替他的義父龐平國報仇，對阿卓來說沒有什麼比為他義父報仇更重要。」

李天馥一怔，眼淚如同凝固在眼眶中一般。

「他這輩子最大的意外，大約就是你！」李之節目光幽邃，「他利用了所有人，包括我，卻不曾利用過你！如果他想利用你應該鼓勵你去接近晉國的皇帝，成為晉國皇帝的寵妃，然後……讓你給晉國皇帝吹枕頭風，讓你假借晉國皇帝的手殺了白卿言，滅了白家全族！畢竟你對他言聽計從，可他沒有這麼做！」

陸天卓可以利用他李之節，李之節照樣也可以以陸天卓來勸服李天馥。

「他……借我的手約白卿言前來，就是為了殺白卿言，可是公主……我是西涼的炎王，我不能眼看著白卿言死在驛館，我們西涼眼下可是再也打不起了。」

見李天馥不接他的手帕，他抬手替李天馥擦去臉上的淚水：「若沒了阿卓，公主真的不想活了，何不幫阿卓完成心願？等公主成為晉國皇帝的寵妃……或者晉國未來皇帝的寵妃，殺白卿言，滅白卿言九族為阿卓復仇，這不是輕而易舉的事情？」

李天馥緊緊攥著手中耳墜子，咬住下唇瞪著李之節。

「公主是否在想，我說這些不過是為了騙你給西涼賣命？」李之節歎了一口氣，「我李之節對西涼天神起誓，關於阿卓……絕無一字虛言！公主若能成為晉國皇帝或未來皇帝的寵妃，沒錯是對西涼有利，可我們是西涼人，為西涼取利是應盡的本分，這和你替阿卓復仇沒有任何衝突。」

李之節的聲音始終溫潤徐徐：「公主可以好好想想我的話，若是公主願意……就換上舞服，宮宴之上用你的舞姿去征服晉國皇室，若公主不願意，我也絕不阻止公主！」說完，李之節起身對李天馥行禮一拜出了李天馥的廂房，命人進去收拾被李天馥打翻的燕窩粥。

李天馥蜷縮在床內，望著手中的一對耳墜子，直到晨光照亮她的窗戶，夕陽的餘暉又從窗外照射進來，落在她的床邊，一夜一天未曾進食的李天馥才像是下了什麼決心似的帶起了那對耳墜子起身。

李之節立在李天馥門口望著西方還未完全沉落下去的落日出神，若是李天馥還是那副懨懨的樣子不肯去赴宴，他便稱昨日陸天卓傷了李天馥吧！

在一同入晉的使臣第三次催問之後，李之節終於轉身推開了李天馥的房門。

身著火紅色華貴舞裙的李天馥，此刻正端坐在妝奩前對著銅鏡貼眉心花鈿。

暖橘色的夕陽正從半開的窗外照射進來，柔和的光線映著她明豔動人的精緻五官，肌膚如玉，烈焰紅唇，尤其是那一雙眼，明明清澈如少女卻帶著奪魂攝魄的嫵媚，純潔又妖嬈，如靡麗盛開的曼陀羅花。

「公主……」李之節恭敬立在門口行禮。

李天馥對著銅鏡露出一個豔麗奪目的笑容，這才帶上面紗起身，嘶啞著嗓音說：「走吧……」

因晉國南疆大勝的關係，今年晉國皇帝的壽宴要比以往更加隆重奢華。各家夫人按品階大妝，妙齡貴女錦衣華服精心裝扮。帝后還未到，相互熟識的貴女三五湊成一團，有的在說昨夜大樑四皇子魏啟恒進宮求娶南都郡主柳若芙之事，有的在說鎮國郡主白卿言昨日闖入驛館……逼西涼炎王交出白家二公子，且殺了西涼炎王一個屬下的事情。

「上次大樑四皇子騎馬進大都城，我正巧在燕雀樓上喝茶，那大樑四皇子可真是英俊呢！南都郡主是咱們大晉第一美人兒，兩人簡直是天作之合！」

「對啊，聽說好像是昨日那個大樑四皇子不知道在哪兒見到了南都郡主，連夜進宮叩求陛下賜婚，後來陛下傳南都郡主的父親……如今晉國僅存的異姓王閑王進宮，大樑四皇子不惜跪下請求閑王，閑王這才鬆了口。」

「真的?!跪下請求閑王啊?」一個貴女用團扇遮住吃驚的嘴巴，滿眼豔羨，「那以後南都郡主嫁給大樑四皇子，大樑四皇子還不得把南都郡主捧在手心裡啊！」

大理寺卿呂晉的女兒呂寶華同南都郡主柳若芙在宮人帶領下進來，身著華衣盛裝而來的柳若芙一瞬成為焦點。

柳若芙之美稱作秋水芙蓉之姿完全切合，膚若雪瓷，小口晶瑩嫣紅，含水美眸黑白分明如清涼的琉璃珠子，一身月白色繡花繁複精緻的衣裙，行走間華服裙擺搖曳卻不露腳，姿態嫻雅端莊。

落坐後，呂寶華用團扇掩著唇，眉目間都是喜意，壓低了聲音同柳若芙說：「你看，滿大都城的貴女們就沒有不豔羨你的！我聽說……大樑四皇子一見你便心生愛慕，還同閑王起誓若能娶得你……永不納側妃與妾室，可是真的?」

柳若芙一雙美目垂著，面頰上飛起一抹紅暈，語氣裡帶著貴女應有的矜貴：「是啊，否則我父王和陛下也不會同意，畢竟遠嫁……我父王可只有我一個女兒。」

閑王年逾半百，膝下卻只有柳若芙這麼一個女兒，畢竟是遠嫁大樑，若不是條件誘人閑王又怎麼會同意。

柳若芙同呂寶華落坐後，不少貴女前來恭喜柳若芙。

柳若芙目光掃過一個貴女頭上的華貴珠釵，又落在如她同出一轍的衣裙繡紋上，笑著說：「既然穿了如此華貴的衣裙，再佩戴紅寶石纏金絲的流蘇簪子未免累贅，不若去了簪子以免喧賓奪主。」柳若芙是好意，這些年柳若芙的穿著打扮總被人爭相模仿，但卻仿不到精髓，往往東施效顰。故而，遇到相處不錯的，柳若芙還是會出言指點指點。

被柳若芙指點穿著打扮的貴女一怔，握緊了手中玉骨團扇，尷尬笑著道謝後取下頭上的簪子，又笑著問：「郡主是在哪裡遇到大樑四皇子的？你們說話了沒有？」

柳若芙淺笑，搖了搖頭，言語中帶著幾分傲然：「我也不清楚，或許是昨日在城外桃隱湖吧，昨日我和寶華相約去遊湖。」

「同樣是郡主，可不一樣就是不一樣，封了郡主也只會打打殺殺！昨日鎮國郡主殺入驛館，將西涼炎王的一個屬下殺了，想想都覺得毛骨悚然。西涼炎王那麼彬彬有禮的一個人，也不知道怎麼得罪了那鎮國郡主！人家好歹是來咱們晉國和談的，怎得就凶神惡煞如母夜叉一般！若西涼人不知道還以為咱們晉國女子各個如此！實在是丟人……」

「可不是！仗著自己是此次南疆大勝的有功者，就濫殺無辜！將我晉國的大國氣度置於何地？」

「這當中怕是有什麼誤會吧！」呂寶華皺眉不大願意相信白卿言是那種濫殺無辜之人，「我聽說，是西涼炎王送去的賀禮是白家二公子的一枚扳指，還留了信讓鎮國郡主獨自一個人前去，那個西涼炎王想利用白家二公子設伏殺鎮國郡主，多虧了白家四姑娘和太子及時趕到。」

呂寶華是南都郡主柳若芙的好友，那些說白卿言不是的不願意得罪柳若芙，便笑著換了話題：「不過，不管怎麼說，這個大樑四皇子還是有眼光，竟把咱們晉國的第一美人求走了！」

柳若芙想起她來大都之前有人給她傳信，說大都城之中紈褲們都稱……那個鎮國公府的嫡長女白卿言才是真正當之無愧的第一美人兒，勝出她柳若芙不知幾何。

「聽說，那個白卿言……長得特別漂亮，堪稱當世第一美人兒。」柳若芙理了理衣袖，垂眸掩藏眼底的嘲弄之意，「也不知道美成什麼樣，竟然讓那群紈褲如此盛讚。」

見過白卿言的貴女用團扇遮住臉，目光閃躲游離。誰不知道柳若芙最在意的就是她那個第一美人兒的稱號，哪個人又敢說真話去觸柳若芙的霉頭，回頭柳若芙在陛下面前一哭，還不知道誰家要倒楣。

「她哪有什麼美貌！若那白卿言真是當世第一美人兒，怎麼大樑的四皇子偏偏就求娶您而不求娶她啊！」有貴女笑道。

「那……」柳若芙垂眸看著自己繪了蔻色的指甲，「說不定是大樑四皇子沒有見過白卿言呢？」

「郡主，你可要想想……大樑四皇子為娶到你，以皇子之尊跪地求閑王將你許配給他，怎麼樣的驚豔容貌才能讓一國皇子只見了一面就跪地求娶，這世上哪裡還能有人越過您去？您再看看那邊兒……」有女眷用團扇擋著臉示意柳若芙看白錦繡，「那位就是鎮國郡主的妹妹，長得也不是國色天香啊！」

柳若芙眉目間掩不住的傲然之色，她想也是……那群紈褲懂什麼，大約是見著白卿言會打仗又有那麼幾分姿色，所以才把人誇到了天上。

她神色倨傲，淡淡道：「約莫那白卿言也有幾分姿色吧，畢竟呂元鵬那些人也不是沒有見過美人兒……呂元鵬到底年紀小還不穩重，看著別人會領兵打仗心生愛慕吧！可我們女兒家……合該是被嬌養，多學學琴棋書畫修身養性。打打殺殺多造殺孽，到底還是戾氣太重。這樣的女子厲害是厲害，可誰家敢娶？」

那些見過白卿言的貴女乾笑了幾聲，輕輕搖著手中團扇。

「哎哎哎……那個！那個是不是大樑的四皇子！」有貴女壓低了聲音喊了句，大殿內坐於席位的矜貴女兒家皆用團扇掩面，視線朝大殿門口的方向看去。

踩著鹿皮靴的魏啟恒在大樑使臣跟隨下抬腳踏入殿中，英俊少年高冠玉面，一身絳紫色莽紋直裰，腰繫白玉寬腰帶，入目無一處不精緻，雍容華貴，可看出四皇子確如傳言那般，極受大樑皇帝寵愛。

如今大樑儲位未定，若將來四皇子能登高位，柳若芙可就要一飛沖天成為一國國母了。思及此，有人湊近柳若芙，壓低了聲音道：「哎呀！大樑四皇子好像朝郡主看來了……」

柳若芙抬眸，正巧見魏啟恒朝她的方向看來。閑王與皇帝都已經同意大樑四皇子和她的婚事，如今更是滿朝皆知，她也不故作矯情，大大方方站起身朝魏啟恒的方向福身行禮。

魏啟恒是個風度翩翩的溫柔公子，見晉國貴女朝他行禮，亦是笑著還禮。

柳若芙見魏啟恒玉樹臨風之姿，不禁心生歡喜，笑容越發顯得明麗。

魏啟恒是個貪美的人，看到美人兒對他示好，自然是心生愉悅，對柳若芙頷首後才坐回席位，笑著同西涼炎王李之節打招呼。

「那西涼炎王也是個不可多得的美男子呢……」呂寶華笑著用團扇掩唇，「我還以為按照大樑四皇子求娶郡主那個架勢，一見到郡主就會著急過來和郡主說話呢！」

「國宴之上，豈能如此？」柳若芙嗔了呂寶華一句。

周圍貴女笑得越發高興起來：「哎呀！郡主姐姐這還沒有嫁過去呢，就護上了！」

柳若芙被說的耳根發燙，美眸瀲灩，含羞帶俏：「你們再這樣胡說，我就不理你們了！」

「哎呀！哎呀！快都別說了！小心一會兒大樑四皇子聽到了，還以為我們欺負郡主，說不定要怪罪我們呢……」呂寶華掩唇笑著。

雖然是被調侃，可柳若芙心裡卻是高興的。尤其是聽說昨日那大樑四皇子跪下求娶她，且立誓從今往後不納側妃和妾室，柳若芙是真的很心動的。今日又見這大樑四皇子生得如此英俊非凡，心中也覺得如父王所言……這的確是段不錯的姻緣。

「鎮國郡主來了……」

「高義縣主也來了！」

白卿言與四妹白錦稚跟在董氏身側，正在和同僚寒暄的甄則平看到白卿言，連忙喚了自家夫人和女兒上前打招呼：「夫人，鎮國郡主、高義縣主！」

董氏笑著福身還禮，甄則平的夫人看著白卿言滿目的崇敬之情，拉著自己女兒的手腕，將女兒拉到白卿言面前同白卿言打招呼。

聽到女眷們的竊竊私語，柳若芙轉頭朝著大殿門口的方向望去，卻見一群武將和其家眷圍在門口同白卿言打招呼，正好擋住了柳若芙的視線，讓她看不到白卿言的樣貌。

聽到太監高唱太子殿下和太子妃殿下駕到，與董氏和白卿言、白錦稚寒暄的武將及其家眷，這才忙退至兩側，對進門的太子行禮。

昨夜，太子派人送信去鎮國郡主府，告知白卿言……李之節手中的確只有扳指，他原意只是為了挑撥他們晉國君臣離心，沒想到白卿言忠心不二將此事告訴了太子本人，也算是破了李之節的計謀。太子讓人給她傳話，讓她節哀，不僅如此，還送上了厚禮。

她抬眼，看到跟在太子身側的蕭容衍，想到昨日畫舫裡蕭容衍一番曖昧不明的話，垂眸錯開蕭容衍的目光。

蕭容衍淺笑，長揖對董氏白卿言行禮，姿態十分恭敬。

太子妃看向白卿言，視線又落在太子身側的蕭容衍身上，用帕子掩著唇輕笑：「夫人和鎮國郡主、高義縣主快落坐吧，父皇和母后馬上就要到了。」

「是！」董氏低頭頷首，跟在太子與太子妃身後，帶著白卿言白錦稚二人朝靠前的席位走去。

之前並未見過蕭容衍的女眷紛紛低聲議論，猜測蕭容衍的身分。

蕭容衍一身白色直裰，腰繫翠玉腰帶，極為簡單的裝扮，卻掩不住那人身上華美尊貴的氣度，樣貌生得極為英俊，眉骨高挺，越發顯得眼闊深邃，眸色幽靜，偏偏那人唇角帶笑，又是一身讀書人的儒雅風度，堪稱驚豔。

柳若芙被太子身旁的男子吸引了目光，不待她回神，本已落坐的大樑四皇子魏啟恒突然站起身，撞得桌子上三腳瑞獸香爐蓋直響。

魏啟恒扶穩了桌子，面紅耳赤匆匆忙忙起身朝白卿言的方向飛奔而去，迎面攔住白卿言的去路，行禮：「郡主……」

柳若芙視線跟隨魏啟恒，落在白卿言身上，一怔……呼吸凝滯，險些揪爛了自己手中的帕子。她以為白卿言也不過是略有姿色，沒成想……竟是如此清豔至極的女子，那女子肌膚在宮燈照耀之下細膩的近乎透明，完全不像在南疆征戰月餘之人，骨架輪廓頎長優美，帶著羸弱病姿完全不像是習武之人，唯獨那雙深沉幽如深潭的平靜黑眸，讓人只覺她有習武之人的堅韌，雄厚且從容。嬌美與強大兼具一身，美得尊貴又厚重。

柳若芙呼吸有些粗重，耳邊傳來女眷們聽不大清楚的竊竊私語，隱隱聽出是別人讚白卿言比她更美，這讓她覺得難堪極了。

「這鎮國郡主竟有這般驚豔的容色，以前咱們都不知道，那群紈褲果然沒有騙人，當真是……稱得上天下第一美啊！」

「那邊兒坐著的晉國第一美……剛才暗指呂元鵬是因為鎮國郡主會帶兵打仗心生愛慕，所以才覺得鎮國郡主漂亮，現在看到鎮國郡主本人怎麼不吭聲了？」

「可不是嘛！仗著自己的第一美人兒的稱號，總是居高臨下指點別人的穿著打扮，看看人家鎮國郡主……一身素衣，不施粉黛，那才是真正的傾國傾城！」

更有大膽的清貴女眷用嘲弄的眼神朝她看去，柳若芙耳根燙得厲害……

「別理那些人！」呂寶華朝著嚼舌頭的人瞪了一眼，「不管怎麼說，你的姻緣是別人怎麼都羨慕不來的！男子嘛……天生就敬佩征戰沙場又戰無不勝的將軍，這說明大樑四皇子不輕視女子，是好事！」

聽呂寶華這麼說，柳若芙心裡好受了一些，她唇角勾起，心中帶氣笑道：「是啊，男子大都敬佩能戰善戰的將軍，不過軍中皆是男子，怕沒有幾個男子有這個膽量，敢將在軍中廝混過的女子娶回家吧？哦……除了那個秦朗之外！」

呂寶華不太贊同柳若芙最後這一句話，卻也知道柳若芙這是因為心中不痛快，笑了笑沒吭聲。

「依我看，這鎮國郡主怕不是上戰場打贏的，那樣的容貌往戰場上一站……哪個男人捨得傷她，一個眼神過去怕都要腿軟！如同郡主說的，軍中都是男子……誰知道會發生什麼，若真將一個廝混於軍營的女子娶回家，怕是要禍累家族。」

與柳若芙交好的貴女低笑一聲，接著道：「你們看看，這秦家不信邪娶了白錦繡，可如今秦家有多倒楣，先是忠勇侯夫人被送入清庵，後來忠勇侯死了不說，秦家連爵位都丟了！」

柳若芙用帕子掩唇輕笑，心裡痛快了不少：「這話倒有幾分道理。」

白卿言莫名其妙看著雙眸灼灼的魏啟恒，面色如常福身對魏啟恒還禮，不緊不慢跟在董氏身後朝席位走去。

魏啟恒這還是頭一次被美人兒忽視，他發亮的目光癡癡追隨白卿言的背影……

他暗中握了握拳頭，反正晉國皇帝和閑王已經同意他求娶郡主之事，今日宮宴便會公布，他不急在一時，就算郡主對他沒有情誼，他也相信他會讓郡主喜歡上他。

魏啟恒視線彷彿黏在白卿言身上一般坐回自己的席位，眉目間都是掩不住的喜悅之氣。

他閱女無數，可能讓他只一面便如此牽腸掛肚的，卻只有那一個女子，他願此生不再有任何美人相伴，只求她一人足以。

魏啟恒想，他大概如同大皇姐所說的那般，遇到命定之人了吧！

聽到太監高唱，晉國皇帝與大燕皇帝駕到，大殿中諸人起身行禮。

白卿言抬眼朝著大燕皇帝看去，不經四目相對，白卿言沉靜的眸色暗含警告，慕容彧錯愕了片刻，頗為頭疼的笑了笑，看來上次將弟弟喜歡的姑娘得罪狠了。

晉國皇帝與大燕皇帝慕容彧一同前來，席位並列同在高臺之上。

跟在大燕皇帝慕容彧身側的小皇子慕容瀝看到白卿言，眸色放亮，被太子親自引導至他身旁坐下。太子對慕容瀝態度溫和，如同兄長。

慕容瀝克制著回頭看向九叔的衝動，還是太子裝作不知他們遊湖之事假意引薦，慕容瀝這才道：「昨日遊湖乃是蕭先生相陪，瀝識得蕭先生。」

燕帝看向慕容瀝和蕭容衍的方向，笑著端起面前的酒杯遙遙對蕭容衍示意。

蕭容衍做出一副受寵若驚的模樣，連忙端著酒杯起身恭敬一禮，用衣袖遮擋仰頭一飲而盡。

太子倒是十分高興，昨日更是在得知蕭容衍與燕帝一同遊湖之後，交代叮囑蕭容衍多多與燕帝來往。

「燕帝識得蕭先生？」晉帝問慕容彧。

「是啊，朕身邊的大太監與蕭先生在南燕相識，昨日幼子鬧著要遊湖，還用的是蕭先生的畫舫。」慕容彧沒有隱瞞照實回答。

「蕭先生才學驚豔，雖然是商人身分，卻深得我晉國陛下喜愛，沒想到燕帝也如此欣賞蕭先生。」皇后道。久未露面的皇后陪伴皇帝出席了這場盛宴，讓人沒有想到的是太子生母俞貴妃竟然坐於皇帝下首，反倒是如今正得寵的秋貴人竟然被皇帝帶在身旁。

就在眾人震驚秋貴人如此得寵，震驚燕國皇帝竟是如此驚豔江山的人物時，一陣急促的胡琴聲響起，鼓點密集。

一身穿火紅舞裙戴金鑲玉佩飾，面戴金紗的女子，伴隨樂聲赤腳踏入宮殿之中，步伐輕盈，踩著鼓點的每一步，腳踝上的金色鈴鐺便清脆作響，身後跟隨十幾個捧鼓而來的西涼壯漢。

白卿言視線朝李天馥看去，昨日面對陸天卓之死痛不欲生的李天馥，今日彷彿脫胎換骨一般，盡顯妖嬈嫵媚，且視線直直看向皇帝……目的似乎十分明確。

她轉頭看向高座之上，正側頭與秋貴人說著什麼的皇帝，唇角略略勾起，看來李天馥這一身媚骨再勾人，也吸引不到皇帝了。

西涼女子穿著上一向大膽，幾乎袒胸，絲毫不吝惜讓人欣賞她的美麗，腰肩白皙如脂的肌膚與那紅裙對比十分鮮明強烈，讓大殿內多少兒郎心猿意馬。

婀娜多姿的女子踩著鼓點上前，水蛇般的纖腰張力十足，隨鼓點左右搖晃，舞姿攝魂奪魄，眉目妖嬈朝著皇帝的方向一笑，如羽扇般的睫毛之下，眼神充滿了神秘莫測的勾人嫵媚。

隨著胡琴聲一變，女子比桃花還要媚的明眸含笑，輕盈一躍落在壯漢高捧於頭頂的鼓上，引得眾人一陣驚呼。此女子竟然輕盈能跳鼓上舞！

李天馥含笑展袖，腳尖輕點鼓面，高速旋轉，那衣裙因為她旋轉的速度太快凌空飛起，遠遠望去就如同一朵盛開的紅梅，美得驚心動魄，令人血脈賁張。

鈴聲、鼓聲、琴聲，催得極快，那女子旋轉得速度也越來越快，就連皇帝都坐直了身子朝李天馥看去……

李之節唇角勾起，摺扇有一下沒一下敲著掌心。

眼看著李天馥在如此高速的旋轉之下從一面鼓移動到另一面鼓上，快到讓人只能捕捉到她的紅色殘影，所有人替那曼妙女子捏了一把冷汗的同時，竟是看得熱血沸騰。

琴音突然一挑，李天馥的旋轉也立時停止，她手指扣成孔雀狀，穩穩立於鼓上……那些本跪地的壯漢緩緩起身，大殿中璀璨宮燈明照之下，李天馥彷彿一隻高高在上的孔雀。

她回眸朝皇帝的方向望去，清澈的眸子如同含慾，讓男子看了皆是心癢難耐。

她緩緩舒展手臂，細腰，踏著鼓面而下赤腳落在地上，彷彿從蒼穹而來的仙子，盈盈跪地一拜。這樣的女子別說在坐男子，就是白卿言這女子看了都覺得被勾了魂。

李之節起身對皇帝頷首行禮，道：「西涼公主為大晉皇帝獻舞，恭祝大晉皇帝千秋無期！」

「好！」晉國皇帝拍手，「公主的舞姿，的確是天下無雙。」

「此次外臣奉我西涼女帝之命，送公主前來和親，願與晉國永世修好。」李之節笑道。

被皇帝拉著坐在身旁的秋貴人手心微微收緊，見皇帝已經哈哈笑出聲來，她輕輕攥住皇帝的衣裳，一雙瑩瑩含水的眸子朝著皇帝看去，哀怨至極。

皇帝笑著握了握秋貴人柔若無骨的小手，笑道：「西涼公主生得如此美麗動人，若能嫁入我晉國自然是好事，只是……太子已有正妃，只能委屈公主側妃之位了。」

說著，皇帝視線落在秋貴人的身上，充滿了寵溺和縱容。

太子妃一怔，抬頭朝著高位上的皇帝看去，瞳仁輕顫，絞緊了手中帕子。

太子頗為意外，連忙起身謝恩。

李天馥自負美貌，在西涼只要她想，還沒有男人不臣服在她的腳下，她的目標原是皇帝，不成想皇帝竟然對她不動心？

她手心收緊，太子也好……只要留在晉國權力中心，就總能將白卿言一家斬盡殺絕。

她抬頭，勾人攝魄的眸子看向皇帝，抬手摘下面紗，盈盈一拜。

「我們公主傷了嗓子，這是在叩謝陛下。」李之節對皇帝笑著致歉，「還望陛下恕罪。」

「陛下……」秋貴人嬌滴滴與皇帝竊竊私語，「您今日賜了太子殿下一段良緣，梁王殿下也是您的兒子，而且還是因為梁王，臣妾與陛下才能有這樣一段緣分，若不能回報梁王這分情誼，臣妾心裡總是過意不去。不如……趁著今日高興，陛下便成就梁王與鎮國郡主的這一段良緣吧！」

坐在一旁端著酒杯的燕帝慕容彧心頭一跳，下意識朝自己弟弟蕭容衍看去。

大樑的使臣沒有聽到秋貴人與皇帝的悄悄話，只覺皇帝心情好，便笑著道：「陛下，我大樑亦願與晉國聯姻，與晉國修好，為我大樑四皇子求娶晉國第一美人兒……南都郡主為正妃。」

呂寶華笑著用手肘撞了撞柳若芙，柳若芙咬著下唇，雙頰染紅，朝魏啟恒看去，卻見魏啟恒目光一瞬不瞬凝視白卿言，柳若芙臉色一下就垮了下來。

「朕聽說，燕帝也要為大燕九王爺求親？」皇帝笑著看向燕帝，「燕帝若已經有了合意的人選，不如說出來，也好趁著今日朕壽宴再成就一段良緣。」

慕容彧淺淺頷首，儒雅又矜貴：「原本想替九弟求娶高義縣主，卻覺得朕的九弟與縣主年齡相差太大。」

慕容彧看向白卿言：「後來想替朕的九弟求娶鎮國郡主，又得知鎮國郡主起誓不嫁，便欲替他求娶南都郡主。誰知昨日傍晚……又聽說大樑四皇子求娶南都郡主，且起誓此生不納側妃與妾室，朕自問朕那弟弟做不到如此，便也歇了這個念頭，若將來朕的九弟有幸入晉遇到心儀女子，還請陛下定要允准啊。」

魏啟恒聽到燕帝的話，起身對燕帝道謝：「謝燕帝成人之美。」

呂寶華用團扇掩唇，低聲說：「不曾想那大燕皇帝竟如此英俊，溫潤儒雅，真真兒是天下第一美男！想來大燕九王爺與大燕皇帝一母同胞，必然差不到哪裡去，你要不要考慮考慮？」

「我父王已經答應大樑四皇子了！而且……」柳若芙撇了撇嘴，「大燕一個貧窮弱國，去了豈不是要吃苦？」

魏啟恒轉頭見白卿言端坐於席位，不為所動的樣子，朝著白卿言的方向走去。

柳若芙睜大了眼，滿眼的不可思議。

魏啟恒摘下腰間玉佩恭敬遞予白卿言：「郡主，我乃大樑四皇子魏啟恒，昨日桃隱湖遙遙一見，對郡主傾心不已，欲求娶郡主為正妃，恒已向閑王與陛下起誓，此生只求郡主一人為妻，絕不納側妃與妾室，只求與郡主一生一世。」

蕭容衍攥著酒杯的手一緊，抬眸朝白卿言的方向看去。

白卿言頗為意外，不是說……大樑四皇子求娶南都郡主柳若芙嗎？她朝柳若芙看去。

柳若芙臉色更加慘白，拳頭死死攥著，白卿言看她一眼是什麼意思？挑釁嗎?!

秋貴人一聽心頭一跳，忙道：「陛下，四皇子昨日求娶的是南都郡主啊，為此您還專程將閑王召入宮中，怎麼四皇子……」

昨日魏啟恒向皇帝和閑王求娶柳若芙之事早已經傳遍了大都，因為魏啟恒許諾此生不納側妃妾室，這段姻緣已經成為了大都城內的一樁美談。

好事者笑著對魏啟恒指了指柳若芙的方向：「四皇子莫不是認錯人了？這位可不是南都郡主，是鎮國郡主白卿言，南都郡主在那裡……」

魏啟恒順著那人手指朝柳若芙的方向看去，只見柳若芙慘白著一張臉，而閑王此時的臉色也好不到哪裡去。

大樑四皇子魏啟恒跪求閑王將南都郡主嫁給他這件事，就是要面子的閑王自己散播出去的，誰知道這大樑四皇子竟然前腳求了自己女兒，後腳就向白卿言求親。

「啊？」魏啟恒一臉茫然看了看柳若芙，又回頭看著已經站起身來的白卿言，「可……不是說南都郡主柳若芙才是晉國的第一美人兒嗎？怎麼……」魏啟恒呆頭呆腦的一句話，簡直是將柳若芙的面皮按進了泥裡。

大樑四皇子這是什麼意思?!是說她柳若芙配不上大晉第一美人兒的稱號?!不少平時看不慣柳若芙的女眷用團扇擋住唇直笑。

柳若芙一向驕傲，又對自己的外貌格外自信，如何能承受這侮辱？可她卻笑著起身，得體行禮之後道：「原來，大樑四皇子將鎮國郡主誤認成了我，第一美人乃是虛名，柳若芙萬萬不敢承擔。鎮國郡主乃是此次南疆一戰我晉國的最大功臣，大樑四皇子慧眼，恭喜鎮國郡主了。」

柳若芙有意提點魏啟恒，白卿言便是焚殺西涼十萬降俘的那個悍婦，就是想看著魏啟恒剛才信誓旦旦……而後知道白卿言身分退卻的模樣，如此，才能讓笑柄……從她挪到白卿言身上去。

蕭容衍抬了抬眉，勾唇淺笑，總是有人自不量力以為自己能勝白卿言一籌。

可惜啊，白卿言不論是口舌功夫，還是計謀城府，在座的怕沒有幾人能與之匹敵。

掌上明珠受了這麼大的委屈，閑王如何能沉得住氣，他垂眸略略思索皇帝對白卿言的態度後，接著女兒的話才開口：「在我晉國，可不是長得漂亮就能被稱作第一美人的，本王的掌上明珠，品、貌、才能出類拔萃，這才被稱作大晉第一美人！德、言、功、容，德在第一，容在最末。」

閑王因為是晉國唯一的異姓王，所以特別謹小慎微，尤其喜歡體察聖意，直覺告訴閑王……陛下很樂於看到白卿言的狼狽之姿，故而言辭更加犀利。

「晉國從來不以貌取人，女子當以柔順為美，良善為德，一身殺伐戾氣的女子怎能稱美？過分剛硬的女子，又如何勤儉持家，孝順公婆，相夫教子？更別說……不顧禮義廉恥，竟在外魅惑大樑四皇子，又不表明身分故意陷他人於尷尬境地，其心可誅！」

董氏抬眼望著那以前在她丈夫面前諂媚的異姓王，正欲開口維護女兒，卻被白卿言輕輕按住了肩膀阻止。白卿言淡漠冰涼的視線朝閑王看去，她無意與人口舌，可也絕不是任人踩踏的軟和性子。

一向能沉得住氣的白錦繡咬著牙看向閑王，冷笑：「閑王這是……」

誰知不等白錦繡說完，大樑四皇子魏啟恒就先忍不住了。

「閑王這話倒是讓人聽不懂了，本殿下弄錯了人……求娶南都郡主的時候，就是佳偶天成，求娶鎮國郡主的時候，就是鎮國郡主有意勾引？閑王說晉國不以貌取人……你這是指本殿下是個色痞？還是踩著鎮國郡主來抬高你南都郡主？」魏啟恒一臉的不高興，「鎮國郡主貌不必說，自然在南都郡主之上！鎮國郡主率軍平定南疆，守護晉國萬民之德行！難道還比不上那些矯揉造作彈個琴，無病呻吟作個詩的所謂才女強？什麼道理?!」

「噗……」白錦稚忍不住笑了一聲，悄悄給魏啟恒豎了一個大拇指，只覺這大樑四皇子說話忒損了，和那呂元鵬有得一拼。

「昨日宮中，本殿下對閑王跪下求娶之事，是閑王你自己為了彰顯你家女兒矜貴，專程派人大肆宣揚出去的！你以為本殿下不知道？我們大樑使臣早都發現了，只不過本殿下以為你是我心愛之人的父親……才容忍了下來，閑王莫不是覺得本殿下是個傻子……任由你做小動作而不知？」

魏啟恒眉頭抬得高高地質問。

閑王看著昨日在自己面前循規蹈矩，姿態放得極低的大樑四皇子竟然如此同他說話，一口氣堵在嗓子眼兒上不來下不去，臉色要多精采有多精采。

白卿言福身行禮，對閑王道：「閑王，我祖父、父親在世時，閑王每每前來大都，必去國公府拜訪，在外總稱與我父情同手足！我父為國捐軀，閑王不曾派人弔唁，此次來大都也未曾登門，就當閑王貴人事忙。但……若閑王真與我父情同手足，會踩著自個兒侄女兒名聲捧自己的女兒？人走茶涼的道理白卿言懂得，可兩副面孔……也千萬別做的太明顯，會讓人戳脊梁骨的。」

「畢竟，不是白卿言拉著大樑四皇子去遊湖的，不是白卿言對大樑四皇子自稱柳若芙，也不是白卿言拉著四皇子進宮求娶用刀逼著閑王答應這件婚事，更不是白卿言逼著閑王將大樑四皇子跪下求娶南都郡主之事大肆宣揚的，閑王丟了臉怎好算在我的頭上？」

慕容彧端起酒杯，淺笑抿了一口，作壁上觀。

「白卿言……」閑王幽幽喚著白卿言的名字，他早就聽說白卿言口舌鋒利，倒也沉得住氣，「你白家南疆大戰失利，陛下寬容念在你白家男兒皆身死的分兒上容你去南疆替白家贖罪，可本王作為晉民卻無法忘記你祖父、父親致使我數十萬晉國銳士葬身南疆之罪！固然信王持金牌令箭逼迫……你祖父就不能據理力爭嗎？」

白卿言眸子瞇起：「閑王這是說，我祖父沒有違抗金牌令箭也是錯的？」

閑王抿住唇不答此話，只是冷笑：「太子求情……陛下寬厚，念在你南疆大勝才賜了郡主之位！你本更該謹言慎行，勤修女德。可你卻如此同本王說話，論年紀本王年長於你，論爵位本王好歹是王爵，你當著陛下的面都敢如此牙尖嘴利，將陛下放在眼裡了嗎？」

「閑王勿要拿陛下之龍威，為你張目！我白家祖上數代人……灰軀糜骨隨高祖打下這片江山。

柳家祖上……卻是一邊資助大燕，一邊替高祖張羅銀錢，欲博得從龍之功，幾面討好，左右支應，渾水摸魚得了一個王爵，竟也值得顯擺？」

白卿言不急不緩嗓音徐徐，帶著幾分不屑和冷笑，當即讓閑王白了臉。

燕帝慕容彧端著酒杯的手抖了抖，這鎮國郡主好厲害的口舌，他視線看向蕭容衍，卻見蕭容衍唇角含笑，似乎與有榮焉。慕容彧這下明瞭，他這弟弟日後若與鎮國郡主成親，口舌之上怕占不了便宜，註定要夫綱不振了。

「白卿言！」閑王咬緊了牙關，「你斬殺降俘戾氣太重，毫無良善可言！當著陛下的面……牙尖嘴利毫無婦德，將來誰人敢娶?!本王年長於你……好心勸告你不要不識好歹！」

皇帝穩坐於高位之上，似乎十分樂見白卿言陷入這種境地之中：「好了好了！閑王你也是的，這把歲數了竟然和一個孩子置氣！」

帝王之術，便是御人之術。只有一個人陷入困頓之中，再對此人伸以援手才能讓此人徹徹底底臣服，皇帝等的就是白卿言眾叛親離的一天，所以才放縱大都城中關於白卿言殺降俘殘忍的流言。

「陛下，為臣正因為年長鎮國郡主，才怕鎮國郡主戾氣如此重，將來無人敢娶耽誤終身啊！」

誰知，閑王的話音剛落，魏啟恒轉過頭望著白卿言，鄭重將手中玉佩遞給白卿言：「鎮國郡主，魏啟恒有意求娶郡主為妻！此乃我大樑皇子身分象徵，從此我魏啟恒只求郡主一人，絕不二心，有違此誓……天打雷劈！」

閑王：「……」這大樑四皇子是和自己八字不合麼？昨日那個彬彬有禮又謙卑誠懇的大樑四皇子哪兒去了？今天是被附身了還是怎麼著，專和自己過不去？

「多謝四皇子抬愛……」

不等白卿言說完，皇帝便開口打斷了白卿言的話。

「四皇子怕是有所不知，鎮國郡主曾在鎮國王靈前起誓，此生不嫁……」皇帝緩緩開口，面沉如水，「若是大樑欲求娶鎮國郡主同我晉國聯姻，怕是不成。」

白卿言垂著眸子在心中冷笑，皇帝這不想讓她嫁於他國的心思昭然若揭，竟然連句話都不讓她說完，生怕她答應似的。

大樑使臣也沒有料到自家四皇子竟然來了這麼一齣，頭疼的不行。

昨晚求娶南都郡主，壽宴求娶鎮國郡主，哪有這樣的？

魏啟恒怔住，轉頭望著白卿言滿眼不可置信。

「白卿言早已立誓，此生不嫁！且四皇子恐怕不知，白卿言早年受傷子嗣緣淺薄，不敢耽誤四皇子。」白卿言恭恭敬敬行禮，絲毫不避諱此事，看起來是打定主意不嫁的。

董氏眉頭緊皺揪了揪帕子，歎氣。

魏啟恒一臉錯愕。

柳若芙緊緊攥著的拳頭鬆開，笑著道：「鎮國郡主也不必太妄自菲薄了，大樑四皇子鍾情於鎮國郡主，想必不會介意子嗣之事……」

「若芙！」閑王看向柳若芙，示意柳若芙不要意氣用事，先坐下。畢竟皇帝已經開口，怕是不會允准白卿言嫁他國，若柳若芙還較勁，怕被皇帝厭惡。

「南都郡主可是我們晉國第一美人兒，雖然四皇子認錯了人，也不妨礙與南都郡主成就一段良緣啊！」秋貴人笑著看向皇帝，「您看南都郡主得知大樑四皇子心悅鎮國郡主，還願意幫著說和，可見心裡也是有四皇子的。」

白卿言頗為意外，視線落在秋貴人身上，秋貴人這是在替柳若芙圓場？

她又看向閑王的方向，晉國唯一的異姓王，且手握兵權……白卿言藏在袖中的手微微收緊，難不成，梁王已經與閑王勾結在一起了？

皇帝點了點頭，只一心看著自己身邊的美人兒：「秋貴人說的是。」

柳若芙臉色比剛才更加難看，這秋貴人是羞辱誰呢？

閑王臉色也不好看，正要拒絕，就聽大樑使臣賠著笑臉道：「秋貴人說的正是，這說明南都郡主與我大樑四皇子緣分天定。」

見皇帝點頭，閑王只能將拒絕的話咽回去，以免得罪了皇帝。

大樑的使臣示意副使將已經愣在那裡的四皇子拉回席位。

魏啟恒此時也陷入了兩難，雖然說他對大樑皇帝之位沒有肖想，所以不納側妃妾室完全可以，可沒有子嗣……卻是萬萬不能的。可若得鎮國郡主為妻，不納側妃妾室的誓言是他說的，總不能反悔，那鎮國郡主肯定不會嫁給他。

「此次陛下壽宴，成就了郡主與大樑四皇子的良緣，也成就了太子與西涼公主的良緣，當真是可喜可賀呢！」秋貴人如水眸子望向皇帝。

「愛妃說得極是。」

皇后清了清嗓子，皇帝還沉浸在秋貴人的似水春眸中，俞貴妃打圓場道：「陛下如此惦記太子，太子也惦記著陛下欲將神鹿獻予陛下，當真是父慈子孝，我大晉之幸！」

太子藉機，連忙命人請上白色神鹿。

在晉國白鹿乃是聖獸，在座諸位都是第一次見到如此巨大的白鹿，好奇得不得了。

晉國皇帝聖心大悅，又將太子誇讚了一番，他起身，舉杯，聲如洪鐘：「天降祥瑞，佑我大晉，我大晉國祚昌盛綿長！」

「大晉國祚昌盛綿長！」

「大晉國祚昌盛綿長！」

「大晉國祚昌盛綿長！」

百官叩拜，三呼昌盛。好似如此，便能真的令大晉國祚昌盛。

白卿言跟隨叩拜，面無表情。

殿外一小太監邁著小碎步從後面繞至高德茂身邊，單手掩唇在高德茂耳邊耳語。

高德茂聽完擺了擺手示意小太監下去，這才笑咪咪走到皇帝身邊：「陛下，大長公主派蔣嬤嬤來給陛下送賀禮，想面見陛下。」

「姑母竟然還惦記著朕的壽辰。」皇帝心情愉悅笑了笑道，「讓蔣嬤嬤進來吧！」

高德茂轉頭示意小太監帶蔣嬤嬤進來。

很快，雙手交疊在小腹前，姿態端莊恭敬的蔣嬤嬤從大殿外進來，身後跟著幾個抬著被紅布遮蓋的大物件兒進來，隱約能猜出是屏風。

蔣嬤嬤叩拜行禮之後道：「老奴參見陛下，大長公主在皇家清庵清修為國祈福，特命老奴為陛下送上賀禮……」蔣嬤嬤微微側身，命人將紅布揭開，果然是一架屏風。

皇帝看到這架屏風，瞳仁一顫，猛地站起身來。

蔣嬤嬤卻似看不到皇帝的失態，幽幽開口：「不知道陛下還記不記得，大長公主嫡女素秋姑娘還在世時，曾答應過將陛下的畫作繡成屏風當做生辰之禮送於陛下，可這屏風只繡了一半姑娘便仙逝了，這屏風便被大長公主收在庫房中。不成想此次大長公主竟遇到了一個奇人，其繡工手法與我們姑娘如出一轍，大長公主便命人尋到了這位姑娘，這架屏風今晨那位姑娘才剛剛繡完，大長公主便命老奴給陛下送來，當是替我們姑娘完成了當年欠了陛下的承諾。」

皇帝唇瓣輕顫，疾步從高臺之上走下來，看著那屏風繡線一半陳舊，一半嶄新，可技藝手法的確如同全部出自白素秋之手。

見皇帝眼眶泛紅，蔣嬤嬤又跪在皇帝身側叩首：「陛下，大長公主還想向陛下求一個恩典，當初陛下說過欠我們姑娘一個郡主的封號，等我們姑娘從膠州回來便請求先皇賜封號，可是……膠州疫情緩解，我們姑娘卻沒有能回來！大長公主想要收這位與我們姑娘如出一轍的繡工盧姑娘為義女，替代我們姑娘領受郡主頭銜。」

皇帝一聽眉頭便皺了起來：「姑母這是老糊塗了嗎？只是繡工與素秋一般而已，怎可代替素秋！」他的素秋是這個世界上獨一無二的！

蔣嬤嬤忙叩首，似乎很難為開口：「可陛下，這盧姑娘……這盧姑娘……」

「蔣嬤嬤你回去告訴姑母，若是喜歡就當養在身邊的一個貓兒狗兒，平民不可與素秋相提並論！」皇帝心中有火，說話也不甚客氣。

蔣嬤嬤一咬牙，重重叩首後道：「可陛下！這盧姑娘今年十八，是二月初六生的！與我家姑娘繡技如出一轍不說，且與我家姑娘長得也幾乎一模一樣！」

蔣嬤嬤語速極快說完，又是一叩首哽咽開口：「原本大長公主是不讓老奴說的，可是……陛下那姑娘對大長公主來說並非是貓兒狗兒，老奴和大長公主都覺得那姑娘是我們家姑娘轉世啊！」

「大長公主求神拜佛這麼多年，老爺天終於將姑娘送回大長公主身邊了，大長公主又怎麼捨得我們姑娘再受一絲一毫的委屈啊……陛下！」

秋貴人手心收緊，不安的攥緊了手帕，她知道自己能夠得寵全憑與白素秋相似的外貌，結果現在大長公主那裡來了一個白素秋轉世。大長公主是白素秋的親生母親，若是大長公主都認為是女兒的轉世，那……陛下呢?!

白卿言垂著眸子，那日她告訴蔣嬤嬤梁王借送畫之名，將與姑姑白素秋相似之人送上了皇帝的床榻，今日祖母便出手了。作為素秋姑姑的母親，祖母怕是最不能容忍有人利用她已逝的女兒做文章，且還是個對白家不安好心之人。

祖母的手段，可要比梁王假借送畫之名送人高明多了，蔣嬤嬤完全是被逼無奈之下……才透露了祖母為何這麼在意這個盧姑娘的原因。

這個盧姑娘還未露面，就已經占據了皇帝的心，不論如何……梁王送到皇帝身邊的秋貴人即便是不失寵，怕也無法和之前一樣寵冠六宮了。

她看著皇帝失神的模樣，唇角淺淺勾起。

她一直都知道，只要在不動搖林氏江山的情況之下，祖母還是會護著白家和白家人的。

當晚，直到宮宴結束，李之節也沒有再敢提起要求娶白錦稚之事。

白錦繡從宮門出來，扶著貼身女婢翠碧的手上了白卿言的馬車。

「祖母這一手，是因為梁王送進宮的秋貴人？」白錦繡望著白卿言，眉目間都是喜意，「還是祖母厲害，對男人來說……得不到的才是最好的，那盧姑娘還未露面，就已經奪了皇帝的心！想來秋貴人離失寵不遠了。」

馬車四角懸掛的宮燈搖晃著，將白卿言的眸子映的忽明忽暗。

她點了點頭：「梁王也的確是厲害，竟然連如此隱秘之事都能知道，提前安排找了一個同素秋姑姑相似的姑娘，且還能讓那個姑娘忠心於他！秋貴人還是不可小覷，但我更擔心的是閑王，怕閑王已經同梁王勾結在了一起。」

閑王手中有兵，得防著梁王同上一世一般孤注一擲謀反。

至於梁王或許已經同閑王勾結在一起之事，回頭就交給太子殿下去煩惱吧！

「長姐如何看出的？」白錦繡話音一落，突然就想起秋貴人對柳若芙的維護，陷入深思之中。

白錦繡如今懷有身孕，她不願讓白錦繡多思多想，笑著轉移了話題：「明日我同小四去探望祖母，隨後去莊子上看紀庭瑜，你懷有身孕就不要跟著去了。」

白錦繡手覆在腹部，輕輕對白卿言點了點頭：「也好，這月十五剛去探望過祖母，祖母吩咐了以後三個月去一次。」

「嗯……」白卿言抬手在白錦繡的腹部摸了摸，「在家好好養胎。」

白錦繡又忍不住想到了自己的二哥白卿瓊，垂著通紅的眸子道：「若是二哥還活著該多好啊！長姐……也就不用這麼辛苦了。」

與西涼周旋，還要與太子周旋，長姐當真是辛苦，可偏偏她在這些事情上無法替長姐分擔。

「等回朔陽，一切都會好起來！」白卿言說。

第七章 素秋轉世

第二日一大早，佟嬤嬤吩咐人套了車，春桃準備好了茶具和點心，隨白卿言與白錦稚上了馬車，在盧平所帶的一隊護院的護衛下，前往皇家清庵探望大長公主。

白錦稚想起去年今日，她被哥哥們帶著去了古平鎮廟會的事情，對白卿言道：「長姐，探望了祖母和紀庭瑜後咱們去古平鎮廟會吧！去年今日……哥哥們偷偷帶著我去了廟會，原本我們是要去寶香樓吃只有廟會才會做的寶香鴨，但被我爹發現提著我的耳朵把我給提溜回去了，我都沒有能吃上……」白錦稚低頭用手背揉了揉眼睛，其實她不是貪嘴，就是想念哥哥們了。

「好，一會兒從皇家清庵出來先去莊子上看紀庭瑜，若時間來得及長姐便陪你去吃寶香鴨。」白卿言柔聲開口。

「長姐最好了！」白錦稚抬頭露出笑容。

清晨山間空氣還帶著涼意，鳥兒在晨光之中飛落於青瓦簷角之上，嘰嘰喳喳叫著，望向小院子內被蔣嬤嬤指揮……忙成一團的僕婦下人。

得知白卿言白錦稚今日要來探望大長公主，蔣嬤嬤進進出出幾乎腳不沾地，又是讓人備清油點心，又是讓人備白卿言和白錦稚愛喝的茶，一會兒讓人把花挪進來，一會兒又讓人給院子觀景最好的石凳上鋪上軟墊，怕冰著兩位姑娘。

見蔣嬤嬤正在張羅兩位姑娘的午膳，立在一旁的魏忠對蔣嬤嬤道：「嬤嬤，你不用忙了，我猜……大姑娘不會多留的。」

蔣嬤嬤聽到這話，高興的表情凝滯一瞬又笑開來：「不論大姐兒待多久，咱們做奴才總得伺候妥當才是。」

魏忠搖了搖頭不再阻止，立在一旁。

銀髮梳的一絲不苟的大長公主坐在佛龕前，撥動佛珠，誦經，三腳瑞獸香爐嫋嫋升起白霧，是讓人沉靜平和的檀香味。

昨天夜裡，皇帝便裝在晉軍護衛之下來到清庵，說是請見大長公主，可大長公主知道是為了見那個和白素秋近乎一模一樣的姑娘。可大長公主沒有讓皇帝見成，只對皇帝說那孩子替她採藥去了，約莫得兩三天才能回來，皇帝喝了一杯茶，詳細詢問大長公主那位盧姑娘的情況，這才離開，說三日後再來。

大長公主太清楚她這個侄子，對皇帝來說，得不到的才是最好的……

大長公主就是要讓皇帝惦念著，卻得不到。

如果不是梁王將一個冒牌的白素秋……秋貴人送到宮中，這樣的行徑噁心到了大長公主，大長公主也不想行此法。可梁王心機城府毒辣，若不如此，還不知道梁王要以那個秋貴人怎麼作賤白家。

蔣嬤嬤看了眼沙漏，見時間差不多了，打了簾子進門，就見大長公主正要起身。

蔣嬤嬤忙疾步上前，將大長公主扶了起來。

「阿寶還沒到嗎？」大長公主問，眉目慈祥。

蔣嬤嬤心細如塵，又怎麼會察覺不出大長公主聲音裡的忐忑，她笑了笑語調輕快：「應該快了！前兒個老奴回來同大長公主說，大姐兒南疆走了一趟倒是硬朗了不少，大長公主還不信，等下大姐兒來了……大長公主就知道老奴可沒有虛言。」

大長公主笑了笑，雖然多年來積威的氣勢極盛，卻容色溫和，聲音極為心疼：「只是不知道阿寶又吃了多少苦，那孩子從小就是眾兄弟姐妹中最能吃苦的。」

「如今南疆歸來，陛下封了大姐兒郡主，往後日子肯定會越來越好的！」蔣嬤嬤扶著大長公主從屋內出來。

魏忠還沒有來得及向大長公主請安，就看到敞開的院門之外，白卿言與白錦稚在婆子丫鬟的簇擁之下，緩緩而來。

「大長公主，大姑娘到了！」魏忠道。

大長公主藏在袖中的手微微收緊，攥住了腕間佛珠，側頭朝門口的方向看去，眼眸一下就紅了，她吩咐魏忠：「去將盧姑娘喚過來。」

魏忠稱是低頭邁著步子離開。

白卿言帶著白錦稚一進門，就看到立在廊下望著她和白錦稚淺笑的大長公主。

數月未見，祖母比之前看起來更為削瘦，也憔悴了不少，儘管威儀未改，可身上的素色華貴的衣裳已掩不住她日漸佝僂的脊背身形。本是已過甲子的垂垂暮年，又經歷喪夫……盡失兒孫之痛，哪怕是端莊持重手段卓絕的祖母，經歷巨大悲痛之後，難免顯露疲憊老態。

白卿言帶著白錦稚進門後便對大長公主行禮：「祖母，我們平安回來了。」

「嗯，平安就好……」大長公主聲音如常，似有淚光藏在她眼角溝壑之中，她慈祥道，「進屋吧，外間有些涼。」

「大姐兒，四姐兒快進屋吧！今兒個一大早，老奴便讓人熬了紅棗牛乳茶，大姐兒四姐兒喝一盅暖暖身子。」

白錦稚規規矩矩跟在白卿言的身後，仰頭望著白卿言似乎在等白卿言的吩咐。

曾經的大長公主怎麼也想不到，自己會同從小疼到大的孫女兒走到今天這一步，她扶著蔣嬤嬤的手率先轉身進屋，坐在西番蓮花紋的薑黃軟墊上。

一進屋，白卿言與白錦稚要跪，蔣嬤嬤忙命人拿來了蒲團。

看著兩個孫女兒跪地鄭重三叩首，大長公主眼眶濕紅，笑著讓蔣嬤嬤把兩個孩子扶起來坐下：「阿寶看起來的確是硬朗了，小四出去這一趟怎麼就成了一個黑炭小子了。」

白錦稚在大長公主面前一向拘謹，頗有些不好意思，小聲道：「是啊！我也覺著奇怪，明明我同長姐都一起騎著馬的，怎麼長姐還是白白嫩嫩，就我曬得這般黑。」

蔣嬤嬤用帕子掩著唇直笑，見盧姑娘端著紅棗牛乳茶進來，吩咐僕婦婢子們都退下，讓魏忠在外面守著。

雖然蔣嬤嬤還未引薦，白卿言已知道正低眉順眼給她上紅棗牛乳茶的女子便是盧姑娘，餘光悄無聲息打量著。

大長公主將腕間的佛珠取下擱在黑漆小方桌上，端起紅棗牛乳茶小小抿了一口：「這位便是盧姑娘，等祖母收了義女之後，論輩分你們得喚她一聲小姑姑。」

白卿言這才正兒八經朝著盧姑娘望去，見女子不卑不亢立在大長公主身邊，她問：「像嗎？」

白素秋這位姑姑離世的太早，白卿言那時還小，對姑姑幾乎沒有什麼印象，可是作為姑姑的親生母親就不一樣了，祖母定然是最熟悉和瞭解姑姑的。

「長相六七分，剩下的三四分，可用穿著打扮同言行舉止來彌補。」大長公主放下天青釉瓷茶盅，「這幾日蔣嬤嬤正在調教，雖然時間緊迫卻也需穩妥為先。」

白家昌盛不衰百餘年，如今兒孫盡死，只剩一眾女眷皇帝仍然不放心，梁王仍有圖謀，所以大長公主更要穩妥謹慎，步步為營。

白錦稚手裡端著牛乳茶，滿目好奇望著盧姑娘，聽不太懂長姐和祖母這打的是什麼啞謎。

「會醫術嗎？」白卿言這話問的是盧姑娘。

盧姑娘略感意外，福身對白卿言行禮之後道：「回郡主，民女母親祖上便是學醫的，所以民女也略通一二。」

難怪祖母會選了這個盧姑娘。如果不是不得已，怕是祖母也不會走這一步。

「孫女兒倒覺若陛下允准祖母收盧姑娘為義女，就讓盧姑娘在祖母身邊照顧起居，三妹……可在五月初一隨我等回朔陽。」白卿言說。

都說妻不如妾，妾不如偷，偷不如偷不著……有這麼一個由蔣嬤嬤和大長公主指點的「轉世白素秋」在，皇帝的心就會一直牽掛在這裡，宮裡那位秋貴人必是要失寵的。

自然，「白錦桐」回朔陽之後，便要對外稱病。

「算日子，你五嬸也該發動了……」大長公主想到五夫人齊氏肚子裡那個孩子，她對那個孩子寄予厚望，希望此次五夫人齊氏能夠再為白家產下一子，至少給白家留個男丁，如此……阿寶也可不用那樣竭力支應門楣。

「母親已經備好接生穩婆和產房，洪大夫也在家中候著，奶娘五嬸親自挑了兩個，後來又同母親商議想要親自餵養孩子。」白卿言說。

她能夠理解五嬸想要親自餵養的心情，那是五叔的遺腹子，也是五嬸唯一的骨血了。

大長公主神情難掩悲慟，似乎點了點頭：「隨你五嬸吧！」

蔣嬤嬤原本想留白卿言和白錦稚中午吃齋飯，白卿言卻說：「不了，還要去莊子上看看紀庭瑜，看過紀庭瑜之後，小四想去古平鎮廟會吃寶香樓的寶香鴨……。」

提到紀庭瑜大長公主唇瓣動了動，真正讓孫女兒與她離心便是因為處置紀庭瑜之事。

她撥動纏繞在手上的佛珠，瞌著眸子點頭，吩咐蔣嬤嬤：「去拿五百兩銀票給阿寶，讓阿寶給紀庭瑜帶去。」

白卿言沒有拒絕，替紀庭瑜謝過大長公主之後，便帶白錦稚離開了。

蔣嬤嬤送白卿言和白錦稚上馬車，紅著眼幾度欲言又止，相勸又不知從何勸起。

隔著青圍馬車垂下的幔帳，蔣嬤嬤道：「嬤嬤知道，大姐兒是個識大體明大局的孩子，否則也不會在晉國危難之際奔赴南疆，解晉國之危！可大姐兒怎麼就不能體諒體諒您的祖母大長公主啊？大長公主可是將您捧在手心裡含在嘴裡疼大的人啊！丈夫、兒子、孫子都沒有了，大長公主才是那個心裡苦不堪言的可憐人啊！」

奔赴南疆，白卿言從來不是為了晉國皇室，而是為了白家存世的根本，為了邊民可憐，可這樣的話……她再也不能照實對祖母說了。

她時時想起她的祖母大長公主，無一次不是心頭百味雜陳，酸澀難當。她知道也理解大長公主，可作為被大長公主親自教養長大，彼此親情深重的祖孫……她不能諒解她的祖母。

白錦稚轉頭看著眸子泛紅，卻容色平靜的長姐，低聲喚了一句：「長姐……」

白錦稚不知道為何長姐不將兩個哥哥還活著的消息告訴祖母，若是祖母知道了……心裡可能會好受一些，可……長姐做事一向有長姐的道理，白錦稚深信長姐。

「大概是因為，我曾全心全意將所有信任和依賴都給予了祖母，將祖母當做這個世界上最能依靠之人，相信祖母絕不會捨棄這個世界上本應羈絆最深的骨肉親情！可祖母……卻先是晉國的大長公主，然後才是我們的祖母！與其還相信我與祖母之間有世上深重的骨肉親情，讓這分親情在彼此的防備算計中消磨殆盡，讓彼此變得面目可憎，不如快刀斬亂麻。」

蔣嬤嬤怔住。

「嬤嬤是忠僕，阿寶深信嬤嬤能夠照顧好祖母，還請嬤嬤時時開解，讓祖母能痛快些。」白卿言垂眸，低聲開口，「平叔，走吧……」

春桃和佟嬤嬤對蔣嬤嬤行禮後，跟在馬車一側。

蔣嬤嬤立在皇家清庵門口，望著那輛馬車越走越遠，心跟鈍刀割肉一般難受。

馬車晃晃悠悠進了道路並不寬敞的莊子，莊子內玩鬧的孩童見有漂亮的大馬車前來，嘻嘻鬧鬧追在馬車後面。

沿著田間車馬通道，白家車馬隊伍一路向西，停在了一家還掛著白燈籠的小小院落前。

佟嬤嬤扶著白卿言下了馬車，盧平前去扣門，佟嬤嬤命人將裝在後面馬車上，給紀庭瑜準備的一應吃食和日常用的物件兒拎了出來。

盧平見半天沒有人開門，透過門縫往裡瞧，分明看到屋內有人影。

他喊道：「紀庭瑜，我是盧平……大姑娘來看你了，快把門打開！」

雜草叢生的小院內傳來紀庭瑜極為冷淡的聲音：「寒舍髒亂，不敢委屈郡主，請回吧！」

盧平還要敲門，卻被白卿言攔住，她立在門口對著門內道：「紀庭瑜，是白家對不住你，對不住紀家婦！你為白家捨命……白家卻差點兒連你的命都要了，我知道即便是處置了那個庶子，也再換不回你的妻！白家欠你良多，此生白卿言將盡己所能竭力以圖償還一二，若你不想見我，便收下這些吃食和日用物件兒。」

白卿言轉頭吩咐人將那些物件兒吃食都放在門口，走了幾步將祖母給紀庭瑜的五百兩銀票塞進一床疊好的錦被之中。

屋內，紀庭瑜眼眶發紅。他知道此事不怪大姑娘，且在他差點兒被大長公主了結之時，是大姑娘拼了得罪人……拼著和大長公主鬧翻，將他救了回來。

他還記得在昏迷中，隱約聽到大姑娘讓人為她把洪大夫從永定侯府搶回來，說他是白家的恩人，誰敢和他搶大夫……大姑娘便要將其全族斬盡，雞犬不留。

聽到大姑娘讓將那郎中指節一節一節敲碎……後來，他還聽說，大姑娘拔刀衝向靈堂，為他與大長公主爭論，起誓那庶子不死，大姑娘自己便不得好死！甚至，斷了祖孫情誼。

大姑娘如此為他討公道，他若連大姑娘都恨，大姑娘又何辜？其實他該明白的，他之所以誓死效忠於白家，是因為白家的風骨，白家世代薪火相傳的忠義，白家捨身護民的勇氣。大長公主的所作所為，確是冷了他的心。

可白家的諸位姑娘們，難道不是將這些品質集於一身？難道不值得他紀庭瑜誓死追隨？難道就因為大長公主一人所為，他就要捨棄自己從前堅定不移的信仰？

就在佟嬤嬤扶著白卿言上馬車之際，那兩扇木門吱呀一聲緩緩打開。

白卿言彎腰進車廂的動作一頓，回頭便見失去一臂的紀庭瑜雙眸通紅從門內出來。

她直起腰身看向紀庭瑜的方向，喉嚨翻滾，眼眶滾燙。

紀庭瑜緊緊咬著牙，撩開衣裳下擺對白卿言跪下，重重叩首。

她從馬車上下來，低啞著聲音對盧平說：「平叔，扶紀庭瑜起來。」

「哎！」盧平忙將紀庭瑜扶了起來。

白錦稚望著盧平，揉了揉發紅的眼眶：「紀庭瑜，你不請我和長姐進去坐坐嗎？」

紀庭瑜望著一趟南疆被曬黑的白錦稚，視線又落在白卿言的身上，緊緊咬著牙側開身子做了一個請的姿勢。

紀家的院子大約是因為無人打理，荒草叢生，屋內紀庭瑜倒收拾的整潔乾淨。

白卿言和白錦稚在黑漆方桌前坐下，紀庭瑜一隻手拎著茶壺給她們倒水。

她沒有阻止，只頷首道謝，詢問紀庭瑜的身體狀況。

「什麼都好，就是清閒的很……」紀庭瑜垂著眸子，聲音落寞，「我少了一條手臂，很多事情都用不上我了，往後我也不知道我還能做什麼！」

盧平一聽忙道：「庭瑜你可不能這麼想，不是不給你安排事情，是想讓你好好養好身子！」

白卿言抿了抿唇，轉頭看外面正在幫紀庭瑜整理院落的僕婦婆子。

人人都應該有事做，有事做……心氣兒才能不散。

她垂眸，略作思索後開口：「平叔、佟嬤嬤、春桃，你們在外面候著，我有話同紀庭瑜說。」

「是！」佟嬤嬤與盧平行禮朝外走去。

春桃最後一個出去，替白卿言將門關上。

「紀庭瑜，我有事需要拜託於你。」她沒有避著白錦稚，鄭重對紀庭瑜開口，「我想讓你去銅古山，幫著我七弟阿玦……重建白家軍！」

紀庭瑜睜大了眼看向面色沉靜的白卿言。

七公子？七公子還活著?!紀庭瑜只覺自己腿和臉都麻了片刻：「七公子活著？」

白卿言點了點頭：「此次去南疆最大的收穫，便是找到了阿玦，救回了阿雲，此事……我連母親也未曾說，只有我同小四知道。白家如今處境艱難，若讓今上知道兩個弟弟還活著，怕是又要陡生波瀾。」

紀庭瑜張了張嘴，知道白卿言這是聽出他剛才的不滿，才會將此事告知於他，將南疆之事託付於他，可他這個樣子……紀庭瑜悄悄攥住了自己空空蕩蕩的袖管，半晌還是搖了搖頭：「大姑娘不是想託付我，而是想要我振作起來不要再自怨自艾，所以才將如此重要之事告知紀庭瑜，紀庭瑜懂！可是即便是去了……我這個樣子也是不成的，只會成為累贅！」

見她還要說什麼，紀庭瑜突然單膝跪地道：「大姑娘若還願意用紀庭瑜，且等紀庭瑜一段時間，大姑娘重傷武功全失之後能撿起射日弓，紀庭瑜失去一條手臂也能重新用左手執劍！」

她心中陡然鬆了一口氣，只要紀庭瑜心裡的那股子心氣還在就好。

「好，我等你！」她點了點頭，親自將紀庭瑜扶了起來，「五月初一，我們舉家遷回朔陽，你可願隨我一同回朔陽？」

紀庭瑜望著白卿言鄭重道：「紀庭瑜已無牽掛，從今日起誓死追隨大姑娘。」

她鼻頭發酸，這便是祖母辜負了的白家忠僕……「那就準備準備，四月底回白府來。」

「是！」紀庭瑜頷首。

古平鎮寶香樓。蕭容衍從馬車上下來，轉身親自將穿著一身常服的慕容瀝接下馬車。

慕容瀝朝臺階上踏了兩步，轉頭看著古平鎮廟會，入目處處是繁華，人山人海，小販在攤位變著花樣兒叫賣，吆喝聲此起彼伏。

慕容瀝在大燕時，從未見過這樣的熱鬧吵雜，目光所及的晉國百姓雖是粗布麻衣，卻不見襤褸，孩童騎在父親頸脖之上，手舉糖葫蘆，遙看戲臺之上唱戲的伶人，鼓掌叫好。

兩側攤位的道路上，行人摩肩接踵，到處都是談笑聲，還有來廟會看熱鬧的百姓與攤販討價還價的拉扯聲，這樣的喧囂，慕容瀝很豔羨，他希望若干年之後，他們大燕的百姓也能如晉國百姓這般富庶，不受戰亂之苦。

「看什麼呢？」蕭容衍笑著問慕容瀝。

「羨慕大晉的富庶……」慕容瀝照實對九叔說。

蕭容衍笑了笑，緩緩開口：「用不了幾年，我們大燕也會如此！不必著急……」

「我相信父皇，也相信九叔！」慕容瀝一雙黑白分明的璀璨眸子望著蕭容衍道。

蕭容衍知道有人跟著，做足了對慕容瀝恭敬的架勢，請慕容瀝與馮耀先行入寶香樓。

慕容瀝正要踏入寶香樓見另一輛馬車在門口停下，白錦稚乾脆俐落地一躍而下，他腳下步子一頓：「那位是高義縣主？」

蕭容衍順著慕容瀝的視線看過去，見白錦稚轉身對車內伸出手，白卿言低頭從車廂內出來，扶著白錦稚的手走下馬車。

蕭容衍唇瓣微張，沒想到竟如此巧，在這裡遇到了。他立在原地，凝望白卿言的方向。

抬頭間，白卿言正對上蕭容衍含笑幽邃的目光，她一怔，視線落在大燕四皇子慕容瀝身上。

慕容瀝倒像個普通富庶人家知禮的小兒郎，笑盈盈對著白卿言的方向遙遙行禮一拜。對慕容瀝來說，白家軍的小白帥可不僅僅只是他崇敬之人，更是他未來的九嬸兒，他自然要恭敬有禮。

白卿言與白錦稚福身還禮，抬腳踏上寶香樓的臺階。

「鎮國郡主、高義縣主。」蕭容衍行禮。

「鎮國郡主與高義縣主也是來吃寶香鴨的嗎？」慕容瀝雖然還只是個孩子，卻已經有了大人沉穩的模樣，有模有樣邀請，「蕭先生提前定了雅間，不知鎮國郡主與高義縣主能否賞臉？那日我父皇得罪了郡主與縣主，今日瀝就借花獻佛……算是替父皇為兩位賠罪。」說著，慕容瀝又是一禮。

白錦稚看了眼蕭容衍，笑道：「長姐，咱們來的突然……也沒有定雅間，這會兒雅間肯定都被人定完了，我們總不能在樓下吃吧！」

「郡主……今日既然巧遇，衍正好有事相求於郡主，不妨雅間內詳說。」

蕭容衍的表情鄭重，她頷首：「那便打擾四皇子與蕭先生了。」

蕭容衍訂的是寶香樓位置最好的雅間，打開窗便能看到熱鬧非凡的廟會。

說著白家軍之事。慕容瀝對白家軍之事極為感興趣，顯露孩子心性與白錦稚趴在視窗一邊看外面的熱鬧，一邊

白錦稚像極了說書先生，口若懸河，講述此次隨白卿言出戰南疆之事，比上一次在白府講得更加驚心動魄，聽得慕容瀝雙眸發亮，發出一陣陣驚呼。

蕭容衍與白卿言坐在紅木圓桌前，他替白卿言倒了一杯茶，這才低啞著嗓音道：「上次畫舫之上，燕帝自覺得罪了郡主，還請郡主海涵。」

「也不算，只要燕帝不打我白家女兒的主意，便不算得罪。」白卿言端起茶杯。

「人人都有逆鱗，郡主是長姐……燕帝是長兄，細想便能知曉郡主為何惱火。」蕭容衍端起茶杯捧在手心裡，轉頭望著白卿言徐徐開口，「衍有一事需要白大姑娘幫忙，還望白大姑娘千萬不要拒絕。」

她頭一次看到蕭容衍如此鄭重的表情，放下手中茶杯。

「我兄長早年中毒身體十分虛弱，近日來接連咳血，衍……想請白府的洪大夫替我兄長看看，不知可否？」蕭容衍問。

兄長……那便是燕帝了。她略作思索，手指有一下沒一下在桌面上敲著，不過片刻，她手下動作一頓，道：「此事我倒覺得不必掩人耳目。」

白卿言視線落在正一臉豔羨望著小四的慕容瀝身上，小四正滔滔不絕，眉飛色舞的說著什麼。

「可以是……四皇子聽說我白府有一位神醫洪大夫，請洪大夫前去為燕帝診治，此事在晉帝眼皮子底下做的越光明正大，晉帝才越是不會懷疑，就如同……你光明正大帶著燕帝遊湖，今日帶著四皇子來逛廟會，越坦蕩越好。」

剛才見白卿言半晌沒有回答，蕭容衍還以為白卿言在權衡利弊，沒成想是在想辦法。

「就如郡主所言。」蕭容衍露出笑意，幽邃的眸子深深凝視白卿言，「依郡主看，讓四皇子何時登門為好？」

「我五嬸近日要臨產，不如……就讓四皇子這幾日四處打聽打聽名醫，然後在我五嬸產後登門，更為順理成章，蕭先生以為如何？」

蕭容衍對白卿言心生感激，頷首：「衍在此謝過郡主。」

白錦稚心滿意足在寶香樓吃了寶香鴨，走的時候還給家裡帶了兩隻，高高興興同蕭容衍與慕容瀝辭行。也不知道剛才白錦稚同慕容瀝這孩子說了什麼，等白卿言與白錦稚臨走時，慕容瀝看著白卿言的眼神裡都帶著光。

一上馬車，白卿言便問白錦稚：「你同大燕四皇子都說什麼了？」

「也沒什麼，就是講了長姐對甕山與九曲峰的排兵，那孩子還挺聰明的，當時我在門外因為沒有地圖聽長姐說的暈暈乎乎的，那孩子我一說他就明白了！」白錦稚言語裡掩不住對這個新小友的喜歡。

「你自己還是個孩子呢……」她笑著道。

白卿言的馬車到鎮國郡主府門前時，門口的兩盞大燈籠和四盞小燈籠已經點亮，將鎮國郡主府的六扇朱漆木門映的極亮。

府內門房下人見是白卿言的馬車，忙邁著碎步從門內跑出來，對馬車內說：「大姑娘、四姑娘，五夫人發動了。」

白錦稚一聽就急吼吼往馬車外衝，被她一把拉住：「你別慌，五嬸兒是生過兩個孩子的人了，有經驗。」

「長姐，你說……五嬸兒會生個兒子還是女兒？」白錦稚心慌得厲害。

白錦稚自己就是女兒身，對女兒家並沒有什麼偏見，她只是害怕……若五嬸兒生了一個男娃娃，皇帝又要對白家出手了怎麼辦。

「不論男女，都是我們白家血脈，長姐都會護住！」白卿言知道白錦稚的憂慮，她緊緊握住白錦稚的手道。

「我也會護住這個孩子的！」白錦稚說。

她看著已經長大的妹妹點了點頭，攥著白錦稚的手一起下馬車，朝五嬸兒的院子走去。

聽說五夫人齊氏發動，就連遠在秦府的白錦繡都坐不住，命人套了車回來。

二夫人劉氏擔心女兒聽了五夫人生產時的痛呼害怕，讓羅嬤嬤將白錦繡安頓在青竹閣等消息。

白卿言和白錦稚到的時候，董氏剛讓接生嬤嬤將雞蓉粥端了進去，讓嬤嬤趁著齊氏陣痛間隙，餵齊氏吃上兩口，好有力氣生孩子。

她握住母親董氏的手道：「五嬸兒生過兩個孩子了，這一胎只會更順。」

三夫人李氏點了點頭。

天已經完全黑了下來，青磚碧瓦下的廊燈已經全都亮起。

產房內亂哄哄的，不一會兒接生嬤嬤一聲高呼要熱水，捧著銅盆井然有序立在小廚房廊下的婢女們聞聲立刻魚貫而入，小廚房內燒熱水的兩個婆子抬著大鍋，往銅盆裡倒熱水，婢女們接了熱水便端著銅盆挨個疾步進了產房。

不多時，得到消息的蔣嬤嬤也回來了。

白家除了幾個年幼的孩子在青竹閣陪著白錦繡之外，四夫人王氏在佛前祈求五夫人母子平安，其餘人都坐在五嬸兒院中等待消息。

三月末，夜風微涼。產房內時不時傳來接生嬤嬤讓五夫人齊氏使勁兒的聲音，聽到接生嬤嬤高喊著已經可以看到孩子的頭了，白卿言沉不住氣站起身來。

「好了好了！看到頭就快了，到底是三胎比上次快多了！」

「用力啊五夫人！快！馬上就要出來了！」接生嬤嬤高呼。

坐在院中的白卿言聽到五夫人聲嘶力竭一聲喊之後，新生兒響亮的哭聲從產房內傳了出來。

「生了！生了！」挽著衣袖的翟嬤嬤喜氣洋洋邁著小碎步出來恭敬行禮後道，「五夫人生了，是位特別漂亮的姑娘！」

果然，五嬸兒還是生了一個女兒。

董氏鬆了一口氣，用帕子壓著心口，長長呼出一口氣笑了出來：「這女人生孩子就是鬼門關走一遭，還好母女平安！快，翟嬤嬤派人去給五夫人的母家報個信，就說五夫人生了母女平安！」

翟嬤嬤是五夫人齊氏的陪嫁嬤嬤，她一臉喜氣福身應聲道：「老奴早就讓人套了車候著了，這就讓人去齊府報信，老太君知道了也能鬆一口氣。」

董氏看到立在一旁鬆了一口氣的蔣嬤嬤，又道：「蔣嬤嬤也儘快去給母親報信，母女平安，別讓母親再擔心了！」

蔣嬤嬤笑著應了一聲，一顆心終於落地，可……要是位公子多好啊！

「是啊！多虧母女平安！」二夫人劉氏一臉高興，可高興之餘又難免覺得可惜，若五弟妹這一胎是個男娃娃就好了。大約白家人人都會覺得可惜，可又有什麼比得上齊氏母女平安來的重要？

董氏轉頭吩咐白卿言和白錦稚：「行了！你和小四回去換身衣服再過來，我和你嬸嬸們去看看你們五嬸！」

白卿言看得出蔣嬤嬤笑容裡的失落，道：「蔣嬤嬤還是替祖母看一眼八妹再走吧。」

蔣嬤嬤點了點頭：「大姐兒說的是！」

等白卿言回清輝院換了衣裳，回五夫人院子裡時，五夫人齊氏已經從產房挪了出來。蔣嬤嬤也看過孩子，坐馬車回皇家清庵向大長公主覆命去了。

此時，五夫人正靠在床頭小口小口喝著催乳湯。

劉氏看了眼睡著的孩子，踩著紅木踏腳在床邊坐下，看了眼齊氏手中的催乳湯：「弟妹你還真打算自己餵孩子啊？」

雖然剛生過孩子，齊氏的狀態還不錯，含笑望著睡在身邊的小女兒，滿目慈愛。

這算是老天爺給她的恩賜，雖然丈夫和兩個兒子都不在了，可老天爺還了她一個可愛的女兒。

「嗯！左右這輩子也就這一個孩子了，我想親力親為。」齊氏眼眶發紅，垂眸喝了兩口幾乎沒有味道的湯，眉頭微微皺著，忍著不適又喝了幾口。

聽外面婆子說，大姑娘、二姑娘和四姑娘、五姑娘、六姑娘、七姑娘都來了，齊氏將手中湯盅遞給翟嬤嬤，用帕子擦了擦嘴。

白卿言行了禮，坐在床邊看了眼依偎在五嬸身邊熟睡的八妹，笑著讓春桃將她送給八妹的實心鑲嵌寶石的金鎖放在孩子的身邊，滿目憐愛，輕聲道：「小八……我是你的長姐，謝謝你平安來到白家。」

白錦繡亦是笑著送上自己的賀禮，立在床邊認真看著小八：「小八可真好看啊！」

「我覺得鼻子和五嬸兒像！」五姑娘白錦昭笑著看向孿生妹妹白錦華，「你說是不是？」

七姑娘白錦瑟看了看說：「我覺得嘴巴和五叔像！」

「我怎麼覺得像個小猴子！」白錦稚端詳了片刻得出了這麼一個結論。

三夫人李氏上前戳了一下女兒的腦袋，狠狠瞪了一眼：「小孩子剛出生都是這樣的，小八可比你出生的時候好看太多了！你剛出生的時候皺皺巴巴的，還黑不溜丟的，那才像個猴子呢！」

「母親你胡說！」白錦稚一張臉通紅。

三夫人李氏瞧見白錦稚惱火的樣子，忍不住用帕子掩唇笑了一聲。

白卿言抬頭眼底全都是溫潤笑意。

五夫人齊氏望著眉目淺笑，且從容柔和的白卿言，低聲道：「我想給孩子起名字叫白婉卿……希望小八宛如她的長姐一般堅韌強大！像她的哥哥們一樣出色。」

她一怔，弟弟們是真的都非常出色，可她沒想到在五嬸兒眼裡，她竟然是個強大的人……

董氏抬手摸了摸白卿言的腦袋：「這事在你和小四回來之前，你五嬸兒就和我們說了。」

白卿言點了點頭，低頭望著小嘴砸吧的白婉卿：「五嬸兒覺得好，就好！」

白錦繡笑著彎腰逗砸吧小嘴的白婉卿：「小婉卿，我是你的二姐呀！」

白錦稚忙跟著說：「我是你四姐！」

趴在床邊的七姑娘白錦瑟，忍不住用手指輕輕觸碰新生兒粉嫩嫩的小臉，笑道：「我終於不是最小的了！」一直籠罩在白家上方的陰霾，因為小八的降臨彷彿被驅散，一室亮澄澄的暖色燈光中，是白家人難得的歡聲笑語。

第二天一大早，白家五夫人齊氏產下一女的消息便傳遍了大都。

最先登門的，便是五夫人齊氏的娘家人，齊氏的兩個嫂子都來了不說，就連齊氏的兄長也親自來了。不過，齊氏的兄長沒有進五夫人齊氏的院子，由郝管家在前院招待。

不多時，齊老太君用帕子抹著眼淚替齊氏掖了掖被角，讓女兒好好休息，帶著兩個兒媳婦兒便隨董氏一同從上房出來。

齊老太君笑著拉住董氏的手，同董氏道：「夫人，老身有幾句話想同夫人說一說，不知道能不能去夫人那裡討杯茶喝？」

董氏一向聰慧，哪裡又看不出來齊老太君要說的話多半……還是與五夫人齊氏有關。

「老太君是長輩，怎麼能說討茶那麼客套，齊老太君能賞臉去我那裡坐坐，我高興還來不及。」董氏聲音柔和不卑不亢，帶著晚輩應有的親昵。

董氏笑盈盈帶齊老太君和齊家的兩個兒媳婦兒去了她那裡，秦嬤嬤上茶後，齊老太君卻沒有喝茶，姿態放得極低懇請董氏屏退左右。

如此，董氏已經能猜到五弟妹齊氏的母親，大約是想要從她這裡求一封放妻書。畢竟如今白家男兒皆已身死，長嫂如母……除了大長公主便只有董氏才有這個權力。

屋內只剩下董氏還有齊老太君，秦嬤嬤招待齊老太君的兩個兒媳婦兒在外間用茶。

齊老太君未語淚先流：「夫人，不瞞夫人……老身腆著這張老臉來找夫人，是為了想從夫人這裡討一封放妻書！」

果然，董氏笑意未改，等著齊老太君繼續說。

「不是人性涼薄，老身的親生骨肉只有一兒一女，這女兒是幼女，自小便是老身的心頭肉，早前因為她懷著白家的骨肉，老身不曾提過此事，如今既然老身這幼女已經替白家產女，不知……白家可否放她歸家啊？」

之前董氏的母親董老太君也曾想讓董氏回娘家，天下做母親的都會惦念著自己的孩子，董氏作為女兒，作為母親都很能理解齊老太君。她低聲問：「老太君，這是五弟妹的意思嗎？」雖然知道這並非是五弟妹的意思，董氏還是問了一句。

齊老太君搖了搖頭：「那傻孩子不願意，可是……她還年輕，難不成就要這樣守一輩子？這不是要我這個做娘的命麼？我來之前已經和她哥哥商量好了，當年她帶來白家的嫁妝我們都不要了，若你們肯將婉卿交給我們齊家扶養，我們全家跪謝！」

「若是白家不願意將婉卿交給我們齊家，那我女兒的嫁妝全都留給我那苦命的小外孫女！若是將來我那外孫女還瞧得起我們齊家……咱們就還當親戚來往，我把那孩子當做心肝肉疼，將欠她的都補給她！若是她不願意認我這個外祖母，就當……就當從沒有過我這麼狠心的外祖母吧！」

齊老太君說到此處，越發覺得對不起剛剛降生的小外孫女，哭聲斷斷續續，極為灼心。

齊老太君忙擦著眼淚，對董氏頷首，哽咽致謝。

「可我和五弟妹除了是女兒和母親之外，我們還是白家的妻室，我們都是與夫君拜過天地，有過生死不離約定的。且五弟妹剛剛生產，齊老太君身為人母，又怎麼捨得看著五弟妹母女分離？」

「我是絕不會離白家的！」齊氏的話音從屏風後傳來，齊老太君和董氏皆是一驚。

「你……」齊老太君扶著桌角驚得站起身來，「你瘋魔了不成！不知道自己還在月子中嗎？怎麼能出屋子！」

董氏疾步繞過屏風，只見穿著單薄面色蒼白的齊氏裹著件披風，緊攥著拳頭立在那裡，身後跟著誠惶誠恐不敢抬頭的丫鬟們。董氏將齊氏扶住，轉頭喊道：「翟嬤嬤呢？怎麼能讓五夫人月子裡冒風前來?!秦嬤嬤，快……拿我的大氅來，給屋內生個火盆！」

齊氏腳下不動，緊緊握著董氏的手：「大嫂，我在月子中來你這裡已經是冒犯了，就不進去了！」

「這個時候你說的是什麼話！我們是一家子，又不是旁人家避諱什麼！」董氏惱火齊氏不珍重自己的身子，繃著臉訓斥了齊氏一句。她拽著齊氏進來，將人安頓在了自己的床上，用錦被將齊氏裹住，又轉頭厲聲問齊氏的貼身侍婢：「你們是怎麼伺候五夫人的？不知道五夫人在月子中嗎？」

「大嫂……」齊氏扯了扯董氏的衣袖，眼眶發紅，「不怪她們，是我聽到我娘要來找大嫂，就怕我娘是背著我來討放妻書的，這才不放心所以跟了過來。」說著，齊氏朝著齊老太君看去。

齊老太君眼淚跟斷了線一樣，用帕子按著心口在軟榻上坐下：「我這都是為了誰?!」

「娘，我話已經說的很明白了，我這輩子都不會離開白家，且先不論我與五郎的感情，不說我才剛剛生下的女兒！我不能讓世人看到……這白家滿門忠烈為護晉國百姓捨身，卻落得家破不存的下場！」

齊氏雙眸酸脹，言辭堅定，這是她曾經無意間聽到大嫂與她娘家母親的對話，齊氏深為感佩。

齊老太君聽了女兒的話，唇瓣囁喏最終什麼都沒有說出口，手指緊緊扣著身旁的黑漆木几，沉默了許久，終於還是忍不住用帕子掩著口鼻哭得痛徹心扉。

因為她知道，她帶不走她的女兒了……不止今日帶不走，哪怕她就是求到皇后那裡，求皇后賜和離懿旨，她的女兒也不會走了，她已經在白家紮了根。可她就這麼一個女兒啊！

齊老太君的兩個兒媳婦看到齊老太君從上房裡出來，連忙迎上去一左一右將齊老太君扶住。

「母親，我剛才看妹妹來了，母親與妹妹還有大夫人可說好了？等妹妹出了月子就能回家嗎？」齊家二夫人問。

齊老太君搖了搖頭：「你們妹妹不走了……」

「啊？娘……」齊家大夫人回頭朝著上房的方向看了眼，不見董氏出來送，壓低了聲音，「難不成是董氏不給？不如我們去皇家清庵找大長公主求放妻書吧！」

齊老太君抬頭看著那抄手遊廊下飄搖的燈籠，閉了閉眼，淚水順著眼角的溝壑縱橫：「是你們妹妹不肯走！罷了……她不願意走就不願意走吧，以後你們做嫂嫂的多照顧著點兒也就是了！」

齊老太君不傻，剛才見董氏那是真心訓斥她的女兒，也是真心關懷她的女兒，她的女兒並非她所想的那般在白家淒涼無助，並非是因為擔心回娘家被嫂子嫌棄，所以才不願意跟她走。

想來，女兒在白家過的極好，才不願意離開吧。

「娘……您放心，妹妹永遠都是我和大郎的妹妹，不論何時，只要妹妹想要回家，我們齊家的大門永遠為妹妹敞開！妹妹若想留在白家，我們齊家便為妹妹撐腰，讓誰都不敢欺辱妹妹！」齊家大夫人緊緊攥著齊老太君的手，紅著眼眶道。

齊老太君聽到這話，鼻翼煽動，心中大為感動，用力捏著兒媳婦的手點頭：「娘知道！娘知道你和大郎都是好的！」

齊二夫人規規矩矩立在一旁，她的丈夫是庶子，就算是表了情……齊老太君怕是也不信，還不如什麼都不說。

晌午用過午膳，翟嬤嬤趁著大太陽用軟轎將齊氏抬回了自己的院子。

原本董氏不想讓齊氏再挪動，可齊氏的一應用具都在自己院子裡都倒騰過來也麻煩，齊氏堅持要回去，董氏也不好阻攔，只能讓齊氏再挪動回去。

剛將齊氏送上軟轎，董氏就聽秦嬤嬤說，剛才前面門房來報，說大燕四皇子遞上名帖請見鎮國郡主。如今白府已經是鎮國郡主府，女兒白卿言才是這府邸的主人，大燕四皇子請見鎮國郡主是正理。

可董氏不放心，派秦嬤嬤去前面看看，那大燕四皇子見女兒為何？

畢竟是他國的皇子，董氏怕讓太子或是皇帝疑心。

慕容瀝在馮耀的陪伴下坐在鎮國郡主府正廳喝茶，一見白卿言前來，慕容瀝起身將姿態放低先行對白卿言行禮。

白卿言側身避了半禮，這才還禮笑道：「不知四皇子登門有何指教？」

慕容瀝按照九叔叮囑那般，對白卿言長揖到地，鄭重開口道：「瀝知鎮國郡主府有一位洪大夫，其醫術超群，瀝此次冒昧登門，是為父皇求醫而來，還望鎮國郡主成全。」

此事本就是兩方都說好的，走一個過場，演場戲給想看的人看罷了。

「不知四皇子如何得知我府上洪大夫的？」白卿言問。

「瀝聽說，大晉皇宮太醫院院判黃太醫有一位師兄，其醫術高明遠超黃太醫堪稱神醫，瀝細細查找追問之後，才知這位洪大夫就在鎮國郡主府上，這才冒昧來求郡主。」

白卿言歎了口氣：「洪大夫醫術的確超群，可卻不似傳言那麼神乎其技！不過……既然四皇子親自登門，言……可讓洪大夫同四皇子走一趟。」

慕容瀝露出驚喜的笑容：「多謝鎮國郡主。」

「可四皇子，言話得先同四皇子說在前面。若洪大夫也束手無策，還請四皇子勿要怪罪。」

慕容瀝起身又是一禮：「父皇的病……瀝心裡有數，若此次洪大夫能夠醫治父皇，便是我大燕的恩人！若是不能夠治癒父皇，也定然盡了心，於瀝有恩！瀝心中明白。」

她點了點頭，吩咐身側春桃：「春桃，去請洪大夫。」

「是！」

白卿言低聲笑道。

見春桃退下，慕容瀝規規矩矩坐在椅子上，興致勃勃和白卿言討論起行軍打仗之事來。

「兵法有云，夫地形者，兵之助也。料敵制勝，計險厄遠近，上將之道也。知此而用戰者必勝，不知此而用戰者必敗。」慕容瀝十分認真請教，「甕山之戰鎮國郡主以少勝多，可是因對地形掌握透澈？」

「除卻對地形熟悉之外，更要瞭解對方主行軍打仗的慣用手段，脾性習性。」白卿言望著一本正經的慕容瀝唇角勾起淺笑，「兵法有書，知己知彼百戰不殆。」

慕容瀝站起身對白卿言行禮：「瀝受教了。」

不多時，背著藥箱的洪大夫便隨春桃前來。

「洪大夫，這位是大燕四皇子……」

洪大夫對四皇子拱了拱手，道：「來的路上春桃姑娘已經同我說過了，既然我們郡主同意了，老朽便隨四皇子走一趟，若力有不逮，還請四皇子恕罪。」

慕容瀝對白卿言恭敬道謝，又正兒八經對洪大夫道了謝，這才請洪大夫同他一起離去。

目送慕容瀝與洪大夫離開，白卿言立在廊下望著院中的青石地板，片刻，轉頭吩咐春桃：「讓平叔去莊子上接紀庭瑜過來，我有事託付。」

「是！」

董氏聽白卿言說了四皇子的來意，倒是覺得四皇子這孩子孝順明理。

「大燕到底是他國，讓洪大夫去診脈知曉身體狀況，洪大夫真的會沒事？」董氏有些不安。

此事是提前約定好的，昨日五嬸生產後，白卿言便同洪大夫說了此事，此次不論洪大夫能否醫治燕帝，對外都稱燕帝是娘胎裡帶來的弱症，需慢慢調理。給燕帝寫方子也是明暗兩張，以此掩人耳目。

「阿娘，您放心，洪大夫是我的長輩，我不會真的看著洪大夫去冒險。」

董氏拍了拍白卿言的手：「你做事阿娘一向放心。」

白家因為小八白婉卿的降生熱鬧了起來，幾個姐姐一整天都圍著小婉卿轉。

董氏坐在齊氏床邊，看著五姑娘和六姑娘手裡拿著玩具逗弄搖籃裡的小婉卿玩耍，轉頭問齊氏：「有件事我還是得同你商量商量！咱們定了五月初一啟程回朔陽，可我想著你生完孩子又著了風，為穩妥之計，你還是留在鎮國郡主府，等坐滿了雙月子，再和小婉卿一起回朔陽。」

帶著抹額的齊氏垂眸略有遲疑。

「這件事你就聽我的，女人坐月子再重要不過了。」董氏說著又想到了白婉卿的滿月宴，「雖然說，咱們還都在孝中，可添丁是天大的喜事，母親剛派人傳話回來，滿月必須辦的熱熱鬧鬧，明日小八洗三母親就回來了，會一直住到辦完滿月酒，到時候我給齊老太君下帖子，屆時你好好同齊老太君說說話，母女沒有什麼隔夜仇的。」

「我知道了大嫂。」齊氏笑著道。

搖籃裡白婉卿突然哭個不停，嬤嬤抱起白婉卿繞過屏風入內，行禮後笑道：「咱們八姑娘是餓了呢！」齊氏這是頭一次親自餵養孩子，可是遭了大罪，她從不知道親餵孩子會因孩子含乳而疼的人頭皮直發麻。可一看到女兒可愛白淨的小臉，齊氏又覺得能親自餵養遭多大罪也是值得的。

當天晚上，盧平同紀庭瑜便趕回了鎮國郡主府。

白卿言在院子的光華亭見了紀庭瑜，盧平和春桃就在假山下守著不讓人靠近。

「朔陽東側盡是山地，在這裡藏人不易被發現，我給你挑幾個人……你們挑選好地方安營紮寨，隨後我會讓平叔派人過去，你們裝作山匪，在此地靜候！儘量在白家舉家遷回朔陽之前弄出點動靜，如此等白家遷回朔陽，才可名正言順練兵剿匪。」白卿言道。

紀庭瑜的眼睛眨了眨：「郡主這是要……練私兵。」

白卿言頷首：「如今亂世，局勢和各國強弱變幻莫測，眼下看著四海太平，可誰知道將來哪一天會亂，還是早做準備吧！」

白卿言坦誠相告，紀庭瑜便不再遲疑，他頷首：「郡主放心，紀庭瑜一定不負所托。」

「記住，雖然說讓你們鬧出點動靜來，可千萬別真的傷及人命，百姓無辜。」

紀庭瑜聽白卿言這麼說，唇角露出笑意，果然……白大姑娘還是原來那個白大姑娘，立身端正，心懷百姓。「大姑娘放心，紀庭瑜一定將事情辦妥。」

「平叔！」白卿言喊了一聲。

盧平應聲從假山下上來：「大姑娘吩咐。」

「派二十個可靠的忠僕跟著紀庭瑜走，再給紀庭瑜拿一千兩銀票暫時先用，另外準備五百兩都換成小面額的銀票，五十兩小塊的碎銀子，在紀庭瑜明早出發之前備齊。」

盧平看了眼獨臂紀庭瑜，頷首：「是……」

「若之後紀庭瑜有什麼需要，派人回來找平叔，平叔你只管應下，就說我吩咐的。」

「是……」

紀庭瑜看著白卿言暗藏鋒芒的眼神，心潮翻湧，他隱隱猜到白卿言似乎是在布局。隱瞞七公子白卿玦活下來的消息，讓白卿玦在銅古山一帶練兵。如今，又讓他先一步去朔陽扮作匪寇，要正大光明的練兵剿匪。他們家大姑娘這是要兵呢！亂世之中，軍權在手……便可翻雲覆雨。

紀庭瑜身側的拳頭微微收緊，他克制著自己激動的心情，大姑娘這是準備反了這林家江山嗎？若是……他紀庭瑜肝腦塗地在所不辭。那幾卷行軍記錄他看過，朝中奸佞青雲直上他知道，還有大長公主與白家人完全不同的皇室作風，這些都讓紀庭瑜恨如頭醋。

白家的風骨，心繫天下萬民的厚德，胸懷天下的慈悲高義，那才是為君者應該有的品格。不論是大姑娘在替白家七公子白卿玦鋪路也好，還是有意稱女帝也罷，紀庭瑜都願捨了這一身血肉為大姑娘鋪路，死生無悔。

白卿言回清輝院時，洪大夫已經在清輝院內久候多時。

「大姑娘，洪大夫來了……」佟嬤嬤迎上前對白卿言道。

洪大夫得知白卿言回來，踏出門檻，對白卿言一禮：「郡主。」

春桃忍不住掩唇低笑了一聲：「咱們府上，現在對咱們姑娘的稱呼可真是亂，一會兒叫郡主一會兒叫大姑娘。」

白卿言笑著對洪大夫做了一個請的姿勢：「洪大夫還是喚我姑娘吧！」

進門後，心不在焉的春杏給洪大夫上了茶，便隨佟嬤嬤一起退出上房，春桃守在門口等候吩咐。

洪大夫替白卿言診脈之後，壓低聲道：「大燕皇帝身上的毒很奇怪，發作時的症狀像一味叫入劫的毒藥，又像七星散，脈象裡又還似中了勾魂草，老夫猜之所以之前的大夫都診斷不出來燕帝這病症，是因為這三種毒在燕帝的體內相互作用相互融合形成了一種新的毒，所以無人能夠診斷出到底是個什麼毒，且想要解毒……也是相當棘手的，稍微有一點藥物的分量用錯，一息之間就能要了燕帝的命。」

這就關乎大燕皇室的隱秘了……白卿言手指有一下下在桌面上敲著：「洪大夫可有醫治的辦法？」

「有……」洪大夫點了點頭，將自己的脈枕收了起來，「可用在大燕皇帝身上，那就是拿一國在冒險，我是晉人……想必燕帝還有遲疑，雖然燕帝說要考慮幾日，可老夫倒是覺得燕帝最後也不會同意。」

白卿言倒覺得不見得，又問：「若燕帝請洪大夫醫治，洪大夫有幾分把握？」

一室明晃晃的燭光之下，洪大夫伸出了兩根手指：「兩成。」

「洪大夫還是準備準備，萬一燕帝真的請您過去醫治，也不會措手不及。」她抬眸望著洪大夫，「洪大夫是不是還有其他事要說？」

洪大夫低聲開口：「今日在燕帝那裡，老夫看到了喬裝打扮的戎狄人，老夫進門之時……那扮作菜販子的戎狄人正千恩萬謝往外走，老夫估摸著……應當是大燕要助戎狄了，只是不知道大燕是打算助北戎，還是南戎。」

白卿言聽後，面色沉靜。

以蕭容衍的心智，她能想到此時出兵助戎狄的好處，他自然也能想到。

如今北戎、南戎的使臣都在大都城內，晉帝態度曖昧不明，不說要出兵助北戎，也沒答應坐壁上觀，南戎倒是坐得穩……北戎當然沉不住氣四處求援了。

晉帝的胸懷不是天下，只願守住眼前的盛世繁華，所以他不敢賭……也不能賭！

但大燕不同，蕭容衍的心懷格局廣大，放眼的是天下，他敢賭。

至於大燕要幫南戎還是北戎，這不難猜。戎狄皇帝狩獵重傷於雪宮去世，按照道理本就應該是太子繼位，可戎狄皇帝的弟弟阿夫木手持讓他繼位的遺詔自立為王，名不正言不順。大燕收復南燕之時，打的是恢復正統之治的旗號，那麼大燕就只能助戎狄正統的北戎，如此……才能更順理成章。但這對大燕而言也算是一場豪賭，若此時大燕出兵戎狄，他國來犯……大燕危矣。

只可惜她現下手中沒有可用的兵啊，否則……此時正是在戎狄手中討便宜的好時候，趁亂將自己的兵插入戎狄之地。白卿言手心緊了緊，機不可失時不再來，可手中無人……實在無暇分身，若強行派人去戎狄怕是捉襟見肘。

她輕輕歎了一口氣：「今日洪大夫辛苦了，早點兒回去休息吧！」

洪大夫點了點頭，叮囑白卿言：「雖然大姑娘身體恢復了些，可到底還是比常人弱些，等會兒老夫擬幾個藥膳，讓佟嬤嬤每日給大姑娘準備。」

「有勞洪大夫了。」她笑著喚了聲春桃，讓她送洪大夫回去，將佟嬤嬤喚了進來。

佟嬤嬤端了碟燕窩糕進來，像哄孩子似的哄著白卿言吃一點兒。

「我不在這些日子，嬤嬤覺得春杏當差可還本分？」白卿言吃了塊燕窩糕，端起茶杯低聲問佟嬤嬤。

「這孩子倒是個好的，當差本分是本分，可超出本分的也絕不多做。」

佟嬤嬤這就是話中有話了，超出本分的絕對不多做……那便是油瓶子倒了不該是她扶的，她也絕不伸手。

這樣的奴婢在身邊，只能是伺候人，旁的怕是指望不上。她需要的是……能用的婢女，雖然春杏挑不出錯，卻不適合在她身邊伺候。等春杏嫁了之後，大丫鬟的位置騰出來，可以安排其他合適的人。

她抿了口茶，沉默了片刻問：「我瞧著春杏今年有十六了吧？」

「回大姑娘，十七了……」佟嬤嬤立時明白白卿言的意思，「大姑娘是想找戶人家將春杏放出去？」

她點了點頭，手指摩挲著茶杯，想到春杏家裡的情況，淺笑：「嬤嬤看人的本事我信得過，給春杏找一個老實本分，家裡人口簡單，富庶一些，公婆好相處的人家，不過得讓春杏自己看過滿意之後才行。」

「大姑娘放心，春杏姑娘的事老奴一定上心。」

白卿言入睡前，加重了臂彎的鐵沙袋，在院中紮馬步，想早日將銀槍撿起來。

等白卿言練完了，春桃照例讓人備水伺候白卿言沐浴。

春杏今夜不當值，卻難得沒去歇著，主動給白卿言絞頭髮。春杏在佟嬤嬤那裡，聽說了大姑娘讓佟嬤嬤給她找戶人家的事情，乍一聽臉色慘白，以為自己被大姑娘厭棄了，誰知佟嬤嬤還說大姑娘叮囑了，得讓她看過點頭之後才行，春杏心裡別提多高興了。

大姑娘立誓此生不嫁，她隨姑娘陪嫁做姨娘的指望也就沒有了，所以不想跟在大姑娘身邊繼續耽誤下去。春杏長得雖然不算漂亮，可也是相當水靈的，前幾日大姑娘封了郡主，她身價也沾光算是高了，畢竟她成了郡主身邊的大丫頭。

兩日前，她娘來找她，說隔壁王大娘和戶部尚書府的管事登門，說戶部尚書庶子的正妻上個月難產之後不能再生育，所以尚書府欲替尚書庶子求一良妾，王大娘與戶部尚書府管事的婆姨相熟，便舉薦了在鎮國郡主身邊當差的春杏，誰知一問才知道春杏是簽了賣身契的。

戶部尚書府的管事轉身就要走，硬是被王大娘給勸了下來，王大娘舌燦蓮花不斷跟戶部尚書府的管事說春杏好話，說春杏在郡主面前如何得臉如何受寵，若是開口贖身郡主肯定允准。

她娘也怕這好姻緣飛了，一個勁兒的點頭打包票，戶部尚書府的管事這才說，看在王大娘的面子上，只要春杏能贖身，這事就能成。

春杏娘便一口就答應了下來，忙不迭的來找春杏，說家裡還指望著她當上勳貴人家的姨娘，接濟家裡兩個弟弟讀書。

春杏聽了心也撲通撲通直跳，戶部尚書家的庶子春杏見過，在大姑娘回來前幾日，她向夫人求了恩典回家，路上被人偷了荷包買了東西沒錢付，險些被人當做賊，便是戶部尚書家的庶子出面解圍。所以，她篤定是那戶部尚書的庶子對她生了情。

她娘見她不反對，便讓她來找郡主求個恩典，贖身回家。否則跟著郡主回了朔陽，還怎麼照顧家裡。

這幾日春杏正愁不知道該如何同郡主開口，既然今日郡主願意賜恩典……讓佟嬤嬤給她尋戶好人家，不若她就趁機求郡主讓她贖身。

白卿言倚在臨窗軟榻上，手捧著書，一手端著圓口青花繪纏枝蓮茶杯，也沒有追問今日春杏怎得如此殷勤。

等春杏替白卿言絞乾了頭髮，見春桃出去了，這才跪在白卿言腳下幽幽喚了白卿言一聲：「郡主……」

「還是喚我大姑娘吧。」白卿言放下杯子，翻了一頁書，「你有事相求？」

春杏咬了咬唇：「正是，大姑娘五月初便要回朔陽，可我爹娘都在這兒，奴婢想向大姑娘求個恩典，贖身……」

她抬起視線望著跪地叩首的春杏，輕聲道：「你我主僕一場，等佟嬤嬤給你找好了人家，成親時佟嬤嬤便會將你的身契還於你，你不必著急。」

她聲音頓了頓又問：「還是，你已經有心儀的人了？」

「回大姑娘，我娘她……已經給我尋了一門親事。」春杏說這話時耳根泛紅。原本這話是不應該說的，她一個賣了身的丫鬟，爹娘沒有這個資格給她尋親事，該嫁誰全憑主子的一句話。

聽春杏這麼說她合了手中書本，淺笑著：「這是好事，你娘給你尋的那戶人家，靠得住嗎？人是做什麼的？公婆怎麼樣？」倒不是白卿言對這事感興趣，只是春杏那一對爹娘是個什麼心性她聽佟嬤嬤提過，怕春杏的爹娘為了銀子，將春杏胡亂許人，畢竟主僕一場，總不能看著她入火坑。

春杏耳朵更紅了：「是……戶部尚書府庶出的六公子，因為六公子的正妻難產傷了身子不能再生了，想尋一位良妾傳宗接代。」

戶部尚書楚忠興的庶子？白卿言眯了眯眼，戶部尚書楚忠興明面上曾是信王的人……可實際上是左相李茂的人，雖然楚忠興藏的深，可得益於上一世的經歷，白卿言還是知道的。

她垂眸看著俯首跪在地上的春杏，眼神淡了下來。平常人家的正頭娘子不願意做，卻要上趕著去尚書府做庶子的妾室。她沒有惱，隨手將書本擱在黑漆小方几上：「春杏，這是你娘的意思，還是……你也是這個意思？」

春杏摸不清大姑娘這話是惱了還是沒惱，一時間不敢說，咬著唇低頭不吭聲。

「春杏，勳貴人家的妾室，哪怕是良妾也只是一個奴婢，將來的孩子不能喚你娘親，不能同你親近，若照你說的尚書府六公子的正妻難產傷了身子，那就更不可能把孩子放在你身邊養，甚至……還有在生產時去母留子的。這些後宅陰私咱們國公府沒有，不代表別的府邸沒有。」白卿言循循善誘。

這話往深裡說，白卿言怕春杏聽不懂，只能挑揀些她聽得明白的說。畢竟，春杏從來到她身邊開始，沒有做過什麼對不住她的事情，能說通了……主僕倆別鬧的太難看，也算是全了情分。

春杏聽到白卿言這話，身子一抖。

「可即便是咱們府上，姨娘身邊雖然有丫頭伺候，衣食無憂，你見過哪個庶子庶女同姨娘親近了？你又見過咱們府上哪個姨娘敢不要命尋上姑娘公子的？姨娘雖然不用在主母面前晨昏定省，可連自己的院子都不能出。」

她低低歎了口氣：「春杏，人的心不能太大。姨娘從古至今都不是那麼好當的！勳貴人家的姨娘更不好當，一個不留神就丟了命！倒不如讓佟嬤嬤給你找一富庶人家，為人正妻來的舒坦。」

春杏想到那日給她解圍的英俊公子哥，咬著下唇，可是她相信尚書府的六公子對她是有情的，有尚書府的六公子在，一定會護著她的。

春杏眼圈發紅，下定了決心一般重重對白卿言叩首後，抬頭道：「望大姑娘成全。」

白卿言抿著唇，搭在書本上的手輕輕撫著書本邊緣，見春杏一副心意已決的模樣，又道：「春杏，你可知道尚書府挑你做他們府上庶子的姨娘，或許是因為你是我身邊貼身大丫頭的關係。」

「不是的大姑娘！肯定不是的，我那日回家的路上被人偷了荷包，買東西沒錢被老闆當成小偷，抓著我要去見官，是尚書府的六公子替我解圍的！」春杏急急解釋。

她撫摸書背的手一頓。

若是剛才還不確定尚書府是對著她來的，那麼此刻……她已經能夠確認，是沖著她而來。

先是設計巧遇解圍，再是上門說親，倒是算得很好啊。可是李茂這是想用春杏做什麼？

見白卿言陷入了沉思之中，春杏再次叩首：「尚書府六公子喜歡奴婢，奴婢也喜歡尚書府六公子！這裡面絕對沒有什麼陰謀，求大姑娘成全！若大姑娘能允准，春杏就是做牛做馬也會報答大姑娘的！」

她回神垂眸看著跪在地上叩拜的春杏，沒有想到春杏竟然能說出……這裡面絕無陰謀這樣的話。是她小看春杏了，春杏可比她想得聰明多了，心裡應該也是明白的。

既然春杏明白，也好……路是每個人自己選的，後果也要自己承擔。

她又道：「你可知道你是簽了賣身契的，所以你的爹娘可沒有資格給你說親。」

春杏身子一抖，怯生生抬頭望著大姑娘：「大……大姑娘！」

「你是我的貼身大丫頭，不比普通的丫頭，要麼……就是在白府找個妥帖的配了你，要麼就是得罪了主子將你發賣出去，留你一條命都算是仁慈。」

「大姑娘？」春杏摸不準大姑娘的意思。

「既然你要去別人家做姨娘，為了避免以後我們主僕鬧得難看，我只能找個理由將你發賣，屆時你讓你母親將你贖回，你婚嫁便與我們白府無任何干係了。」

白卿言望著春杏的眸子平靜又淡漠。

春杏震驚睜大了眼，可若是如此……她便不是郡主身邊的貼身大丫頭了！而且出嫁……大姑娘也肯定不會替她準備嫁妝了！

「既然你說尚書府挑選你做六公子的良妾，不是因為你身分是我大丫頭的緣故，其中也沒有什麼陰謀，尚書府六公子只是想要你這個人。那麼……即便你沒有了郡主貼身大丫頭的身分，尚書府還是會要你的。」

「可是大姑娘，奴婢被賣……身上就有汙點了！」春杏忙向前爬了兩步，「求大姑娘開恩！」

白卿言看著一向本分不顯露聰明的春杏，她此刻算是知道……春杏其實心裡什麼都明白，典型的揣著明白裝糊塗。

「春杏，你是賣了身的丫頭，你爹娘給你尋親事已經是不妥當！甘蔗沒有兩頭甜的，你既要攀高枝，又要利用鎮國郡主貼身大丫頭的身分抬高身價，天下的好事總不能都讓你一個人占盡了吧？雖說我對身邊的丫頭一向不錯，可也絕不能讓丫頭蹬鼻子上臉，你明白了嗎？」

春杏一抖，喉頭翻滾著，突然就想到了春妍。

算起情分，大姑娘和春妍的情分可是要比她更深，可是那樣的丫頭犯了錯……還是被大姑娘給打了最後死在獄中，所以她一直謹小慎微，不做什麼惹大姑娘不快的事情。

就這一次逾矩，也沒有傷大姑娘什麼，就是想留著曾經伺候過大姑娘……做過大姑娘大丫頭的體面，這都不行嗎？

見春杏不說話，白卿言喚了一聲：「佟嬤嬤……」

春杏身子一抖，將頭垂得更低了些。

佟嬤嬤應聲進來：「大姑娘……」

「春杏你既然有了別的心思，我這鎮國郡主府也就不強留你了！今夜你去柴房待一晚上，我也就不用辛苦佟嬤嬤喚牙婆子進府，再讓你爹娘將你買回去這麼麻煩，明日一早佟嬤嬤會派人通知你爹娘，來領你回家。」白卿言這算是一錘定音。

「大姑娘！大姑娘求您給我留下一分體面！求大姑娘留我一分體面！」春杏哭喊。

「體面是自己掙的，不是旁人給的！正頭妻室的體面你都不要，這個時候要一個丫鬟的體面？」白卿言聲音平靜，「我不會對外說你犯了什麼錯，卻會放話下去，鎮國郡主府日後不會再用你以及和你沾親帶故的人家，你好自為之。」

春杏還想再求，卻被佟嬤嬤扯了一條手臂往外拉。

她冷眼看著春杏跪著不起來，哭著往她的方向爬：「大姑娘！求大姑娘開恩啊！求大姑娘留我一條活路啊！」

「春杏，你心氣兒高，對尚書府的六公子生了情要去做姨娘，我不攔著你，可既然你們兩情相悅，我讓你父母領你出府……你怎麼又不樂意讓我放你活路？可見……你心裡是清楚尚書府為什麼會找你當良妾的！」

春杏雙腿發軟，看著白卿言冷清平淡的眼神，哭聲頓了一頓。

「我容不得身邊的人有二心，你若不知道緣由，我可以諒解你無知，可你要想裝無知，藉著我替你搏前程！那是不能的……」

「大姑娘！大姑娘奴婢沒有！求大姑娘饒了奴婢吧！」

佟嬤嬤手勁兒大，雙手拖著春杏的腋下，咬著牙把人往外拽。

「大姑娘！您饒了奴婢吧！求您念在春杏多年伺候從無僭越的分兒上……」

「你若再嚷嚷下去驚動了母親，我就只能請牙婆子進府了。」

不等春杏說完，白卿言便繃著臉開口，半分情面都沒有留。

春杏立刻噤聲，眼淚大滴大滴往下掉。

可白卿言的心卻更冷了些，春杏這個丫頭……果然是個聰明的，可她越聰明，白卿言就越是心寒。她自問對身邊的丫鬟僕婦都十分寬和，卻養出了春妍和春杏這樣的丫頭。

當初的春妍是真的蠢，所以做了蠢事，可春妍對梁王的那分情至少是真的。

如今的春杏是真的聰明卻還是做了蠢事，是因為她把旁人都當成了傻子，一心想攀高枝。

春杏這樣的奴婢，比春妍更可恨，也更需要防備。

今日讓春杏去柴房，明日讓春杏的父母將她領回去，再放話鎮國郡主府以後絕不會用春杏，和與她沾親帶故的人家，即便國公府不說春杏犯了什麼錯，旁人也能猜出春杏必然是犯了大錯的。

如此，就算尚書府還是要這個被主子趕出府的春杏，一個犯了錯的丫頭，除了在春杏這裡打聽打聽她的事情，也做不了其他用途了。

所幸，白卿言還不算太信得過春杏，一般做事都是將春杏避開的。

春杏被佟嬤嬤鎖進柴房的事，很快就在國公府傳的人盡皆知，議論紛紛，猜測春杏到底犯了什麼大錯。

誰知，春杏的母親一到鎮國郡主府，就聽下人說，春杏昨夜被郡主關進了柴房，她當時就覺得不好，忙給角門看門的婆子塞了一個荷包，壓低了聲音恭敬道：「老姐姐，可是我家那丫頭不知輕重開罪了郡主啊？我怎麼聽說我家那丫頭被關進柴房了？」

那看門婆子掂了掂荷包的分量，瞧左右無人忙塞進袖口裡，道：「我聽說，你們家那丫頭手腳不乾淨，偷了大姑娘的東西，這才被處置的。」

春杏娘臉色一白：「這不可能！我自己的女兒我心裡清楚，她絕不會眼皮子那麼淺……她馬上就要去尚書府當姨娘了，要什麼樣的首飾沒有犯得著偷郡主的。」

那婆子見春杏娘嚷嚷，嚇得左右看了眼，瞪著春杏娘道：「大姑娘念著和你們家春杏的情分沒有讓牙婆子來已經是給了天大的臉面，你要是不想要臉你就只管在這裡嚷嚷！」

說完，那婆子一甩袖，扭頭進了門房裡。

春杏娘臉色難看，心裡急得不行，若是讓尚書府的管事知道春杏是被鎮國郡主府發落了放出來的丫頭，肯定不會要春杏了，那……尚書府許諾的那一大筆銀子豈不是就要飛了？

人家戶部尚書府要良妾，多少人家削尖了腦袋想把女兒往尚書府送，若不是因為春杏是鎮國郡主身邊的丫頭，人家尚書府怎麼會替子嗣選她的女兒？雖說是個庶子，可那好歹也是尚書府的公子啊。

春杏娘眼珠子轉了轉，想著既然鎮國郡主對她女兒還有情分不欲將事情鬧大，那不如就先瞞著此事，對外就說郡主賜了恩典放她女兒出府了。等她女兒嫁入了尚書府，到時候木已成舟生米熟飯，那尚書府的公子睡了他女兒，總不能還靦著臉來要銀子吧！

打定主意，春杏娘就在門口候著。

不多時，在柴房待了一夜，一臉憔悴的春杏臂彎裡掛著一個小包袱，從鎮國郡主府角門出來。

春杏一看到自己的娘親，就吧嗒吧嗒掉眼淚。

「什麼都別說！」春杏娘一把抓住春杏的手腕兒，壓低了聲音說，「大姑娘恩德放你出府這是好事，別哭！」

聽出她娘話中有話，春杏硬是忍住眼淚：「可是娘，我的賣身契還沒有拿到。」

她娘一怔，朝著鎮國郡主府的兩扇黑漆門看了眼，緊緊攥著春杏的手道：「先回家再說！」

春杏點了點頭和她娘上了租來的馬車，緩緩離開鎮國郡主府後角門。

院中白卿言蹲完了馬步，正在練紅纓銀槍，聽佟嬤嬤說春杏被她娘帶走了，白卿言點了點頭從春桃手中接過帕子擦了擦臉上和脖子上的汗道：「嬤嬤費心，再從家生子裡挑一個，替了春杏的位置。」

「是！」佟嬤嬤福身行禮之後，又道，「大姑娘還有一事，按照大姑娘的吩咐老奴去問了那看門婆子今早春杏娘來時的情況，那婆子說……她說了春杏手腳不乾淨，春杏娘就在咱們府門口叫嚷，說她女兒要嫁入尚書府做姨娘了，後來不知道想到了什麼就收了聲，春杏出去哭的時候，還被她娘給阻止了，所以老奴便自作主張扣下了春杏的賣身契，打算今日晌午八姑娘的洗三宴結束後，親自送去……」

「順便告訴春杏的左鄰右舍，以後但凡和春杏家沾親帶故的我們國公府一概不用，省得這春杏到時候做出什麼丟了大姑娘的臉！若大姑娘覺得不妥當，老奴這就派個人悄悄把身契送去。」

佟嬤嬤已經知道了事情的原委，原本是準備按照白卿言吩咐將賣身契還給春杏的。可一想到春杏那個鑽在錢眼兒裡的娘，就改了主意，只有將這件事宣揚出去，春杏和春杏那一家子，才不能打著他們家大姑娘的旗號為他們自己斂財。不然，將來若是出了事，別人可都要算在他們家大姑娘的頭上。

「嬤嬤考慮的很妥帖，就按嬤嬤說的辦吧。」白卿言將帕子放在春桃端著黑漆托盤裡，端起茶杯抿了一小口，「今日祖母要回來，就練到這裡。」

春桃頷首稱是，派了個丫頭去傳早膳。

第八章　陰謀詭計

今日祖母要將那個盧姑娘帶回來，哪怕是做樣子……祖母也會做出了一副對這盧姑娘上心的模樣，專程讓蔣嬤嬤傳話回來，說勞煩董氏派人將之前白素秋的院子拾掇出來，給這位盧姑娘住。

董氏一驚，這些年白素秋的秋霜院府上一直留著，每天都派人打掃，大長公主什麼時候想白素秋了就去坐一坐，那院子裡白素秋當年種下的柿子樹如今枝蔓都已經出了院牆。

滿府上下，就沒人不對這個盧姑娘好奇的，就連白錦繡都是一大早套車回來，為了早早見到如今在大都城中瘋傳的白素秋轉世。

反倒是跟著白卿言一起去見過大長公主和盧姑娘的白錦稚，最後一個來了長壽院，規規矩矩對大長公主行禮後立在一旁，眼睛也不往立在大長公主身側的盧姑娘身上瞟。

三夫人李氏看著白錦稚穩重的樣子，還以為女兒邊關一趟歷練改了性子，心裡別提多高興了。眾人陪著大長公主見過剛出生的嫡孫女，大長公主給了白婉卿一套鴿子血的寶石頭面當做見面禮，笑得合不攏嘴。

雖然說，大長公主心裡還是有遺憾，覺得可惜這孩子不是個小子，但一想到不是個小子，反而能保一家子平安，心理是又心酸又難過。

看著收生婆將盛有艾葉、槐條等中藥浴湯的盆子放置好，長輩們添盆時，收生婆嘴裡說著吉祥話，熱熱鬧鬧收了尾，拿了賞錢。

「這小丫頭長這樣子，倒是讓我想到了阿寶出生之時……」大長公主眸子泛紅，笑著道，「也是這樣少見的漂亮，白白淨淨的。」

那孩子被大長公主抱在懷中，小手揮舞抓住大長公主手指，逗得大長公主咯咯直笑，三夫人李氏道：「這孩子和阿寶一樣，同母親有緣！」

大長公主點了點頭，將孩子還給乳母，又叮囑五夫人齊氏好好養著。

不多時，五夫人齊氏娘家的嫂子也來了。原本五夫人的意思是孩子洗三就不大辦了，正好大長公主回來，一家子坐在一起吃頓飯也就是了。

齊大夫人笑盈盈同五夫人齊氏開玩笑，說昨日五夫人同齊老太君爭執談崩了，老太君這是抹不開臉卻又惦念女兒與外孫女兒，就把她支了過來，求他們家姑奶奶千萬別把她趕出去……

都說伸手不打笑臉人，董氏嘴裡說著客氣話笑呵呵把人迎進來。

不過一盞茶的時間，董氏的娘家嫂子宋氏也帶著女兒來了，幸虧董氏有準備，讓下人多備了幾桌席面，熱熱鬧鬧給白家的第八女白婉卿辦了洗三宴。

讓人想不到的，是太子妃也派人送來了賀禮。說是送禮，白卿言心裡知道太子妃這是派人來看盧姑娘到底長得是個什麼樣子。大都城的勳貴人家看風向，主母都派有臉面的婆子嬤嬤明著送禮，暗著來看盧姑娘。

誰知道大長公主將盧姑娘藏的極好，旁人問起大長公主身邊的蔣嬤嬤，蔣嬤嬤都說盧姑娘為大長公主採藥的時候傷到了胳膊，在秋霜院靜養。

洗三宴上，大長公主難得喝了幾杯桂花酒釀，雙頰紅得厲害，白卿言和白錦繡將大長公主送回長壽院，讓婢女給大長公主上了茶，就聽大長公主說：「聽說你打發了身邊的一個大丫頭？」

「原本想給那丫頭找個好人家，結果她心大，求了我讓她贖身，想去戶部尚書府上……給戶部尚書的庶子當姨娘。」白卿言接過蔣嬤嬤奉的茶。

大長公主和白錦繡都是何等人物，一聽就知道裡面怕是有事兒，否則戶部尚書府即便是個庶子，在府裡找個丫頭抬了姨娘不成嗎？非要別人家賣身的賤奴當姨娘？

「祖母不必擔心此事，佟嬤嬤一會兒會派人將身契送到春杏家裡，也會挑明……日後我們白家不會再用任何與春杏家裡沾親帶故的人。」

「你呀！就是太心善！」大長公主抬手指了指白卿言，眸色平靜，聲音卻極為殺伐果斷，「這種賤奴就該直接打死了事，以免留後患。」

大長公主放下手中的茶杯，喚了一聲：「蔣嬤嬤，你去叮囑佟嬤嬤，去了那個賤奴家裡，明著說……那賤奴手腳不乾淨，偷了郡主房中的首飾，那簪子是先皇后的遺物，我多年前賞給郡主的，那賤奴見郡主多年壓箱底，以為郡主忘了這簪子，想偷了換銀子，郡主心善怕我今日回府要了那賤奴的命，所以才連夜將人放出府去！」

「是！」蔣嬤嬤應了一聲。

佟嬤嬤是個潑辣能幹的，蔣嬤嬤這麼一說，佟嬤嬤就知道應該怎麼做，連連點頭，上了馬車前往春杏家去了。

大長公主熱鬧了一早上，這會兒乏了，白卿言和白錦繡伺候大長公主歇下，才相攜從長壽院出來。

「我雖然未曾見過姑姑，可也覺得那個盧姑娘的確比那個秋貴人……更像畫卷上的姑姑，祖母打算送這位盧姑娘進宮嗎？」白錦繡皺眉問。

「素秋姑姑之所以讓今上至今難忘，不就是因為今上未曾得到過。」白卿言緩緩道。

她話音剛落，就見秦嬤嬤匆匆而來，行禮後道：「大姑娘，蕭先生來了，說來給八姑娘送洗三禮，這禮送的太過貴重，夫人推辭，可那位蕭先生便說讓大姑娘過去看後定奪收與不收。」

說著，秦嬤嬤轉頭看向白錦繡道：「還是二姑爺陪著一起來的。」

白錦繡頗為意外，她對這位蕭先生印象極深，且不說這位蕭先生是曾經出手助過白家，就是秦朗也經常在白錦繡耳邊提起蕭容衍，盛讚蕭容衍的氣度和學識，每每皆說若是蕭容衍棄商從文，定會成為當世文豪。

她回頭望著白卿言：「長姐？」

白卿言猜蕭容衍怕是為了見她才來送禮的，她點了點頭：「我過去看看。」

白卿言白錦繡二人到時，郝管家正陪著董氏在前廳招待蕭容衍和秦朗。

一見白卿言姐妹倆進來，蕭容衍和秦朗忙起身行禮。

秦朗對白卿言行過禮後，上前兩步扶住有身孕的白錦繡。

「郡主、夫人！」蕭容衍眉目帶著溫潤儒雅的淺笑，彬彬有禮。

「蕭先生……」白卿言與白錦繡福身。

郝管家笑著道：「郡主，蕭先生送的賀禮太過貴重，夫人推辭……可蕭先生卻說要郡主看過之後再定奪收與不收。」

白卿言剛才一進門，就看到了擺放在正廳中的一座鳳凰翡翠玉雕，鳳凰是以整塊品相極好的翡翠雕琢而成，晶瑩剔透，玉質通透水潤不說，竟有半個人那麼高，堪稱稀世珍寶，別說白家這樣的鐘鳴鼎食之家……就是皇宮內庭都難見這樣的寶貝，當做傳世之寶，亦是綽綽有餘。

董氏朝若有所思的女兒看了眼：「蕭先生這禮未免太過貴重，我們白家實在是擔不起。」她平靜的視線朝蕭容衍幽邃的眸子望去，開口：「蕭先生，借一步說話。」

蕭容衍頷首，轉身對董氏規規矩矩行了禮，又對秦朗和白錦繡拱手後，才從容自若跟在白卿言身後踏出門檻。

「秦嬤嬤，你和春桃陪著郡主去，看郡主有什麼吩咐……」董氏開口。

雖然說是在自家府內，可男未婚女未嫁的，董氏讓秦嬤嬤和春桃跟著，算是避避嫌。

兩人立在被陽光撒滿的廊廡下，低聲說話，秦嬤嬤春桃站在遠處。

「燕帝，準備讓洪大夫放手試試了？」白卿言開口，雖然是問句，可語氣篤定。

「正是，所以衍此次上門，是為了求白大姑娘允准讓洪大夫悄悄隨我兄長入燕。」蕭容衍語氣誠懇，對白卿言長揖到地請求。

這麼多年燕帝看了這麼多大夫，沒有一個大夫能將燕帝的毒診斷的如此清楚。燕帝身上是有三種毒，一種是燕帝被他父皇下的毒，而剩下的兩種毒，都是為了救燕帝的命，姬后給親手灌下的。原本，燕帝不想試，但最終還是被蕭容衍勸動。可事關生死，燕帝就是解毒，也不能留在晉國。

「好……」白卿言頷首，「不過玉鳳……你拿回去，對外就還是說你送禮被我拒絕了。」

「這是我兄長的心意。」蕭容衍唇角帶著極淡的笑意，「你不收，我兄長不能安心。」

「收了徒惹非議。」白卿言態度堅決，「若洪大夫此次能替燕帝解毒成功，我再收不遲，否則以朔陽宗族的德性，怕是會逼著我們將這傳世珍寶交出去，反而辜負了燕帝和蕭先生的美意。」

白卿言這話不假，朔陽宗族是個什麼樣子，蕭容衍不是沒有見過。

「那我帶回去，就當是白大姑娘暫存在蕭某這裡的。」蕭容衍手指摩挲了一下手中玉蟬，抬眼看她，將玉蟬遞了過去，溫和道，「既然如此，白大姑娘就先收下這個。」

玉蟬……她瞳仁輕微一顫，上一世蕭容衍將玉蟬給她的時候，是她最狼狽之時，蕭容衍讓他拿著他的玉蟬自去逃命……沒想到，這一世，蕭容衍又將這個玉佩送到了她的面前，與上一世截然不同的溫潤語氣。「這是蕭先生的貼身之物，收下於理不合。」白卿言藏在袖中的手微微收緊。

蕭容衍上前一步，用背影擋住秦嬤嬤和春桃的視線，踰矩攥住白卿言的細腕，將玉蟬放入白卿言手中：「這是我母親的遺物，當年有高人贈予我母親，說是能夠保平安，後來……行宮大亂，我母親將從不離身的玉蟬掛在我身上，讓老叔帶我逃生，我平安無事……」

蕭容衍稍稍退開，凝視著院子中高聳、冒出嫩綠春芽的參天大樹。

當年混亂的場景，到現在蕭容衍還記得，也記得母親將玉蟬掛在他身上，用力抱緊他，叮囑他一定要救下兄長，好好活著。那是蕭容衍記憶中第一次看到母親的眼淚，她那樣堅強且強大的一個人，因為深信丈夫連自己的孩子都護不住，該是怎麼樣的絕望，當時蕭容衍不懂。

後來……兄長有了孩子，被父皇留下的餘孽暗害時，他才隱約能體會當初母親的心如刀割。

見蕭容衍深深注視著那棵大樹，似乎是陷入了某種情緒之中。「那時行宮的大樹比這棵還要高大，老叔帶我躲在樹上，茂密的樹葉枝椏遮擋，我看到父皇前來，本想要呼救，老叔卻一把捂住我的嘴，我眼睜睜看著那些行宮黑衣刺客跪在父皇面前覆命，我便知道這是父皇的意思。」

栩栩如生的玉蟬上還有蕭容衍掌心溫度，白卿言垂眸看著……果真與上一世的玉蟬一模一樣。

蕭容衍垂眸，從那種沉痛的情緒之中抽離，轉頭深深望著白卿言：「所以，我曾經起誓……

若我有一天娶妻，我一定對我的妻子深信不疑，護她一世周全。」

他那雙深沉又惑人的眸子，就那麼靜靜望著白卿言，甚至讓白卿言產生一種……他眸底藏著深情的錯覺，就好像，這是他對她的許諾一般。

白卿言攥著玉蟬的手輕輕收緊，隨即又捧著玉蟬送還到蕭容衍面前：「如此珍貴的玉蟬，言何敢收，還請蕭先生收回。」

「若連玉蟬都不收，那蕭某如何同兄長交代，白大姑娘還是莫要為難蕭某了。」不等白卿言再開口拒絕，蕭容衍笑著轉移了話題：「四月初六三王爺辦了一場馬球賽，不知道白大姑娘去嗎？」

「屆時讓小四帶著幾個孩子去熱鬧熱鬧，我就不去了。」她轉過身看著蕭容衍，「還是蕭先生有事……」

「若是我想請你去呢？」

蕭容衍醇厚溫潤的嗓音傳來，白卿言心重重跳了一下。他深邃的目光坦然又真誠，白卿言轉過頭避開蕭容衍的視線，道：「我一向不喜歡那種熱鬧，怕是要辜負蕭先生的美意了。」

「無妨，白大姑娘剛從南疆回來不久，接連的宴會也沒有休息好，我們……來日方長。」蕭容衍如此道。

白卿言沒有搭腔，等她反應過來要將玉蟬還給蕭容衍時，蕭容衍已對白卿言行禮後離開。

她仔細端詳著手中的玉蟬，就連這枚玉蟬磕碰的一角都與白卿言上一世見過的一模一樣。可她頗為想不通，既然是母親遺物，如此珍貴，為何上一世……蕭容衍要送給她？若說身分的象徵，他哪怕給她一塊權杖都比一枚玉蟬更合適。

這是為何？她緊緊攥著玉蟬，沒有多想便被董氏喚了過去。

「你與那位蕭先生，到底是怎麼回事兒？」董氏眉頭緊皺，「從咱們白家葬禮……蕭先生出手相助開始，我就覺得有些不對，那蕭先生……是對你有別的心思？」

董氏到底是過來人，尤其是蕭容衍望著白卿言的眼神又不加掩飾，她自然會擔憂。

「阿娘，哪有的事啊！我已經立誓此生不嫁了！你放心……與蕭先生相處，我知道分寸。」

白卿言挽著董氏的手臂送她回院子。

聽到女兒說此生不嫁，董氏心就揪著疼，心口那股子不悅也悄然散去，竟說起蕭容衍的好話來：「那位蕭先生雖然是個商人，可是氣度和襟懷，樣貌和才學都不錯。阿娘問你不是怪你的意思，若是你也覺得那蕭先生不錯，又顧及到你立誓此生不嫁，可以考慮讓蕭先生入贅白家。」

「阿娘，你越說越亂來了！」白卿言耳根一紅，「什麼入贅！不孝有三無後為大，我子嗣上沒什麼指望，何必耽誤旁人？就算是此生不嫁，我也能讓自己過得逍遙快活，阿娘放心。」

董氏抿住唇，瞪著白卿言：「阿娘就是不放心，才和你說這些！你外祖母到現在還命長元等著你，可因為你只把長元當成親弟弟！那旁人總行了吧？阿娘是害怕等將來阿娘不在了……」董氏說到此處難忍哽咽，用力攥了攥女兒的手，克制著眼淚：「阿娘害怕你一個人孤單啊！」

「阿娘，我有妹妹們！我們姐妹們間感情一向深厚，您不用這麼擔心！」

白卿言見董氏是真傷心，抽出帕子給董氏擦眼淚，哄著董氏道：「不過緣分這種事情，也說不準，將來若是遇到合適入贅，且女兒心儀的，女兒絕不瞞著阿娘！頭一個就告訴阿娘，可好？」

「真的？」董氏抽過白卿言手中的帕子沾眼淚。

她點了點頭：「阿寶何時騙過阿娘了？」不敢再惹董氏，她岔開話題問道：「明日殿試，秦朗和長元弟弟都要下場，一個咱們白家的姑爺，一個是阿娘的親侄子，阿娘可備好了禮？」

「昨兒個都派人送去了。」董氏說到這裡歎了口氣，「希望這次長元可別再分心了，此次呂相的兩個嫡孫子和陳太傅的嫡孫都是此次殿試的熱門，但只要長元發揮穩定……拿個二甲頭名應該不成問題吧！」

陳太傅就是狀元出身，兒子中書侍郎也是當年的狀元，若是此次孫子也能奪魁，那絕對是一段佳話，狀元世家。呂相自是不必說，世家出身，當年最英俊的探花郎，兒子也都是在二甲之列。

「長元表弟師從大儒魯老先生，我倒是覺得長元表弟至少能夠拿個探花郎。」白卿言挽著董氏的手臂低聲安撫，「所以母親就安安心心給長元表弟和二妹夫準備賀禮吧！」

自古探花都長相俊美，董長元才氣不必說，更是玉琢似的風度少年，不過是年輕些，可也正因為年輕，未來才不可限量。她相信，沒有白家的事情拖累兩位舅舅，董家一定會越來越好。

白卿言將董氏送回院中，剛出來就見清輝院中的小丫頭匆匆忙忙尋了過來。

小丫頭一見到白卿言立刻福身行禮，道：「大姑娘，門房那邊兒來報說，宮裡派人來說有緊急軍情，請大姑娘進宮。」

緊急軍情？如今西涼已經議和，戎狄內亂，大燕質子，就連燕帝如今也在大都城內，那麼……就只能是大樑了。她想起之前在他們班師回朝時，太子曾言大樑調兵逼近與晉國交界方向意圖不明，想來這段日子以來已經顯露意圖是對著晉國來的。

不過，大樑的四皇子還在大都，大樑這個時候動作……就不怕大晉扣住他們的皇子嗎？

春桃抬頭看向若有所思的白卿言，私心裡是不想白卿言去的，怕她一去，又要出征打仗。

白卿言頷首：「知道了。」

她轉頭看向春桃：「一會兒我走後，你同母親說一聲，別讓母親擔心，我儘量早點兒回來。」

春桃頷首：「是！」

宮裡派來的人說軍情緊急，白卿言快馬進宮。她到的時候，太子、張端睿、左相李茂、年邁的呂相、兵部尚書沈敬中、戶部尚書楚忠興、兵部侍郎、戶部侍郎全都在。

兵部尚書沈敬中和戶部尚書楚忠興兩個人，站在兩個太監展開豎放的地圖前，吵得不可開交。

兵部尚書沈敬中聲音本來就大，沖著戶部尚書楚忠興吼得臉紅脖子粗：「大樑陳兵兩國交界鴻雀山，派出來打探我晉國春暮山兵力布防的探子都被抓了，你跟我說打不起?!」

戶部尚書楚忠興被噴了一臉的唾沫星子，一甩袖轉身遠離兵部尚書沈敬中幾步，這才道：「此次南疆之戰，你們兵部自己說……打死了多少將士？這些將士的撫恤金不用發嗎？西涼的賠償還未到，此次陛下壽辰，各國來賀咱們不能薄待了前來的皇子和使節，更別提此次燕帝親臨！戶部為了不讓他國輕看，已經是勉力支撐了！你們兵部一句要糧草……我哪兒給你們弄去？」

「陛下，白大姑娘到了。」高德茂上前，低聲在手裡攥著摺子頭痛不已的皇帝耳邊道。

皇帝煩的將手中摺子丟在木案上，不耐煩擺手：「請進來！」

見白卿言進門，兵部尚書沈敬中也不吵了，退到一旁，看著白卿言規規矩矩叩拜行禮。

太子看了眼皇帝，見皇帝頷首，忙道：「郡主快起來吧！父皇這裡剛才得了一份密報，說大樑陳兵鴻雀山，派探子探我晉國春暮山兵力布防，幾個大臣幾番商議不下，孤便求了父皇請郡主過來，也好同我們一起給父皇出出主意。」

剛才在殿外，白卿言就聽到戶部尚書楚忠興在哭窮。白卿言略微想了想……她想到大燕出兵助北戎的事情，猜測這所謂被活捉的大樑探子……是不是蕭容衍的一步棋，為了將大晉拖入與大樑的纏鬥之中……好讓他們大燕放心大膽無後顧之憂的解決戎狄之事。

大燕助戎狄，最擔憂的莫過於晉國和大樑，如果大樑和大晉打起來，這兩國既騰不出手來趁大燕主力盡在戎狄之時對大燕發難，又可讓大晉和大樑兩敗俱傷，即便將來大燕要在戎狄駐軍，大晉和大樑也都消耗的差不多，定然也顧不上……或者說沒有能力顧得上他們大燕的動作。

白卿言心頭跳了跳。打仗白卿言不怕，怕的是這仗打起來百姓遭殃。打仗就是在打銀子、打糧食、打人……戶部沒錢，要就得提高百姓賦稅；兵部沒人，就得徵兵，此戰，晉國並非必須要打。

「鴻雀山之地，與我晉國相鄰不錯，卻也與戎狄相鄰，或許是大樑準備出兵助北戎。」白卿言立在一旁輕聲道。

「應該是不會，燕帝已經答應了要助北戎恢復正統，且此事燕帝已經同父皇說過了，大燕主力欲從扈邑出發，沿我國邊界借道前去北戎。」太子負手而立，看了眼皇帝才說，「原本，孤還擔心這是燕帝助戎狄是想要吞下戎狄，還是父皇天縱英明，提點了孤……燕帝質嫡子於晉，又國弱民貧，怕是只想助戎狄恢復正統，拿點兒好處罷了。」

白卿言閉了閉眼，在心裡暗歎，真是好英明啊！算不算夜郎自大？

大燕之所以質嫡子於晉，就是為了減輕晉國的疑心。大燕國不論是燕帝還是蕭容衍，都是有野心又足夠狠心的人物，不出十年，想必這世道格局……便要從燕國開始發生翻天覆地的變化了。

「如此，臣女以為，不如陛下派遣使臣前去詢問大樑皇帝意欲何為……是否想與我國宣戰，於此同時陛下可調兵遣將，陳兵在大樑邊境春暮山，做出要與大樑一戰的姿態，震懾大樑皇帝，大樑必定會忌憚。」

「若大樑是真的要打呢？」皇帝慢吞吞開口，手指有一下沒一下敲著面前木案：「如今戎狄內亂，不能掣肘大樑，我晉國肥田沃土盡在春暮山往南那一帶，大樑可是眼饞很久了……」

「臣女揣測，至少目下，大樑不敢打！」白卿言聲音徐徐。

「願聞其詳，請郡主指教。」張端睿抱拳對白卿言的態度十分恭敬，畢竟他同白卿言曾一同血戰，對白卿言的能力萬分認可。

白卿言走至太監展開豎放的地圖前，手指鴻雀山……

「大樑之所以陳兵鴻雀山而不是別處，怕是在等，大樑在等戎狄求到晉國頭上……陛下到底是助還是不助。若是陛下允准晉國出兵助北戎，等我晉國主力盡陷於戎狄之時，大樑便可趁機打晉國一個措手不及！」

白卿言收回手藏於袖中，向皇帝的方向頷首：「若是晉國收了南戎的財寶，欲作壁上觀，那麼大樑就名正言順的出兵助北戎，便會如臣女當初與太子殿下所進言，盡占戎狄這天然馬場。」

皇帝不知道白卿言對太子進言過什麼，朝太子的方向看去，太子立時脊背全都是汗。

兵部尚書沈敬中看著地圖點了點頭，白卿言說的有道理啊。

「只是，大樑大概是沒有想到，此次……列國從未放在眼裡的大燕，竟然答應了出兵助戎狄恢復正統。」白卿言垂著眸子，幾乎把話已經說到明處了。

「那燕國此次出兵助北戎……臣也擔心大燕會不會也是打得這個主意？」張端睿皺眉朝著皇帝的方向看去。

皇帝眸子一瞇，身體朝後靠了靠，倚著祥雲紋繡金龍祥的團枕，若有所思。

整個大殿的氣氛都變得凝重起來。

太子想起之前白卿言給的建議，他當時拒絕了，生怕皇帝會怪罪，忙道：「畢竟大燕質子於我們晉國，且這麼多年來都依附我們晉國，父皇在燕帝離大都城之前告訴燕帝……若是想要助北戎，要好處可以，但不能吞了戎狄，否則我們晉國不會坐視不理。」

皇帝抿唇未語。

「畢竟，晉國就算是有心吞下戎狄，還有大樑盯著，晉國一旦出兵戎狄，大樑就會撲上來。戶部尚書楚大人說的對，我們晉國剛剛經歷了南疆之戰暫時是沒有銀子打，可隨後西涼的賠償就會運來，到時候也不懼和大樑一戰。」

太子說完見皇帝沒有變臉，這才幽幽歎了一口氣：「我們雖然得到西涼割讓的城池，可是南疆一戰損失慘重，此時該好好休養生息才是。」

張端睿皺眉思慮片刻便跟著點了點頭，覺得太子這番話也有道理。

白卿言立在一旁靜靜的看著，當初與晉國鼎立的強國西涼……如今在晉國眼裡大約已經不足為懼。這難道不算是世道變幻？西涼目下看來，的確是不足為懼，但誰知道將來呢？

「就這麼辦吧！陳兵春暮山震懾大樑的同時，派使臣出使，問問大樑皇帝調兵兩國接壤邊境意欲何為，是不是想與我晉國一戰。」皇帝一錘定音。

「陛下英明！」

「陛下英明！」

皇帝半闔著眸子，看向跪地叩拜高呼他英明的白卿言，難免又想起白素秋來……

「你們都退下吧，白卿言留一下……朕有事想要問你。」皇帝開口說。

「是！」她應聲之後，又轉頭看向正要彎腰退出宮殿的戶部尚書楚忠興，「楚尚書這就要出宮了嗎？」

楚忠興自問同白卿言沒有什麼交集，驟然被白卿言當著皇帝的面兒叫住，頗為詫異朝皇帝看了一眼，這才對白卿言道：「陛下已無吩咐，我等自然是要出宮了，郡主有事？」

「煩請楚尚書稍候片刻，我有事相告。」白卿言道。

楚忠興又看了皇帝一眼，忙頷首稱是，退出了殿外。

「你有什麼事要同楚忠興說？」皇帝隨口問了一句。

「臣女身邊的貼身婢女說她娘給尋了一門親事，特來向臣女求恩典贖身，一問之下才知道，尚書府的管事竟然找到了臣女那貼身婢女的娘親，說要將臣女那貼身婢女抬入尚書府做良妾，臣女想著尚書府是高門大戶，能讓這丫頭做良妾也是她的造化，就允准了。」

皇帝皺眉，顯然是以為楚忠興要白卿言的貼身侍女做良妾。這楚忠興是有什麼癖好麼？要個良妾為什麼非要白卿言的婢女，這是給白卿言找不痛快，還是……有什麼陰謀？

不等皇帝想明白，白卿言接著道：「誰知道那丫頭，竟然背著臣女偷拿了祖母賞的一根紅寶石簪子，她不知那簪子是先皇后的遺物，臣女一直放在櫃子裡是因為捨不得戴，那丫頭以為臣女忘記了簪子，偷拿了簪子想給自己當嫁妝！臣女想著既然是尚書府要良妾，又是從我府上出去的，還是同楚尚書說一聲，以免日後引起什麼誤會，楚尚書還以為臣女不會調教人。」

皇帝看著低眉順眼的白卿言，恍惚間宛如看到了白素秋，之前白卿言在他面前劍拔弩張的姿態已經模糊，只剩下如今的清麗面貌。

他喉頭翻滾，調整了坐姿後問：「你祖母想要收為義女的盧姑娘，你見過了嗎？」

白卿言猜到皇帝單獨留下她是為了詢問盧姑娘之事，便道：「回陛下，見過了。」

「長得十分像你姑姑嗎？」皇帝問完之後，卻又覺得自己這話問錯了人，白素秋當年走時白卿言還小。

「回陛下，臣女瞧著倒是同畫上的姑姑十分相似，聽蔣嬤嬤說……這位盧姑娘同姑姑一樣精通醫術，十分得祖母的喜歡。」白卿言回道。

竟然還會醫術。皇帝恍然，難怪那日姑母說，盧姑娘採藥去了，原來不是搪塞之詞。

皇帝點了點頭，像陷入了某種緬懷的情緒中，直到高德茂進來壓低了聲音同皇帝說，秋貴人親手做了棗泥芙蓉糕請皇帝品嘗，皇帝這才擺了擺手示意白卿言出去。

白卿言行禮告退從殿內出來時，等在大殿門口的除了戶部尚書楚忠興之外，竟然還有太子殿下。太子大概也想知道白卿言同楚忠興說什麼，所以在這裡等著。

白卿言同太子行禮之後，對楚忠興道：「楚尚書，聽說尚書府想要我身邊的貼身婢女做良妾？」

楚忠興一怔，沒想到白卿言竟然會當著太子的面兒將這事挑出來，他藏在官服裡的手輕微收緊，裝傻：「郡主可是誤會了？荊妻是同我提過……有想為我那庶子娶一房良妾之事，可怎麼娶……也不能搶郡主的貼身女婢啊！」

白卿言也裝成驚訝的模樣：「可我那女婢同我說，尚書府要抬她做良妾，求我給了恩典賜身契，我想著尚書府也是個好去處，就准了！」

「誰知道那丫頭偷拿了我一支放在櫃子裡沒有用過的寶石簪子，她以為我偏愛素淨首飾忘了，想偷了給自己做嫁妝！可這簪子卻是先皇后遺物，先皇后賜給我祖母，祖母又賜給我的！」

白卿言朝著太子看了眼：「我是念著楚大人看中了這婢女，才在我祖母回來之前放了那丫頭回家，給她一條生路，晌午還派人將身契送了過去，為此還讓祖母好一陣不愉快。」

楚忠興忙抱拳告罪：「此事下官的確不知，待下官回去問過荊妻之後，若真有此事，這般手腳不乾淨的人，決計不能讓進我尚書府，多謝郡主告知！」

「那丫頭平時倒是很本分的，這一次大概也是覺得要去尚書府，想左了！若是尚書夫人真的喜歡這丫頭，以後叮囑了不再犯就是了。」

太子搖了搖頭，示意白卿言跟她走，一邊走一邊道：「你行軍打仗倒是雷厲風行，怎麼對身邊的奴婢這麼心慈手軟，這等賤奴竟然敢偷先皇后的遺物，就該直接打死，你還還她身契。」

「這不是……顧忌著楚尚書的面子。」白卿言笑著看向跟在太子右側的楚忠興。

楚忠興忙停下步子又拱手告罪，稱自己實在不知。

白卿言從宮內回來，一進門就被大長公主叫了過去。

大長公主以為皇帝叫白卿言過去是為了問盧姑娘之事。

「孫女覺得今上雖然還沒有見過盧姑娘，但是還是有幾分相信盧姑娘是姑姑轉世之事，否則……一道聖旨宣進宮就是了，何苦想見還自己挨著。」皇帝是晉國的天，他想要做什麼不行？

大長公主點了點頭，用銀針撥了撥香爐裡的香灰，點頭：「阿寶說的有理。」

「宮中那位秋貴人也是厲害，今日我從大殿出來之前，聽高公公對今上說，秋貴人做了棗泥芙蓉糕。」

大長公主眸色一沉。

「祖母……這棗泥芙蓉糕可是您體虛之時，姑姑專門為您做的。這事兒……知道的人不多，且當初姑姑過世之後，祖父下了令不允許這道點心再上白家的桌，怎麼這位秋貴人就連這個都知道呢？」

大長公主拿起放在黑漆方几上的沉香木佛珠，閉著眼撥動起來。

「祖母，孫女兒想……這位秋貴人大約是知道盧姑娘的存在，著急了，她太刻意模仿姑姑反倒是顯得匠氣！所以盧姑娘，長相和氣韻上像姑姑就夠了，怕是得讓盧姑娘做一些姑姑曾經想做而未曾做過，或者是……您和祖父不允許做的事情，才能讓皇帝相信，這就是姑姑的轉世。」

大長公主撥動佛珠的手一頓。

陽光從窗欞照射進來，雕花隨黃澄澄的光線映在地板上，滿室只剩下嫋嫋輕煙，靜得出奇。

她聽到外頭傳來佟嬤嬤和蔣嬤嬤說話的聲音，起身對大長公主行禮後道：「若無其他事，孫女就先退下了，祖母好好歇息。」說完，她恭敬向後退了兩步，繞過屏風出了長壽院的上房。

白卿言走後，大長公主才緩緩睜開眼，想做……她和白威霆不允許做的，太多了！

佟嬤嬤正和蔣嬤嬤說著去春杏家的事情，見白卿言出來忙行禮。

看到佟嬤嬤喜氣洋洋的模樣，白卿言就知道，佟嬤嬤的事情應該是辦的非常順利。

佟嬤嬤上前對白卿言行禮，笑著道：「大姑娘，事情都辦妥了。」

她對蔣嬤嬤頷首後，帶著佟嬤嬤往長壽院外走。

「老奴一到春杏家裡，正巧遇到春杏的母親正在和四周鄰居吹他們家春杏得了郡主和戶部尚書府的青眼，要去尚書府做良妾了……」

佟嬤嬤當即就讓馬車停了下來，氣勢擺的足足的從馬車上下來，用帕子沾了沾唇角，鼻孔朝天說她是郡主身邊的管事嬤嬤，問春杏娘是哪個。

春杏娘約莫是怕了沒敢吱聲，卻有好事者討好的給佟嬤嬤指了指春杏的娘。

佟嬤嬤繃著臉打量了春杏娘一番，春杏娘連忙鞠躬哈腰稱佟嬤嬤是貴客，請佟嬤嬤屋裡坐。

佟嬤嬤冷笑一聲，便說：「都說蛇鼠一窩，你們那蛇鼠窩我可不敢進，春杏連大長公主賞給我們郡主的先皇后遺物都敢動，我要是進了你們家，身上的金銀首飾還不得被你們扒光了！」

春杏娘就嚷著叫佟嬤嬤空口白牙的別胡說。

佟嬤嬤一點兒都不怵，拿出春杏的賣身契冷笑：「大長公主可是生氣的很呢！你若是不承認，那我就只管拿了身契，按照大長公主吩咐將春杏打死了事！」

佟嬤嬤話音一落，就命跟來的白家護衛去春杏家裡拿人，將春杏娘嚇得半死，堵著門直喊他們家春杏是要去尚書府當良妾的，鎮國郡主就不怕開罪了尚書大人。

佟嬤嬤這才上前，將身契丟給春杏她娘，說：「看在尚書府的面子上，我們郡主放了春杏一馬，但從今天起，鎮國郡主府絕不用和春杏沾親帶故的任何人。」

「剛才老奴回來的時候，正巧遇見了送二姑娘回秦府回來的羅嬤嬤，羅嬤嬤同老奴說……二姑娘回府的路上遇到壽山伯爵府的二夫人……」

「二姑娘裝作惱火不已的樣子，將咱們府上春杏攀了高枝，要去戶部尚書府做良妾，卻偷先皇后遺物……想當做她自己嫁妝的事說了，還說要回府上查一查之前咱們白府給安排的僕婦婢子裡，有沒有和這春杏沾親帶故的，有的話可不敢用了。」

佟嬤嬤說完笑了笑：「二姑娘這也是擔心春杏日後做了什麼丟臉的事情，旁人都算在大姑娘的頭上，提前替大姑娘撇清呢。二姑娘真是個有心的！」

白卿言唇角勾起笑了笑：「春杏……去不了尚書府做良妾了。」

佟嬤嬤也不問為什麼春杏不能去做良妾，既然他們大姑娘說做不了，那春杏肯定就做不了。不知道為何，佟嬤嬤想到今日對春杏百般為護的春杏娘，若是她知道春杏沒有辦法嫁入尚書府，又丟了郡主身邊貼身大丫頭的身分，以後又無勳貴人家敢用春杏一家子，春杏娘又會怎麼對春杏？

今天白卿言當著皇帝的面兒說了一次，又當著太子和戶部尚書楚忠興跟前說了一遍，不論楚忠興和李茂想用春杏做什麼勾當，春杏如今只能是廢棋。

若是實打實算來，春杏其實還並未做出什麼對不起她的事情，可白卿言不能將全家的安危置於險地，在明知李茂和楚忠興或許要用春杏危害白家……或者她之時，放過春杏。

就如同當初祖父因為一點慈悲，放過了陸天卓，可陸天卓……卻想要小九的命，想要她的命。

所以，慈悲和心善這兩樣東西，只有絕對強者和聖人君子才有資格給，她如今還只是時局中身不由己的蜉蝣，沒那麼多慈悲分給旁人，有這個心還是多憐憫憐憫自己和家人。

雖說春杏的危急已解，可李茂和楚忠興若真非要對她出手，她只廢掉一個春杏，未讓他們傷筋動骨，誰知道後面還有什麼招數在等著她？

她背後是白家的孤兒寡母，若等離開大都……李茂和楚忠興再興風作浪，她可就鞭長莫及了。

「嬤嬤，你讓平叔多派幾個可靠之人，去此次會試之時考生落腳點最多的幾個酒樓探問探問，是否有才高八斗，在考生中頗有威望……卻會試落榜的考生。」白卿言轉頭看著佟嬤嬤，慢條斯理吩咐，「他們誰曾有過怨言，認為有人名不符實！」

年年春闈都有自視甚高的考生不服氣，年年春闈都有人徇私舞弊，只是沒有人甘願做那出頭鳥將事情挑出來，曾有三兩出頭之人……要麼發生意外消失在這個世界上，要麼在金銀權勢面前屈膝折節。

這些年，勳貴世家屢屢在科考中向主考行賄，細數這幾屆科舉……寒門之子出人頭地越來越少。往年勳貴世家行賄成風卻一直無人管束，今年只會更甚，只怕這一屆寒門子弟想要出頭，更是難上加難。

雖然現在白卿言才開始做準備，稍晚了些，卻也不算太晚。

若是此次科舉查出舞弊，主考官翰林學士文振康……左相就肯定保不住了，失去了能在皇帝面前進言的文振康，左相如同斷一臂。

白卿言眸色深沉如水，李茂的手既然伸的這麼長，伸到她的身邊來，那她就要李茂體會體會斷手之痛。

「另外再派人暗中盯著大都城內……此次有子孫殿試者的勳貴與官宦人家，看有誰家提前大量採購包錢賞人的紅紙、炮仗，在備宴。」白卿言想了想又補充道，「再查問查問誰家在會試結束殿試之前，大量購米，準備施粥……」

以往有子孫能走到殿試這一步的勳貴人家，都會準備些紅紙包著的賞錢，準備炮仗，在家中備宴，等應試子孫殿試結束，覺得能在一甲占居一地，便立刻再派人去大量購米，等放榜之日大肆慶祝，散錢施粥，若二甲頭幾名……自然也是要歡歡喜喜慶祝一番。

若是落在三甲，也就是意思意思散點喜錢也就是了。

因這些年，勳貴世家科舉行賄成風，下無人敢出頭，上無人去管制，如今世家作風越發肆無忌憚，多數會在放榜之前，便準備好一應慶祝的手段，以免到時措手不及，或者名列前茅卻辦的不如別人家熱鬧氣派，遭人詬病。

所以，窺探這些勳貴世家採買動向，大約能猜測誰人會在前十之內。

佟嬤嬤頷首：「老奴明白。」

第二日便是殿試，二夫人劉氏自白錦繡和秦朗走後，一頭紮進了四夫人王氏的小佛堂裡，同四夫人王氏一起禮佛。

晚膳時分，大傢伙兒湊到大長公主這裡熱熱鬧鬧用晚膳時，三夫人李氏對大長公主說起此事，二夫人劉氏只道，臨陣抱佛腳求個心安。

晚上回去就連董氏也叩拜了神佛，求神佛保佑董長元和秦朗能拔得頭籌。

劉氏輾轉未眠，第二日派了好幾撥人去探，直到白錦繡派身邊的翠碧回話，劉氏這才放心。

殿試可要比前幾次考試舒服多了，畢竟是在御前。皇帝出了考題，坐在高臺龍椅之上，端著茶盞喝茶。他放眼看著大殿內，靠前坐著的年輕才俊，才隱約覺得自己老了。

大約是心裡突然不是滋味，皇帝更是懶得循例走下去走走看看，擺了擺手讓太子代勞。

因著秦朗是白卿言的妹夫，太子在秦朗身邊多停留了一會兒，倒是沒有認真看秦朗寫的是什麼，只覺得秦朗的字跡十分清秀乾淨。

殿試結束之後，劉氏派人去問了情況，秦朗說雖然現下還不知道能拿到什麼名次，可自問已經盡己所能答到最好了，可此次殿試人才濟濟，能拿到什麼名次全看天意。

白卿言倒是覺得，秦朗的名次不會低。

秦朗是今上單獨提出來，稱讚為世族子弟表率的人物，主考自然要賣今上的面子。

隔明日一天，後日張貼金榜。

第二日清晨，白卿言在清輝院練完紅纓銀槍，替白卿言辦事的佟嬤嬤便回來，給白卿言帶了兩份名單。

「這一份是姑娘吩咐去查，在各家客棧落腳的趕考考生，有才氣者落選……且心存不滿的考生名單，上面圈出來的是已經離開大都的，沒有圈的是還滯留大都城，約莫是想等著看金榜貼出來，看到底是誰高中的。」

佟嬤嬤又將另一份名單展開：「這份名單，是盧平親自去查的各家採買情況……」

白卿言接過春桃遞來的毛巾，擦了擦臉上和頸脖上的汗，吩咐春桃備水。

春桃將已經溫了的茶遞給白卿言，轉身去吩咐廚房備水。

「說來也巧，今兒個一早盧平去了都城最大的米鋪子，還沒來得及開口打聽，那夥計便認出了盧平，他以為盧平是二夫人派出來替二姑爺採買的，那夥計便笑著說，咱們府上二姑娘做事也忒謹慎了，人家呂相府、陳太傅府、工部侍郎武府、還有撫軍大將軍張府，人家都是會試結束就派人大量採買紅紙、炮仗，屯米準備殿試放榜之後施粥！」

「可咱們二姑娘一直沒有動靜，好不容易派人來讓送施粥的米到府上，還不如人家呂相府和陳太傅府買的一半之數多！還笑著問盧平是不是二夫人這個做長輩的知道了……特地派盧平來再添買些。」

牽扯上的……可都是朝廷重臣。

張端睿的府上也提前採買了？白卿言將手中茶杯遞給佟嬤嬤，拿過名單看了眼，張端睿最大的兒子不過才十一歲，也參加殿試了？沒聽張端睿說啊……

佟嬤嬤見白卿言目光落在撫軍大將軍府上，忙道：「撫軍大將軍的兄長早亡，寡嫂此次帶著長子來大都城應試，寄居大將軍府中，撫軍大將軍的侄子此次也在殿試之列。名單上剩下的，都是從各地趕來的在都城裡買了宅子，或是寄居在叔伯、外祖家的官宦子弟。」

細算時辰，此刻主考還未開始同皇帝商議名次。

白卿言將提前採買慶賀施粥的府邸名單交給佟嬤嬤：「讓人將這名單悄悄傳揚出去，就說這些官宦勳貴府上都賄賂了主考官，所以必會保證……這些人必都在前十之列！」

「再派人裝作商人或學子……將此事在大都城中傳揚開！」她手指點了點第一份名單，「務必傳到這些落榜考生耳裡，一定要快！可讓平叔安排人鼓動這些考生……在放金榜之前敲登聞鼓，求皇帝主持公道！」

白卿言一邊想一邊道：「登聞鼓一響，皇帝必會查此次科場舞弊之事，可若是在金榜放出之前這些人的名字果真在前十，那皇帝便更會重視，更要細查！就端看這些讀書人，是敢用命為自己寒窗苦讀數十年拼搏出一個公道，還是在權勢跟前屈膝。」

「是！」佟嬤嬤應聲，轉身匆匆去尋盧平辦事。大姑娘要做什麼，佟嬤嬤一概不問。雖然以前佟嬤嬤總想著規勸白卿言好好做一個女兒家，可是如今白家突逢大變，佟嬤嬤也知道白家得靠大姑娘撐著，因為大姑娘是長姐……是嫡長女，這擔子只能大姑娘挑。

皇帝壽宴之後，如今大都城內引人注目的便是此次殿試之後，狀元到底是花落陳太傅府，還是呂相府，亦或者是哪個寒門子弟能夠摘得。賭坊裡甚至已經開了賭局。

不知誰人洩露了內定前十的七人名單，稱呂元慶、呂元寶、陳釗鹿、武安邦、張若懷、林朝東、汪成玉，都是勳貴官宦子弟，這七人各自府上早已給主考翰林學士文振康打過招呼送過禮。還有人提起張若懷一個舉人考了幾次都沒有考中，怎麼這一次突然就一口氣成了貢生要殿試了。

汪成玉的同鄉，稱這位營州刺史的兒子汪成玉，出口成髒，胸無點墨，營州之時……每每文人才子詩會，他總是貽笑大方，這樣的人若是在殿試前十名，那可真是天大的笑話。除卻大都城中呂相的兩個孫子與陳太傅的孫子無人詬病之外，其餘四個人老底被揭了一個底朝天。

魁首客棧內，在學子間名氣極高的薛仁義因為落榜之事極為不服氣，一個勁兒的喝酒，非要在這裡等金榜出來。他以為自己在會試中即便是得不到一個會元，也絕對在前十，斷斷不可能落榜！此時聽說了前十名單，正在痛斥此次科舉果然有貓膩：「汪成玉那是個什麼人……那就是個草包！我薛仁義落榜，他進了……說出來誰信?!」

薛仁義的同窗都在安慰他。

坐在客棧一旁的漢子喝了口小酒道：「你們光在這裡嚷嚷有什麼用啊，有能耐就學人家鎮國郡主，去敲登聞鼓為自己討一個公道！當初鎮國郡主登聞鼓一敲，陛下可是連信王這個嫡子都給貶為庶民流放永州了！」

正在安撫同窗的舉子轉過頭，有點兒煩那漢子的火上澆油：「人家鎮國郡主當初可是握著記有行軍記錄的竹簡，我們什麼證據都沒有……」

「怎麼沒有證據啊，這名單就是證據……你們若敢用命為自己搏一個公道，就敲登聞鼓啊！有人捨命敲了登聞鼓，那陛下肯定要掂量一下查一查！若在金榜還沒放出來之前，這七個人真的是前十，那陛下聽了還不得慌？」那漢子夾了一筷子菜塞進口中，「連我這粗人都能想通的道理，你們這些做學問的人想不通？」

漢子笑咪咪端起酒杯，已然也一副醉醺醺的模樣：「只有金榜還沒有放出來之前，甚至那些主考官和副主考官還沒出宮之前，你們便敲了登聞鼓面見聖上，這早早洩漏出來的名單才能起到最大作用！」

幾個落榜的舉子你看我我看你，竟覺得這醉醺醺的漢子說得有理。

「我看……你們是害怕得罪權貴，所以也不敢吧！」那漢子擱下手中筷子，用手抹了抹嘴，「我也是窮苦人家出身，最見不得那些官宦人家仗勢欺人！」

那漢子一副江湖遊俠做派，道：「你們若敢敲登聞鼓……這棍子我幫你們這些寒門出身的舉子挨！好讓那些權貴看看，我們窮苦人家也有硬骨頭！」

那已喝的醉醺醺的薛仁義，一把砸了自己手中的酒杯：「我薛仁義好歹也是讀聖賢書的，哪裡能對權貴折腰?!我要去敲登聞鼓！哪怕捨了我這條命，亦要替我等寒門學子求一個天公地道！」薛仁義說完，端起桌上的酒壺仰頭一口灌盡。

薛仁義的同窗連忙站起身勸薛仁義，說大不了來年再來。

可薛仁義卻說：「權貴隻手遮天，徇私舞弊、貪墨瀆職之事屢見不鮮，這些年更是愈演愈烈，你們自己看看……寒門之子出頭越來越難！若我等不作先驅者，紛紛對權貴折節屈膝，這偌大的晉國……將再無寒門讀書人容身之地！你們若還有血性便隨我一起來！」

說罷，薛仁義憑著一腔憤怒和熱血，朝著宮門的方向而去。

而此時，全然不知大都城內，已將這七人名單傳的沸沸揚揚的翰林學士文振康，與諸位副考官將殿試的策論排序，取前十捧到了皇帝與太子面前。

皇帝看過一篇之後就交給太子點評。

太子雖然才氣平庸了些，可是策論的好壞耳濡目染還是能看懂些。

看完董長元的卷子，太子眼前一亮，忙恭恭敬敬遞給皇帝：「兒臣以為……此篇策論條理清晰，見解獨到，雖然用詞不算華麗，但勝在道理通透，文字銳利。」

皇帝點了點頭，將董長元的卷子放在一旁。

看到秦朗的卷子，皇帝似乎是來了興致，他認真看起秦朗的卷子來……

秦朗是皇帝親自稱讚的世族子弟典範，皇帝對秦朗還是抱了希望，希望秦朗能給他長臉。

看完秦朗的卷子，皇帝眼底有了笑意，點點頭將秦朗的卷子與董長元放在一起。

隨後呂相兩個孫子的卷子皇帝也看了，拿在手中對比……文振康輕笑開口：「這兩份卷子，不但文采斐然，且分析時局，往往都能切中要害，十分厲害！微臣若有兩個學識如此廣博的孩子，定然要讓他們分開參加科舉，呂相讓兄弟倆一起參加科考，這不是自家人和自家人爭名次啊！」

皇帝聽到這話也忍不住笑了一聲，看向太子：「雞蛋不能放在同一個籃子這道理，咱們在朝堂上縱橫了一輩子的呂相，看來是忘了……」

說著，皇帝將呂元慶和呂元寶的卷子與秦朗和董長元放在了一起。

皇帝又拿起陳釗鹿的策論，細細品讀：「這字裡行間很有陳太傅的風範，陳釗鹿……這莫不是陳太傅的孫子？」

「陛下好眼力！」文振康笑著朝皇帝作揖，「想當年陳太傅就是狀元郎，陳太傅之子中書侍郎陳平興當年也是狀元，大都城裡的百姓都在猜……看這陳太傅的孫子能不能也奪得狀元，若真能如此……倒是能成全我們晉國的一段佳話了。」

聽到這話，皇帝想了想又拿起董長元的卷子：「朕覺得……這十份卷子中，這叫……董長元的策論最為出色。」其實，說來說去，皇帝是覺得此次科舉考試，貢生的水準沒有以前好了。

文振康忙迎合皇帝：「陛下慧眼獨具！說的正是！不過……能捧到陛下面前來的十份策論都是此次科舉中最為出色的，不論陛下怎麼定奪，這十位青年才俊自然都是要報效陛下的。」

皇帝點了點頭，只覺文振康說的不錯。

皇帝書房之內，君臣數人商定了好幾個時辰，終於將此次金榜排名定了下來。

為了延續陳太傅祖孫三代皆為狀元的佳話，皇帝點了陳太傅的孫子陳釗鹿為狀元。

呂相的面子不能不給，點了呂元慶為榜眼。

董長元的策論實在出色，皇帝又聽高德茂提起董長元是個長相溫潤如玉的少年公子，樣貌十分奪目，便定了一個探花，秦朗二甲第一名傳臚。

剩下六人由太子排序，給了名次，呂元寶二甲第二名。

二甲第三由一寒門子弟所占，武安邦二甲第四、張若懷二甲第五、林朝東二甲第六、汪成玉二甲第七。

等這邊兒敲定了金榜排名，文振康帶著副考官剛從大殿內出來長長舒了一口氣，就聽到遠處武德門的方向竟然傳來了震天的鼓聲。文振康頓時心裡咯噔一聲，今年這是怎麼了？沉寂了幾百年的登聞鼓頻頻響起，難不成又是鎮國郡主?!不管是誰，這登聞鼓一響，肯定不是什麼好事兒。

文振康回頭朝著大殿內看了眼，怕是皇帝又要頭疼了。

坐在龍椅上剛端起茶杯喝茶的皇帝突然聽到登聞鼓的響聲，驚得端茶杯的手一抖，茶水濺出些許。皇帝心底一下就煩躁的不行，恨不得將那登聞鼓給撤了。

一個登聞鼓放在那裡，幾代皇帝怕也沒聽到過幾次響，到了他這裡可好了……這從去歲就開始不安生，還讓不讓人喘口氣了?!

太子也是被嚇了一跳，下意識就想到了白卿言，又覺得現下白卿言已經歸於自己門下，有事應當會來求他，而非敲鼓惹父皇不快。

皇帝重重將茶杯放在几案上，怒喊道：「高德茂，去看看！」

高德茂連忙抱著拂塵，邁著碎步朝殿外跑。

「一天到晚的敲敲敲！什麼天大的事非要敲登聞鼓，讓不讓朕安生了！」皇帝想到了之前白卿言逼殺信王之事，心中越發惱火，端起茶杯狠狠砸在地上。

整個大殿太監跪作一團，瑟瑟發抖。就連太子都被嚇得跪地請求皇帝息怒。

「這次要還是那個白卿言，朕……可就真的容不下她了！」皇帝說這話時，咬牙切齒一身的殺意。太子原本想要替白卿言求情，仰頭看到皇帝充滿戾氣的一張臉，忙垂下頭，甕聲甕氣說：「肯定不會是郡主的，父皇已經給了郡主天大的恩賜，郡主不會不知道進退。」

皇帝冷笑一聲，不做評價。

不多時，高德茂一邊用帕子擦著冷汗，一邊小跑進來，跪地道：「回陛下，武德門外敲登聞鼓的是此次會試落榜的舉子們，舉子們稱此次科舉舞弊，求陛下還他們公道。」

皇帝身體略微停止，心頭那股子煩躁消散，表情鄭重起來：「舉子們可有實證？」

「回陛下，沒有實證，可是帶頭的在外面高聲喊著說……前十之中有七個已經是內定的勳貴宦官之家子弟，有呂元慶、呂元寶、武安邦、張若懷、林朝東、汪成玉、陳釗鹿七人內定在前十之中，呂元慶、呂元寶與陳釗鹿他們不敢質疑，可武安邦、張若懷、林朝東、汪成玉草包之流能入前十，絕對不可能！」

高德茂抬頭看了眼皇帝越來越陰沉的五官，接著道：「帶頭的那個還說，在會試結束榜單還沒有放出來之前，在大都城內買了宅子的汪成玉、林朝東，和寄居在外祖家的武安邦，他們各家各戶都採買了大量的慶賀用品，屯米準備施粥散錢。」

呂元慶、呂元寶、武安邦、張若懷、林朝東、汪成玉、陳釗鹿這七人，可不就是剛才前十之中的七個嗎?!皇帝咬緊了牙問：「文振康和其他副主考都在哪兒，讓禁軍把他們扣住，不許出宮！」

「是！」高德茂忙起身往外跑。高德茂作為皇帝身邊的大太監，不是不知道往年科場舞弊之事，勳貴人家給主考塞了銀子，讓人進去替考的比比皆是。上一屆科舉時，高德茂就覺得勳貴官宦人家再不收斂，怕是要驚動皇帝，沒成想……這一次果然還是驚動了。

皇帝強壓著火，聲音冷得讓人骨縫發寒：「太子，你去……將此次殿試的所有試卷全部給朕封了帶過來！派人傳國子監祭酒、司業……各學博士全都來，你親盯著他們……一份卷子一份卷子給朕查閱！」

「兒臣領命！」太子忙領了命去辦事。

皇帝氣得手指在抖，若此次科場舞弊是真的，文振康就該死！

西涼的炎王還沒走，燕帝也是明日才準備返程，文振康就給他弄出來一個科場舞弊案來讓他難堪。況且，歷年科舉是為朝廷選拔治理人才，雖然他喜歡奸臣……不喜歡太過有能耐功高蓋主類似白威霆那樣的臣子，可也知道這朝中不能真的沒有能人，若少了真正有能耐的臣子幹實事，晉國危矣。

「傳大理寺卿呂晉！」皇帝睜開眼，眸底一片殺色。

武德門外，越來越多的落榜舉子跪於門外高呼科場舞弊，求皇帝還他們一個公道，這突如其來的熱鬧驚動了大都城幾乎所有的百姓。

被點了名的幾家惶惶不安，想處理掉提前購置的慶賀之物，卻又怕這動靜反倒讓人抓住把柄，坐立不安，不知該如何是好。

就連呂相都坐不住，把自己的兒子兒媳喚了過來，詢問兩個兒子兒媳，是否有給主考送過禮？是否提前置辦了慶賀用品？是否提前購米準備施粥了？

剛被人從祠堂放出來的呂元鵬，才悠哉悠哉喝了杯茶，便聽到爹娘被祖父叫了去。

呂元鵬擔心是祖父又要出什麼管教他的主意，眼睛滴溜溜一轉放下茶杯就跟上，透過書房的窗縫往裡看。

「混帳東西！」呂相氣得砸了手中的茶杯，「你們四個人是瘋了不成！元慶、元寶兩個孩子才學都是拔尖兒的，即便是不送禮也必能在二甲之內！那文振康是個什麼東西，我堂堂相府要給那種走狗送禮?!」

「父親，話不能這麼說，旁人家都送禮了，咱們不送……原本能在二甲之內，說不定就被擠到三甲了！說不定那姓文的還會暗中搞鬼，讓咱們家兩個孩子連會試都過不了，往年又不是沒有出過這種事！」呂相長媳幽幽開口。

「婦人之見！」呂相被氣得腦仁兒疼，「我堂堂右相，他姓文的敢嗎?!」

呂相的三子，呂元鵬的父親皺眉開口：「那文振康是個什麼人……旁人不清楚，父親您還不清楚嗎？聖人云寧得罪君子，莫開罪小人，如今陛下寵信文振康，我與大哥也只是跟著風向行事，不求文振康真的幫忙，但求他不給兩個孩子使絆子而已！」

「是啊父親，況且您也說了，兩個孩子必在二甲之內，正是因為如此，所以兒媳才同三弟妹商議後，派人出府採買！畢竟家裡出了兩個貢生已經是天大的喜事了！」呂相長媳又道。

呂元鵬的母親對大嫂翻了一個白眼，她這大嫂……從來都是好事想不到她，壞事兒就一定要將她也拖下水。「是啊父親，兒媳也是這樣以為的，所以嫂嫂提起的時候，兒媳就贊同了嫂嫂的主意，不成想卻惹了大禍，還請父親指點應該怎麼補救。」呂元鵬的母親對呂相福身行禮，一臉愧疚道。

呂相活成人精似的人物能看不出來大兒媳婦兒和三兒媳婦兒是什麼意思，火氣更盛。

「出了事，不擰成一股繩想辦法，反而互相推諉，能成什麼事？你們可真是我們呂家的好媳婦兒！」呂相臉色沉了下來，「此事，只能是我親自進宮一趟，早點兒找皇帝如實相告！」

「可是……兩個孩子的功名怎麼辦？」呂元鵬的父親大驚。

「你老子我去了，兩個孩子還有機會重考，不去……兩個孩子前程說不定就完了！」呂相手緊緊扣著座椅扶手，咬了咬牙，「此事皇帝必然會讓大理寺卿呂晉主審，你們兩個……現在就去大理寺找呂晉，將賄賂主考的事情坦白！我們家的動作越快，皇帝越是會從輕發落。」

「可父親，如此……我們家就將其他賄賂過文振康的勳貴官宦人家，都得罪了啊！」呂相長子皺眉道，「況且那些舉子已經說了，若是咱們家元慶和元寶在十名之內，他們是服氣啊！」

「正是因為這些舉子都服氣，但我們自己卻做了行賄之事，我們呂家才更要去同皇帝和大理寺坦白！」呂相視線掃過自己的兩個兒子，落在兩個還不情願的兒媳婦，強壓下痛斥兩個兒媳婦的念頭，鄭重道：「只有如此，等科考舞弊案坐實，此次科考成績作廢，兩個孩子還能有一次重考的機會，否則……就怕皇帝永不錄用此次行賄的考生，那個時候，你們可就真的要害死兩個孩子了！」

一想起兩個兒媳婦做的蠢事，呂相心頭怒火越燒越盛。

「元寶就不說了，元慶可是我呂家未來的希望，難道你要你兒子折在這件事上?!」呂相聲音止不住的拔高，「如今舉子敲了登聞鼓，你以為那些賄賂過文振康的勳貴官宦人家，還能不受牽連?!得罪人……和你們兒子的前程，全家的將來，孰重孰輕，你們自己選！」

「兒子知錯！」呂相長子連忙俯首。

「不要耽誤，你們即刻出發去大理寺，我進宮！」呂相一錘定音。

呂元鵬聽到這話小心臟撲通撲通直跳，他爹娘膽子竟然這麼大呢，居然敢賄賂考官！想到武德門前舉子敲登聞鼓，有熱鬧看，呂元鵬回自己院中叫了小廝，便出府看熱鬧去了。

反正，他們家有祖父在，且祖父已經做出了安排，便出不了什麼事！

呂相家行動速度極快，呂相兩個兒子去大理寺時，聽說大理寺卿呂晉被皇帝招進宮裡，此時正在武德門外安撫敲登聞鼓的舉子們。

呂相一進宮就對著皇帝痛哭流涕，痛斥自己的兩個兒子竟然對文振康行賄，他那兩個兒子害了他精心培育的兩個孫子，請皇帝連他那兩個兒子一同處置。

皇帝看過呂相那兩個孫子的策論，倒是覺得呂相的兩個孫子的確是有點兒真材實料的。再聽呂相說，他的兩個兒子兒媳是因為大都城但凡有應考的勳貴官宦人家都送了禮，擔心不送禮文振康給兩個孩子使絆子，臉色越發難看。

皇帝實在是沒有想到，文振康竟然這麼大的膽子，如此明目張膽在他眼皮子底下收賄賂。難怪了……他就覺得今年貢生的水準，大不如前。

「此事，老臣聞之，痛心疾首，只覺愧對聖顏，恭請陛下降罪！老臣教子無方……亦願一同承擔罪責！」

皇帝壓下心頭怒火，睜開眼看著還在抹淚的呂相，知道呂相一向謹小慎微，此次怕是因為兒子和兒媳婦兒不爭氣，連累了兩個孩子便道：「朝廷開設科舉是為我晉國廣納人才，呂相兩個孫子的策論，朕看過了……還算不錯！不過呂相回去之後……可要好好的教導教導你的兩個兒子。」

呂相聽到這話，心裡鬆了一口氣，誠惶誠恐對皇帝叩首：「雖然陛下寬宏，可常言道子不教父之過，老臣自覺羞愧難當，請陛下罷免老臣官職，以儆效尤！也好給朝中之人做個樣子……讓他們以老臣為戒！自此之後……朝堂必可風氣清明。就當是老臣……最後能為陛下做的一點事，報償陛下多年來的照拂之恩。」

皇帝聽了呂相這話，心中對呂相那點兒怒火消彌在悄無聲息中，皇帝歎了一口氣，聲音柔和下來：「高德茂，將呂相扶起來！」

「老臣愧對陛下，不敢起身啊！」呂相聲音哽咽，情真意切。

「呂相，自朕登基以來，你一路匡扶，朕心中有數！此事乃科考舞弊風氣所致，呂相能大義滅親親自到宮中來與朕舉發二子，算是功過相抵！回去吧！」

「老臣叩謝陛下天恩！萬死難報陛下隆恩，老臣此後必會好生教導家中子孫，讓他們將來都能成為對陛下有用之人，報答陛下聖恩！」呂相感恩戴德以頭叩地，哭出聲來。

皇帝滿意點了點頭：「高德茂，送呂相出去。」

高德茂連忙恭恭敬敬請呂相往外走，呂相又是一番感恩戴德，誠惶誠恐，這才緩緩從大殿內退出去。

因秦朗也是參加殿試的貢生，白錦繡突然聽聞這麼大的事一下就坐不住了，嚴令秦府上下不許談論此事後，讓人套車回了白家。

劉氏和董氏也是坐立不安，生怕此次之事會牽連到秦朗和董長元。

聽說白錦繡回來了，劉氏出來相迎。

白錦繡攥著劉氏的手，一邊攜手往垂花門內走，一邊道：「此時大都城都亂套了，剛才秦朗外祖家的表嫂還偷偷上門來替秦朗的舅舅詢問，怕我也送了禮。如今但凡家裡有參加春闈舉子的，要麼鬧著去武德門前討公道，要麼就是惶惶不安生怕送禮的事情敗露！我來之前聽說呂相已經進宮面聖，呂相的長子和三子也去了大理寺！」

劉氏只是一個後宅婦人，聽得膽戰心驚：「那此次……會不會影響到姑爺？」

「我們家沒有送禮，可若是最後查出科舉舞弊，此次春闈成績作廢，秦朗恐怕得再考！」白錦繡同劉氏說完之後道，「母親你先回院中，我去找長姐商議，咱們先都別著急！」

「對對對！你去找阿寶商量商量，阿寶主意總是多些！」劉氏點頭。

白錦繡扶著翠碧的手進院子時，見白卿言正在練銀槍，不斷重複枯燥乏味的挑、刺。

「長姐……」

「二姑娘！」春桃笑著行禮。

聽到白錦繡的聲音，滿頭是汗的白卿言收了寒光凜然的銀槍，將銀槍插入架子中，接過春桃遞來的濕帕子擦了擦臉和手：「可是因為此次科場舞弊案回來的？」

白錦繡提著月華裙進來，點了點頭：「如今大理寺卿呂晉已經前去武德門安撫舉子們，文振康等一干人等還未出宮，便被禁軍扣住了！只要行賄之事坐實，此次主考副主考人頭不保不說，恐怕考生的成績都要作廢！」

「所以，此時你不能慌，回去讓秦朗好好準備，打起十二萬分精神，恐怕要再考一次了！」白卿言對白錦繡說。

「長姐？此事……」白錦繡覺得長姐太過鎮定，不慌不忙的，覺得這是長姐的手筆，她低聲問，「此事和我們家有關嗎？」

「翰林學士文振康是左相李茂的人，這你應該知道！可戶部尚書楚忠興也是李茂的人……你恐怕不知道！」白卿言示意白錦繡在石凳上坐，「既然李茂的手伸到了我的跟前來，不斷他一臂，他怎麼知道疼，怎麼知道怕？」

她將濕帕子放在春桃手中的黑漆托盤裡，接著道：「事情是他們自己做下的，旁人能耐再大，也不過是順水推舟，推波助瀾而已。」

「戶部尚書楚忠興，也是李茂的人?!」白錦繡大感意外。

「當年二皇子謀逆，死後所有的人脈盡歸梁王，所以錦繡……千萬不要被梁王懦弱的假象迷惑了雙眼。」白卿言為白錦繡倒了一杯茶，推至白錦繡的面前，「我已經想過了，若是怕打鼠傷著玉器瓶，折不了李茂的臂膀！雖說將事情鬧大了成績要作廢……可鬧大也有鬧大的好處，秦朗和長元表弟都是真才實學，重考也不怕！」

白錦繡垂眸細想之後點頭：「長姐說的有理！」

「秦朗呢？」白卿言問。

「聽說武德門落榜舉子生事，被朋友叫去了武德門。」白錦繡說完，站起身來對白卿言行禮，「我去派人將秦朗喚回來，趁著這個時候，他應該在家刻苦，爭取重考之時發揮實力才是！」

她對白錦繡點頭。

白錦繡剛走，盧平就來了。

盧平派出去探消息的下人回來了幾個，帶來了新消息。

呂相進宮後又出來了，不像去時那般匆匆忙忙，呂相的兩個兒子也都從大理寺出來回府去了，陳太傅聞訊也已套車進宮。

呂相果然是朝中最會明哲保身的，滑不丟手跟泥鰍似的，剛聞風……便去宮中請罪，陳太傅怕是看到呂相的行動，猜到呂相進宮為何，也匆匆去向皇帝請罪了。這兩人一旦在皇帝面前請罪，皇帝就會知道，如今科舉行賄之風到底有多嚴重，皇帝越生氣……文振康就越是危險。

左相如今怕是正坐立不安吧！

她瞇了瞇眼，手指有一下沒一下敲著石桌，如今外面科舉舞弊消息傳的如火如荼，文振康的家眷還不知道如何提心吊膽。文振康頭一次做主考，就敢這般張狂明目張膽的收禮，不知道會不會也是因為有左相李茂在後的緣故？

若是左相李茂真的攪和在其中，又有人指點指點文振康的家眷去找左相求情，左相怕是坐立不安之餘更要惶恐，即便是李茂沒有攪和其中，也是要頭疼一番的吧！

想到此，白卿言讓春桃將佟嬤嬤喚了過來。

白卿言的意思是從內院著手，如今文振康的妻子定然關心則亂，從此處入手最為妥當。

佟嬤嬤一聽就明白了：「這事兒大姑娘放心，老奴一定辦好。」

此次殿試之後，原四月初三貼金榜，可因近百舉子跪於武德門外，敲登聞鼓，求皇帝還公道，四月初三沒有金榜，只有科舉舞弊案由大理寺卿與太子一同審理，限期三日內破案的聖旨。

太子頭疼不已，這可是個得罪人的差事，此次家中有參加春闈的勳貴官宦，哪一家沒有送禮？

偏偏父皇的意思是要嚴懲不貸，除了呂相府上的兩個孫子，和陳太傅的那個孫子，策論的確是有水準之外，其他行賄的，一概嚴懲，且終身不得錄用。

有人求到大理寺卿呂晉門下，誰知呂晉卻關門謝客，禮一概不收，風頭之上呂晉除非是不要烏紗帽，否則只能一概不理。

太子沒有呂晉那麼硬骨，先前還應付了幾家勳貴，後來也實在是扛不住，找來幕僚商議，想要商議出個不得罪人的辦法。

秦尚志的意思是，國有國法家有家規，太子是儲君，應當立身端直，國法面前不容私情，如此才能讓皇帝看到太子當用的一面。

可方老卻說，讓太子見了後挨個訓斥，哭求的也先應下來，等回頭判的時候，可與呂晉一起判得重些，然後再去皇帝面前求情，那麼……這些勳貴宦官人家可就是太子收攬的人心。

但秦尚志深為不恥，畢竟現在的太子已經不是當初的齊王了，他現在是儲君是國本，國本當直，國才能正！

可太子一琢磨，覺得方老的主意好，沒把秦尚志氣得一佛出世二佛升天。

國之儲君，要得人心沒錯，可人心絕不是如此籠絡之法，科舉行賄敗壞國家根基，如此大惡……太子怎能容得？若這些蛀臣留於朝堂，晉國還有何未來可言？

四月初六原本三王爺舉辦的馬球大賽，也因為科場舞弊案的影響，勳貴人家比預計來得要少一些。涉及行賄的自然是沒有心情來，沒有涉及行賄的勳貴官宦人家，家中又有應試考生的，自然是要把人拘在家中苦讀，以防皇帝要重考。

三王爺舉辦這場馬球賽，原本是為了給自家的兒子挑選各家貴女，看哪家貴女能入兒子的眼，他好讓王妃探問探問，給他兒子找一個可心人的，所以對三王爺來說……只要各家貴女來了就成。

馬球場上，三五湊成一團討論的都是此次的科舉舞弊案。

白錦繡略坐了坐，探聽到有人說文振康的妻室趁夜色前去左相府，聽說待了好久才出來，便藉故告辭，回了白家同白卿言說此事。

「文振康那妻室，本就和離之後的再嫁之身……婦人們湊做一團，講得都是些不入流的風月之事，可我倒是覺得……既然文振康的妻室在左相府停留許久，想必曾和左相討價還價，手中說不準有什麼可以拿捏李茂的把柄。」

白錦繡湊近了白卿言一些，壓低了聲音道：「我會設法，從文振康妻室手中拿到把柄。」

「不論如何文振康妻室手中握著什麼樣的把柄，文振康的命都是保不住了。」白卿言抿了抿唇，笑著看向白錦繡，「若是你能拿到自然是最好，拿不到也不要勉強。」

「長姐放心！」白錦繡點了點頭，就見佟嬤嬤打了簾從外面進來。

「大姑娘，二姑娘……」佟嬤嬤臉色不怎麼好看，福身行禮後道，「咱們府上派回朔陽老家主理修繕祖宅事宜的劉管事回來了，正在前面給夫人稟報此次修繕之事。」

「是有什麼不妥當嗎？」白卿言放下茶杯問。

「朔陽宗族的那些人，簡直好生無恥……」佟嬤嬤說這話時氣得太陽穴都在跳，「劉管事回去的時候，竟然發現本家的五老爺一家子都在祖宅裡住著，劉管事四處一打聽才知道，往年都是咱們府上提前送信要回去……他們才搬出來，咱們一走，他們又搬回去住！就那樣族裡還好意思說費心替咱們白府照料祖宅，找我們夫人要好處！」

「咱們每一次回去他們都派人打掃，那分明就是怕敗露了痕跡，也好意思覥著臉邀功！」

佟嬤嬤早就在白家大喪之時，已經對宗族那做派和嘴臉厭惡至極，再聽到劉管事回來稟報朔陽宗族的行為，簡直是氣得心肝肺都疼。

白錦繡也變了臉色，將茶杯重重放在身旁黑漆小几上：「這般無恥！」

「劉管事還說，咱們宅子剛剛翻修好，劉管事人還沒走，那五老爺一家子就又住了進去，說朔陽這祖宅是白家祖上傳下來的宅子，是傳給長子嫡孫的……」佟嬤嬤揪著手中的帕子，眼眶都紅了，「說咱們白府現在已經沒有男子繼承香火，那宅子自然是要歸族裡，他們一家子在宅子裡住了多年，是得到了族長的允許！若是咱們白家女眷回去，族裡可憐白家女眷，會在祖宅中間砌道牆，讓出一小部分給白家女眷居住，還說……要將牆砌得高高的，以免……以免……我們大姑娘身上的煞氣衝撞了他們。」

白錦繡氣得一巴掌拍在桌上：「這宗族也欺人太甚了！若真是如此說法，早幹什麼去了，偏偏等我們修繕好了好不要臉來搶，真是欺我白家無人了嗎?!」

「那五老爺一家仗著在朔陽人多勢眾，已經叫了工匠在院子中間砌牆，劉管事派人死命攔住了，立刻快馬回來給夫人報信！」佟嬤嬤氣得胸口起伏極為劇烈。

白卿言眸色沉了下來，心口似有一把火在燒著，宗族……多年來如同吸血蛀蟲在白家身上要好處！如今眼見著白家滿門男兒都沒了，連臉都不要，淨想著怎麼從白家再撈點兒好處。

還是古老那句話說的對，升米恩斗米仇是祖父和父親他們的寬縱，將宗族的胃口給養大了。

「長姐你要過去問問嗎？」白錦稚問。

「我換身衣裳過去。」

詳細的事情佟嬤嬤大約沒有聽全，白卿言還得親自過去問問劉管事。還有祖宅的一應房契地契，也不知道是在宗族裡，還是交由祖父保留著。若在祖父手裡，那麼祖母應該在去皇家清庵清修之前，全部交至母親董氏手中。房契地契若在，那還好說，若是不在了……就得另想辦法。

白錦繡雖說已經出嫁，可對白家的事情依舊上心，她等著白卿言換了一身衣服，跟隨白卿言到董氏那裡時，劉管事還沒走。

董氏已經氣得臉色鐵青，手中的帕子都變了型，若不是教養風度還在，怕是要罵人了。

劉管事見白卿言和白錦繡進門向董氏行禮，忙站起身，眼眶一下就紅了：「大姑娘！大姑娘可算從南疆平安回來了！」劉管事人還在朔陽的時候，每每聽到南疆戰況，都是提心吊膽，後來聽說大姑娘在南疆殺了十幾萬西涼降俘，南疆大勝，真的是既高興又擔心，他給鎮國王和鎮國公上了兩柱香，求鎮國王白威霆和鎮國公白岐山保佑大姑娘平安，還哭了一場。如今在看到白卿言毫髮無損的出現在面前，劉管事又怎麼能不激動。

「讓劉叔擔心了！」白卿言對劉管事笑道，「劉叔你坐，關於朔陽祖宅的事情，我和錦繡聽佟嬤嬤說了一些，具體如何……還請劉叔同我詳說。」

劉管事將朔陽的事情，詳細說與白卿言聽，與佟嬤嬤說的大致相同，細節上稍微完善了些。比如，給白家看著祖宅的老管事已經被五老爺買通了，就連那個修繕圖紙，都是宗族的五老爺之前出的，為的就是讓白府花銀子……好讓他們住的舒坦一些。

此次劉管事回去，那五老爺拿出府上的圖紙大筆那麼一揮，將住宅一分為二，他們占了多一半，給白家留了小一半，稱他們家住在祖宅多年用的就是那些院落，且現在白府都是孤兒寡母的，前面的院子都是留給男人家用的，也就不給白府了。

那一派施捨白家孤兒寡母的姿態，將白家祖上傳下來的宅子全然視為他們的囊中之物。

後來，宗族六老爺知道了，也要來分一杯羹，不願意讓五老爺全部占去，兄弟倆還打了起來。

這一打，族內的人就全都知道了，有覺得這事兒不地道的，也有意圖來分一杯羹的，更有打著想讓董氏過繼自家子孫的，就嚷嚷著五老爺欺人太甚，雖然白家子嗣皆已身死，只要董氏從宗族裡挑一個過繼，嫡支就有香火了，說五老爺吃相太難看。

總之，亂的不行！劉管事見狀，先派人攔住了要砌牆的工匠，又覺宗族裡鬧得正兇一時半會出不了事，便親自回來報信。

「母親，祖宅的地契房契可在母親這裡？」白卿言問。

董氏搖了搖頭，眉心緊皺：「若是祖宅的地契、房契都在我們府上，宗族的人也不敢如此囂張！咱們府上只有地契，房契在宗族那裡。」

原本宗族族長之位應該是由嫡支的嫡次子擔任，所以白家的房契一直都在族內，後來大戰白卿言的曾祖父那一輩嫡子全部戰死，便記了庶子在白卿言的高祖母名下當做嫡子領族長位。

按道理說，到了白卿言祖父白威霆這一代，應該是祖父的胞弟擔任族長，可偏偏祖父沒有胞弟……後來商議之下，便由記在高祖母名下的庶子繼續領族長位，再後來又將族長位傳給了他的兒子。但房契，不論是曾祖父還是祖父都沒有想過拿回來，一直放在宗族那裡。

有地契沒房契，倒是棘手的很。

「以前，朔陽白家宗族有鎮國公府庇護，現在大姑娘封了郡主，他們能在朔陽橫行還是托了咱們國公府和大姑娘的福，如今卻這樣欺負人！大姑娘不知道，朔陽宗族白家，這些年做盡壞事，可旁人都覺得朔陽宗族是仗了鎮國公府的威勢，我無意中聽到有人抱怨上蒼不公，說好不容易鎮國公府倒了，白家又出了一個女殺神，封了一個郡主，那白家肯定還有的張狂。」

劉管事提起這些就心中竄火不已。他沒敢告訴董氏和白卿言，前段時間有人在朔陽大肆宣揚白卿言焚殺十萬西涼降俘之事，因為白家朔陽宗族作孽在前，朔陽如今人人都覺得白卿言是冷血無情暴戾殘酷的人物。也正是因為白卿言名聲已經壞了，朔陽宗族的人才敢這麼明目張膽強占祖宅。

「劉叔，還有話未說？」她看著劉管事欲言又止的模樣，問道。

劉管事朝董氏看了一眼，猶豫後才皺著眉頭道：「大姑娘被封郡主的消息傳回朔陽的同時，也有人在朔陽大肆宣揚大姑娘殺十萬降俘之事，加上之前宗族在朔陽橫行霸道，聽說咱們府上男子戰死沙場，有不少被宗族禍害過的百姓……」

劉管事說不出口，只道：「總之……後來大姑娘被封郡主的事情傳回去後，官府還有人宴請朔陽宗族的人，朔陽百姓間對大姑娘的印象都不是很好。」

聽到這些，白卿言倒是沒有生氣，董氏蹭地站起身來：「父親在時，朔陽宗族仗著父親的威勢在朔陽為非作歹無法無天，官府看在父親的面子上，不知道替他們遮掩了多少，弄得民怨載道！多少朔陽百姓對國公府恨之入骨！現在好了……一邊欺負著我們孤兒寡母，一邊又扯著我女兒的大旗折騰！欺人太甚！欺人太甚！」

「阿娘……」她起身扶住董氏，輕輕撫著董氏的後背，「阿娘別著急，宗族的事情交給我來處置，一定讓阿娘滿意。」

「剛才沒說，就是怕夫人著急！既然大姑娘說能夠處置，大姑娘就肯定能處置好，夫人您別生氣。」劉管事勸道。

董氏被白卿言扶著坐在椅子上，緊咬著牙，開口：「如此下去不行，這宗族……得寸進尺，你祖母尚且還在，你也是郡主之尊，他們便敢欺凌我們是孤兒寡母，家中無男丁，若回到朔陽……還不知道要被怎麼欺負！得想個法子……」

「法子我來想，阿娘只管想想回去之後，怎麼安頓咱們這一大家子之事！」她捏了捏董氏的手，「阿娘信我！」

「你心裡已經有章程了？」董氏抬頭望著女兒問。

「這件事說來，其實就是宗族以為我們孤兒寡母回朔陽，就必須忍氣吞聲依靠宗族照顧。」白卿言轉身走回白錦繡身旁坐下，「可宗族這些年之所以作威作福，為禍朔陽，先仗了祖父的威勢，如今又是仗著我這個郡主的虛名。」

「對付宗族這些人，釜底抽薪的辦法，便是不給他們這個威勢可仗！」她看向劉管事，「朔陽白家子嗣繁茂，但金玉其外敗絮其中的定然不在少數，惹出人命官司的怕也不在少數，混不吝的更是多不勝數吧！」

劉管事點了點頭。

「那就好辦，我親自回一趟朔陽，向族長討要房契，問問五老爺的事情，族長若給了……且讓五老爺搬出我們祖宅，念在血脈同源的分兒上，我們萬事大吉，若是不給……」她眸色冷清淡漠，「劉叔你回朔陽幾個月了，各房子嗣的心性應該都已經摸透，便用你最擅長的……做個局，將宗族裡各家的混不吝都牽扯進來，屆時必讓宗族的人自己拿著房契送到我們跟前來。」

劉管事連連點頭，有人拿主意人就有主心骨，他應聲：「就聽大姑娘的！」白卿言郡主之尊到族長那裡討要房契，若族長不給，可就別怪她踩著宗族……洗清他們白家在朔陽百姓心中汙名了。

「長姐！何時啟程回朔陽？」白錦繡問。

「明日一早吧。」白卿言看向董氏，「阿娘，我速去速回。」

「那讓秦嬤嬤跟著吧！」董氏還是不大放心。

「我騎馬去，騎馬回，會比較快！秦嬤嬤還是留在阿娘身邊吧！」她想了想沒有瞞著董氏，說，「張端睿將軍已經領兵前往春暮山，大樑陳兵於鴻雀山虎視眈眈，我得快去快回，以防邊陲起戰事，用不了幾天，秦嬤嬤年紀大了，母親就別讓秦嬤嬤跟著我折騰了。」

董氏點了點頭也沒再勸：「那我讓人準備好快馬，你早去早回。」

說完，董氏又看向白錦繡：「今日既然回來了，就留在家裡陪你祖母和母親吃頓飯。」

「聽大伯母的。」白錦繡笑了笑道。

大長公主得知今日白錦繡也陪她吃飯，高興得讓蔣嬤嬤命小廚房加了幾道白錦繡喜歡吃的菜。

劉管事從朔陽帶回來宗族的消息，董氏沒有告訴大長公主，怕令大長公主心煩。白家的事情太多，總是一件接著一件讓人喘不過氣來，董氏只想一家子熱熱鬧鬧好好吃頓飯。

酉時剛過。長壽院十分熱鬧，大約是人都聚齊了，人氣旺的緣故，連燭火都比平日裡燒得更旺盛，映得上房內那架繡著百鳥朝凰屏風……鳥雀彷彿活過來了似的。上房內幾個稚子歡聲笑語說著剛降生的八姑娘，企圖逗大長公主一樂。這段日子，大長公主人在清庵，長姐人在南疆，家中太過冷清，好不容易人都回來了，幾個孩子自然高興。

第九章 圍魏救趙

「要是三姐也在，咱們一家人多熱鬧……」白錦昭歎了一口氣，想念起三姐白錦桐來。

「是啊，三姐要是回來了就好了！」白錦華仰頭望著大長公主，「祖母，三姐在我們回朔陽之前，能好起來嗎？三姐會回來送我們嗎？」

大長公主回來沒有帶著三姑娘，對外是說……三姑娘得了風寒，怕回來過了病氣給剛出生的八妹。「都說病來如山倒，病去如抽絲，還是讓錦桐好好養好身體要緊，他日再見也是一樣的。」

白卿言摸了摸白錦華的頭，笑著道。

秦嬤嬤身後跟著手中挑著六角羊皮燈籠的丫鬟，領著手中提了黑漆食盒的十幾個婢女跨入院門。婢女們魚貫而入，規規矩矩擺了碗碟，便退出去。

大長公主下令，雖白家還在孝中，可吃食上……絕不能短了這些還在長身體的孩子們的葷腥，這晚膳倒也有魚有肉。秦嬤嬤繞過屏風進了內室，笑盈盈行禮後對大長公主和董氏說，可以用膳了。

誰知這一家子飯還沒吃完，蔣嬤嬤便打著簾進門，低聲稟了大長公主：「三月二十五那日呂相府上最小的公子在繁雀樓打了的那人，在床上躺了這麼多日子，到底是沒有救回來，今日清晨死了。」

白卿言攥著筷子的手一緊，抬眸。

佟嬤嬤亦是不可置信地看向白卿言。

死了？怎麼可能？因呂元鵬此次與人動手是為了維護她，在得知被呂元鵬在繁雀樓打了的人重傷後，她怕呂元鵬惹上人命官司，專程派洪大夫走了一趟。

且呂相府也請了大都城內聖手雲集的平安堂的一位大夫去診治。平安堂的大夫就不說了，洪大夫的醫術雖不敢稱作神醫，可判斷一個人重傷還是輕傷的本事還是有的。

洪大夫以……呂府請派為說詞，仔細檢查了傷者的傷，也號了脈，回來稟報白卿言說，傷者都是皮外傷，故意賴在床上不起來，是為了訛呂府的銀子。

且那對母子應該是已經拿了呂府的銀子，有恃無恐，竟也放心大膽讓洪大夫診脈，嘴裡不乾不淨罵罵咧咧，以為呂府這銀子給的不心甘情願，這才又派大夫過來，還說什麼光腳的不怕穿鞋的，他們母子不怕和呂相府魚死網破。

四夫人王氏聽不得死呀活呀的，忙念了聲阿彌陀佛。

三夫人李氏被嚇了一跳，用帕子按著心口：「那……呂相府不是要攤上人命官司了？」

「是啊……」蔣嬤嬤知道呂家這小魔星雖然性子紈褲胡鬧了些，可好在心底良善，更何況此次呂元鵬出手傷人，滿大都城都知道是為了維護白卿言。

白卿言放下筷子，用帕子擦了擦嘴，皺眉問：「蔣嬤嬤都聽說了，想來事情鬧得很大。」

「大姑娘所言甚是，事情是鬧大了！這呂小公子打死的，還是個國子監的生員，名喚林信安。今兒個晌午，陪著林信安從西陵郡來大都讀書的林母，因為不識字便請林信安國子監的同窗幫忙寫了狀紙，將此事告到了府衙，誰知府衙一看關係到呂家，不敢抓人！國子監的生員們就陪著林母去敲了登聞鼓，命都不要了，說要給兒子討個公道！」

呂家可真是一波未平一波又起。

白錦繡也放下了手中的銀筷子，問：「呂元鵬被抓了嗎？」

蔣嬤嬤點了點頭：「聽說當時呂家小公子還正在武德門看熱鬧呢，突然來了一群身穿國子監生員服飾的學子們陪同一婦人敲登聞鼓，國子監的生員們攔住了要行棍刑的刑官，非要一人一棍替那婦人挨棍！呂小公子沒想到看熱鬧看到了自己頭上，聽那婦人是來告他的，沉不住氣，提了馬鞭就氣沖沖的衝出去對著那群人一統亂抽！太子當時就下令將人拘住了。」

蔣嬤嬤沒有將那婦人在敲登聞鼓時，說的那些齷齪骯髒……直指他們家大姑娘的話拿到檯面上來說，是不想讓那些話白白汙了他們家姑娘的耳朵。

白錦稚看向了白卿言：「長姐，這呂元鵬……這次是不是闖大禍了？」

今年這登聞鼓響的可真是太勤快了些，從高祖皇帝算起，加起來也沒有今上在位登聞鼓響的次數多。

大長公主端起手邊湯羹喝了兩口，一聽就覺得這事兒背後不對。一個大字不識的婦人，即便是要去敲登聞鼓，怎麼就能在這麼短的時間內，號召國子監的生員們為她出頭？若說此事沒有人在背後策劃籌謀，煽風點火，大長公主不信。

一個婦人敲登聞鼓不可怕，可怕的是國子監的生員們都跟著跪到了武德門外，這讓白卿言想到了上一世，母親留下那封《問皇帝書》，五嬸血濺宮門求公道時，便是這些生員帶著天下學子，為白家跪求公道的。學子之心最為純摯磊落，赤子之情腸最是容易被這世間不平煽動，做出激進之事。

「或許，是有人見科舉舞弊之事鬧大，煽動國子監生員，意圖轉移視線。」白卿言抿著唇，「畢竟對百姓來說，動貴仗勢欺人、殺人，比科舉舞弊更讓百姓感同身受義憤填膺。百姓的視線被轉移了，涉及科舉舞弊的人……即便是輕判，也不會激起民怨。」

圍魏救趙的手段，白錦稚在兵書上看到過。

董氏點了點頭。

「佟嬤嬤，你派人去查一下林信安一家子的底細，再向隔壁鄰居都打聽打聽，看看他們都是什麼時候知道林信安的死訊的。」

白卿言話音剛落，就見大長公主放下手中青花甜白瓷勺，開口：「讓蔣嬤嬤喚魏忠去查吧！快些！」

蔣嬤嬤稱是，出門去吩咐魏忠。

白錦繡心思敏捷通透，猜道：「長姐是想從旁人得知林信安死訊的時辰，判斷此事到底是人為，還是天意？」

「若林信安是今兒個晌午甚至是下午才死的，那林信安便是圍魏救趙的一步棋。」白卿言今日說這些沒有避開幾個幼妹，「若林信安真是今兒個清晨死的，那時落榜舉子還未曾敲登聞鼓……」

「那便是天意？」三夫人李氏用帕子按著自己的心口問。

白卿言搖了搖頭：「那背後，怕是有別的目的……」

佟嬤嬤一福身，對各位主子道：「大長公主、各位夫人，早在呂相幼孫為護我們大姑娘出手傷人之後，大姑娘就派了洪大夫裝成呂府派去的，給那個林信安查看過傷勢診過脈了！洪大夫說了，是輕傷……且那母子倆皆是貪財之輩，言語間似乎是已經訛了呂府一大筆錢，嫌棄呂府又派大夫來，卻也不怕洪大夫診治出什麼問題，十分有恃無恐。」

立在火苗跳躍琉璃燈下的蔣嬤嬤，突然聽到極為輕微的火花爆破聲，一個激靈道：「剛才老奴的話沒說完，那婦人敲了登聞鼓之後，痛斥權貴當道，又扯出了大姑娘焚殺降俘之事，說了一大串……什麼大姑娘焚殺降俘天理不容，各種惡毒的詞都朝大姑娘身上招呼，問憑什麼她兒子不能痛斥責罵大姑娘這樣的……」後面的話太難聽蔣嬤嬤實在是說不出口，緊了緊拳頭才道：「還說大姑娘這樣的暴戾之人，怎麼配被封為郡主。」

白卿言擱在桌上的手指收緊，抬眸，眼底已是一片清明之色。

那婦人敲登聞鼓，作為母親不傾訴自己兒子這些日子以來所受的苦，博取百姓同情，替她兒子伸張正義，拼了一條命敲了登聞鼓，卻是為了數落她？

一竅通，百竅通。此事，從林信安繁雀樓醉酒出言毀她聲譽開始，就是對著她白卿言來的！

那林信安為何會選擇在繁雀樓那煙花之地說那些話？因為煙花場所、賭場，這些地方什麼三教九流的人物都有，傳播事情的速度最快。

只是，林信安或許沒有想到中途會殺出一個呂元鵬來，還挨了一頓揍。挨了呂相嫡孫的揍，要是旁人早就嚇得魂不附體，可林信安……竟敢以賤凌貴，同當朝右相府上叫板，還敢訛銀子！

大都城中的一個國子監生員，前途不想要了？難道不是背後有人，所以才有恃無恐？

雖說光腳的不怕穿鞋的，可他林信安既然是國子監的生員，那又怎麼能稱得上是光腳的？

若是對著她來的，她倒覺得此事不難猜，要麼便是太子府那位方老所為，要麼就是李茂、梁王之流。不過，梁王被圈禁在府中之事還尚未了結，以洪大夫對林信安的描述，此人趨利避害……若聽從梁王吩咐毀她聲譽，事被呂元鵬攪和後，他絕不敢再和呂相府糾纏。

左相李茂，同打著太子旗號的方老，倒是都有可能。

不過左相李茂做，與梁王做也沒什麼區別。

這夜，鎮國郡主府諸人因那婦人咬著白卿言不放，輾轉難眠。董氏更是坐不住，前後派出幾波人去看武德門外的國子監生員們是否還在，每一次得到肯定的回答，心就向下沉一分。

最後一次秦嬤嬤來報時，說國子監的生員們除了求皇帝嚴懲殺人者之外，還請求皇帝嚴懲擅自斬殺降俘的白卿言，洗清晉國虎狼殘暴之名，以正晉國。

董氏坐在軟榻之上，揪著手中帕子，越想越覺得這件事棘手。

知道董氏睡不著，白卿言讓佟嬤嬤準備了董氏最喜歡的酸梅湯，來了董氏的院子裡陪董氏說話，與董氏一起等著魏忠回來覆命。

魏忠的辦事能力毋庸置疑，很快便回來。他人剛進垂花門，大長公主便讓人去喚白卿言。

白卿言與董氏母女倆進長壽院院門時，魏忠也才剛到。

事情，魏忠已經查明白了，和林信安母親相鄰的兩戶人家，竟都是林信安母親去敲登聞鼓後才知道林信安已死了。鄰居們都說是早上起來時，還見林信安的母親為林信安熬藥。

魏忠身上是有功夫的，悄悄潛進去看了眼林信安的屍首，細查之下發現人是被活活悶死的，用的是不留痕跡的殺人之法——貼加官。

可既然魏忠能看得出來，那麼經驗老道的仵作自然也能看得出來。

林信安的母親不惜以命相搏敲登聞鼓，看來不是真的想致呂元鵬於死地，而是繞了這麼大一圈，意圖煽動國子監生員對付白卿言的。

白卿言垂眸想了片刻被問：「國子監裡，是誰先帶頭要替林信安的母親挨棍刑的，可查了？」

魏忠倒沒有查這個，被白卿言突然問起一怔。

「辛苦你連夜再跑一趟，查清楚此次國子監內帶頭的都有誰，我要他們的底細。」

魏忠望著語氣波瀾不驚的大姑娘，叩首稱是，規規矩矩退出了上房，連夜去查。

「祖母和母親都不必擔心了，此次……太子必會保我。」白卿言說。

方老為太子出的主意，無非就是毀了她的名聲，讓太子不論何時都出面保她，以此讓她對太子感恩戴德，從此依附太子，忠心不二。所以，此事不論是李茂所為，還是太子身邊的方老所為，太子最終都會被那個自以為一切盡在掌握的方老……勸說著出來保她。

這一劫，她有驚無險，呂元鵬亦是。明日，她便可以放心的回朔陽了。

此時的呂相府也是烏雲籠罩，呂相書房內燈火通明。

呂元鵬的母親呂三夫人哭得肝腸寸斷，跪在呂相的書房外，求呂相不論如何都要將呂元鵬救回來。出了事，爺兒們在書房議事，婦道人家幫不上忙也就算了，還在外跟嚎喪似的哭，這不是搗亂麼！

呂相眉心突突直跳，重重將茶杯放在桌上，壓著怒火對坐立不安直往外看的三兒子道：「喊喊喊！就知道喊！你媳婦兒再鬧，就送她回她娘家去喊！」

呂相三兒子知道父親這是真生氣，忙作揖致歉小跑出來讓人將三夫人拉回院中。

起先三夫人不願意，還是聽丈夫說，再喊下去擾亂父親救呂元鵬的思路，呂元鵬就真的沒救了，三夫人這才白著一張臉被貼身嬤嬤扶回後院。

書房這時安靜了下來，呂相連喝了兩杯茶心情才平靜下來。

「父親，這件事處處透著古怪……」呂相的長子坐於琉璃盞下，半個身子倚在座椅扶手上，手指捏著衣角摩挲著，「當初父親將此事交給兒子處理，兒子想著也不是大事，便派管事前去想花點兒銀子了事，正巧那林家母子夥同平安堂的大夫也是想訛點兒銀子，兒子沒有細查就把錢給了，只求此事早點兒過去！」

呂相閉了閉眼道：「這些年我們呂府過的太順了，所以你們才忘了我的叮囑，居安思危，凡事多思多想。」

呂相長子站起身俯首認錯：「是兒子的不是！」

「國子監管事兒的都被今上叫進宮裡閱卷子去了，這些生員就閒的沒事兒做，非要找點兒事！」呂三爺心裡憋著一口氣，對國子監生員意見極大，「我們呂家哪裡得罪他們了？」

「這事也算給我們呂家敲了一個警鐘，以後處理事情，可上心著點兒吧！」呂相垂著眸子凝視茶杯中起起伏伏的雀舌茶葉，「左鄰右舍是等林母去敲了登聞鼓，才知道林信安死了……什麼樣的娘親，兒子死了竟然沒有驚慌失措悲痛欲絕的痛哭驚動鄰居，而是冷靜沉著有條不紊的去國子監求生員寫狀紙？又煽動國子監生員陪她敲登聞鼓……」

呂相府早在呂元鵬繁雀樓動手打人之事鬧開時，便去查了這林信安，林信安家住西陵郡，其父是個縣令，其母在林信安年幼時因為私下收受賄賂，導致林信安之父差點兒丟官，林信安之父一怒之下休妻重娶。繼母對林信安雖然不算壞，但也不聞不問，後來林信安考到國子監，其親母便來了大都城租了個院落，陪林信安讀書。

林信安之母可就這麼一個兒子，獨子出事，這般冷靜……可不像是尋常婦人啊。

呂相想到了呂元鵬動手打人的原因，又想到那林信安的母親去敲登聞鼓時那一番話，瞇了瞇眼……「這事……看來並不是沖著元鵬來的，而是沖著白家那孩子去的。」

呂相話音剛落，派出去查看林信安屍首的人便回來了。

呂相眉頭緊皺，隨手將茶杯擱在一側：「讓人進來。」

呂府派出去查看林信安屍首的屬下說的和魏忠說的一般無二，林信安應該死於貼加官。

「如此看來，此事確實是沖著鎮國郡主去的！」呂相長子垂眸想了想，「只是，不知道是誰的手筆。」

「不論是誰的手筆，這一次咱們元鵬只要不被牽扯其中就行了！」呂三爺問呂相，「我們是不是很快就能把元鵬接回來？」

呂相看了眼不爭氣的呂三爺，交代長子：「你接著派人去查此事，現在還很難說能不能將元鵬乾淨俐落的摘出來，不過……讓這個不成器的東西在牢獄裡吃吃苦頭也好！」

說完呂相又瞪著呂三爺：「等那不成器的回來，你給我好好管教！下次要是再闖禍……你就跟你兒子一起去跪祠堂！」

呂三爺忙起身點頭稱是。

呂三爺離開後，呂大爺又同呂相說：「父親，此次帶頭鬧事的生員裡，其中一個是西陵郡的顯貴之家，算是宮中宸妃的表外甥！您說此事會不會和宮裡的宸妃有關？」

「宸妃無子，又與鎮國郡主無仇，沒有動機。還是讓人查一查這林信安生前都和什麼人接觸過，還有領頭的那幾個……再查查林信安生前國子監人緣如何。」

「兒子知道了！」呂大爺點頭。

宮中。秋貴人跪在軟榻旁給正閉眼休憩的皇帝按摩頭部穴位，皇帝右手攥著拳頭，輕輕朝額頭上砸，簡直是頭疼欲裂。國子監那群學生還不能抓，抓了怕是要出亂子。

自從白威霆一死，他簡直不能安生！

一個破登聞鼓，響了又響敲了又敲，難不成都把武德門當成他們自家門前的了嗎？

皇帝真是快要被煩死了。

「陛下，大理寺卿呂大人來了。」

皇帝聽到這話，抬手示意秋貴人停下，撐著身子坐起來，可頭疼的讓他又想躺下去，只好用手按著額頭，緊緊閉上眼。

呂晉進門行禮之後對皇帝道：「陛下，太子與臣已經將科場舞弊案查清楚，文振康與四位副考官收受賄賂證據確鑿，且國子監祭酒、司業……各學博士已經將殿試的卷子重新整理，反覆商議之後重新推舉了十份卷子！原本在十名之內的，除了呂元慶、呂元寶、秦朗、董長元與陳釗鹿之外，其餘幾人都排在殿試末尾，國子監祭酒更是在會試卷子中找到了幾個滄海遺珠，大約因為皆是寒門未曾送禮，所以……」

皇帝睜開眼，眼底是一片殺氣：「文振康和四位副考官斬立決！明發聖旨……此次春闈成績作廢，明年二月重考。」

「陛下英明！」呂晉忙跪地高呼。

秋貴人給皇帝遞上一方被冰塊冰過的帕子：「陛下，冰一冰能緩解頭痛。」

皇帝接過冰帕子按在額頭上，頓時覺得舒服了不少，又問：「太子呢？」

「回陛下，太子正在武德門外安撫國子監的生員，客客氣氣請人先回去。」呂晉低垂著視線不抬頭，他其實不贊成太子將姿態放得這麼低。

「外面那群生員都跪在那裡，想逼朕做什麼？」皇帝一臉不耐煩問。

呂晉斟酌了片刻才開口：「回陛下，外面的那些生員說，晉國朝廷……權臣隻手遮天，百姓申冤無門，勳貴世族相護勾結包庇，求陛下嚴懲殺人者！還說……」

「還說什麼？」皇帝聲音一提高，頭就疼得承受不住，死死攥住方帕。

「還說鎮國郡主殺降俘天理不容，請陛下嚴懲殘暴之徒，以正晉國強者仁德之名，莫要……讓真正為匡國於正途的大仁大義之士，白白屈死。否則……他們國子監生員，必要死諫！」

皇帝聽到這話，怒火蹭蹭往上竄，直接摔了手中的涼帕子：「死諫?!那他們倒是死一個啊！一個個的跟抓住了朕的軟肋似的，動不動就敲登聞鼓，動不動就以命要脅！」

「陛下，太醫已經來了，不如讓太醫先給您看看？」高德茂低聲說。

皇帝痛苦地捂著頭，對高德茂伸出手，示意高德茂再給他拿個冰帕子過來，卻沒說讓太醫進來：「從去年到今年，這登聞鼓就沒消停過！高祖到父皇加起來也沒這幾個月登聞鼓響的次數多！怎麼……用這登聞鼓來讓朕知道朕是個昏君嗎?!」

呂晉忙跪地行禮：「學子們萬萬沒有此等心思啊！陛下息怒！」

「息怒?!朕哪兒還敢怒啊！」皇帝一把從高德茂手中奪過冰帕子按在頭上，閉著眼，胸口起伏劇烈，「死諫是假，存心給朕難堪是真！這是踩著朕的臉面……給他們的虛名做墊腳石！讓御史將朕寫成商紂王那樣的昏君！」皇帝頭疼的受不住，又一時間怒火攻心，人直愣愣朝軟榻後倒去。

「陛下！」

「陛下！」

大殿內亂成一團，高德茂扶住皇帝尖細的嗓音高聲喊道：「太醫！快！太醫！」

宮內，皇帝被氣暈過去。

宮外，國子監的生員們都盤腿坐於武德門外，生員們大約都已經喊得筋疲力竭，只有寥寥幾人沙啞著嗓音齊聲喊著……

「權臣隻手遮天，百姓申冤無門，勳貴世族相護勾結包庇，求陛下嚴懲殺人者！嚴懲殘暴之徒，以正晉國強者仁德之名。」

一句話，包含了呂元鵬和白卿言。

「諸位！諸位……」太子高聲喊道，「此案大理寺已經接手，此刻仵作正在驗屍，只要確定林信安是因呂元鵬毆打傷重致死，孤絕不包庇！且此次前去驗屍的仵作由大都城內德行最高的老仵作劉三金親自驗屍，還請諸位放心。」

劉三金個性是出了名的耿直，憑屍講述，且從不避權貴，過往有很多大案子都是在劉三金的手中破的，當年重審御史簡從文舊案，佟貴妃的父親以百金賄賂劉三金，卻被劉三金直接將黃金交到了大理寺。也是因此讓劉三金名噪一時。

國子監的生員們一聽是劉三金驗屍，你看我我看你紛紛點頭。

「我們就在這裡陪著林兄的母親等結果！」幾個義氣生員道。

又有人問：「陛下與太子殿下又要如何處置白卿言呢？林兄之死……和白卿言脫不開關係，她擅殺降俘，讓列國皆視我晉國為虎狼狠戾之國，白卿言損我晉國仁德盛名，是為國賊！陛下還封白卿言為郡主，我等不服！求陛下嚴懲國賊！」

「話不能這麼說，我等只是來為林兄討公道的！」有生員不贊同的皺眉，「可沒有想來求陛下懲治鎮國郡主，不論怎麼說，鎮國郡主也是為了護國，以少勝多，若不殺降俘，如今受西涼人屠戮的就是我們晉國了！」

「你難道忘了繁雀樓那魏人的一番言論？我晉國因此事已經在列國臭名昭著！也如林兄所言，白卿言殺西涼十萬降俘，他日列國就會殺我晉國十萬、二十萬、三十萬、四十萬……甚至更多！自古君子以品德立世，明君以仁德立國，大國以大仁德德澤列國。我晉國稱霸列國數十年，一向為列國表率，此次焚殺降俘，若列國紛紛仿效，人間將成煉獄。」

「所以你們當時怎麼不去用你們的德行擊退西涼軍？」

太子眼看著生員們反倒是自己人爭辯了起來，沒有給他為白卿言說話的機會，只能立在一旁靜靜看著。武德門內突然有一小太監偷偷出來，在太子耳邊低聲說了皇帝暈倒之事，太子頭皮一緊，連忙跟著小太監轉身進宮。

第二日卯時，白卿言剛出門便聽說，關雍崇老先生的車駕從城外進來，朝武德門的方向去了。要陪白卿言一同去宗族的白錦稚一聽，拽著韁繩的手一緊，扭頭望著白卿言：「長姐……」

關雍崇老先生是白卿言的恩師，能與崔石岩其名的當世鴻儒。

儒家的核心思想，便是仁、義、禮、智、信。

關雍崇老先生作為當世鴻儒，白錦稚擔心關雍崇老先生接受不了長姐焚殺降俘之事，若是連長姐這位老師都覺得長姐有錯，那麼長姐可真就辯白無望了。

那些儒學大家和儒生遠離戰場，哪裡曉得戰場殘酷，不是你殺我就是我殺你！

白卿言一躍上馬，道：「去看看……」

白卿言到的時候，關雍崇老先生的車駕在武德門外停下，國子監的生員們知道關雍崇老先生來了，以為關雍崇老先生是來為他們壯聲勢的便迎上前，規規矩矩行禮：「關老先生……怎得勞動關老先生前來。」

關雍崇老先生在家僕的攙扶之下，彎腰從四角懸著明燈的馬車上下來，溫厚的視線掃過手中提燈表情激動的儒生們開口：「聽說，國子監生員在武德門外，逼著陛下嚴懲呂相之孫，和老朽的嫡傳弟子白卿言，特來走一遭。」

國子監的生員們臉色變了又變，白卿言竟然是關老先生的嫡傳弟子?!白卿言是個女子啊！

「甕山峽谷斬殺西涼十萬降俘之事，老朽早已聽說！剛才老朽聽到有生員說，君子以品德立世，明君以仁德立國，大國以大仁德德澤列國，老朽也深以為然！」

聽到關雍崇老先生這麼說，剛才說這席話的生員連忙對關雍崇老先生長揖到地，露出沾沾自喜的表情。可關雍崇老先生話鋒一轉：「但……西涼來犯，我晉國最曉勇的幾十萬白家軍陷於陰謀中，盡數被斬殺。晉國天門關被破，門戶大開，民心惶惶！晉國不敵西涼，節節敗退，何敢以大國自居?當反躬自省，何以晉由強盛轉衰才是。」

關雍崇老先生聲音徐徐，渾厚如鐘：「以仁德德澤列國不錯，可諸位莫要忘了，聖人有言……窮則獨善其身，達則兼濟天下！晉國百姓水深火熱自顧不暇，又如何兼濟天下，如何德澤列國？

甕山峽谷一戰，雖是以戰止戰，卻也是被迫應戰，否則……她一女兒身，又重傷武功盡失，大可躲在這大都城，獨善其身，免戰火紛擾。」

四周都安靜了下來，提著羊皮燈籠的生員們朝著關雍崇老先生的方向聚攏過來，表情認真虔誠，像是在聽關雍崇老先生講授儒學之道。

一身寬袖長袍的關雍崇老先生，望著這些生員們稚嫩認真的面孔，聲音和煦又緩慢：「斬殺西涼主力，使西涼至少五年無力來犯我晉邊，保我晉國邊民至少五年平安，是此次鎮國王南疆之行……沒有機會做到的，可白卿言繼承祖父遺志……以五萬晉軍同一萬白家軍做到了，雖是殺伐……誰又能說這不是為晉國邊民，立下的太平之功啊？」

國子監生員們沉默著，望著那雙鬢斑白，脊背略有佝僂的文壇巨匠，幾不可察的點頭。

「還記得……白卿言第一次從戰場之上歸來，老朽問她身經疆場殺伐所見所聞？白卿言答說，邊塞戰場目光所及，是白骨成山曝荒野，墳塚遍地無處埋，千畝良田無人耕，萬里伏屍鳥蹤滅，那是在這繁華大都城絕對看不到的慘狀，她願盡餘生所能，捨一己之身，還百姓以海晏河清的太平山河。言時年一十三歲，襟懷之廣袤，憫世之仁心，老朽身為人師，卻自認不及。」

見鴻儒關老先生擺手搖頭，提燈立在宮門口的國子監生員們，竟雙眸泛紅眼含熱淚，他們不曾想過……一個女子竟然有這樣的襟懷。捨一己之身，還百姓以海晏河清的太平山河。

十三歲的女兒家，便生有如此雄心壯志，讓他們這些飽讀詩書的男兒情何以堪？讓這些攻訐白卿言的男兒顏面何存？

白卿言牽著馬立在遠處，看著年逾半百的恩師，天不亮便冒風立於宮門前，為她向學子們辯白，她心中情緒翻湧，眼眶脹疼發酸。

白錦稚亦是心中感懷，上前兩步低聲道：「長姐……闕老先生真好。」

周圍安靜的只剩下風聲。鴻儒闕老先生陷入某種緬懷的情緒中，哽咽開口：「那年，鎮國王攜年幼稚女求老朽教授，老朽問，女子無才便是德，何以勞神做學問？」

「鎮國王答曰，學而明禮、明德、明義、明恥！老夫不求我這孫女兒聞名天下，指望她知禮、知德、知義、知恥，做堂堂正正俯仰無愧於天地之人而已。鎮國王嫡長孫女白卿言……沒有讓鎮國王失望。雖是女兒身，但……文可治國，武可安邦，乃爾等……應當仿效之楷模才是，爾等何以在此地，攻訐於我晉國有功之人？」

闕老先生視線掃過因為或羞愧，或難堪，垂下眸子的學子們：「老朽一生，四十三嫡傳弟子，唯白卿言是女兒之身。然，老朽卻以此女弟子……為此生之傲！」

帶著寒氣的涼風掃過白卿言發燙的眼睫，她克制在心口的情緒彷彿快要壓不住。若是，老師知道她已經不是十三歲時，那個只有一腔赤子之心，心胸磊落的學生，還會以她為傲嗎？她望著恩師的方向，跪地鄭重一拜，翻身上馬：「走吧！」

白錦稚也朝著闕老先生的方向長揖到地，跟隨白卿言翻身上馬……

劉管事亦是帶著此次跟隨白卿言一同回朔陽的護衛，一行人朝城外快馬而去。

四月初七，巳時，科舉舞弊案結案。

皇帝親下聖旨，將此次科舉受賄者斬立決，文振康抄家，男子流放，女子入賤籍為奴，涉行賄考生永世不得錄用，禍遺家族，三代不得參加科舉。欽定，明年二月重考。

消息傳出，考生一片歡欣鼓舞，紛紛回家準備重考之事，希望在明年能拿到一個好成績。

董清平派人給登州送了封信，告訴弟弟董清嶽重考之事，打算就讓董長元留在大都好好讀書，免得來回路上折騰。他還告訴董清嶽，董長元此次原本就在三甲之內，下次肯定會考得更好。

白卿言一行人一路快馬疾馳，中間不停歇，終於在戌時進了朔陽城的城門。

此時，天空如被潑墨一般暗了下來，星光點點，只剩天際還殘留的一抹暗紅之色。

她已經多年沒有回來過，朔陽和多年前比變化並不大。

朔陽的晚市已經開始，燈火通明，亮如白晝。

商販攤位上方懸掛著羊皮燈，叫賣吆喝，到處都是歡聲笑語，喧鬧至極。

白錦稚還從未見過朔陽的晚市，十分好奇，白卿言便下馬陪著白錦稚沿路走了走。

劉管事派人去朔陽最好的客棧訂客房，因為白卿言一路走得急，劉管事也沒法提前讓人過來安排，白卿言又不讓驚動宗族，那便只能住在客棧。

客棧掌櫃客客氣氣同劉管事派去的人致歉，劉管事派去的人想了想，去找其他客棧，派了一個人回來給劉管事覆命。

劉管事一聽眉頭緊皺：「全朔陽城可就那麼一家有小院的客棧，我們倒是無所謂，可不能委屈了大姑娘和四姑娘。」

牽著馬立在長街陪白錦稚挑面具的白卿言聞聲，道：「劉叔，換一家客棧吧。」

白卿言話音一落，就聽有人喚她：「郡主？」

白卿言回頭，只見月拾神情激動地回頭叫蕭容衍：「主子！」

立在販賣機巧小玩意兒攤位前的蕭容衍側頭，幽邃迷人的瞳仁顯露意外之餘，似一瞬被這燈火映成黃澄澄的暖色，他放下手中的小機巧，吩咐月拾買下，便朝白卿言的方向走去。

白卿言想起蕭容衍的玉蟬，她悄悄攥緊了掛在身側，裡面裝著蕭容衍玉蟬的荷包。

手裡拿著個老虎面具的白錦稚看到蕭容衍，眼睛一亮：「蕭先生！」

蕭容衍笑著對白卿言行禮，慢條斯理問：「白大姑娘怎麼也來朔陽了？」

白卿言還禮後，道：「祖籍朔陽……」

蕭容衍點了點頭：「有幸巧遇，若白大姑娘白四姑娘不嫌棄，一同走走？」

白錦稚用面具捂著嘴笑了笑，幫腔道：「長姐！反正咱們客棧也還沒訂到，不如就和蕭先生一同逛一逛。」

「白大姑娘與白四姑娘若是不嫌棄，衍已包下了貴賓客棧，都是獨居小院，必不會擾兩位姑娘清淨。」蕭容衍說完對白卿言一禮，「還請白大姑娘，給衍一個報償白家的機會。」

「那就打擾蕭先生了！」白錦稚存了給白卿言和蕭容衍牽線的心思，忙開口，「我早就聽說朔陽的貴賓客棧一院一景，堪稱一絕！不成想剛才劉管事派人去訂，說是被包下來了！蕭先生可真是好大的手筆啊！」

白卿言：「……」白卿言轉頭深深看著白錦稚，見白錦稚忙用面具擋住自己的臉，她道：「那就打擾蕭先生了。」她捏了捏身側的荷包，總是要找個機會將玉蟬還回去的，住在同一家客棧也方便。

「劉管事，今日就打擾蕭先生，住貴賓客棧，讓去找客棧的人回來吧！」

蕭容衍對白卿言做了一個請的姿勢，白卿言將手中韁繩交給劉管事，同蕭容衍一同前行。

月拾自打知道自家主子喜歡的是白大姑娘之後，越發覺得白大姑娘與主子天生一對，對白卿言除了敬仰之外，更多了幾分將白卿言視作主子未來妻室的親切感。

「既然此時在朔陽碰到白大姑娘，想來今早派人送到府上的名單，白大姑娘定然是沒有看到。」蕭容衍用只有兩個人能聽到的聲音道。

白卿言略顯詫異：「名單？」

「是此次國子監鬧事學生的名單，及其親眷關係，還有這些日子見過什麼人……」蕭容衍聲音壓得極低，不急不緩說。

那正是白卿言讓人去查的。

見白卿言表情詫異，蕭容衍說：「國子監學生的家世和其家族關係，這個早在我初入大都之前便已經讓人查清楚，畢竟……將來的晉國棟梁，多半要出自這些生員中。」

蕭容衍沒有說的是，國子監的生員中有他們大燕的人。

「蕭先生的人，比我想像中的要多啊！」白卿言隔著荷包輕輕攥住玉蟬，一語雙關。

蕭容衍查這些竟比她還快，可見蕭容衍在大都城的暗樁有多少。

再者，蕭容衍能輕而易舉查到這些生員最近見過什麼人，必然是國子監也有人。

「生意人，別的長處沒有，消息自然是比旁人更靈通些。」蕭容衍說完，抬頭看到現做糖葫蘆的攤位，轉頭吩咐月拾去買兩串糖葫蘆來。

「蕭先生此次來朔陽，是為了生意？」她問。

「朔陽白茶十分有名，親自來看看這生意能不能做，另外還有些從燕國帶來的貨品，打算讓管事在朔陽盤個鋪子做獨門生意。」蕭容衍唇角淺淺勾著，注視著白卿言回答。

蕭容衍那雙眼太過深邃溫柔，似有深情厚意。

想起蕭容衍船上的言辭，她已經對蕭容衍的心思心知肚明，她攥著那枚玉蟬，垂眸避開蕭容衍的目光，點了點頭：「那便預祝蕭先生生意火紅了。」

月拾手中拿著兩串糖葫蘆回來，蕭容衍接過一串遞給白錦稚，白錦稚高興的道了謝，接過。還有一串，蕭容衍遞給了白卿言：「白大姑娘……」

白卿言一怔：「蕭先生，我已經不是孩子了。」

「年齡有老幼之分，可嘴巴不分老少……」蕭容衍立在燈火璀璨之中淺笑。

蕭容衍這是把她當孩子了，白卿言笑了笑伸手接過道謝。

大約是白卿言同蕭容衍一行人的容貌太過出色，十分引人注目，尤其是並肩而立的蕭容衍與白卿言，立於人群之中如鶴立雞群。

頭上帶著花環的小姑娘，臂彎籃子裡挎著剛剛採摘的鮮花，湊了過來，十分有眼色將花籃遞給白卿言，一雙黑寶石的眸子乾淨澄澈。

小姑娘的母親見白卿言蕭容衍身後跟著兩排護衛，知道那公子和姑娘非富即貴……不是他們這些普通老百姓能惹得起的，忙驚慌失措從賣花的攤位之後繞到前面，喚道：「啞娘！快回來！」

小姑娘回頭笑咪咪對母親擺了擺手，絲毫不知害怕，眼前的哥哥和姐姐跟天上的神仙一樣，一定是好人。

大約是聽到小姑娘名喚啞娘，蕭容衍彎腰摸了摸小姑娘的髮髻，拿過鮮花，往小姑娘的籃子裡放了一錠銀子。

小姑娘睜大了黑亮的眼睛看著那一錠銀子，忙擺手，又將銀子遞還給蕭容衍，用手比劃著給多了。

「沒關係，給你買糖吃！」蕭容衍聲音溫潤。

小姑娘搖頭，執著不收那一錠銀子。

「劉管事……」白卿言喚了一聲。

劉管事忙上前從口袋裡拿出幾錢放在小姑娘臂彎的籃子裡，笑著道：「去吧！」

小姑娘鞠了躬，歡快朝母親的方向跑去，舉起籃子讓母親看她賣的錢。

蕭容衍直起身回頭見白卿言望著小姑娘的背影，唇角似有淺淺笑意。

小姑娘母親摸了摸小姑娘的腦袋，將幾個銅板遞給小姑娘指了指對面正在賣糖葫蘆的攤位，小姑娘搖頭，十分堅定將銀子放入母親的錢匣子裡。

蕭容衍將手中鮮花遞給白卿言：「白大姑娘……」

「送予蕭先生了。」白卿言道。

蕭容衍一愣，頷首，將鮮花遞給月拾：「多謝白大姑娘贈花。」

蕭容衍立在天香樓門前的管事看到蕭容衍，忙拎著直裰下擺匆匆從臺階上下來，恭敬對蕭容衍行禮：「主子，天香樓雅間已經安排好了。」

「為謝白大姑娘贈花，衍請白大姑娘與四姑娘天香樓一茶……」

「長姐，天香樓能看到圖靈寺的佛靈燈塔！」白錦稚雙眸發亮。

「正是呢，小的訂的正是天香樓頂層，瞧圖靈寺夜景最為漂亮！」蕭容衍身邊的管事十分識趣兒開口。

「長姐……」白錦稚扯了扯白卿言的衣袖，剛才她已經擅自作主答應了住同一家客棧，可不能再得寸進尺，否則長姐要生氣了。

白卿言望著白錦稚的眼神帶著幾分縱容：「那就打擾蕭先生了。」

「請……」蕭容衍請白卿言先走。

店小二恭恭敬敬將這一群貴人往樓上請，轉彎從二樓上三樓時，白卿言聽到門半關的雅間內傳來酒醉半酣的張狂之聲。

「你們怕那太守個鳥啊?!誰不知道這朔陽城是咱們白家說了算，白威霆再厲害怎麼樣……還不是得乖乖聽我祖父的話！我祖父是族長！讓他幹什麼他就幹什麼從無二話！」

「雖然現在白威霆死了，可是還有一個白卿言封了郡主，天下誰不知道現在白卿言已經投入了太子門下，只要等太子登基……咱們白家照樣屹立不倒！姓白的照樣是這朔陽城說一不二的爺！」

白卿言步子一頓，眉頭抬了抬，轉頭看著跟在她身後的劉管事。

劉管事會意頷首，錯開幾步笑著讓其他人先上樓。

白錦稚強壓下自己的怒火，裝作沒有聽到，跟著白卿言上樓。此次長姐回來就是專程處理宗族之事，既然長姐聽到了沒有管，自然有長姐的道理，她不能衝動行事。

倒是帶路的店小二聽到這話，幾不可察歎了一口氣。

白錦稚耳朵動了動，笑著問了一句：「小哥兒為何歎氣啊?」

店小二像受了什麼驚嚇一般挺直脊背，笑道：「也沒什麼，就是過幾日……我們這天香樓就要易主，我們這些人還不知道能不能繼續幹下去，擾了客官了！」

白錦稚得到白卿言的示意，接著問：「易主?天香樓生意一向不錯啊?」

店小二推開雅間的門，恭敬將白卿言一行人請了進去，一邊倒茶一邊訴苦：「客官應該不是本地人，不知道這白家的厲害，這白家在我們朔陽城向來說一不二，這些年沒少做缺德事兒，以前有鎮國公撐腰，好不容易鎮國公死了，又來了一個鎮國郡主，聽說這鎮國郡主和太子關係非比尋常，說是將來太子登基，那鎮國郡主不是皇后就是貴妃！這白家……恐怕就更囂張了！」

白錦稚差點兒破口大罵，她咬著牙臉色難看。

「這都是聽白家人說的？」白卿言在八仙桌前坐下，玉管似的手指端起茶杯，徐徐往茶杯裡吹著氣。

「不止白家，我們東家是知縣的妻弟，知縣也是這麼告訴我們東家的！」店小二苦著一張臉，「這白家人已經強奪了好幾家鋪子了，突然就盯上了我們天香樓。知縣說我們東家是惹不起白家的人，給了算了！那鎮國郡主不日就要回朔陽了，要是不給……鬧出什麼亂子，到時候不好收場，倒楣的還是我們東家。」

「哎，這白家人每次收了鋪子之後，就會將夥計們的月俸減一半！前兒個……玉露胭脂鋪的掌櫃說上有老下有小，減一半月俸實在幹不下去……白家立刻找個因由把人打了個半殘，結果老掌櫃一口氣沒上來，當晚就沒了！這老掌櫃的兒子不吱聲，悄悄去太守那裡把白家人給告了，不過我看就是太守可能也不敢管。」

白錦稚拳頭收緊，指節咯咯直響，氣得連圖靈寺的夜景都不看了，飯都沒好好吃就隨白卿言回了客棧。

白卿言見白錦稚氣得不輕，給她找了點事做，讓她去安排人通知紀庭瑜明日見一面，便在客棧小院之中練紅纓銀槍，劉管事立在一旁同白卿言稟告今日之事。

「看起來，是白家宗族這幾個小輩私下裡背著白家長輩做下的事情。剛才，族長的幼孫已經叫天香樓大掌櫃過去，說明日晌午讓他們天香樓東家過來，應該是要強買天香樓了。」劉管事道。

看起來，都不用辛苦劉管事設局，明日晌午便是最好的時機。

白卿言耳朵動了動，眸色一沉，轉身的同時猛地將泛著寒光的長槍擲出。

蕭容衍立在原地紋絲不動，偏頭躲開長槍銳利的槍頭，單手穩穩抓住槍身。

劉管事忙低頭規規矩矩向後退了兩步，心中大駭，這蕭容衍的身手似乎太好了些，靠他與大姑娘如此近，他竟然絲毫未曾察覺。

喘著粗氣的白卿言見是蕭容衍，眉目間戾氣疏散：「蕭先生喜歡如此不聲不響的出現？」

蕭容衍一手端著黑漆大方盤，將手中的銀槍丟給劉管事，立在門口不再上前，道：「今日見白大姑娘胃口不佳，特地讓人燉了紅棗燕窩給白大姑娘送來。」

「怎好勞煩蕭先生。」

「白大姑娘與衍有恩，這都是應該的。」蕭容衍笑著看向劉管事。

劉管事將銀槍靠牆而放，上前接過蕭容衍端來的紅棗燕窩，笑著說：「多謝蕭先生，時候不早了，蕭先生應早些歇息才是。」

白卿言想起蕭容衍的玉蟬，解下腰間的荷包，喊道：「蕭先生……」

「白大姑娘有何吩咐？」蕭容衍聞聲得寸進尺，含笑朝白卿言的方向走去。

劉管事連忙跟上。

白卿言從荷包中拿出玉蟬遞給蕭容衍：「此物，乃是蕭先生珍愛之物，還是物歸原主的好。」

蕭容衍看著白卿言手中的荷包，認出那是白卿言貼身佩戴的，眼底笑意愈濃：「大姑娘一直貼身帶著？」

白卿言避開蕭容衍過分炙熱幽邃的視線：「不知何時會碰到蕭先生，故而帶在身邊，方便奉還。」

劉管事只覺心頭一跳，貼身這樣的用詞太過曖昧，跟輕薄有什麼兩樣？從蕭容衍邀請大姑娘和四姑娘來貴賓客棧，他就看出這蕭容衍對他們家白姑娘別有用心，卻怎麼也沒有想到蕭容衍的行事作風這麼孟浪！他在言辭上這樣占他們家大姑娘便宜，偏偏他們家大姑娘彷彿不知。

劉管事重重將湯盅放在石桌上，笑著道：「大姑娘，趁熱用吧，不要辜負了蕭先生一片好意。」

「玉蟬贈予白大姑娘，也是蕭某和兄長的一片好意，還請白大姑娘莫要辜負。」蕭容衍笑道。

劉管事：「……」這蕭先生還挺會順杆子爬的！

白卿言凝視蕭容衍的眸子，開口：「劉管事，你先下去吧。」

劉管事不情願開口：「是……」

等劉管事離開，白卿言這才道：「蕭先生贈我玉蟬為何意？若只是單純的感謝……」

「你明白我是何意。」蕭容衍醇厚溫潤的聲線在這黑夜，格外惑人。

月明星稀，清風徐徐，皎皎月色下，樹影婆娑，耳邊偶有花叢之中蟲兒細微的鳴叫聲傳來。

蕭容衍此次望著白卿言的目光，已不同於上一次在宛平……帶著試探，帶著不確定。

他過分炙熱的目光，似乎已對白卿言勢在必得，不論白卿言心儀他與否。

那層窗戶紙既然已經捅破，白卿言索性趁著此次將話說開。

「蕭先生，上次在船上，你的話我聽明白了。」她將蕭容衍的玉蟬放在石桌上，平靜道，「可你我都不是適合談風月的人。」

「我身後有母親嬸嬸和妹妹們需要保護，你身後是百廢待興的大燕，我要保護白家一門榮耀，你要重振姬后在世時的大燕輝煌……甚至要問鼎天下。」

蕭容衍眸底笑意漸漸內斂，深深凝望皎皎月色之下精緻五官冷肅淡漠的女子。

「我在晉國舉步維艱，大燕在列國之間又何嘗不是步履蹣跚？」白卿言聲音很輕，「前路艱難，我們都如履薄冰，又何敢分心？又何能容得下情愛之重？」

蕭容衍視線落在玉蟬上，向前挪了兩步，骨節分明的手指拿起玉蟬，抬頭看著離自己僅一步之遙的白卿言：「所以，你是不敢動心？」

白卿言望著蕭容衍高挺眉骨之下極為深邃的眼窩，身側的手微微收緊，坦誠道：「白家前途未明，危如累卵，不敢動心。」

蕭容衍攥住玉蟬，這一步幾乎跨到她的跟前，白卿言要退卻被蕭容衍拽住手腕。

他把人扯到他跟前，深深凝視著白卿言，壓低了聲音問：「白卿言，只要你不討厭我，我便有機會，我說過……我們來日方長！」

白卿言極長的眼睫輕輕顫了顫，手心裡又被蕭容衍塞入了那枚玉蟬。

她欲推辭，卻被蕭容衍緊緊攥住了手：「就當是個平安符也好，留在身邊保平安。我母親的一生……極少有人能夠理解，你算是她的知己。」

說完，蕭容衍對白卿言極淺地笑了笑：「好好休息，若是有用得上蕭某的地方，只管吩咐。」目送蕭容衍離開這古樸雅緻的院落，白卿言垂眸看著手中那枚玉蟬在月光下泛著清冷的光澤。

蕭容衍怎麼能明白，她的心早已沒有了兒女情腸。她的心中，是上一世白家的慘狀，是她的血肉至親上一世結局，甚至一閉上眼便是渾身是血的白家諸子。她此生最大的心願，不過是護白家周全，繼承祖父遺志，從未給風月之事留半分餘地。

一直留在院子門口的劉管事見蕭容衍走了，立刻進來：「大姑娘……」

白卿言將玉蟬收進荷包中，對劉管事道：「明日一早我帶小四回族裡，勞煩劉叔想個辦法，將宗族更多的人牽扯到天香樓之事中！」

她轉過頭望著劉管事：「再想辦法將我回朔陽卻不曾回白家祖宅落腳之事，在明早之前……透露給地方官。」

既然天下皆知鎮國郡主白卿言已經是太子的人，那麼她就借一借太子的威名，那些地方官知道她這位太子親信突然回了朔陽，難道不會上趕著來巴結？

她可不是祖父，不論對白家宗族的人如何生氣，也不會讓旁人看了笑話。

第二日清晨。

天還未亮，貴賓客棧門口已經停了兩頂轎子，一身便服的太守剛從軟轎上下來，就看到正坐在貴賓客棧對面早點攤位上隨屬官吃早點的縣令。

縣令見是太守，連忙放下碗筷，用手抹了抹嘴，小跑到太守面前，長揖到地：「大人！」

太守似笑非笑看著縣令道：「沒想到周縣令的消息如此靈通，竟然也知道郡主回來了……」

「也是今兒個早起才得到的消息，這不……早點都沒有吃就趕過來了，下官想著郡主應該還沒有起來，就先用點兒東西墊墊，大人要不要一起？」縣令對於太守的諷刺置若罔聞。

縣令心道，都是來這裡藉著討好郡主來討好太子的，拿什麼架子？

太守似笑非笑擺了擺手：「不了！還是周縣令自己用吧！」

說著，太守轉頭示意身邊的人進客棧去給白卿言遞帖子拜見。

誰知太守的人還不曾進去，白卿言就已經帶著白錦稚從客棧正門出來，身後跟著一隊護衛。

太守一眼就看到了跟在白卿言身邊的劉管事，半個月前白家族長壽宴太守曾見過，聽白家族長的兒子說那是劉管事，只是這位劉管事來也匆匆去也匆匆，太守只是見了一面也不曾說過話。

太守上前，視線掃過後腰別著一條火紅鞭子的白錦稚，立時知曉兩個人的身分，朝白卿言的方向一禮：「下官參見郡主、縣主。」

周縣令也趕忙上前，笑容諂媚圓滑，行叩拜大禮：「下官參見郡主、縣主。」

白卿言一點兒也不拿架子：「兩位大人客氣了。」

白錦稚立在白卿言身後，抬了抬眉不吭聲，一副少年倨傲的模樣。

「郡主和縣主怎麼提前回了朔陽？下官接到的消息是五月初一啊！」太守笑盈盈問道。

「是啊，郡主和縣主回來怎麼不通知一聲，上次白家宗族族長壽宴之時，下官還同白家族長商議……等郡主回朔陽，安排給郡主接風洗塵之事！」周縣令不甘落後，趕忙表示自己同白家宗族的關係更密切一些。

白錦稚冷笑了一聲：「指望那個老匹夫給我長姐接風洗塵……別是想要氣死我長姐！」

「小四！」白卿言低聲呵斥白錦稚，看了眼周縣令，歎氣，一副一言難盡的模樣，道，「我和小四只是回族裡處理一點事情，如果順利晌午就走了，便未曾驚動兩位大人。」

老匹夫？周縣令眼角跳了跳，心裡咯噔一聲。

聽高義縣主提起族長這語氣，再聽鎮國郡主說回族裡處理事情……

周縣令覺得怎麼聽著有些不對勁兒呢？

「可有下官能夠效勞之事？」太守倒是沉得住氣，不急不緩問白卿言。

「家醜不可外揚，就不勞煩兩位大人了……」白卿言笑容勉強，「若是真的鬧到要驚動兩位大人，屆時白卿言自會告知二位大人。」

周縣令臉色微白，家醜？鬧到驚動他們？言下之意……鎮國郡主要和宗族撕破臉了？

可是白岐雲不是說，不論是當初的鎮國王還是如今的鎮國郡主，都十分敬重他爹這位族長，幾乎言聽計從嗎？

見屬下已經將馬牽過來，白卿言開口：「還要回族裡，就不耽誤兩位大人辦事了，告辭……」

太守忙側身讓開臺階，白卿言帶著白錦稚翻身上馬，一揚馬鞭，疾馳而去。

「大人，這宗族和郡主莫不是……鬧翻了？」周縣令臉色十分難看，「那白家族長的兒子不是說，鎮國郡主不過是個小姑娘，對族長的話說一不二嗎？可我怎麼聽這意思……郡主要和族裡撕破臉了。」

太守負手而立，瞇了瞇眼，想起昨兒個聽到的傳聞。

聽說，族長的胞弟侵占了大都城白家剛剛修繕好的祖宅。

太守撇嘴冷笑，道：「不論白家族裡說得如何天花亂墜，此次鎮國郡主回來絲毫不掩飾要和族裡撕破臉的打算，高義縣主又把話說的這麼直白……周縣令可得看好風向，免得翻了船啊！」

周縣令一向同白氏宗族交好，這些年沒有少替白氏宗族遮掩那些下作事，若是此次鎮國郡主要收拾白家宗族，那些事情勢必要翻出來，到時候他這個幫忙遮掩之人只怕不但在鎮國郡主這裡討不到好處，還真的……是要翻船啊！

周縣令臉色越發難看，轉過頭恭恭敬敬朝太守行禮：「多謝大人指點。」

白家族長正在用早膳，乍一聽白卿言和白錦稚回來了，被嚇了一跳，再想到胞弟老五強占了白家祖宅，族裡鬧得不可開交之事，頓時明瞭，白卿言怕是為了這件事回來的。

族長放下碗筷，吩咐人給他更衣。

族長院子中，跪著一個十七八歲的少年，似乎是跪了一夜，墨色的髮絲上落了露水，整個人冷得直發抖，身子搖搖欲墜幾乎撐不住。

見族長出來，那少年忙膝行上前幾步：「祖父，哥哥們再這樣無法無天下去，遲早要毀了我們白家！還請祖父出面，阻止哥哥們強奪他人店鋪，將幾位哥哥交給官府處置，否則……若是真有人去大都告到御前，將這些年的事情翻出來，就是郡主也護不住我們白家啊！」

族長睨著神情急切的孫子，不由怒從中來，厲聲道：「嚴懲？怎麼嚴懲?!跪了一夜你難道還想不明白?!他們是你的哥哥們！就算是有天大的錯……那也是與你血脈相連的哥哥們，你怎麼能幫著外人對付你的哥哥，還幫著偷偷將人送到太守那裡，我要是晚一步……你幾個哥哥就得進大牢，買兇殺人是個什麼罪?!阿平……祖父還沒有死呢！你就要將你幾個哥哥置於死地嗎?!」

白卿平咬緊了牙關，雙眸泛紅，哽咽道：「天子犯法尚且與庶民同罪，就連皇帝嫡子信王都被貶為庶民流放永州了！祖父，你是族長……難道不該為了家族門楣，不徇私情嗎？」

「好一個不徇私情！」族長目眥欲裂，「祖父還沒死，你就想同室操戈了?讓你讀書……你可真是讀了一肚子的好書！」

白卿平拳頭緊緊攥著，倔強不肯服輸。

「想不明白你就給我跪著！永遠別起來！」族長說完，拄著拐杖朝外走去。

白卿平神情倔強，半晌聽到祖父的腳步聲走遠，這才頹然跪坐在地上，他一向仰慕大都城鎮國公府白家的一身風骨，他曾經以自己身為白家宗族子嗣而驕傲。

可後來，他發現朔陽宗族白家的人，同他聽說的大都城白家之人不太一樣。尤其是他自小到大，看到他們族長這一支……對旁支的欺凌，借大都城白家的威勢在朔陽橫行霸道，這些年大約是沒有管制，朔陽的官府又都因為大都城白家向他們宗族示好，他們宗族越發無所顧忌。

他又覺得羞愧無比，同大都城白家一比，他們簡直都不像是一家人。

現在朔陽白家和他一輩的兄長們，已經鬧到了草菅人命的地步，再不管……白家這門就完了！

白卿平不明白，他都能想到的事情，為何祖父看不明白?!

白卿平身邊的小廝在院外探頭探腦，見院子中不見人這才忙一路小跑到白卿平的身邊，給白卿平披上一件披風，壓低聲音說：「六少爺，鎮國郡主和高義縣主回來了。」

白卿平抬頭，睜大了眼，心口頓時情緒澎湃。

自從白卿言同白威霆出征開始，就沒有再回過宗族，先是因為四處征戰不得空，後來是因為受傷在大都城養傷。激動之餘，白卿平又覺得羞愧難當，他祖父的親弟弟強占了祖宅。

白卿平恨不得找一個地縫鑽進去，他們宗族一邊扯著大都城白家的大旗在朔陽城裡作威作福，又一邊如此欺辱大都城白家的孤兒寡母，先是打著弔唁之名……逼著大都城白家散盡家財為族裡修這修那！後又占人家剛修繕好的宅子，這讓他這個讀過聖賢書的男兒顏面何存？

白卿言回來的消息如同一道驚雷，讓朔陽白家震了三震。

最不安的便是占了白家祖宅的五老爺，他在屋內急得團團轉，卻又不敢親自去族長那裡打聽，畢竟白卿言可是焚殺了西涼十萬降俘的人啊！誰知道那白卿言發起瘋來，會不會動粗。

白卿言身為郡主身分尊貴，見族長前來眼角眉梢含笑並未起身行禮，族長也自持長輩身分見白卿言未行禮，竟也直徑走到上座，笑著道：「卿言和錦稚回來，怎麼也不提前打個招呼？堂祖父也好為你們準備接風宴啊。」

聽出族長這是言語上要以長輩的身分壓她，她隨手將茶杯擱在身旁小几上：「此次我回來，是為了拿回祖宅房契……」

族長沒有料到白卿言竟然如此單刀直入，一時被打了個措手不及。

「祖宅房契一向是在族長這裡保管，不知是出了何事竟讓你這樣急匆匆回來要？」

第十章 自尋死路

族長雙手攥著拐杖，一副慈愛的神容望著白卿言，像極了畫卷上的彌勒佛。

「族長這不是明知故問嗎？」白錦稚冷笑，「我們剛剛修繕好，結果就被宗族五老爺……族長您的胞弟強占了去，我們要房契……自然是為了告官討回公道了！」

族長心頭跳了跳，眼底笑意沉了下來。

白錦稚這番言語可謂是目無長輩了，可白卿言並未阻止。她不給族長向白錦稚發難的機會，端起茶杯幽幽往茶杯中吹了吹氣：「聽說讓五老爺強占祖宅，還是族長授意的？族長……這是覺得大都城白家只剩下孤兒寡母，便可以任由宗族搓扁揉圓？」

族長臉上慈愛的笑容終於繃不住，他緩緩坐直身子，挺直脊背目視前方：「論輩分，我是你們祖父鎮國王的同輩，你們該喚我一聲堂祖父！論年紀我年長你們幾十歲，又是族長……」

「論尊卑，我和小四……一個郡主，一個縣主，先國禮後家禮，族長也讀聖賢書，豈會不知？」白卿言用手中茶杯蓋子壓著茶葉，半闔眼眸，「說到底，不過是看著我同小四年紀小，想給我們一個下馬威罷了！」說著，白卿言將茶杯重重放在桌上，青黃的茶湯灑出些許。

「我沒那麼多時間同族長繞圈子，這些年朔陽宗族扯著我祖父的大旗在朔陽城都做了些什麼，想必族長心裡清楚。如今祖父不在了，又來扯我這個郡主的大旗！可這個大旗……我給你扯，你才有得扯，我若是不給……不知白家又能在朔陽倡狂多久？」

族長用力攥著拐杖，轉頭如炬目光望著白卿言似笑非笑的側臉：「白卿言，你祖父父親才去不久，你就禮儀全無，毫不知尊重長輩，你不怕令你祖父和父親蒙羞，也不怕我將此事說出去，你便會名聲全無嗎？」

「蒙羞？朔陽白家恩將仇報都不羞，我祖父父親羞什麼？」白卿言聲音徐徐。

禮儀？尊重？

白卿言給他，他有……

不給，他就沒有。

名聲？白卿言自然是要，可也分在什麼人面前。

百姓間的名聲，白卿言自然是要。

可卑鄙小人面前的名聲，白卿言不想要。

這個世上狼心狗肺以怨報德的人不少，白家宗族就是。祖父念及骨肉血親姑息，可對白卿言來說……除了他們朔陽白家這嫡支之外，多行不義的朔陽白家在她心裡還不如普通百姓親切。

「本就屬於我們白家嫡支的祖屋房契，族長給是不給？」白卿言聲音平靜和煦，卻無端端讓人覺得十分張狂。

族長緊緊攥著手中的拐杖：「大都白家如今已經沒有男丁，按照道理說……這祖宅也算是白家的祖產，本應該收回族裡……」

白卿言沒興趣在這裡聽族長同她長篇大論，威逼利誘。

她站起身，拍了拍身上不存在的灰塵，抬腳朝外走去。

族長睜大了眼，猛地站起身來：「白卿言！長輩話還沒說完……」

「長輩？呵……」白錦稚冷笑一聲，「你將事做到如此地步，既要欺我白家無男兒，又要仰仗我長姐郡主威勢，這會兒還同我長姐擺什麼長輩架子，你真以為我長姐是普通女兒家，吃你這一套？」白錦稚看著紅木小几上的茶杯，用力一掃，瓷器熱茶碎了一地：「省省力氣吧！」

「你……」族長指著白錦稚。

「族長可好好端著你的架子，最好別求到我長姐面前來！」白錦稚說完雙手放於背後朝外走去。她剛跨過門檻，便道：「你大可對外宣揚，今日我和長姐回來對你不敬，這樣……旁人也就知道，郡主和宗族不合，想來白家在朔陽的處境會妙不可言。」

說完，白錦稚有恃無恐的揚長離去。

「放肆！放肆！大都白家到底是什麼樣的家教！還知不知道禮義廉恥！」族長氣得端起手邊杯子惱火朝地面砸去。

可惱火歸惱火，族長又不得不承認白錦稚說的對，這口惡氣只能憋在心裡。他就不相信了，等他們大都白家回朔陽，孤兒寡母還能不依靠著宗族?!

族長緊緊握著拐杖，又不免想到如今的白卿言已經是郡主，身上有了品階……當初胞弟來說想要占祖宅之時，他其實也有猶豫，可是胞弟卻說白卿言雖然貴為郡主，可她因為南疆一戰已經得了一個不好的名聲，要是再在宗族這裡得一個惡名，這輩子就完了！且白卿言立誓此生不嫁，將來可是要宗族養老送終的，還能不巴結宗族依附宗族？

再者朔陽宗族和大都白家血脈相同，一向都是同氣連枝的，一榮俱榮一損俱損。現在大都白家是董氏當家做主，董氏一定不能眼看著自己這唯一的女兒名聲全無，日後無人養老送終，一定會忍氣吞聲。只要董氏忍下了這口氣，以後他作為族長就好拿捏大都白家那些遺孀了。

但，如今看白卿言這架勢，大都白家真的能同以前一樣，與他們宗族同氣連枝嗎？

白錦稚一躍上馬跟在白卿言身後，笑道：「長姐，我砸了杯子，想必那個縣令派去打探的人……一會兒就會將消息送回去。」

「劉叔，都準備好了嗎？」白卿言問劉管事。

「大姑娘放心，一切準備妥當。」劉管事笑道，「宗族那幾家人要銀子不要臉的，都聽說了族長的孫子打算不出銀子拿下天香樓，都想跟去分一杯羹。」

「那我們今兒個晌午，就在天香樓用午膳吧！」白錦稚眉目笑意清明。

「四姑娘這主意極好。」劉管事亦是道。

劉管事自從回來主理修繕祖宅之事開始，受了不少鳥氣，這一次大姑娘和四姑娘回來可算是揚眉吐氣了一次。

這些年也是鎮國王對宗族實在是太客氣太好了，縱得朔陽宗族不知天高地厚，把自己當作朔陽的土皇帝。大姑娘和四姑娘就該給他們點顏色，讓他們知道知道……他們之所以活得這麼滋潤是托了誰的福。

「長姐，我們現在是回客棧休息嗎？」白錦稚問。

「自然是……在百姓間走一走轉一轉，詢問詢問普通百姓對朔陽白家的評價，再問問朔陽白氏這些年做了什麼好事，讓越多人知道我在查問此事越好，最好讓那位周縣令也知道，那位周縣令可是個妙人兒。」白卿言唇角勾起。

朔陽白氏竟然還以為……她們白家回來後要仰仗宗族。那她就讓宗族知道，沒有了她這位郡主立在朔陽白氏背後，朔陽白氏在這朔陽城到底算什麼。

朔陽白氏自行不義，那她此次便藉著他們，為祖父和白家洗刷多年來包庇他們的汙名，也算是祖父這些年沒有白白照顧朔陽白氏了。

周縣令得到消息聽說鎮國郡主與高義縣主回宗族後，與族長不歡而散，還摔了杯子，心裡就惶惶不安。隨後又得知，鎮國郡主與高義縣主一行人，棄馬步行，竟是沿途在打聽這些年朔陽白氏在朔陽做下的那些欺凌百姓之事。

周縣令只覺一顆心撲通撲通亂跳，難不成……以前的鎮國公，同現在的鎮國郡主，都不知道朔陽白氏這些年做的那些事情？鎮國郡主這一次回來是來秋後算帳的？

周縣令急得在書房裡團團轉。

不多時，又有下人來報，說鎮國郡主一行人去了之前被白家族長孫子打死的掌櫃家裡。

周縣令一下跌坐在椅子上，這……果然是回來秋後算帳的吧！

周縣令想到了白岐雲，頓時恨得牙癢癢，蹭地站起身要去找白岐雲理論，可剛跨出門口，又將腿收了回來。他現在想的不應該是找白岐雲算帳，應該是抓緊時間洗清自己才是。

周縣令在屋子裡轉了轉，突然腳下步子一頓，高聲道：「來人！快去讓李師爺將這些年替白家遮掩的案子卷宗全都整理出來！要快！」

周縣令喊完之後，又忙繞到書桌之後，將之前他壓下來的幾張狀紙翻找出來。

白卿言隨白錦稚在朔陽城走了這麼一圈，不少百姓都知道有人在查關於這些年朔陽白家所做下的惡事。起先百姓還說的猶猶豫豫，後來見白卿言一行人居然去了被白家族長孫子打死的掌櫃家裡去，還給了那家銀子。百姓們這才義憤填膺，如竹筒倒豆似的將這些年白家在朔陽做下的事情一股腦說了個乾淨。

白卿言隨百姓坐在村頭柳樹之下，大概也算是聽明白了。

朔陽白氏這些年，最開始造孽的就是族長這一脈，隨著族長這一脈越來越肆無忌憚，朔陽的白氏旁支，看到族長這一脈仗著白卿言祖父威勢，越來越富，膽子大一點兒的就開始有樣學樣。後來，便有更多的旁支開始學族長這一脈的作風，也開始為了自家利益欺凌百姓，這便將朔陽白氏的名聲敗壞了個乾乾淨淨，讓百姓們都以為，這是白卿言祖父的縱容默許朔陽白氏的。

她明白，人心極易被富貴誘惑，當原本正直純良的宗族本家，看到族長可以仗著祖父的威勢富到流油，自然也會動搖，也會試探跟著有樣學樣，見相安無事之後……便更加大膽。

朔陽的百姓自然更苦不堪言。白氏宗族的莊子上，被逼得賣兒賣女的佃戶不知幾何。告官吧……官府畏懼白威霆威儀，只能強行將百姓壓下去，甚至早先去狀告朔陽白氏之人，反被判了一個誣告，一條褲腰帶，以死明志。

百姓啞巴吃黃連有苦難言，只能在心裡怨憤大都城白家。

白錦稚聽聞這些事情，氣得心口疼，她白家的名聲就是這樣被作賤沒的。

白卿言轉頭望著跟著她一同來，正在奮筆記錄的護衛：「都記完整……」

「是！」護衛們齊聲答道。

百姓見白卿言這派頭，有好奇之人不免詢問：「看姑娘這派頭，是哪家千金？怎麼會想起問朔陽白氏之事？竟不怕得罪白家？那朔陽白氏上頭可有一位殺神鎮國郡主，可怕極了！」

「胡說！我長姐那裡可怕了？」白錦稚一臉驕縱道。

「長姐？」百姓紛紛看向坐在柳樹之下，耐心聽他們敘述白氏宗族之事的姑娘。

那姑娘漂亮的不似真人，通身矜貴耀目的氣質逼人，纖瘦修長，明明看似柔弱，眸色卻堅韌又果決，不像尋常人家的姑娘。百姓紛紛噤聲，不免後怕。

白卿言起身，對圍在她周圍的百姓鄭重一拜：「這些年，竟不知白家宗族仗鎮國公府威勢在朔陽如此欺凌百姓，鎮國公府未曾詳查，讓諸位受苦了！」

百姓大吃一驚：「這……這是……鎮國郡主？」誰能將眼前這個漂亮又耐心的姑娘，同那個傳聞中焚殺了西涼十萬降俘的殺神鎮國郡主聯繫在一起？

「你是……鎮國郡主？」有大膽的老者瞬圓了眼睛問了一句。

白卿言朝著老者的方向鞠了一躬，神情充滿歉意。

那原本拄著拐杖坐在石凳上的老者驚得站起身來，忙顫巍巍跪下：「郡……郡主！」

剛才還圍在這裡滿腹抱怨的百姓們，忙跟著長者一起朝白卿言的方向跪拜

「不必多禮！」白卿言扶住老者，又對百姓道，「諸位，請起！是祖父父親同白卿言失察，竟不知白氏宗族在朔陽草菅人命、魚肉鄉里、為非作歹，請諸位放心，此次諸位所說之事……查若屬實，白卿言絕不姑息！」

百姓們你看我我看你，似乎都不大相信白卿言說的話，神情躲躲閃閃。

白卿言也沒有讓人多加解釋，對朔陽百姓一拜，一行人離開了村落，趕在午膳之前到了天香樓的門前。

酒樓內傳來幼童的哭聲和天香樓老闆求饒聲：「我簽！我簽！求公子們放過我家幼子！稚子無辜！千萬別砍我兒手啊！」

白卿言等人還未踏入天香樓的門，就被朔陽白家的僕從攔住，目中無人十分囂張道：「我們是朔陽白家的！我們家幾個少爺今日和天香樓東家談生意，一應閒雜人等不能進！」

白錦稚見長姐回頭朝她示意，眸子一瞇，乾淨俐落攥住那僕從的手腕，抬腿就是一腳踹得那僕從跪倒在地。

不等守在門口的其他白家僕從反應過來，白錦稚已經從腰後抽出長鞭，帶著護衛闖進天香樓內。

天香樓裡面傳來慘絕人寰的尖叫聲，吸引了來來往往的行人，紛紛駐足伸長了脖子往裡看。不多時，白家僕從還有白家那幾位來天香樓強買的白家少爺，竟然一個一個被人從天香樓裡丟了出來，身上臉上全都是鞭痕。

族長的孫子白卿節強撐著站起身，看向踏出天香樓手中攥著長鞭的白錦稚，高聲喊道：「你們是吃了熊心豹子膽了？敢對我們動手！你們知道我是誰嗎?!我是白氏族長的孫子！你敢動手打我……信不信我要你們走不出朔陽城?!」

白錦稚眸色冷沉，揚手就是一鞭，狠狠抽在白卿節的嘴上，霎時就是一道血痕，白卿節嘴裡全都是濃重的血腥味，捂著半張臉，只覺牙齒都鬆動了。

「這一鞭，我抽你狂妄自大目無王法，區區一個族長之孫，竟然動輒敢揚言要人性命！」

「他媽的……」白卿節吐出一口血沫子，「你們知不知道我們白家背後是鎮國郡主！是太子的心頭肉，將來的皇后！」

白錦稚又是一鞭子，這一鞭子更狠更重，抽得白卿節摔倒在地：「這一鞭子，我抽你借大都城白家之威，做盡豬狗不如欺凌百姓之事！」

說完白錦稚不等白卿節爬起來，白錦稚又是一鞭子抽得白卿節趴在了地上：「這一鞭，我抽你有眼無珠，竟然敢在我長姐面前滿嘴噴糞，汙我太子與我長姐的君臣之誼！」

圍觀的百姓全都看傻了眼，這白家一向在朔陽城橫行霸道無法無天，這到底是哪兒冒出來的神仙，竟然敢對白家的人揮鞭子！意外之餘，百姓心中無不暗暗叫好。

白卿節目眥欲裂：「今日，誰能抓住這些人，小爺我賞金百兩！」

「你來試試！」白錦稚氣得發抖，暴怒甩鞭，一聲破空脆響，讓人肅然生畏。

跟隨族長嫡孫白卿節一同前來逼迫天香樓東家無償將天香樓贈予他們的其他幾房少爺，見這情況不對，朝著脊背挺直立在天香樓牌匾正下方……被護衛和那揮鞭少女護在中間的女子看去。

那女子負手而立，一身極為簡單俐落的白衣騎馬裝，明明五官驚豔奪魄，可那雙眼卻深沉平靜的如同萬里無風的海面，視線所及讓人莫名心頭發緊，威勢感極強。

白卿言身後的拳頭緊了緊，聲音涼薄得讓人脊背發寒：「白氏宗族，在朔陽原來就是這樣仗白家之勢為非作歹的……」

有白家族內的公子少爺反應過來，睜大了眼看向白卿言。

「目無法紀強搶民女，草菅人命打死良民，強奪他人祖產，勾結官府強占他人祖傳秘藥配方，低價強買店鋪……卻不善待夥計，逼死掌櫃！以大都城白家之威強壓官府，令百姓無處申冤，罪行罄竹難書！如今竟然還扯太子之威，為你等惡行張目！」

「我祖父鎮國王白威霆，一生愛民如子，為民捨命征戰一生，教導我等白家子孫……既食天下百姓稅賦奉養，必將視百姓當做骨肉血親，當捨己護民！鎮國王府白家諸子，無懼生死為護民戰死疆場，你們倒好……竟然利用我祖父之威，為你等隨意欺殺百姓的依仗！」

在這裡圍觀的百姓，聽到這話，還能不清楚眼前之人的身分？

躲在天香樓內，摟著幼子瑟瑟發抖的天香樓東家，還能不知道朔陽白家之所以如此囂張，不就是因為背後有一個被太子看中的鎮國郡主！

如今鎮國郡主親自過來，動手收拾了這些白家宗族之人，他們一家才躲過這一劫，天香樓的東家也不管這鎮國郡主是來做戲的，還是真的對以前白家宗族所做之事全然不知。可既然鎮國郡主選在他們天香樓對這些白家宗族之子開刀，那他今日便把這台戲鬧得人盡皆知，說不定就能夠保住他們家的天香樓。

天香樓東家二話沒說，帶著幼子出來，含淚對白卿言叩頭。

「郡主要給小民做主啊！白氏宗族與官府勾結，弄得我們這些商家……全都沒有活路了啊！今日他們更是綁了小民最小的兒子來，說小民要是不將天香樓白贈予他們，他們就要剁了我幼子的手啊！」天香樓的東家將哭泣不止的幼兒摟在懷裡，痛哭流涕。

「五哥！」白家宗族子弟忙扶起白卿節，頭也不敢抬，壓低聲說，「那是鎮國郡主白卿言！」

滿嘴是血的白卿節一怔，看向白卿言的眼神發怵。

白卿言視線掃過那些宗族子弟，聲音寒涼：「小四，扶起天香樓的東家，派人去請周縣令過來，今日周縣令若是不能秉公辦理，太子那……我必要參他一個徇私瀆職，貪墨之罪！」

周縣令得知白卿言進城，就連忙收拾了一應案卷文書，朝貴賓客棧趕，誰知剛走到半道又聽說白卿言來了天香樓……

這不，他立刻讓人調轉轎頭來了天香樓。

誰知剛一到，就看到白錦稚對白氏宗族這些紈褲子弟揮鞭，再一聽鎮國郡主喚他，周縣令立時慶幸自己這些卷宗還算整理的及時。

周縣令連忙從屬官手中接過卷宗，在衙役的護衛下匆匆擠進看熱鬧的人群中，高呼：「郡主！郡主……下官在此！下官在此！」抱著卷宗從人群中擠出來的周縣令扶了扶頭上被擠歪的官帽，忙對白卿言行禮：「下官參見郡主！」

「周縣令……」白卿言視線落在周縣令的身上，聲音毫無波瀾，「我昨日剛到朔陽，今日僅僅只走訪半日，便從百姓那裡聽到不少白氏宗族這些年做下的十惡不赦之事！你身為父母官，這些年來……也是全瞎全盲全然不知嗎？你可曾為民做主過？」

「下官惶恐！」

周縣令想到白卿言說要在太子面前參他之事，連忙將手中的卷宗高高舉過頭頂。

「郡主教訓的是，小人並非不為百姓做主，實在是每一次白氏宗族準備都十分充足，下官只能按照晉律行事。」

「這些年來，下官廢寢忘食終於皇天不負有心人，終讓下官找到了部分案件中……白氏宗族買通證人，雇兇殺人的罪證！還請郡主明鑒。」

周縣令果真是個……見微知著能夠找準風向的牆頭草，話裡話外倒是將他撇的乾乾淨淨。

「周伯父，你與我父親是摯友啊！」白卿節瞪大了眼。

周縣令側頭冷笑一聲：「本官乃是百姓父母官，誰會與你父親這等狐假虎威的小人是摯友？這些年本官含垢忍辱，為的不過是找到你白氏宗族的罪證，為百姓申冤！」

「你！」白卿節怒不可遏。

白卿言淡漠不屑的目光落在白卿節的身上，對周縣令道：「既然如此，想必周縣令定然會秉公辦理，誰在朔陽城中買兇殺人，誰在朔陽城中強買強賣，誰強搶民女，又是誰草菅人命……一樁樁一件件都審清楚！絕不能徇私枉法！」

「今日我白卿言也將話放在這裡，但凡查出朔陽白氏宗族……誰人曾以鎮國王、鎮國郡主之威，做欺凌百姓之事！一經核實，我必會請族長將其除族，並補償被欺凌過的百姓。」

白卿言指著白卿節一行人，「若族長不允將不配為白家子嗣之人除名宗族，我大都城白家……必會舉家自除宗族，從此與朔陽白氏再無任何瓜葛！」

周縣令額頭冷汗直冒，他聽明白了，鎮國郡主這是要斷和朔陽白氏的關係，他喉頭翻滾，慶幸自己反應快，抓緊時間給自己想了套忍辱含垢的說詞。

白卿節以為自己聽錯了，他父親白岐雲明明說，將來白卿言還要靠族裡養老，絕對沒有這個膽量和族裡鬧翻的！

在白卿言看來，朔陽白氏這些年過的太順了，順到做事全然不用腦子，貪婪、自私，又不知哪裡來的自信，覺得她們大都白家的孤兒孤母就必須依靠宗族過活，仰他們鼻息？簡直蠢的不值得她用什麼計謀手腕兒，讓劉管事想辦法將宗族其他幾房的人聚在這裡，都是大材小用了。

現在想來，就是當初祖父將宗族族長的位置擺的太高，讓他們真的拿自己當了盤菜。

可白卿言不是祖父。這樣的宗族，白卿言不想費心去糾正引導，也沒有那個精力。

為了不使他們白家的盛名被汙，白卿言可以乾淨俐落甩掉朔陽白氏這個包袱。

她倒要看看，將來在這朔陽到底是誰過不下去。

白卿言對著圍在一旁看熱鬧的百姓抱拳道：「諸位請轉告親朋鄰里，但凡曾被朔陽白氏宗族之人為禍的百姓，皆可到周縣令這裡申冤。」

說完，白卿言又看向周縣令：「周縣令……我這裡只有一條，欠債還錢，殺人償命！依律判罰，不得姑息！」

「是！」周縣令轉過頭吩咐差役，「還愣著幹什麼！還不將這些挾持他人幼子，強搶他人酒樓之徒，給我抓起來！」

在白卿節叫罵聲中，白氏宗族今日來鬧事的不論是主子還是僕從……全都被差役扣住。

「白卿言你將來還要靠宗族養老，你竟然敢這麼對我！我祖父是族長……會為了你將我除族?!你等著……將來我絕不會給你好果子吃的！」

「不用等將來！我現在就讓你沒有好果子吃！」

白錦稚揚手一鞭子抽過去，隨著一聲響亮的鞭響，白卿節一顆牙帶血飛了出去。

「這周縣令和白氏是一夥兒的！」有大膽的百姓對白卿言喊道。

「就是！郡主您讓他來審……他肯定會包庇白家的！」一個漢子說完，這才反應過來白卿言更是白氏的人，縮了縮脖子。

白卿言點了點頭，看向周縣令：「我已走訪了不少人家，對於朔陽白氏這些年都做了哪些天怒人怨之事，已讓人筆錄了下來。五月初一大都白家從大都出發回朔陽，第一件事我便是來找你查案子審的怎麼樣，周縣令可別讓百姓失望，別讓我失望！回頭太子問起你的罪責……這案子審的多淺，你的罪就有多重，你可明白？」

「下官明白！下官明白！」周縣令脊背全都是汗。

「這白氏五房搶了我們家的良田，能還回來嗎？」

「還有前兩日他們搶走的胭脂鋪子，還能還回去嗎？」有姑娘不滿的說，「現在那胭脂鋪子的價格翻了三倍！」

「諸位盡可放心，只要是白氏宗族以不正當手段搶走的，查為屬實，白卿言必會讓宗族如數奉還！若宗族不肯，白卿言就是傾家蕩產也會補償各位，畢竟……諸位受苦，都是因我大都城白家不察，才讓白氏宗族仗勢欺凌鄉里！在此……白卿言替白家向諸位致歉了。」

白卿言將態度放得極低，長揖到地。

對白家來說，在朔陽的聲譽非常重要，將來白卿言要在朔陽以剿匪為由練兵，那麼……就必須得到百姓的支持。

所以，白卿言才要專程回朔陽，在這裡陪著白氏宗族這些狂妄自大，又不知天高地厚的子嗣，費時間費精力折騰出了這麼一場戲。

百姓望著高階之上風骨峻峭，言行俐落沉穩的女子，無端端感覺到了一種威信力。

白卿言上馬臨行之前，端坐於馬背之上，一手攥著烏金馬鞭，一手扯著轠繩，居高臨下對周縣令道：「周縣令，在其位謀其職，既然身為一方父母官，就該愛民如子，為民做主！尸位素餐者……是保不住自己位置的，你可明白。」

「是！下官明白！下官明白！」

百姓目送白卿言一行人快馬而去，沉默片刻之後，不知道是誰說了一句……

「那就是鎮國郡主啊？和……想像中的不一樣！」

「鎮國郡主剛才說昨夜到了朔陽，今晨走訪百姓，難不成就是為了白氏宗族欺凌百姓的事情回來的？」

「難道以前……大都城白家，是真的不知道朔陽白氏宗族做的事情？」

以前，朔陽的百姓總是聽外來人說鎮國公白威霆如何頂天立地，如何耿直忠義，如何一身浩然正氣，朔陽百姓大都是撇撇嘴。

再後來，白卿言在大都城長街處罰庶子之事，還有宮宴上力數白家功績之事傳入朔陽，朔陽城內只有一小部分人讚白家世代薪火相傳的愛民之心，但被白氏宗族欺凌過的百姓……大多都對白氏宗族和白家都已深惡痛絕，認定那是白家演得一場戲罷了！

甚至在鎮國公府滿門男兒死訊傳來之時，有人還在背後暗暗讚了一聲好。

可如今，看著那位鎮國郡主一身的磊落耿直，似乎能夠想像鎮國公白威霆的風骨，或許大都城白家真的不知道朔陽白氏宗族所做之事。

「大都城白家是不是被欺瞞，要看那個姓周的狗官會不會秉公處理，看那個鎮國郡主會不會讓白氏宗族將別人的東西還回去！」

白卿言走後，朔陽城內風雲變色，周縣令如同變了一個人一般，不但將白氏宗族今日在天香樓鬧事的公子哥都抓了，還派了差役去了白家捉拿了幾個……做過草菅人命，強搶民女勾當的公子哥和管事。

朔陽白氏一族亂成一團，幾個婦人哭著同丈夫尋到了族長處。

「族長！族長不好了！知縣府衙來人將我家阿金抓走了啊！」

「那衙役闖進我們府上，二話不說就抓了我們家阿容！族長……您快幫我們要回孩子啊！」

此時，族長也是一個頭兩個大，白岐雲親自帶了厚禮去周縣令那裡，求周大人將白卿節幾個人放出來，誰知道他連周縣令人都沒有見到。

周縣令讓人給白岐雲帶話，說白岐雲騙他多年，是該算總帳的時候了。

一開始白岐雲摸不著頭腦，回來同族長一說，族長跌坐在椅子上，不知為何突然想到白錦稚臨走時說，讓他端好架子，最好別求到白卿言面前的話。

白卿言竟然真的鬧開了！

可一筆寫不出兩個白字，朔陽白氏與大都城白家，血脈相連，一榮俱榮，一損俱損，她白卿言怎麼敢?!就是白卿言的祖父白威霆，他也不敢做出如此讓宗族丟臉之事，她一個小小女子……竟敢如此膽大。難道她就不為自己的以後考慮，她就不想想除了族裡……以後誰給她養老送終？她死後還要不要受族裡的香火？

可是……族裡能用來拿捏白卿言，也不過就是這兩點，族裡卻要倚仗白卿言的郡主之威才能在朔陽城橫行。

「大哥！大哥！」族長的胞弟白五老爺也帶著哭泣不休的妻子從外面奔了進來：「大哥！亮兒被官府的人抓走了！」

五老爺一看到白岐雲，焦急道：「就是和岐雲交好的那個周縣令派人抓的亮兒！岐雲啊……你是不是得罪人家周縣令了，人家周縣令這才拿我家亮兒開刀啊？」

族長一看到胞弟五老爺，心頭無端端生出一股子邪火：「你還好意思說！若不是你這個混帳東西占了嫡支的祖宅，能鬧到這一步嗎？還好意思問是不是岐雲得罪了周縣令！是你得罪了白卿言，白家其他子嗣全都是被你這個混帳東西給連累了！」

五老爺臉色一陣青一陣白：「可是大哥，我占祖宅這事兒……也是你允准了的啊！」

族長朝五老爺的方向瞪去，五老爺面色難堪的躲開族長視線，在椅子上坐下，氣得拍桌子：「這個白卿言就不是個東西！」

五老爺氣呼呼說：「上次岐雲被劫匪劫了，她們不管！這次竟然還害得我們族內晚輩被抓！他們大都白家已經沒有了男丁，按道理說所有家產就應該充入族內，我還給她們留了一半讓她們住，她們竟然恩將仇報！」

「五叔，既然你覺得祖宅應該充入族裡，你早怎麼不在族裡說，非要等到人家修繕好了祖宅，這才悄無聲息又搬了進去，我們族裡誰也不知道？合著充入族內就是讓你一家占便宜？現在好了……便宜你們家占！罪過卻要我們家孩子擔！憑什麼?!」有厲害的婦人朝著五老爺喊道。

族長聽到婦人尖銳拔高的嗓音，腦袋嗡嗡直響，攥著拐杖用力敲地板。

「吵什麼吵！現在不是追究誰對誰錯的時候，得想辦法趕緊將孩子們給救出來！」

「是啊！族長這話不假，是要趕緊想辦法將孩子們救出來才是！」族長的兒媳婦用帕子捂著嘴哭出聲來，「咱們白氏的孩子哪裡吃過這樣的苦！這都做的什麼孽！」

「可不是！族長，這必須要讓大都城白家給個說法，把人給我們放出來！還有我們這些孩子進牢獄受的苦，她也必須做出補償，否則……別怪我對她們不客氣！」五老爺咬牙切齒。

一直立在門口的白卿平咬緊了牙，對祖父和家族親眷心寒至極。

他掀開簾子扶著門框進門道：「大都城白家的孩子，年滿十歲便上戰場歷練，堂兄弟們整日吃喝玩樂，魚肉鄉里，如今不過是進牢獄為自己所做的錯事贖罪，怎麼就不行了?! 各位長輩不反躬自省，反而在這裡商量著，如何威脅鎮國郡主救人……給你們補償?!」

白卿平心口起伏劇烈，什麼時候他的族人變得如此貪婪、自私，狂傲自大，蠢得讓人頭皮發痳，痛心疾首。白卿平視線掃過滿室因為他吼聲一時愣住的長輩：「祖父與各位宗族長輩，難道現在還不清楚宗族錯在哪裡?!」

「朔陽白氏之所以能在朔陽橫行霸道，全然是因為大都白家得勢！這次的事情就是一個警醒！鎮國郡主向祖父要本該就是大都白家的房契，祖父不給，所以……鎮國郡主就不讓朔陽白氏再借大都白家的勢！這是鎮國郡主給宗族的警告，宗族之人要是再不知天高地厚，鎮國郡主就會徹底捨棄宗族，屆時……再看看我們宗族會變成什麼樣子！」

白卿平聲嘶力竭吼完，竟已是淚流滿面。

他不知這眼淚是為他自己，還是為這已經腐朽的白氏宗族。

看著這一屋子滿心貪慾毫無風骨的白氏宗族長輩，他不知為何曾經慈愛的長輩，會變得如此面目全非，內心醜陋讓人不忍直視。

這白家，也不再是他曾經引以為傲的白家。這白氏宗族，離大都白家相差的已經太遠太遠。大都白家，繼承了曾經白氏先祖的志向和風骨，而他們朔陽白家……從他們的族長開始腐爛，爛到了根裡。白卿平可以預見，在不久的將來，鎮國郡主一定會捨棄這如蛆蟲般寄生在大都白家身上，卻還要對著大都白家耀武揚威的白氏宗族。

「阿平！你怎麼說話呢？退下！」白卿平的母親呵斥道。

「你這孩子說話未免也太誇大其詞了，捨棄宗族？我活了這麼大歲數還沒有見過誰捨棄宗族的，哪怕就是位高權重的丞相，也絕不敢捨棄宗族為人詬病！小孩子家家的懂什麼！」五老爺瞪著白卿平，責問白卿平的母親，「平時是怎麼教孩子的？」

「這個世界上只有被宗族捨棄的子嗣，哪有捨棄宗族的人？」有人幫腔。

白卿平閉了閉眼，竟生出一種眾人皆醉的悲涼感，他啞著嗓子道：「位高權重者，不能捨棄宗族，是因為指望著宗族子弟能夠科考為官，在朝堂之上多個血脈相親……可以放心交託後背的幫手。而家中位卑的子嗣不能捨棄宗族，是因為指望著宗族多加照顧。」

「可我們朔陽白氏宗族呢？朝廷之中，宗族無官……這些年完全仰仗大都白家威儀，就更別提能夠在朝中幫到大都白家。雖然說大都白家如今都是孤兒寡母，但嫡長女白卿言，同四姑娘白錦稚，一個是郡主一個是縣主，即便是離了白氏宗族她們照樣無人敢欺！可白家宗族敢說……離了鎮國郡主和高義縣主，還能在朔陽城過得如之前那般肆無忌憚嗎？」

「這些年，鎮國王寬縱，可咱們宗族不論是長輩還是小輩，全都跟豬油蒙了心似的！白氏宗族到底是哪裡來的底氣，覺得是大都城白家需要仰仗我們宗族過活？」

「白卿平你放肆！」五老爺用力拍了下几案，「你瘋魔了不成！怎麼和長輩說話？先生就是這麼教你禮儀孝道的?!」

白卿平連看也不看宗族五老爺，只望著族長高聲道：「我曾聽祖父您說過，當初堂祖父鎮國王要帶宗族滿十五的孩子去沙場歷練，各家都不願意，用盡了各種手段就是不讓族內的孩子去！」

「後來族裡說要孩子們專心科舉，鎮國王也給族裡重建族學，重請學問斐然的先生，可放眼偌大一個白氏宗族，卻連個貢生都沒有出過。是白家的子嗣不夠聰明嗎？」

白卿平搖頭：「不……不是！是因為白家子嗣仰仗大都白家過得太好，所以失去了上進心，失去了志向！這種懶惰、貪婪、安於享受的散漫是會傳染的！」

「白家原本好學上進的子嗣，看到不學無術的堂兄弟胸無點墨照樣生活滋潤，看到大都城鎮國王一家，用鮮血和命在沙場拼殺，自家子嗣死於戰場，卻讓宗族之人扒皮吸血，誰又願意成為第二個鎮國王，讓全家被宗族如此壓榨?!」白卿平喊得臉紅脖子粗，這些話憋在他心裡已經很久了。

但平日裡，這些話他的父親不讓他說，說了就是忤逆尊長！

今日，他若再同父親一般，對這些事看透不說破，那就只能眼睜睜看著宗族自尋死路。

「祖父、各位堂祖父、堂嬸們，你們就這麼端著架子，去大都城白家要說法，要補償吧！」白卿平聲音無力，「就這麼寬縱白氏宗族的子嗣任意妄為，為非作歹！將整個白家都毀了吧！」

白卿平說完轉身，扶住小廝的手，拖著跪了一天一夜酸軟無力的腿離開。

「大哥！你看看！你看看這白卿平都被教成什麼樣子了?!」五老爺轉頭看著族長氣急敗壞道，「眼裡還有沒有長輩！還有沒有您這個祖父！」

族長難見的沉默未語，竟認真思量起孫子的話來。的確，就算是再位高權重者，也從無捨棄宗族的前例。可子嗣不能棄宗族，這並非是律法，雖然沒有過……但不代表白卿言不會這麼做。更何況，白卿言可是連西涼十數萬降俘都焚殺的人，可見其殺伐決斷的魄力有多大。

想到若白卿言捨棄宗族的後果，族長猛地握緊了手中拐杖。

他咬了咬牙開口道：「老五，你們一家子今天立刻搬出祖宅，回你們自己的宅子去！」

五老爺一怔：「大哥！您可是我的親大哥……」

「我說立刻搬出去，族長的話你都不聽了？」族長如炬的目光望著五老爺。

五老爺縮了縮脖子，一臉苦笑：「哥……我那個宅子，賭輸了……」

「混帳！」族長氣得心口疼，拐杖敲得直響，「之前你求著我將宅子給你贖回來的時候，你是怎麼保證的?!你不是說再也不賭了嗎?!」

五老爺吞吞吐吐開口：「我這不是想著，反正白威霆一家子也不回來，祖宅空著也是空著，我們一家子也是白家子孫，怎麼就不能住了。」

族長被氣的一口氣差點兒上不來，捂著心口道：「你要是還想救你的孫子出來，就趕緊給我滾出祖宅！這一次我親自拿著祖宅的房契去大都城，就算是捨了這張老臉，我也要求著白卿言把那些孩子們放出來。」

「那我那一大家子住哪兒啊？」五老爺問。

族長對這個不成器的弟弟失望至極：「你這些年手裡有多少銀子你真當我不知道？四天前你才從王家手上強奪了人家帶溫泉的那處莊子，還有那幾百畝良田！我不管你是搬到莊子上住也好，還是去買宅子也好！總之五月初一之前，給我滾出祖宅！」

族長一錘定音，吩咐人收拾行裝，明日一早他親自前往大都。

「長姐，我們就這麼走了，不同蕭先生打個招呼嗎？」白錦稚問。

「已經派人去貴賓客棧，同蕭先生說一聲。」白卿言側頭看了眼白錦稚，「你對這位蕭先生似乎很有好感？」

「長姐……不喜歡蕭先生嗎？」白錦稚試探詢問。

她看著幼妹笑了笑，沒有答話。

她哪裡有時間兒女情長……白卿言剛出朔陽城，就見太守一行人在城外候著。

見白卿言一行快馬而出，太守忙上前行禮，攔下了白卿言的馬：「見過郡主……」

白卿言坐於馬上，並未下馬，似笑非笑看著太守：「太守倒是對我的行蹤，瞭若指掌啊？」

「不敢，聽聞郡主要離開朔陽回大都城，但最近朔陽地界兒上並不安全，已經發生了多起匪徒攔路殺人搶財之事！下官擔憂郡主安危，特帶來精兵一百護送郡主回大都。」太守笑盈盈道。

「太守好意心領了，小小匪徒，不足為懼……」白卿言一副並未放在心上的樣子。

太守抬頭看向唇角含笑手握韁繩的白卿言：「請郡主切勿小瞧這些匪徒，前一陣子就連最有名的震天鏢局都吃了這群盜匪的虧，還是小心為上啊！」

「知道了。」說完，白卿言便快馬離開。

這匪徒鬧事才剛剛開始，等到白卿言回朔陽之後……用不了多久紀庭瑜便能將「匪徒鬧事」變成「匪患」，如今大樑陳兵鴻雀山意圖不明，張端睿將軍帶兵前往春暮山，晉廷怕沒有餘力騰出手來收拾匪患。那個時候，就是白卿言為國出力的時候了。

白卿言一行人快馬而行，行至人煙稀少的山道，白卿言讓其他人先行，自己帶著白錦稚和兩個死士前往同紀庭瑜約定地點見面。

紀庭瑜膽子不小，將白卿言約在了他們的紮營地點，山路險且阻，難行陡峭，天快擦黑白卿言才到。

白卿言與紀庭瑜立在山上，望著這一片地勢。

「這巍嶺一片，唯這牛角山的地形最好，位於巍嶺正中央，山頂平坦廣袤，四周地勢險阻，四面陡峭，下面便是河，可開墾梯田於平時耕種自給自足！等到將來招來的人多了，也不怕糧食跟不上！」紀庭瑜言辭間透著十足幹勁。

依藉還未暗下來的天色，白卿言看著這地形，想到自己剛剛進來時的艱難，點了點頭：「你建的這支隊伍，在精不在多，我打算……按照當初建虎鷹營的初衷來培養，卻又不同於當初的虎鷹營軍隊。」

紀庭瑜一怔，他原本以為，他只是負責鬧「匪患」而已。

白卿言轉頭，暗藏鋒芒的眸子看向紀庭瑜。

「南疆有沈良玉按照五叔練兵的方式來訓兵，這裡……你沒有沈良玉在軍中挑選好苗子的便利。便需通權達變，按照我的訓兵方式，練出一支，戰鬥力能與虎鷹營旗鼓一較高下的致勝奇兵。」

紀庭瑜不知道為何，看著大姑娘沉靜如海的眼神，莫名心跳快了幾拍。

白卿言與白錦稚剛回大都城，便聽董氏說四月初十也就是明日，西涼公主李天馥要入太子府。李天馥和陸天卓有私情之事，白卿言心知肚明。

不論她是否真的忠於太子，此事都應該告知於太子，以免李天馥假借太子生事。

「你走那日太子府送來的請柬。」董氏坐在臨窗軟榻之上，端著茶杯，見白卿言換了衣裳出來，放下茶杯道，「你的恩師關老先生，那日在武德門前替你說話，隨後太子也幫著你說話，國子監那些生員羞愧難當，以後應該沒有人會再拿你焚殺降俘說事了。」

「太子稱，當時戰況緊急，不是你死就是我活，若不殺那西涼降俘，晉國軍隊必會被反滅。若當時你們出征有二十萬之眾，甚至是十萬，你都不會行殺十萬降俘之事。」董氏笑了笑，「太子此次隨軍出征，沒有人比他的話更令人信服了。」

白卿言回府之時，這些事就已經聽春桃嘰嘰喳喳說了一遍了。

恩師站出來為白卿言說話，是出於情分。

太子為何會站出來替白卿言說話，白卿言也明白，不過是為了賣她一個好罷了。

「我回來時已經聽春桃說了。」白卿言也坐在臨窗軟榻上，接過春桃遞來的茶杯，問，「呂元鵬的案子出結果了嗎？」

春桃將黑漆方盤拿在小腹前，搖了搖頭，輕聲慢語回稟：「雖然還沒審出結果，但老仵作劉三金查明，林信安死於窒息，與之前呂公子所傷並無關係，可能因為這還不足以證明林信安不是呂公子所殺，所以這個案子大理寺卿還在查，應該不日就會出結果。」

「你和小四這一趟回宗族，沒受氣吧？」董氏生怕女兒受了族長的氣。

「阿娘放心，沒有。」白卿言對董氏笑了笑，「用不了多久，宗族應該會來人奉上祖宅房契。」

女兒辦事董氏一向放心，她點了點頭，只要女兒沒受氣就好。

「以後，阿娘對宗族的人也沒有必要那麼客氣，當初祖父就是對宗族之人太過客氣，才會縱得他們不知天高地厚，蹬鼻子上臉。宗族之人……欲壑難填，又慣會得隴望蜀！如今我們只剩孤兒寡母，若是還一味對他們包容，他們還以為咱們是怕了宗族，只會更肆無忌憚。」

董氏也早就受夠了宗族的氣，點了點頭：「這個道理，阿娘懂……」董氏早就明白這個道理，可公公白威霆在世之時，再三強調一族之和睦，於百年將門之家而言，多麼重要。

因為只有家族和睦，疆場拼殺的男兒才能無後顧之憂的全力殺敵。

董氏自幼承訓於董老太君，更知道世家立世，宗族和睦多麼重要。

可朔陽白氏那樣的宗族，與附贅懸疣之物有何區別？

當天下午，呂元鵬的案子告破，林信安乃是死於他人之手，而林信安親生母親貪生怕死受人脅迫，這才誣告呂元鵬。

據林信安的生母所述，林信安之前不知道從哪兒拿回去了五百兩銀子，說有位高權重之人讓林信安在繁雀樓宣揚白卿言殺降俘之事，敗壞白卿言的名聲。

誰知，此事被呂元鵬攪和不說，還被打了一頓，林信安就氣不過訛了呂相府一筆銀子，可就在四月初二午時，有人悄無聲息闖入他們家中，用貼加官的方式悶死了林信安。

那人許諾給她一大筆銀子，教她謊稱不識字，先去找國子監的生員們寫狀紙，再去官府告呂相一家，隨後向國子監的生員們哭訴官官相護，鼓動生員們陪她敲登聞鼓。

再藉機提起，都是因林信安在繁雀樓訓斥鎮國郡主焚殺降俘的暴行，呂元鵬這才打死了林信安。此罪行之起因，為鎮國郡主焚殺降俘，此暴行天理不容，不配為郡主。

若林信安的母親不從，就是死路一條。

兒子已死，她不想死，便應了下來，只是為了給自己搏一條生路。

大長公主與白卿言細細分析此事之時，她將此次科舉主考文振康之妻在左相府停留許久之事，告訴了大長公主。

此事大都已經人盡皆知，大長公主自然知曉：「如今大都城內流言紛紛，皆說這文振康之妻與左相李茂的風流事，文振康之妻可是個出了名的火爆脾氣，卻沉住氣沒有破口大罵造謠者，要麼就是她去找左相李茂的目的不能宣之於眾，要麼此事便是真的……」

她望著坐於琉璃燈之下，手中撥弄著佛珠的大長公主，問：「祖母以為呢？」

大長公主撥弄佛珠的手未停，布滿褶皺的眼角有了笑意：「阿寶這是和祖母裝糊塗？」

「蔣嬤嬤把東西拿過來。」大長公主對立在屏風外的蔣嬤嬤說了一聲，將手中沉香木的佛珠擱在小几上，端起茶杯抿了一小口。

很快，蔣嬤嬤捧著個黑漆匣子進來，笑著遞給白卿言。

大長公主這才單手放下茶杯，拿起佛珠，不急不緩道：「文振康的這位妻室，的確是和離再嫁之身，可很少有人知道，她之前的夫君……便是二皇子府上謀士的妻弟。」

白卿言伸手接過黑漆匣子，還未打開，便問：「所以，這文振康之妻手中握著李茂的把柄，與二皇子有關？」

大長公主從不懷疑這個孫女兒的聰慧，她點了點頭：「想來文振康之妻手中攥著的，應該就是這匣子裡少的那一封信。」

大長公主視線落在屏風的百鳥朝凰刺繡之上，暖澄澄的光線之下，那鳳凰摻了銀線繡製而成的鳳目熠熠生輝，她瞇了瞇眼：「若是這文振康之妻是個聰明人，必然會將這封信交給李茂，告訴李茂……她只求保丈夫一命，否則就會有人將剩下所有的信交到大理寺。」

她聽著祖母慢條斯理的話音，將匣子打開，裡面放著的，竟然是李茂與二皇子的來往書信。

她靜靜坐在燈下草草看著，瞳仁輕微縮了縮，二皇子舉兵謀反……竟然還有李茂的手筆。

李茂可是護駕的功臣……

大長公主聲音徐徐：「當初二皇子謀逆失敗，被困於武德門內，李茂察覺有異，怕此事會牽連自身，立刻前往衛尉府，以全族性命作保，求衛尉調令禁軍前往救駕！他趁禁軍與二皇子所帶兵士鏖戰之際，悄無聲息帶一隊人馬直逼二皇子府。」

「當夜，懷有身孕的二皇子妃懸梁自盡。天亮之後，二皇子府上無一人存活，據李茂所說……二皇子府諸人誓死不降，死戰最後，他才無奈亂箭齊發平亂，並上交從二皇子府搜到的機密書信，牽連了近半數朝臣。」

大長公主撥動佛珠的手一頓，幽遠的目光收了回來，「後來，李茂扶搖直上，這大都城內也再無人敢提起二皇子。」

白卿言未看完那些信，便合了黑漆匣子，垂眸，手指輕輕在黑漆匣子上點了點。

若是如此，那麼上一世這李茂竟才是最大的贏家。

煽動二皇子謀逆，二皇子失敗，他不但沒有受到牽連反而扶搖直上。

後來與梁王聯手，他更是將整個朝堂都把握在了掌控之中，暗地煽動梁王造反。

這李茂，還真是有意思……位至左相之尊，竟然還不滿足，他到底是圖謀什麼？

既然李茂這麼大個把柄在他們白家手中，那……便讓李茂在左相的位置上再坐一段時間吧，一個被握著把柄的人坐在左相之位上，總比換一個不瞭解的人坐上這個位置好。

於此同時，呂晉也正跪坐在燈下，在几案上整理科舉舞弊和林信安之死的案件。

呂晉整理著整理著，突然拿出一張空白紙張，將林信安在繁雀樓與呂元鵬發生衝突的時間和原因，還有林信安死的時間，林信安之母敲登聞鼓的時間，全部列在一張紙上。

又著重將林信安在繁雀樓的言辭，和背後之人命林信安母親敲登聞鼓時，抨擊鎮國郡主殘暴的言辭圈了出來。

想到林信安之母敲登聞鼓，正與舉子薛仁義因科舉舞弊敲登聞鼓是同一天，便將科舉舞弊案敲登聞鼓的時間也列了上去。電光石火之間，呂晉腦中生成一個大膽的想法。

他提筆又將林信安之死，與科舉舞弊案連了起來。

林信安案審完結束，看起來是針對鎮國郡主的，可為什麼林信安背後之人不在呂元鵬剛打完林信安之後就將事情鬧大，做掉林信安？偏偏不早不晚……非要等到薛仁義敲了登聞鼓，與科考舞弊案趕在一起？太過巧合……

科舉舞弊案發生之前鬧出呂相幼孫殺人案，不論是朝堂還是民間，關注力都會在此案上！但若同科舉舞弊案一同發生，必然會減少此案的關注度，這不合理。

唯一的解釋，便是背後之人，意圖一箭雙雕，減少科舉舞弊案關注度的同時，敗壞鎮國郡主名聲，甚至最好能夠奪了鎮國郡主的郡主之位。

放眼整個大都城，有誰……會如此痛恨鎮國郡主，又如此想遮掩科舉舞弊案呢？

呂晉瞇了瞇眼，想起四月初六妻女參加馬球賽回來，說閒話說起此次科舉主考文振康之妻在左相府停留許久之事。

呂晉突然低笑一聲，在那張紙上寫下了「李茂」二字。

看來，文振康之妻見左相李茂是去求救了，可文振康之妻又憑什麼能求得動李茂救文振康呢？

呂晉又在紙上寫下了「把柄」二字，至於文鎮康之妻手中握著李茂什麼把柄，呂晉並不感興趣。他放下筆，拿著紙細細看完，挪開燈罩將這張紙燒成灰燼，轉而分別寫了兩個案子的結案奏摺。

四月初十，西涼和親公主李天馥，嫁入太子府，為太子側妃。

雖然太子娶側妃對太子府來說是喜事，但對太子妃來說卻算不得是喜事，可太子妃作為太子正妃卻還得打起精神招待女賓。幸而昨夜太子已經同太子妃再三保證，即便是娶了這位西涼公主為側妃，也絕對不會心悅敵國女子，心中最重要的女人永遠是太子妃，太子妃心裡這才好受了些。

白家有孝在身，別人家的紅事還是要避開的。

董氏準備了厚禮派人送去太子府，直言白家有孝在身便不前往赴宴。

臨近巳時末，白卿言正在屋內看書，佟嬤嬤突然打了簾子進來，將一封信遞給白卿言：「大姑娘，剛才有人將這封信塞進咱們門房手裡就跑，門房將信交給了盧平，盧平見信中內容事關重大，忙給大姑娘送了過來。」

白卿言合了手中的書放在一旁雞翅木的小几上，接過信打開。裡面就一行字……

【西涼公主意圖刺殺太子】

白卿言眸子一沉。信到了她的手中，不論是真是假，作為忠於太子之人，今日都要去一趟太子府了。

若不去，此事為真，將來被有心人握住把柄說事，太子與皇帝一般多疑少信，反倒又要對她有所懷疑，前面所做的就白費了。

她手指有一下沒一下在小几上敲著，若去了……難保不會有什麼圈套等著她。

思來想去，白卿言想到了秦尚志。

她將信裝好，讓佟嬤嬤去命人備馬，與盧平直奔太子府角門，請秦尚志出來。

秦尚志一聽是盧平來了，連忙從角門出來，誰知一出來竟然還看到了白卿言。

「郡主……」秦尚志對白卿言抱拳一禮。

「秦先生不必虛禮。」白卿言將信遞給秦尚志，「今日鎮國郡主府門房收到了這麼一封信。」

秦尚志忙接過信拆開，看到信紙上這一句話睜大了眼。

「這……這不能吧？西涼還想要打嗎？」秦尚志腦子飛快轉著。

西涼戰敗求和，若是和親公主變成刺殺太子的刺客，那兩國便是不共戴天之仇，勢必重新開戰。西涼內亂頻頻，自顧不暇，在被白卿言焚殺十萬精銳之後，哪裡還有餘力和晉國對抗？

「西涼公主李天馥此人，與之前在驛館死了的陸天卓，關係非比尋常。不瞞秦先生……我那日冷眼看著，倒覺得西涼公主與陸天卓有私情。」白卿言眉頭微微顰著，「就怕這李天馥是要為陸天卓報仇。」

「與……一個太監？」秦尚志略感意外。

白卿言點了點頭：「我身上有孝，不宜進太子府，還請秦先生多費心，將此事轉告太子，讓太子多多防備才是。」

秦尚志點頭，將信收好：「此事不論是真是假，總是有備無患的好，我這就去告知太子準備！辛苦郡主查一查這封信的由來。」

「平叔已派人去查，辛苦秦先生了！」白卿言對秦尚志頷首。

見秦尚志匆匆進門去尋太子，白卿言還沒有來得及離開，角門「吱呀」一聲打開。

太子妃身邊的嬤嬤從角門內出來，對白卿言行禮：「老奴見過郡主。」

太子妃知道白卿言對太子而言的重要性，她作為太子妃自然要拉攏，聽說白卿言來了人在後角門，太子妃便派了身邊的嬤嬤來請：「太子妃說，知道郡主重孝在身，請郡主去太子妃那裡坐坐罷了。」

「今日實是有十分要緊之事，白卿言才如此冒昧，重孝在身便不進去，事情已經交於秦先生，太子妃還要忙於招待各府女眷，白卿言……就不進去打擾太子妃了，還請嬤嬤替白卿言向太子妃請安告罪。」

嬤嬤見狀也不好再勉強，笑著對白卿言點頭：「郡主的話，老奴一定轉告太子妃。」

老嬤嬤一番客套之後，剛送白卿言上馬後角門再次打開，全漁從角門內出來。

一看到白卿言，全漁眼角眉梢都是笑意：「奴才參見郡主，郡主……殿下已經看到了信，請您進府商議。」見白卿言有所猶豫，全漁又道：「太子殿下說郡主不必心存顧忌，被迫納妾而已，算不上是辦喜事。」

太子妃身邊的老嬤嬤聽到這話，低垂著的三角眼一亮，笑意越發深。

這就說明，太子的確沒有把這西涼公主放在眼裡，甚至都不覺得此次娶側妃是喜事。

白卿言這才下馬，讓盧平在外面等著，隨全漁避開人一同前往太子書房。

原本，太子在幽華道見過這位西涼公主李天馥時，就因為李天馥的刁蠻對李天馥倒盡胃口，此次皇帝讓他娶西涼公主為側妃，他也認命了……可是這李天馥竟然和太監有私情，還想刺殺他。此次娶側妃之事對太子而言不是喜事，簡直是個嚇人事，噁心事！

白卿言到書房時，太子的三位謀士都在，見白卿言前來，三人起身對白卿言行禮。

「白卿言參見太子。」

「郡主不必多禮，坐！」太子身著朝服手中握著那封信，面色陰沉，薄唇緊緊繃著。

白卿言對太子三位謀士拱手之後這才坐下。

方老摸了摸山羊鬚：「老朽在想，這會不會是大樑的挑撥手段？畢竟現在大樑與我大晉可能要起戰事了。」

白卿言半垂著眸子，開口道：「方老所慮也有道理，然此事不論是真是假，太子還需多多防備才是。」

秦尚志點頭。

「今日有人將信送到我府上門房，送信之人言已經派人去查了，不知道什麼時候才會有消息！但西涼公主的轎子就要到了，所以還是給殿下身邊多配幾個武藝高強的護衛才是。」白卿言說。

「只有千日做賊的，那有千日防賊的？」太子臉色越發難看，將手中那封信抖得嘩啦啦作響，「前來和親的公主是個和太監不乾不淨的公主！還要刺殺孤！西涼當真是欺人太甚！」

和太監不清不楚太子尚且能忍！可日後這個女人要住在太子府，成為他身邊的側妃枕邊人，卻隨時有可能要刺殺他，這還讓不讓過安生日子了？

白卿言望著太子：「可僅憑這一封來歷不明的信，無法阻止西涼公主入太子府的門，尤其是西涼公主李天馥入太子府為側妃，可是陛下的意思。」

「以老朽之意，殿下不如還是照常迎娶側妃，挑幾個身手卓絕的護衛近身護在殿下身側以防萬一，另一方面……等那個炎王李之節隨同一入太子府，就讓太子府的護衛將其看住了，若有異動……當即抓住，也好作脅迫之用。」方老說。

太子轉頭看向白卿言：「郡主以為呢？」

「這封信，太子殿下可派人送入宮中，信的來由說清楚！」

「老朽以為郡主說的正是！」方老一臉贊同，「即便是今日無事發生，他日這西涼公主若再欲行什麼大逆不道之事，在陛下那裡就絕不能以夫妻吵架大事化小，太子殿下就是休了西涼公主也可。」

秦尚志對方老翻了一個白眼。

白卿言讓將這封信送入宮中給皇帝的原因，是為了讓皇上明白，不論今日西涼公主入太子府是否有事發生，太子都不會去李天馥房中過夜，但此舉絕對不是因為不滿皇帝的賜婚。如此，將西涼公主迎入府之後，就把她當做一個擺件兒供在那裡，命人嚴加看管就是了。難不成還非要讓太子以身試險，試出個刺殺？什麼道理？

秦尚志發現這方老是真的老了，南疆之時有些話還有些道理，自從從南疆回太子府之後，簡直是……一言難盡。秦尚志本欲開口反駁，可見連白卿言都沒有說話，便皺著眉頭忍了下來。

「殿下，側妃要從側門入府了，太子殿下要去迎一迎嗎？」全漁在門外低聲問道。

按照道理說，只是娶側妃，不必親自相迎。

可若是側妃家世好，或者太子願意給臉面，都會出去親自在側門將人迎一迎。

但此刻太子心裡窩著火，怎還會前去相迎？

太子捏著信的手一緊，將信裝入信封之中喚道：「全漁你進來！」

太子將信交給任世傑：「任先生，勞煩您親自送全漁去皇宮，路上教教全漁話該怎麼說。」

任世傑雙手接過信，忙道：「太子殿下放心，某一定會教全漁公公將此事說明白。」

「如此，言就先告辭了。」白卿言站起身。

「你先等等……」太子轉頭看向白卿言，心裡憋著一股子火，「今日你不用避開，告訴太子妃，鎮國郡主是我太子府的座上賓。」

太子就是要讓西涼人看看，即便這個側妃是西涼嫡出公主，他也毫不在意。

太子要出氣，可白卿言要是去了……旁人只會說白卿言失禮，竟然重孝之身來參加旁人的婚禮給人尋晦氣。

「殿下，言知道殿下愛重，可言今日入府已是冒犯，再出現在正廳怕是要引人非議。」白卿言對太子一禮，「不若言就在太子府後院等著消息，殿下平安無事之後，言再行離開。」

「你是孤請來的，孤看誰人敢非議！」太子語氣強勢，抬腳朝外走去。

迎娶側妃進門，是要給太子妃敬茶的。聽說側妃的轎子到了，太子沒有前去相迎，太子妃心情又好了不少，扶著嬤嬤的手慢悠悠來了正廳，在主位之上坐下。

太子隨後帶著一行護衛和白卿言出現在正廳，倒是讓不少人驚訝。

就連大都城那些同蕭容衍站在一起的紈褲都嚇了一跳。

「白家姐姐怎麼來了？」司馬平壓低了聲音。

蕭容衍亦是頗為意外。與白卿言四目相對，蕭容衍含笑略略對白卿言頷首。

被視為上賓坐在一旁的大燕皇子慕容瀝放下茶杯，站起身來，對白卿言露出笑容。

「殿下……」太子妃起身對太子行禮，視線落在白卿言身上，知道白卿言來是為了什麼，笑容親切，「郡主。」

「太子妃，今日鎮國郡主，乃是孤親自請來的座上賓……你要好生招待不得怠慢！」太子含笑開口道，「此次南疆之戰，因為有鎮國郡主，我晉國才能大勝！才有西涼嫡出公主和親之事，故而……今日，鎮國郡主必須在此！」

「這是自然！」太子妃笑著上前拉住白卿言的手拍了拍，「臣妾也是派了身邊貼身嬤嬤去請鎮國郡主，可鎮國郡主都不願意來，還是殿下有辦法。」

說著，太子妃轉頭對嬤嬤道：「去給鎮國郡主端把椅子來，就坐在本宮身邊。」

太子似乎還覺得不解氣，道：「樂聲都停了，鎮國郡主還在孝中。」

眾人心中惶惶，不成想太子竟然對這位鎮國郡主如此看重。

方老欲開口說什麼，卻又皺眉忍了回去，混濁的視線朝白卿言看去，見白卿言低眉順眼坐在太子妃身邊，低聲同太子妃說話，並未露出受寵若驚……或是志得意滿的表情，緊皺的眉心這才舒展開來。

秦尚志不免替白卿言擔憂，太子此舉分明就是假借著白卿言為自己洩憤，外人不知如何揣測太子與白卿言的關係，怕是會令白卿言名譽受損。

秦尚志隱隱有些後悔，他應該等確定白卿言走了，他再將信交給太子。

很快，李天馥一身桃紅色喜服被扶著從側門入。

太子妃拿出十足的太子妃氣場，挺直了脊背，唇角笑意也真實了許多。

李之節到了太子府門前，沒有聽到樂聲，當時就覺得氣氛有些古怪。

等進了門，才發現竟無人說笑寒暄，紛紛盯著他們西涼公主李天馥看，眼神或憐憫或嘲弄。

李之節強迫自己目不斜視，看向前方，只見抱著樂器的樂師，正邁著小碎步從正廳側門魚貫而出。難道這是太子妃，或者是太子殿下……給他們公主或西涼的下馬威？

氣勢恢宏的太子府內，琉璃碧瓦之下懸掛著紅色燈籠和綢緞，看著喜慶，可安靜無聲卻處處都是詭異之感。

李天馥完全不在意她的婚禮是否盛大，她今日盛裝而來，為的……是給陸天卓復仇。

隔著珠翠華冠的珠簾，李天馥通紅的雙眸望著那正廳之中的諸人，她是抱著必死的決心踏入太子府大門的！是李天馥自己……將她要刺殺太子的消息，派人送去了白卿言那裡。

若是白卿言來了，那麼李天馥就趁機殺白卿言！

若是白卿言不來，李天馥就殺了太子，告訴今天所有來恭賀的賓客，她已經派人給白卿言送信……說她要刺殺太子，可是白卿言卻沒有來，如此……皇帝必然會惱恨白卿言。

即便是刺殺不成功，她身為西涼的和親公主，卻在婚禮上刺殺了晉國的儲君，那麼……晉國還會放過西涼嗎？西涼只能被迫應戰，且背水一戰！她要讓整個西涼，來為陸天卓復仇！

李天馥心裡恨嗎？她是恨的……同樣都是父皇母后的嫡女，長姐是父皇抱在懷裡，手把手教著寫字啟蒙的，她只能跟著長姐學，自然是樣樣都不如長姐。

長姐成為了女帝，而她……卻成了和親公主。

她恨父皇不公，恨母后不公，恨長姐讓她來和親。她更恨陸天卓的仇人白卿言！

如今陸天卓已死，大仇卻未得報……那麼，她李天馥此生之志，便是完成陸天卓的心願，殺白卿言，滅白家雞犬不留。如此，她才能安心去見陸天卓。

隔著搖晃的珠簾，李天馥看到了坐在太子妃身側的白卿言，發紅的眼眶裡，神色逐漸深沉瘋狂。她目光死死盯著白卿言，手悄無聲息摸上了纏繞在腰間的天絲劍，西涼國寶，劍身薄如蟬翼，可彎如棉繩，卻削鐵如泥。

白卿言隨手將茶杯放入身側侍婢手中黑漆方盤之中，視線從李天馥腰間垂落的翠玉禁步上挪開，理了理自己的袖口，側身對太子妃道：「太子妃要受側妃的茶，言坐在這裡不合適。」

太子妃沒想到白卿言竟然如此識禮數，笑著頷首，為顯親昵拍了拍白卿言的手道：「委屈你了……」

白卿言起身立在一旁，看著李天馥跨入正廳之門。

護衛太子的護衛暗暗朝太子方向挪了過去。

只見李天馥對太子與太子妃盈盈一拜，見太子妃身側的婢女已經準備好了她要給太子妃敬的茶，還有嬤嬤貼心在地上放了蒲團。

李天馥垂著眸子朝太子妃的方向走去，如狼似的眼眸死死盯著白卿言，就在婢女要扶著她跪下的那一刻，突然寒光自李天馥腰間一閃，猛然抽出腰間天絲劍……

秦尚志一直關注李天馥動向，眼前寒光一閃，便厲聲高呼：「護駕！」

頃刻間，正廳內陡生驚變。護衛刀劍紛紛出鞘，護在太子駕前，坐於正廳之內的貴客發出恐懼震驚的尖叫呼喝，有的毫無儀態躲至椅子之後，有的匆忙奔出正廳避險。

毫無所知的太子妃睜大了眼，看著李天馥舉劍，嚇得尖叫一聲躲進身旁嬤嬤懷裡。

那嬤嬤以為李天馥要殺太子妃，死死將太子妃抱在懷中，以脊背護住太子妃，十分忠勇。

李之節面露驚恐，一邊朝李天馥的方向衝去，一邊高呼：「公主殿下不可啊！」

眼見跟隨李天馥身後的幾個婢女紛紛拔出藏在袖中的匕首，齊齊朝白卿言的方向衝來。

她漂亮乾淨的眸色沉著，一邊急速向後退，一邊解開纏繞在臂彎之上的鐵沙袋……

護衛都在太子一側，她手無寸鐵，可李天馥手中寒光分明是對著她來的。

殺機四現。四目空中相交，白卿言鎮定冷漠的目光讓李天馥心中如火的滔天恨意，如被澆了勺熱油，她記得……白卿言一箭洞穿阿卓咽喉之時，便是那樣無驚無瀾的眸色。

她側身避開李天馥劈來的軟劍同時，李天馥婢女手中的匕首襲來，她旋身閃躲，擦了毒的匕首幾乎是擦著白卿言腰身而過。利刃帶毒，招招都是又急又狠的殺招，她如魚遊沸鼎，稍有不慎便死。李天馥的軟劍又再次刺來，跟隨李天馥從西涼而來的婢女們，也都跟不要命似的朝白卿言撲來。

一片混亂中，大燕皇子慕容瀝起身在護衛相護之下向後退了幾步，握緊了腰間佩刀，眸色沉著看向奔上前意圖攔住李天馥的西涼炎王李之節。

眼下，誰還看不出李天馥這是沖著鎮國郡主白卿言去的。

看著四面八方朝她湧來寒氣森森的利刃，她順手抓過高几上的白玉花瓶企圖抵擋，就在那些塗毒利刃與她一寸之距時，肩部突然一重，整個人被拽入一堵溫牆之中。

「快護住鎮國郡主！」太子睜大了眼高呼。

月拾早已拔劍，陷入鏖戰之中。

蕭容衍擁著白卿言旋身而過，直裰被劃破一條口子，完完整整將白卿言護在身後，眸色深沉，眼見有西涼婢女突破月拾，朝這個方向衝來。

慕容瀝抽出腰間佩劍朝白卿言方向丟去，高呼：「鎮國郡主接劍！」

蕭容衍一把扣住那婢女手腕，抬腳狠踹在那婢女胸前，她三步並作兩步從蕭容衍背後奔出，一把接住慕容瀝丟來的佩劍，在蕭容衍俐落攥著那婢女的手腕，將匕首插入婢女心口的同時，白卿言手中長劍寒芒凌空而下，斬斷那婢女的頭顱，血霧噴濺。

「我的天！我怎麼不知道蕭兄身手如此了得?!」司馬平睜大了眼，滿眼的不可置信。

被護衛護在正中央的太子抽出近身護衛佩劍，朝蕭容衍的方向丟去：「容衍接劍！」

蕭容衍接住劍抬頭便對上白卿言深沉的眸，她對蕭容衍幾不可察的搖了搖頭。

蕭容衍的身分是富商，來大都如此久都未曾暴露過他的身手，就連司馬平都意外，若是今日蕭容衍因她暴露，太子怕是又要懷疑，對蕭容衍不利。

她不想再欠蕭容衍。俐落用劍挑開小腿之上重量駭人的鐵沙袋之後，白卿言穿梭於正廳之中激戰之地。

他望著白卿言抵擋那西涼婢女的殺伐身影，緊緊握住手中劍柄，高喊：「月拾，護住郡主！」

她手腕全然還沒有恢復到以前那麼俐落靈活，身體也不如以前那般矯健，行如燕梭。

應敵殺人……她全憑天生對殺意的敏感，還有她的速度，與一腔孤勇。

白卿言劍鋒泛著耀目冷森的寒光，行動的速度竟快到讓人咋舌，劍留殘影而過，便是鮮血噴灑，驚心動魄。

李之節以鐵骨扇擋住手握天絲劍，死死盯著白卿言的李天馥，額頭青筋暴起，厲聲喊道：「你殺不了白卿言的！你這麼做，只會讓西涼萬劫不復！別忘了……你是西涼的公主！」

李天馥眼中迸出瘋狂的暗芒，冷笑：「我當然知道我是西涼的公主！」她目光挪向白卿言正在拼殺的身影，聲嘶力竭喊道：「所以，我要整個西涼，都來給我的阿卓復仇！」

李天馥對李之節毫不留情，抽回軟劍揮出，軟劍如勾……直撲李之節的頸脖，若不是李之節急速打開鐵骨摺扇抵擋，此刻人頭定會隨削鐵如泥的軟劍抽離而落地。

李之節睜大了眼，捂住鮮血簌簌往外冒的頸脖，李天馥瘋了?!竟然對他用殺招！

在李之節和李天馥糾纏之際，李天馥的婢女們死的死，被拿下的被拿下，李天馥已孤立無援。

「將李天馥給孤拿下！」太子咬緊了牙關，眸色陰沉至極，「不論死活！」

李之節閉了閉眼，無力回天。今日，就是李天馥這個瘋子死在這裡，也只能是死有餘辜。

護衛軍得令，齊齊朝李天馥襲去。

「白卿言我殺了你！」李天馥尖叫著提劍直直朝白卿言的方向殺去。

STORY 074

三

作者　千樺盡落
主編　汪婷婷
編輯協力　謝翠鈺
企劃　鄭家謙
美術設計　卷里工作室　季曉彤

董事長　趙政岷
出版者　時報文化出版企業股份有限公司
108019 台北市和平西路三段二四〇號七樓
發行專線——（〇二）二三〇六六八四二
讀者服務專線——〇八〇〇二三一七〇五
（〇二）二三〇四七一〇三
讀者服務傳真——（〇二）二三〇四六八五八
郵撥——一九三四四七二四時報文化出版公司
信箱——一〇八九九　台北華江橋郵局第九九信箱

時報悅讀網　http://www.readingtimes.com.tw
法律顧問　理律法律事務所　陳長文律師、李念祖律師
印刷　勁達印刷有限公司
一版一刷　二〇二四年五月二十四日
定價　新台幣三五〇元
缺頁或破損的書，請寄回更換

時報文化出版公司成立於一九七五年，
並於一九九九年股票上櫃公開發行，於二〇〇八年脫離中時集團非屬旺中，
以「尊重智慧與創意的文化事業」為信念。

女帝 / 千樺盡落作 . -- 一版 . -- 臺北市 : 時報文化出版企業股份有限公司 , 2024.05-
冊；　14.8×21 公分 -- (Story ; 74-)
ISBN 978-626-396-266-8(卷 3 : 平裝). --

857.7　　113004813

ISBN 978-626-396-266-8
Printed in Taiwan